Christoph Seibitz

LIEBE vom Aussterben bedroht

Über das Buch

Obwohl Liem jahrelang keinen Kontakt mit ihm hatte, träumt er oft von Fabian Giovannini, seiner ersten Liebe. Einem Halb-Italiener. Gegen ihn ist jede neue reale Liebe chancenlos – bis zur Hochzeit seines besten Freundes. Liem begegnet dort Armin, einem Umweltaktivisten und Naturliebhaber mit blondem Wuschelkopf. Führt dieser den entscheidenden Wendepunkt herbei? Es scheint so. Liems Herz erwacht aus einem langen Schlaf. Doch auch Fabian Giovannini schläft nicht. Seine Gedanken an Liem lassen ihm keine Ruhe.

Sechs Sommer und zwei Winter lang hält uns Liems fesselnde Geschichte in Atem. Rückblenden erzählen die Anfänge zwischen Liem und Fabian. Parallelen verbinden das Damals mit dem Heute.

Über den Autor

Christoph Seibitz, geboren 1978 in der Steiermark, ist seit 10 Jahren in der psychosozialen Beratung tätig. Er leitet Seminare für ganzheitliche Erfahrung, unter anderem die *Heldenreise*. Davor war er 15 Jahre lang Marketing-Manager im Bankensektor. Christoph Seibitz lebt in Wien. *LIEBE vom Aussterben bedroht* ist sein erster Roman.

Christoph Seibitz

LIEBE vom Aussterben bedroht

Roman

BUCH
SCHMIEDE

Autor:
© 2022 Christoph Seibitz
www.christoph-seibitz.at

Umschlaggestaltung: Philip Mohila, Karlsruhe

Bildnachweis: dreamstime.com, @Dragonimages

Lektorat: Jasmin Batler

Druck & Vertrieb im Auftrag des Autors:
Buchschmiede von Dataform Media GmbH, Wien
www.buchschmiede.at - Folge deinem Buchgefühl!

ISBN:
978-3-99139-500-3 (Taschenbuch)
978-3-99139-499-0 (E-Book)

PRINTED IN AUSTRIA

Wenn dir der Boden
unter den Füßen weggezogen wird,
sei mutig und lerne fliegen.

Prolog

Frühling 1900

Der Junge richtete die Waffe auf SIE. Seine Beine waren wie mit der Erde verwurzelt. SIE ahnte nichts, denn der Todesschuss würde von hinten kommen.

Die Sonne bestärkte sein Vorhaben. Sie schien ihm in den Rücken. Kein Gegenlicht.

Keine Chance für SIE. Kein Entkommen.

Jetzt bist du dran, dachte er. Und drückte den Abzug.

Ein Knall.

Sein Oberkörper federte nach hinten, seine Beine zitterten kein bisschen.

Es war März. Ein Hoch sorgte für ungewöhnlich warme Temperaturen.

Der Aufprall klang dumpf. SIE landete auf dem Boden und drückte das Gras ein.

»JA!« Der Junge ballte seine dürren Finger zu Fäusten, hängte sich das Gewehr um die rechte Schulter und lief zu IHR. Sein Pa würde stolz auf ihn sein. Zumindest würde der Farmer ihm ein anerkennendes Nicken schenken. Anerkennendes Nicken. Mehr war nicht drin. Der Junge war vierzehn Jahre alt und wusste, dass sein Pa zu mehr nicht fähig war – und es auch nie sein würde.

SIE lag vor ihm. Tot! Er hockte sich hin und spürte kein Mitleid, als er SIE betrachtete. Kein Mitleid, keine Liebe. Kalt wie sein Pa.

Mit seiner linken Hand hob er SIE hoch und stand auf. Wie leicht SIE war. Er drehte sich um und blickte in die Sonne, dann ging er mit IHR nach Hause. SIE war die letzte freilebende Wandertaube gewesen.

Kapitel 1

Sommer 2010

1

Niko schaute auf seine Armbanduhr. Zum achten Mal. Ihm war heiß vor Anspannung, denn seit fünf Minuten sollte Paula in der Kirche sein. Mit einem Taschentuch tupfte er die Schweißperlen von der Stirn und steckte es zurück in sein Sakko, das grau und tailliert war. Zweimal strich er darüber – von oben nach unten. Mit der anderen Hand hielt er den Brautstrauß, den er so gerne seiner zukünftigen Frau überreichen möchte. Hatte Paula kalte Füße bekommen, es sich anders überlegt? Aber sie hatte doch die Hochzeit kaum erwarten können. Nein, etwas musste dazwischengekommen sein. Hoffentlich kein Unfall.

Die Gäste tuschelten miteinander, linsten dabei besorgt zu Niko. Auf unangenehme Art und Weise stand er im Mittelpunkt. Irgendwie musste er diese klägliche Situation überspielen. Vielleicht mit einem Lächeln. Oder mit Worten, die die Versammelten und vor allem ihn beruhigten. Aber niemand, absolut niemand würde ihm dieses Schauspiel abkaufen, seine verkrampfte Haltung verriet seine Anspannung. Neue Schweißperlen hatten sich auf seiner Stirn gebildet, den Glanz davon konnten sogar die Gäste in den hintersten Bankreihen erkennen. Niko musste nichts vorgaukeln, am wenigsten sich selbst. Vielleicht hatte Paula ihm die vergangenen Jahre ein Theater vorgespielt. Ihn zum Narren gehalten.

Ein weiterer Blick auf die Uhr zeigte ihm, dass die Zeremonie vor sechs Minuten hätte beginnen sollen. Er griff in seine Hosentasche und sah möglichst unauffällig auf sein Handy. Weder ein Anruf noch eine Nachricht.

Liem hielt ihm ein frisches Taschentuch hin, bekam aber nur ein Kopfschütteln zurück. Kopfschütteln. Danach wäre ihm auch. Als sein Trauzeuge fühlte er sich nutzlos. Er wollte Niko helfen, etwas tun oder sagen, aber ihm fiel nichts Passendes ein. So begann er, ohne sich darüber bewusst zu sein, am Nagel seines linken Daumens wie eine Maus an einem Stück Käse zu knabbern.

Ein Räuspern des Pfarrers. Mit dem Geräusch wollte er wohl die Aufmerksamkeit auf sich lenken. Als sich Niko und Liem gleichzeitig umdrehten, glotzte der kahlköpfige Geistliche beide an. Seine Glupschaugen weiteten sich, verlangten eine Antwort auf die Frage, wo die Braut blieb. Niko zuckte mit den Schultern. Er ging zwei Schritte auf Liem zu und flüsterte ihm ins Ohr: »So ein Dreck! Was mach ich jetzt, Kleiner?«

Liem seufzte. Hitze wallte durch seinen Körper. »Vielleicht gehst du raus und rufst sie an?«, erwiderte er flüsternd.

»Es ist so peinlich, da durchzulatschen.« Mit seinem

Kopf deutete Niko zum Gang. Links und rechts davon die gefüllten Bankreihen. Mit geladenen Gästen. Sie bildeten ein Spalier, durch das er gehen musste, wenn er aus der Kirche raus wollte. Neugierig schaute sich die Hochzeitsschar um, ihre Blicke wanderten von Niko zum Kirchentor hin und zurück. Doch das Tor bewegte sich nicht. Es blieb zu. Die Braut schwebte nicht hindurch. »Was habe ich nur verbrochen?« Niko strich erneut über sein Sakko, von oben nach unten. Zweimal.

»Ahm, ich komme mit raus«, murmelte Liem.

»Danke, Kleiner!«

Während der glatzköpfige Pfarrer mit einem Grummeln in der Sakristei verschwand, eilten Niko und Liem an den Hochzeitsgästen vorbei – ein Weg der Schande. Mit aufgesetztem Lächeln versuchte Niko die missliche Lage zu kaschieren. Einen mitleidigen Blick erhielt er von seinen Eltern, als er bei ihnen vorbeiging. Dass sein älterer Bruder fehlte, registrierte er nicht.

Liem schaute auf den Boden und zählte die Schritte mit. Es war ein Tick von ihm. Zählen. Dreiundzwanzig Schritte waren es bis jetzt, und es fehlten nur noch wenige Meter bis zum Ausgang. Als Niko das Kirchentor öffnete, war Liem bei vierunddreißig angelangt. Vierunddreißig lange Schritte. Beide waren froh, im Freien zu sein. Kein Getuschel mehr. Palmen umgaben den Platz vor der Kirche, dazwischen standen einige gelbgestrichene Bänke. Die Meeresluft strömte aufdringlich in ihre Nasen. Möwen kreisten in der Luft. *Kriäh! Kriäh!*

»Was für eine Scheiße? Wo ist sie nur?« Jede Bemühung zu flüstern, hatte Niko in der Kirche zurückgelassen. Er fischte sein Handy aus der Hosentasche und rief Paula an, während Liem an seinem rechten Daumennagel nagte.

Kriäh! Kriäh!

Keine Antwort. »Pffff!« Niko schürzte die Lippen und begann mit den Fingern an seine Stirn zu klopfen. Die Schweißperlen darauf glänzten weiterhin.

»Paulas Mutter war in der Kirche. Ihr Vater nicht, aber der sollte doch Paula zum Altar bringen. Vielleicht sind sie aufgehalten worden?« Liem versuchte mit Geschwafel, seinem besten Freund einen Funken Hoffnung zu geben.

Niko setzte sich auf eine Bank, legte den Brautstrauß neben sich und faltete seine Hände zusammen. Sein Blick schweifte in die Ferne, ins Leere. »Scheiße! Ich habe kein gutes Gefühl.«

Plötzlich klingelte das Handy. Ein Anruf.

Liem nahm seinen Daumen aus dem Mund und lauschte. Doch Niko nickte nur. Gab kein Geräusch von sich. Das Telefonat dauerte wenige Momente, dann steckte er das Handy zurück in seine Hosentasche.

Stille. Unerträglich lange. Gute Zeichen sahen anders aus.

»Was ist passiert?«

»Sie kann nicht«, sagte Niko … zu emotionslos. Doch plötzlich knallte er den Brautstrauß auf den Asphalt – diese Reaktion war angemessener – und rannte davon.

»Nikooo. Wo willst du hin?«, rief Liem ihm hinterher.

»Ins Hotel. Ich muss wissen, was los ist.« Niko rannte unbeirrt weiter.

»Und die Gäste?«

Keine Antwort. Liem seufzte und fuhr sich durch sein braunes, mittellanges Haar. Das Los des Trauzeugen: die Hiobs-Botschaft verklickern. »Oh Mann!« Er bückte sich und griff nach dem Brautstrauß. Seine Finger strichen über die weißen Rosen. Zart. Dann zupfte er das Bukett zurecht, was ihn etwas beruhigte. Die geplatzte Hochzeit war ein weiterer Beweis für Liem, dass ewige Liebe eine Lüge war. Ein Hirngespinst. Auf dem Weg zum Kirchentor retour, zählte er erneut die Schritte. Er machte extra kleine Schritte, um das Bevorstehende hinauszuzögern. Vielleicht geschah in letzter Sekunde ein Wunder, und das Brautpaar tauchte doch auf. Neunundzwanzig kleine Schritte. Der Griff zum Tor war nur noch wenige Zentimeter entfernt. Das Wunder blieb aus. Es gab keine Erlösung aus dieser Misere. Er musste die Gäste von der Illusion einer Trauung befreien. Statt der Braut betrat zwölf Minuten später Liem die Kirche. Das Tuscheln hörte auf, es wurde mucksmäuschenstill. Alle Köpfe drehten sich zum Trauzeugen des Bräutigams hin. Er stand im Mittelpunkt und hasste es. Dementsprechend wenig Worte wählte er aus: »Ahm, es gibt leider keine Hochzeit. Mehr weiß ich nicht.«

Die Gäste in den vorderen Bankreihen verstanden Liem nicht, da er zu leise gesprochen hatte. Trotzdem verbreitete sich seine Nachricht rasch, sprang von Bankreihe zu Bankreihe nach vorne. Ein Dominoeffekt, bei dem die Leute nicht umfielen, sondern nacheinander raunten. Einige empörten sich über die geplatzte Hochzeit. Dann ging alles drunter und drüber, viele drängten sich an Liem vorbei und eilten nach draußen. Liem schleppte sich nach vorne zur Kanzel, schließlich musste er auch den Pfarrer informieren. Immer wieder hielten Gäste ihn auf und fragten, ob er denn nicht mehr wisse. Er schüttelte den Kopf. Die Kirche leerte sich, Ruhe kehrte ein. Liem blieb kurz vor dem Traualtar stehen. Seine Gedanken kreisten um Niko. »Das ist eine Katastrophe«, nuschelte er.

»Ja, das ist es wirklich.«

Liem erschrak. Ein blonder Wuschelkopf stand plötzlich vor ihm. Mit hellblauen Augen. Er hatte ihn noch nie gesehen.

»Hallo, ich bin Armin. Und du? Hast du vielleicht ein Taschentuch?« Er zeigte mit einem Finger auf eine Frau, die gekrümmt in der ersten Bankreihe saß.

»Ja … Liem. Also, Liem heiße ich.« Er holte eine Packung Taschentücher aus seinem Sakko hervor und hielt sie Armin hin.

»Danke! Ich werde mich revanchieren.« Er zwinkerte Liem zu und drehte sich um. Als er bei der niedergeschlagenen Frau ankam, gab er ihr die Taschentücher und legte eine Hand auf ihre Schulter. Eine Geste, die ihr sagen sollte, dass alles gut werden würde. Irgendwann. Armins Anzug war genauso hellblau wie seine Augen. Liem erkannte plötzlich die schnäuzende Frau – die Brautmutter. Rotz und Wasser heulte sie, bestimmt würden noch viele Taschentücher unter ihrer Nase landen. Aber wer war dieser hübsche Blondschopf neben ihr? Liem konnte sich nicht erinnern, dass Niko einmal einen Armin erwähnt hätte. Seine Beine zitterten, das Herz schlug schneller. Am liebsten würde er Armin nach seiner Telefonnummer fragen, doch seine Schüchternheit hielt ihn zurück. Und überhaupt: Wie sicher konnte er sich sein, dass Armin schwul war? Vielleicht hatte er nur aus Höflichkeit gezwinkert.

Ein Knarren. Die Tür hinter dem Altar öffnete sich einen Spalt. Liem drehte sich um. Anstatt in die hellblauen

Augen von Armin, sah er in die Glupschaugen des Pfarrers, der durch den Türspalt spähte. Glupschaugen, die nicht wie die eines Fisches, sondern eher wie die eines Koboldmakis aussahen. Dann trat der Geistliche in den Kirchensaal, bildete mit seinen Händen eine Geste, die entweder »Lasset uns beten!« oder »Und jetzt?« bedeutete.

Liem vermutete Letzteres und sagte: »Keine Hochzeit! No wedding!«

Der Mund des Pfarrers stand für einige Sekunden offen, dann plapperte er ein paar kroatische Sätze. Seine Glupschaugen fixierten Liem. Aufdringlich. Sie verlangten eine Antwort.

Nach kurzer Überlegung antwortete Liem: »Ne Znam!« Das war einer der wenigen Brocken, die er während der Kroatien-Urlaube aufgeschnappt hatte.

Ne Znam – Ich weiß nicht.

Mehrere Male war Liem mit seinen Eltern und seiner älteren Schwester Koko auf einer kroatischen Insel gewesen, nach dem Krieg, es hatte kaum Touristen gegeben. Sein Vater schloss extra für zwei Wochen die Bäckerei, um sich richtig erholen zu können. Und wehe, jemand fragte das Familienoberhaupt etwas. Dann antwortete er mit »Ne Znam!« und lachte schallend. Nervig war diese Reaktion gewesen, vor allem dieser Krawall aus seinem Mund.

»Aleluja!« Der Pfarrer klatschte seine Hände zusammen, schüttelte den Kopf und verschwand hinter der Tür.

Liem dachte erneut an die hellblauen Augen von Armin. Er drehte sich um und … niemand mehr da. Keine weinende Frau. Kein Armin. Nur die leere erste Bankreihe. Er schwenkte seinen Blick zum Ausgang, konnte nur noch den Umriss zweier Menschen erkennen, die soeben aus der

Kirche traten. »Ich werde mich revanchieren«, äffte er Armin nach. »Pffff!« Er ärgerte sich. Über Armin. Über sich selbst. Wie hatte er nur denken können …

Vierzehn weiße Rosen zählte Liem. Er zupfte an ihnen herum. Bestimmt hatte er sich nur eingebildet, einen Funken zwischen Armin und ihm zu spüren. Und wie egoistisch! Niko erlebte den wohl erbärmlichsten Augenblick seines Lebens, und er … er trauerte jemandem nach, den er fünf Sekunden gesehen hatte.

Lächerlich.

Niko brauchte Liem mehr denn je. Jetzt. Also machte er sich auf den Weg zum Hotel. Als er aus der Kirche war, stürmte Sarah herbei. Ihr zitronengelbes Sommerkleid passte perfekt zu ihren Rehaugen und ihrem braun gewellten Haar. Wie aus einem Modekatalog.

»Liem, ich habe dich im Trubel aus den Augen verloren. Ich war bei Niko«, sagte sie außer Atem.

»Ich wollte gerade zu ihm gehen.«

Sarah schnaufte durch, ehe sie fortsetzte: »Sie haben sich geprügelt … vor dem Hotel. Ein paar Einheimische konnten die beiden Streithähne zum Glück trennen.« Ihr normaler Atemrhythmus kehrte langsam zurück.

»Hä? Wer hat sich geprügelt? Wo ist Niko jetzt?«, fragte Liem. Sein Blick hing an Sarahs Ohrringen, die eine komische Form hatten.

»Im Hotel.«

»Und wer hat sich geprügelt?«, hakte Liem nach.

»Niko und Luis.«

»Doch nicht Nikos Bruder?«

»Doch! Er hat anscheinend eine Affäre mit ihr, mit Paula. Sie hat soeben Niko alles gestanden.«

»Waaaas?« Liem ließ sich auf eine Bank fallen und stöhnte dabei.

»Deswegen hat diese dumme Kuh die Hochzeit platzen lassen. Als ob sie das nicht früher hätte wissen können. Eine Katastrophe, oder?« Sarah nahm neben Liem Platz. »Niko tut mir so leid. Ich habe mir gedacht, dass es gut wäre, wenn du … mit ihm reden … also ihn beruhigen könntest.«

»Das bezweifle ich«, sagte Liem, »aber gehen wir trotzdem zu ihm.«

»Na dann lass uns keine Zeit verlieren«, sagte Sarah. Ihre weißen Stöckelschuhe klackerten auf der gepflasterten Straße, als sie losmarschierten. »So viel Zeit, so viel Planung, so viel Aufwand. Und dann … zerstört diese dumme Kuh alles. Selbst der Brautstrauß sieht mitgenommen aus.« Sie zeigte auf die weißen Rosen, die Liem in der Hand hielt. Vierzehn ramponierte Rosen.

»Ich kann es noch nicht fassen. Hoffentlich fällt Niko in kein tiefes Loch«, erwiderte Liem.

»Das ist er leider schon«, vernichtete Sarah Liems Hoffnungen.

Liem blieb stehen, denn jemand winkte ihm aus der Ferne zu. Er trug einen hellblauen Anzug und näherte sich. Armin.

»Was ist los?«, fragte Sarah verwundert darüber, dass Liem nicht mehr weiterging.

»Ich habe … jemanden kennengelernt.« Liem kratzte sich am Kinn und konnte ein Lächeln nicht verbergen.

»Was? Und da rückst du erst jetzt damit raus? Wen?« Ihre viel zu großen unförmigen Ohrringe schwangen hin und her. Wie das Pendel einer Wahrsagerin.

»Liem. Zum Glück«, äußerte sich Armin, als er bei ihnen angekommen war. Er streckte Sarah eine Hand zur Begrüßung hin. »Hallo, ich heiße Armin.«

»Sarah, freut mich.« Sein Händedruck war fest, aber nicht unangenehm.

»Coole Ohrringe.« Armin zeigte mit dem Daumen nach oben.

Die beiden Pendel an Sarahs Ohren hatten sich etwas beruhigt. Liem fand den Schmuck übertrieben. Da er aber Sarah nicht kränken wollte, behielt er es für sich.

»Sorry Liem, meine Tante wollte aus der Kirche raus. Zum Glück habe ich dich jetzt erwischt. Ich bin dir doch noch etwas schuldig«, sagte Armin und zwinkerte ihm zu. Schon wieder.

»Ach, nicht der Rede wert.«

Kriäh! Kriäh!

Armin blickte nach oben zu den Möwen. Sie kreisten unaufhaltsam in der Luft, jederzeit bereit, sich ins Meer zu stürzen, sobald sie den leckersten Fisch erspäht hatten. Wolfsbarsch. Hornhecht. Oder Zahnbrasse.

»Die meisten Gäste reisen heute noch nach Österreich zurück. Hast du Lust, dass wir den Abend gemeinsam hier am Meer verbringen?«, fragte Armin, der seine Aufmerksamkeit wieder Liem schenkte. Seine Frage hörte sich eher wie eine Bitte an.

Liem blieb ruhig, obwohl er sich freute, aber er wollte nicht zu hysterisch wirken. »Gerne!«, antwortete er schlicht. »Aber … Niko wird mich brauchen, und ich möchte auch für ihn da sein.«

»Was ich mitbekommen habe, will er heute nach Hause fliegen. Du reist eh erst morgen mit dem Zug zurück.«

Sarahs Worte halfen ihrem Freund aus der Patsche.

»Super!«, antwortete Armin und lächelte. »Ich kümmere mich noch um meine Familie, bringe sie zum Flughafen und dann raste ich etwas. Sagen wir um acht beim mobilen Eisstand an der Strandpromenade?«

»Ja, passt gut!«

»Wer bist du eigentlich?«, erkundigte sich Sarah, die an einem Ohrring herumspielte.

»Ich bin ein Cousin von Paula.«

»Aha. Niko ist unser bester Freund!«, klärte sie Armin auf, ehe Liem etwas sagen konnte. Ihre Stimme klang strenger als davor. Unterschwellig versuchte sie damit Armin mitzuteilen, dass sie nichts mit der dummen Kuh und ihrem Umfeld zu tun haben wollte. Sie ließ ihr Pendel los, sah Liem mit zusammengekniffenen Augen an und deutete in die Richtung des Hotels.

Liem schluckte. Er fand Sarahs Verhalten unpassend, fühlte sich in die Enge getrieben.

Doch Armin blieb ruhig und lächelte. »Wir sehen uns um acht. Ich freu mich.«

»Ich mich auch.«

»Übrigens, der Brautstrauß steht dir gut.« Armin grinste ihn an.

Liem erwiderte das Grinsen. Als Armin außer Hörweite war, schnaubte Sarah. »Willst du dich wirklich mit dem treffen? Ich finde das keine gute Idee.« Das zitronengelbe Kleid begann zu flattern, nachdem sie die Schrittgeschwindigkeit erhöht hatte.

»Ich schon.« Liem führte die zerfledderten Rosen zu seiner Nase und roch daran. Vierzehn weiße Rosen, ramponiert, aber sie dufteten wunderbar.

2

Das Hotel erlebte den größten Aufbruch seiner vierzigjährigen Geschichte, denn kaum ein Hochzeitsgast wollte im bereits bezahlten Zimmer übernachten.

»Kein Geld retour!«, wiederholte der junge Rezeptionist diese Floskel minütlich. Egal! Zurück nach Österreich, um das Desaster schneller vergessen zu können.

Einige saßen schon im Auto, auch Luis mit der geklauten Braut seines Bruders, der dummen Kuh, wie Sarah sie nannte. Damit gingen sie lästigen Fragen, bösartigen Anschuldigungen und notwendigen Rechtfertigungen aus dem Weg. Nachdem Paula die Wahrheit offenbart hatte, hatte sie das Hochzeitskleid und damit einen Teil ihrer Moral abgestreift, um bequem in Jeans und einem rosa T-Shirt nach Hause zu gondeln. Im BMW Z4 von Luis, ihrer Liebschaft. Ihr Handeln war nicht die feinste Art, das wusste sie, aber in Kroatien zu bleiben, stand nicht zur Debatte.

Luis, mit blauem Auge und aufgeplatzter Lippe, fuhr konzentriert, während Paula aus dem Fenster schaute. Die Landschaft zog vorüber wie auf einer Leinwand im Kino. Beide schwiegen. Ungewiss, ob sich unter diesen Umständen eine Beziehung entwickeln würde können. Vielleicht war die verbotene Anziehung der alleinige Reiz ihrer Affäre gewesen.

Liem und Sarah lauschten vor der Tür des Hotelzimmers. Kein Geräusch. Sarah klopfte an. Zaghaft. »Niko, bist du noch da?«

Keine Reaktion. Sie klopfte fester und drückte ihr linkes

Ohr gegen die Tür, um einen Ton von drinnen zu erhaschen. Doch sie hörte nichts.

Liem kaute an seinen Fingernägeln.

Schließlich platzte Sarah die Geduld und sie hämmerte gegen die Tür. »Nikooo!«

»Ja, ja. Ich komm schon«, brummte er von drinnen.

Sarah atmete erleichtert auf, während sich Liem den an seinen Händen gebildeten Schweiß an der grauen Anzugshose abrieb.

»Kommt rein!« Kaum hatte Niko die Tür geöffnet, eilte er zurück zum Bett, auf dem sich sein Koffer befand, und packte weiter ein. Zaghaft betrat Liem das Hotelzimmer. Sarah schubste ihn etwas zur Seite, sie stürmte zu Niko. »Ach, komm her. Lass dich drücken!«

Doch Niko ließ sich vom Einpacken nicht abhalten, sorgfältig legte er ein rotes T-Shirt zusammen und strich mit seinen Händen darüber. Einmal. Zweimal. Langsam, als ob er eine Katze streicheln würde. Dann erst landete das rote T-Shirt im Koffer.

Zu ruhig. Er war zu ruhig für das, was geschehen war. Aber vielleicht linderte diese Streichtechnik seinen Schmerz.

Sarah konnte nicht länger nur so rumstehen, sie drängte sich zwischen Bett und Niko und umarmte ihn. Zu fest. Ungleichmäßig verteilt. Nikos Körper überragte den ihren um eine Kopf- und Halslänge. Mit einer Geste dirigierte Sarah Liem, sich der Umarmung anzuschließen, doch Niko lockerte bereits seine Arme.

»Scheiße gelaufen.« Er zuckte mit den Schultern. Dann strich er ein grünes T-Shirt glatt. Einmal. Zweimal. Langsam.

Liem nahm den Finger aus seinem Mund. »Können wir was für dich tun?«

»Danke, aber niemand kann mir jetzt helfen.« Niko drehte sich zu Liem und zuckte ein weiteres Mal mit seinen Schultern. »Durch diese Scheiße muss ich allein durch.«

Erst jetzt sah Liem das Ausmaß der Schlägerei, für einen Moment fror ihm der Blick ein. Wie Luis hatte auch Niko eine aufgeplatzte Lippe und ein blaues Auge.

»Nein, Niko. Wir gehen mit dir gemeinsam durch diese Scheiße«, sagte Sarah mit aufgebrachter Stimme. Sie suchte Liems Blick und machte mit ihrer Mimik deutlich, dass er sie unterstützen sollte.

»Genau … wir sind für dich da.« Liem setzte sich auf einen Stuhl und wartete auf Nikos Reaktion. Doch es gab keine.

Er faltete und strich weiter. Eine unangenehme Stille breitete sich im Hotelzimmer aus. Liem begann zu zählen, während sich Sarah ein weißes Hemd schnappte und es schlampig zusammenlegte. Dann warf sie es in den Koffer. Auf den Streich-Firlefanz legte sie keinen Wert. »Niko, du wirst heute nicht allein zurückfliegen. Du fährst mit mir nach Hause.«

Acht Sekunden unangenehme Stille zählte Liem.

»Mmhh …« Niko überlegte. Er hatte die Fluggesellschaft wegen der Umbuchung noch nicht kontaktiert. Mühsame Gespräche und Zusatzkosten erwarteten ihn.

»Du fährst mit. Keine Widerrede«, zischte Sarah.

»Okay. Aber … du wolltest doch hier ein paar Tage Urlaub machen. Und ich werde kein guter Unterhalter sein«, warnte er sie.

»Den Urlaub kann ich verschieben. Und glaubst du etwa, dass ich erwarte, dass du mich unterhältst? Falls du reden magst, bin ich da und ansonsten werde ich still sein.«

Liem musste glucksen, denn Sarah und still sein, war wie Schneefall im Juli. Sarah schnaubte. Sie schnappte sich ein Paar Socken aus dem Koffer und warf es zu Liem hin. Mit der temperamentvollen Bewegung begannen ihre Pendel an den Ohren wieder zu wippen.

»Danke, Kleine«, sagte Niko, der sich aus Liems und Sarahs Kinderspiel raushielt.

»Ich bleibe noch eine Nacht hier. Ist das auch okay?«, fragte Liem, der überlegte, das Sockenpaar zurückzuwerfen, sich dann aber dagegen entschied.

»Klar. Kein Problem!«, antwortete Niko, der ein weißes Hemd glattstrich. Einmal. Zweimal. Langsam.

3

Liem versuchte mit seinem Spiegelbild zu liebäugeln. Doch ein Hauch von Unsicherheit vermieste ihm den Flirt mit sich selbst. Ein bekanntes Gefühl. Ein Altes. Er fuhr mit einer Hand über seine braunen Haare, sie saßen perfekt. Seine braunen Augen glänzten. Sein Körper nicht extra trainiert, aber schlank. Er wusste, dass er auf andere anziehend wirken konnte, trotzdem klebte diese Unsicherheit an ihm, lästig wie Kaugummi an Schuhsohlen. Bin ich sexy genug für Armin? fragte er sich, während er seine Zähne putzte. Dabei spazierte er im Hotelzimmer herum. Vor der Balkontür blieb er stehen, der Blick auf das Meer zog ihn in seinen Bann. Ruhiges Wasser, kaum Wellen. Ein paar Leute aalten sich noch in der Abendsonne. Über ihnen kreisten Möwen wie ein Karussell im Vergnügungspark. *Kriäh! Kriäh!*

Je länger sich Liem vom Spiegel des Badezimmers fernhielt, desto mehr brauste sich seine Unsicherheit auf. Sie rumorte im Bauch, nagte an seinem Magen und fuhr in den Kopf hoch. Braute üble Gedanken zusammen: *Ich bin nicht gut genug für Armin. Er findet andere bestimmt attraktiver als mich. Ich bin einfach zu langweilig für eine Beziehung.*

Diese Glaubenssätze waren ein ätzendes Gebräu, das Liem schon jahrelang versicherte, dass er als frustrierter Single sterben würde. Manchmal, aber nur manchmal, irrten sie sich. Seine Gedanken. Vor allem, wenn Liem nach einem ersten Date ein weiteres Rendezvous herausgeschunden hatte. Dann benötigte sein Gemisch im Gehirn weitere Zutaten: hohe Ansprüche. Bestandteile, die besonders hilfreich waren und Liems Glück eintrübten. Niemand war in der fortgeschrittenen Dating-Phase ein größerer Meister im Konstruieren hoher Ansprüche als Liem. Diese drehten den Spieß um, denn dann entschied nicht der Angebetete über eine Beziehung, sondern Liem. Zusammen mit seinen hohen Ansprüchen hatte er bis jetzt immer einen Grund gefunden, um die Liebschaft abzuhaken. Immer.

Ein zu lautes Lachen. Oder ein zu altmodisches Schuhwerk. Zu ungepflegte Hände. Oder eine zu weibliche Gestik. Zu gefühllos. Kein guter Küsser. Ein unerträglich primitiver Freundeskreis oder zu besitzergreifende Freunde. Ein langweiliger Job oder ein Beruf zum Fremdschämen. Ein Raucher, der aus dem Mund stank. Oder ein Alkoholiker. Jemand, der Gras rauchte. Ein Stubenhocker. Ein Fitnessstudio-Junkie. Zu lautes Schnarchen. Jemand, ohne

Ziele im Leben. Ein falscher Musikgeschmack. Zu viele Haare auf der Brust oder zu glatte Haut. Spätestens nach vier Monaten hatte Liem einen Mangel erschnüffelt. Ein Mangel, der Liems Beziehungsstatus hartherzig auf Single setzte.

Immer.

Ein gutes Team. Liem und dieser Sud. Armin musste auf der Hut sein, er würde durchleuchtet werden. Gnadenlos bis ins Detail.

Liem latschte zurück ins Badezimmer, putzte weiterhin seine Zähne. Vorne, hinten, oben, unten, auf, ab und wieder von vorne. Bereits länger als drei Minuten.

Ich bin nicht gut genug für Armin.

Diese negativen Gedanken.

Er findet andere bestimmt attraktiver als mich.

Diese Unsicherheit.

Ich bin einfach zu langweilig für eine Beziehung.

Liem grübelte über die Ursache nach. Vorne, hinten, oben, unten, auf, ab und wieder von vorne. Gründliches Zähneputzen.

Fabian Giovannini!

Da war sie die Ursache, schneller als ein Blitz. Auf sie war Verlass.

Fabian – das Gift im Sud. Das Gift für alle Fälle.

Die Antwort kam nicht von ungefähr, schon längere Zeit führte Liem seine Unsicherheit und negativen Gedanken auf Fabian zurück. Fabian Giovannini – seine erste Liebe, als er sechzehn Jahre alt gewesen war. Seinetwegen konnte sich Liem auf keine dauerhafte Partnerschaft einlassen, er surrte in seinem Kopf herum wie eine lästige Stechmücke. Je ernster es mit einem Liebeskandidaten wurde, umso lauter surrte es. Und in Armin lauerte eine ernsthafte Gefahr.

Vor mehr als sechs Jahren hatten sich Liem und Fabian zum letzten Mal gesehen. Und seitdem trug Liem ihn bei sich. In seinen Gedanken. In seinen Träumen. Unverständlicherweise auch in seinem Herzen. Oft unbewusst, aber immer gut behütet wie einen wertvollen Schatz. Und dieser Schatz bewachte im Gegenzug Liems Single-Dasein. Somit war der Schatz ein Gift für Liems Beziehungen. Ein giftiger Schatz.

Fabian Giovannini. Was er jetzt wohl machte?

Der Handywecker bimmelte. Liem musste los. Zum Eisgeschäft an der Promenade. Zu Armin.

Er spuckte die Zahnpasta ins Waschbecken, spülte seinen Mund aus und stellte die Zahnbürste in den Becher zurück. Ein letzter Blick in den Spiegel. »Gut siehst du aus«, bestätigte ihm sein Gegenüber. Das Liebäugeln funktionierte. Alarmiert beobachtete der *giftige Schatz* das Geschehen. Er mokierte sich über Liems *Gut siehst du aus* und versuchte ihm einen Dämpfer zu verpassen.

Du Langweiler!

4

Da Liem um fünf Minuten zu früh dran war, beobachtete er den Eisverkäufer bei seinem Job.

»Have you got some vegan ice cream?«, fragte eine Touristin. Sie trug ein weißes Kleid, ihre Freundin ein schwarzes Top und kurze Jeans.

Der Verkäufer des mobilen Eisstandes zeigte auf mehrere Sorten.

»Can I taste the walnut ice cream?«

Durch die Ablenkung rückten Liems Nervosität und Unsicherheit in den Hintergrund. Mit einem Plastiklöffel fuhr der Verkäufer ins Walnusseis und hielt ihn der Touristin mit dem weißen Kleid hin. Er zwinkerte ihr zu.

»Mmhhh!«, rief sie begeistert, als sie es vom Löffel ableckte. »I hope this is organic?«

Mit ernster Miene und einem Händeklatschen reagierte der Verkäufer. »Alelujah!«

Das Wort erinnerte Liem an den Pfarrer. Sofort sah er die Glupschaugen eines Koboldmakis vor sich, obwohl der Eisverkäufer eine andere Augenform hatte. Unter den buschigen, schwarzen Augenbrauen steckten ungewöhnlich kleine Äuglein wie die eines Wellensittichs.

»Best ice cream here. From me, Darko!« Der Verkäufer flirtete eindeutig. Die zwei Frauen quietschten, dann bestellte die mit dem schwarzen Top: »For me, one scoop walnut.«

Als Darko das Walnusseis auf der Eisspachtel auftürmte, schrie sie plötzlich auf: »Noooo, sorry. You have lemon too. I'll take one scoop lemon. Sorry!«

Darko senkte Hände, Schultern und Mundwinkel. »When this is done, i'm sick for ten days!«

Liem musste laut auflachen, so laut, dass sich die beiden Touristinnen zu ihm umdrehten. Eine peinliche Situation. Schnell wendete er seinen Blick von ihnen ab und hoffte für Darko, dass das Zitroneneis vegan war. Ohne chemische Zusatzstoffe. Natürlich laktosefrei. Und regional.

Armin entschuldigte sich für sein Zuspätkommen. Sein blaues T-Shirt verstärkte das Hellblau seiner Augen.

»Hi! Kein Problem«, erwiderte Liem und lächelte. Nun wusste er fix, dass er sich verliebt hatte, und zu seinem Erstaunen hielt sein *giftiger Schatz* die Klappe.

»Gut siehst du aus«, offenbarte Armin, während er Liem von oben bis unten begutachtete.

Kurze Jeans, kombiniert mit einem grünen T-Shirt. Das Grün harmonierte bestens mit Liems braunen Augen und Haaren.

»Aber wo ist der Brautstrauß?«, fragte Armin, ehe sich Liem für das Kompliment bedanken und eines zurückgeben konnte.

»Der ist im Hotelzimmer in einer Vase.«

»Gut aufgehoben also. Magst du ein Eis? Oder ein Getränk? Ich lade dich ein ... als Dankeschön für die Taschentücher.« Armin strich sich eine blonde Strähne hinters Ohr.

»Gerne ein Eis.«

Darko, der Eisverkäufer, freute sich über die unkomplizierte Bestellung der beiden. Ohne lästige Fragen. Vanille und Erdbeere für Armin. Zweimal Walnuss für Liem. Während sich das Walnussaroma auf seiner Zunge verbreitete, fühlte sich Liem in seine Jugend, in die Bäckerei und das Café seiner Eltern zurückversetzt. Gesalzene Karamelltorte mit knusprigen Walnüssen. Mmmhh!

Sie schlenderten die Promenade entlang, handelten dabei das erste Thema, die geplatzte Hochzeit, ab. Schnell waren sie sich einig: Die ganze Schuld an der Misere trug die untreue Braut. Da er Paulas Cousin war und er nicht allzu sehr über sie lästern wollte, wechselte Armin rasch das Thema. »Was arbeitest du? Oder bist du Student?« Seine zwei Eiskugeln, Erdbeere und Vanille, vermischten sich bereits mit Enzymen und dem sauren Magensaft. Nun knabberte er an der übriggebliebenen Eiswaffel herum.

»Nein, ich studiere nicht. Ich bin Grafiker in einer Agentur. Dort gestalte ich hauptsächlich Werbematerial für Kunden. Und du?« Sich mit Armin zu unterhalten, machte Liem ganz hibbelig, er konnte sich kaum aufs Schlecken des Eises konzentrieren.

»Ein kreativer Mensch also. Das mag ich.« Armin suchte den Augenkontakt, den Liem kurz erwiderte. »Ich bin ein großer Naturfreund und habe das Glück, in einer Umweltorganisation zu arbeiten. Bei Nature-Power.«

»Interessant. Was machst du da genau?«, wollte Liem wissen. Er erblickte eine Möwe, die sich vom Wasser tragen ließ. Sie schaukelte mit den Wellen auf und ab.

»Ich bin in verschiedenen Projekten involviert, zum Beispiel *Fishing for Litter*. Da fliege ich eh bald nach Schottland und unterstütze vor Ort.« Der letzte Bissen der Eiswaffel landete in Armins Mund.

»*Fishing for Litter*? Was ist das? Und du fliegst, wenn dir die Natur am Herzen liegt?« Liem schmunzelte. Dabei wagte er, den Blondschopf anzuschauen.

»Ja. Schande über mich! Aber ich schwöre, ich fliege so gut wie nie. Und diese Chance ist zu großartig, um sie mir entgehen zu lassen.«

»Du musst dich nicht rechtfertigen. Ich fliege auch, obwohl ich ein Naturfreund bin«, sagte Liem, der nun geradeaus zum Felsen schaute, der am Ende der Promenade in die Höhe ragte. »Aber was ist jetzt *Fishing for …*«

»… *Litter*. Fischer sammeln Müll ein, der sich in den Netzen ihrer Boote verfängt. An Land entleeren sie das gefischte Zeug. Es kommt in Container, wird sortiert und danach ausgewertet. Ich darf zwei Wochen mit anpacken.« Ein Windstoß wehte durch Armins Haar, er strich erneut eine blonde Locke hinters Ohr.

Liem entzückte diese Haarpracht. Er hoffte, bald darin herumwühlen zu können. Stattdessen plapperten sie über ihre Berufe. Ihm ging plötzlich alles zu langsam, er wollte auf den Punkt kommen. Stehst du auf mich oder nicht? Doch um diese Frage zu stellen, fehlte ihm Spontaneität und Sicherheit. Leider. Dafür sorgte sein *giftiger Schatz*, der seine Zunge verknotete, wenn es ums Eingemachte ging. So sagte er nur: »Das klingt interessant.«

»Danke. Es ist auch ein spannender Bereich.« Armin zeigte mit einer Hand zum Felsen. »Hast du Lust, dort raufzugehen? Wenn wir Glück haben, sehen wir den Sonnenuntergang, falls die Wolken verschwinden.«

»Ja, gerne.«

Sie verließen die Promenade und stiegen zwischen Pinien und Büschen den Hang rauf. Vor allem die Sträucher, die aus dem trockenen Boden wuchsen, sahen mitgenommen aus. Fast so mitgenommen wie die vierzehn ramponierten Rosen in Weiß. Armin streifte mit seinem Arm den von Liem. Nur kurz, aber lange genug, um dabei erregt zu werden. Ob es unabsichtlich oder berechnendes Kalkül gewesen war, konnte Liem nicht einschätzen. Sie ließen die Pinien und Büsche hinter sich und betraten den Felsen. Das Meer breitete sich vor ihnen aus. In Rot, Gelb und Orange glitzerte es, ausgelöst durch die Abendsonne, die sich nun zum Großteil gegen die Wolken durchgesetzt hatte.

»Fantastisch dieser Ausblick«, schwärmte Armin, während er die Spitze des Felsvorsprunges ansteuerte. Wie gelähmt blieb Liem stehen, denn seine Höhenangst bremste ihn. Ausgerechnet jetzt, im kitschigsten Moment. Armin während des Sonnenuntergangs zu küssen, erschien ihm perfekt. Romantik pur. Der *giftige Schatz* grinste verlogen und fühlte sich bestätigt, dass Liem eben doch ein langweiliger Verlierer war.

Hihihi!

5

Ihm rollte eine Träne über die Wange. Hastig griff Niko in die Hosentasche, um seinen verletzlichen Moment mit einem Taschentuch wegzuwischen. Er fand keines. Sarah griff ins Handschuhfach, tastete nach einer Packung Taschentücher und reichte sie Niko. Sie hielt ihr Versprechen, für ihn da zu sein. Er wischte sich darauf langsam die Tränen weg. Auch ein zweites und drittes Mal strich er mit dem Taschentuch über seine Wange. Wischen. Streichen. Langsam. Seine Beruhigungstaktik. Und aufmerksam, wie Sarah war, registrierte sie, dass Niko seinen Tränen eine Streicheinheit mehr als seinen Kleidungsstücken schenkte.

»Wir sind gleich an der österreichischen Grenze. Trinken wir dort etwas?«, fragte Niko, nachdem er sich geschnäuzt hatte.

Endlich! Er redete. Fast vier Stunden still zu sein, war Strafe genug für Sarah gewesen. Eine Strafe, die sie zwar Niko zuliebe in Kauf genommen hatte, aber nur ungern. »Sehr gern.« Zwei Wörter – eine Wohltat.

Als sie in der Raststätte an einem Tisch saßen und der Kellner die Getränke brachte, offenbarte Niko seine

Gefühle – zum ersten Mal seit dem Debakel vor dem Traualtar. »Es fühlt sich so unwirklich an. Als ob mich jemand tagelang geschlagen hätte. Wie ein grässlicher Albtraum. Zwick mich, bitte!«

Sarah zwickte ihn nicht. Sie nickte. Kein Wort. Sarahs konsequentes Schweigen hätte Liem überrascht.

»Ich komm' mir so dumm vor. Wie habe ich das nicht merken können?« Niko nahm einen großen Schluck von seinem Bier. Und noch einen. »Dass diese Schlampe jemand anderen hat, ist niederschmetternd genug, aber das kurz vor der Trauung zu erfahren ... und dann ist der andere auch noch der eigene Bruder. Dieses verdammte Arschloch.« Niko schüttelte seinen Kopf und trank, bis der halbe Krug leer war.

Sarah rührte mit einem Löffel in ihrem Kaffee herum und schaute Niko mitfühlend an.

Niko knallte den Bierkrug auf den Tisch. Schaum klebte an seiner Oberlippe. Er rieb ihn sich ab und starrte eine Weile die Wand gegenüber an. Das Bild, das dort hing, zeigte eine Waldlandschaft. Viel Grün, vor allem dunkle Töne, die eine Düsternis ausstrahlten. »Ich glaube es nicht. Echt nicht. Es ist so beschämend. Und meine Eltern? ... Ich bin mir sicher, sie haben Verständnis für Luis. Luis, der Gute. Der Liebe. Super-Luis. Wahrscheinlich pochen sie darauf, dass ich mich mit dem Arschloch versöhne. Ich sag' dir aber was, Kleine. Ich scheiß' darauf.«

»Du hast recht, Niko«, bekräftigte Sarah ihn. Unterstützende Worte. Für eine Lehrerin nichts Ungewohntes. Sie unterrichtete in der Unterstufe eines Gymnasiums Deutsch und Biologie. Wissen zu vermitteln und für die Schwachen da zu sein, das war ihr wichtig. Für die, die ausgelacht, verprügelt, gemobbt und ausgegrenzt wurden. Dabei verwendete sie tröstende Worte, schenkte ihnen Mut und Zuversicht. Für ihre Schützlinge verwandelte sie sich gerne in eine Zauberin der Worte. »Wichtig ist, dass du jetzt auf dich schaust, damit du diesen Tag bald verdaut hast.« Sie nahm einen Schluck von ihrem Kaffee.

»Du hast recht. Ich denke, dass mir die Arbeit helfen wird. Zu Hause werde ich mich jedenfalls nicht vergraben. Ich brauch' Ablenkung von dieser Scheiße.« Niko trank sein Bier aus. »Von mir aus können wir weiterfahren, Kleine.«

Jetzt schon? Sarah hätte noch so viele heilende Wörter aus ihrer Schatzkiste der Buchstaben ausgraben können. Mit einem Nicken akzeptierte sie Nikos Vorschlag. »Ich trinke nur noch aus.« Sie führte die Tasse zum Mund und schlürfte an ihrem Kaffee. Langsam, um Redezeit zu schinden.

Die weitere Autofahrt verlief ruhig. Fünf Minuten nach der Abfahrt schlief Niko bereits. Es war ein anstrengender Tag gewesen, der ihn viel Kraft gekostet hatte. Sarah hingegen war hellwach, was bestimmt nicht am Kaffee lag. Der war zu wässrig gewesen. Ein Blümchenkaffee. Vielmehr beschäftigten sie die Ereignisse des Tages. Von Zeit zu Zeit warf sie einen Blick zu ihrem Beifahrer, der friedlich und sorgenfrei im Schlaf aussah. Hoffentlich bleibt mir so eine Schmach in Zukunft erspart, dachte Sarah, während sie ihren roten Opel Corsa C weiter Richtung Heimat lenkte.

6

Liem nahm all seinen Mut zusammen. Er tapste vor zur Felsspitze und zu Armin, der den atemberaubenden Ausblick genoss – den Sonnenuntergang mit kräftigen Orangetönen. Als sie nebeneinanderstanden, lächelten sie einander zu. Der perfekte Moment für den ersten Kuss. Liem musste schlucken, als er zufällig (dafür konnte nur *sein giftiger Schatz* verantwortlich sein) hinabblickte. Das Meer klatschte gegen den Felsen. Unaufhaltsam. Mehr als zehn Meter ging es runter. Wie auf Knopfdruck konfrontierte ihn seine Höhenangst, knallhart. Sie zeigte sich mit ihrer grässlichen Fratze. Ein angstverzogenes Gesicht. Herzrasen. Übelkeit. Und Wallungen.

»Wunderbar, nicht?«, schwärmte Armin. Eine Brise wehte durch sein blondes Haar.

Doch Liem antwortete nicht. Ihm wurde schwindelig. Er schwankte zum Glück nach hinten und nicht nach vorne und torkelte ein paar Schritte zurück. Dann setzte er sich hin.

»Was ist los?«, fragte Armin, während er sich umdrehte und auf Liem zuging.

»Ahm ... ich habe Höhenangst«, lüftete Liem sein Geheimnis, das er unter keinen Umständen beim ersten Date preisgeben wollte.

»Echt?« Armin bückte sich, bis er auf gleicher Augenhöhe mit Liem war. »Ist alles okay?«

»Ja, mir war nur schwindelig.« Blässe zog sich durch sein Gesicht. Die Tatsache, dass Armin eine Schwachstelle von ihm sah, passte Liem gar nicht in den Kram. Er wurde noch weißer. Bleich wie ein Geist.

Du langweiliger Verlierer! Höhnisches Gekicher in seinem Kopf. *Hihihi!*

»Kann ich irgendetwas tun?«, fragte Armin mit besorgter Stimme.

»Danke, aber es passt wieder alles.« Liem lächelte. Gequält. Die Situation war ihm peinlich.

Armin wollte Liem Zeit zur Regeneration geben, daher richtete er sich auf und ging wieder zur Felsspitze vor. Mittlerweile war die Sonne verschwunden, geschluckt vom Meer. Malerische Blau- und Grautöne mit einem zarten Rosa schmückten nun das Himmelszelt. »Weißt du Liem, am liebsten würde ich hier runterspringen. Und schweben können wie ein Vogel.«

»Wirklich?« Liem fühlte sich etwas besser. Der Sicherheitsabstand zum Abgrund half ihm, nach vorne blicken zu können. Ihn überrollte zum Glück kein neuerlicher Strudel der Höhenangst.

»Ja, wenn es nicht so hoch wäre, würde ich jetzt springen.«

Liem betrachtete Armin von hinten. Unter dem blauen T-Shirt zeichneten sich Konturen eines kräftigen Rückens ab. Ein Garant für beste Haltungsnoten. Vor, während und nach einem Sprung in die Tiefe. »Und … bist du schon einmal von einer Klippe gesprungen?«

»Einmal?« Armin drehte sich um und stellte zu seiner Erleichterung fest, dass Liem entspannter aussah. »Viele Male, aber nicht von dieser Höhe. Und auf meiner Wunschliste steht Fallschirmspringen. Das habe ich leider noch nie gemacht.«

»Ufff … mein Albtraum.« Falsche Antwort.

Langweiler! Hihihi!

»Schade. Wäre bestimmt schön ... mit dir«, sagte Armin.

Liem schluckte. Warum ausgerechnet Fallschirmspringen?

»Ich glaube, viele Sachen wären mit dir fantastisch.« Armin preschte vorwärts – mit seinen Worten und Füßen. Ehe Liem etwas erwidern konnte, saß der blonde Wuschelkopf neben ihm. Ihre Arme berührten sich wie vorhin, jetzt gab es keinen Zweifel mehr über Armins Absichten. Beide Herzen pochten vor Aufregung. Armins Schritte hatten sich ausgezahlt. Schritte, die Liem den Boden unterm Hintern weggezogen hatten. Er schwebte.

Die Kräuter dufteten. Vor allem der Rosmarin, der wild wuchs, verströmte ein kräftiges Aroma. Vereinzelt segelten noch Möwen in der Luft und stießen ihre Laute aus. *Kriäh! Kriäh!*

Nach einem Moment des Schweigens fragte Armin: »Was steht auf deiner Wunschliste?«

»Da muss ich kurz überlegen«, antwortete Liem, obwohl ihm die Antwort auf der Zunge kitzelte: dich näher kennenlernen. Doch für diese Worte fehlte ihm der Mut.

»Fabian steht auf meiner Wunschliste«, soufflierte ihm der *giftige Schatz*.

Liem stöhnte.

Hihihi!

»So schwierig?«, fragte Armin mit keckem Blick, während er seinen Arm fester an Liems drückte. Armins Arm. Er löste mehrere Reaktionen bei Liem aus: Erstens verpuffte Fabian in seinen Gedanken. Zweitens steigerte sich die Nervosität. Und drittens spürte er den Felsen unter seinem Hintern wieder. Den Boden mit vielen Steinchen, die lästig piksten.

»Mir fallen zwei Sachen ein«, äußerte sich Liem schließlich, erleichtert etwas Angemessenes gefunden zu haben.

»Ja? Ich bin gespannt.« Armin blickte in Liems braune Augen, die ihm interessanterweise sehr vertraut waren.

Liems Antwort verzögerte sich erneut. Schuld trugen die hellblauen Augen, die ihn anstarrten. Nachdem Liem sich gefasst hatte, sagte er: »Also, es wäre großartig, wenn sich meine Bilder verkaufen würden.«

»Du malst?«

»Ja, Kohlezeichnungen.«

»Cool. Also, du willst damit berühmt werden?«, fragte Armin.

»Nicht wirklich berühmt. Es genügt mir, wenn ich zwischendurch ein paar Bilder verkaufe. Ein bisschen Taschengeld nebenbei.«

»So bescheiden. Das klappt bestimmt. Ich habe zwar noch kein Werk von dir gesehen, aber du zeichnest sicher hervorragend … mit diesen Fingern.« Armin stieg erneut aufs Gaspedal und berührte Liems linke Hand, strich sanft darüber. »Sie gefallen mir.«

Gänsehaut. Liems Atem stockte. Fabian blitzte in seinen Gedanken auf. Schon wieder. Doch Armins Berührung hatte mehr Kraft und setzte sich gegen die Jugendliebe durch.

»Und was ist dein zweiter Wunsch?«, hakte Armin neugierig nach.

»Der ist mir ein bisschen unangenehm.« Hitze stieg in Liems Kopf. Sein Gesicht verfärbte sich. Altrosa wie das vegane Kirscheis des Eisverkäufers Darko an der Promenade.

»Das Schüchterne mag ich an dir«, Armin musste

lachen, »aber bestimmt schlummern auch andere Seiten in dir.«

Liem grinste verlegen. »Mein zweiter Wunsch …«

»Raus mit der Sprache«, forderte Armin ihn auf, als er eine Möwe beobachtete. Sie stürzte sich in die Tiefe. Wahrscheinlich hatte sie endlich ihr Nachtmahl, einen saftigen Fisch, erspäht. Wolfsbarsch. Hornhecht. Oder Zahnbrasse.

»Eine glückliche Beziehung führen. Aber was heißt das schon, *glücklich*?« Endlich hatte Liem seine Sehnsucht ausgespuckt. Und es tat gut.

»Ein schöner Wunsch. Und das ist eine spannende Frage: Was heißt es, *glücklich* zu sein?«

Liem schwieg. Für einige Sekunden auch Armin, ehe er sagte: »Liem?«

Ihre Blicke trafen sich wieder. Diese hellblauen Augen machten Liem verrückt. Er ärgerte sich, kein Draufgänger zu sein, der sich holte, was er wollte. Einen Kuss. Zum Glück hatte Armin eine draufgängerische Ader. Sanft berührten sich ihre Lippen. Beide schlossen die Augen und genossen diesen Moment. Die Lippen bewegten sich kaum, auch die Zungen nicht, damit hielt sich Armin vorerst zurück. Liem auch. Der Schisser. Zaghaft fuhr er mit seinen Fingern durch Armins blonden Wuschelkopf. Haare weich wie Federn. Armin, der Liems Kopf hielt, drückte ihn fester zu sich. Ein perfekter Kuss, der beiden schmeckte. Das gegenseitige Streicheln ihrer Hände half ihnen, innerlich loszulassen, um sich dem anderen leichter hingeben zu können. Ihre Lippen klebten aneinander, als ob sie ihr ganzes Leben auf diesen einen Augenblick gewartet hätten.

Dann lösten sie ihre Lippen voneinander, ohne dass sich ihre Zungen berührt hatten. Das war egal, nur mehr Nebensache, denn Liem wusste nun, dass die Verliebtheit auf Gegenseitigkeit beruhte. Sie sahen sich in die Augen. Liem fasziniert vom Hellblau, Armin begeistert vom klaren Braun.

»Jetzt bin ich glücklich«, hauchte Armin.

»Ich auch.«

Achtundfünfzig Sekunden dauerte ihr erster Kuss. Doch Liem hatte vergessen mitzuzählen, das hatte der *giftige Schatz* übernommen. Jede Sekunde – eine Folter. Er schäumte vor Wut. Sein *Hihihi* verstummte. War das Ende seiner Herrschaft über Liem eingeläutet?

7

Während Niko am Tag nach der geplatzten Hochzeit seine Wunden mit Selbstmitleid beträufelte, erwachte Liem mit einem Grinsen. Die magische Luft des gestrigen Abends lullte ihn weiterhin ein, tropfte Selbstvertrauen in seine Seele. Der *giftige Schatz* hingegen spuckte Gift und Galle. Er setzte seine Kräfte ein, um Liem den Abend mit Armin madig zu machen. Die Magie versuchte er ins Lächerliche zu ziehen, doch er hatte heute mit seinen Manipulationen keine Chance. Liem schloss die Augen und badete in Erinnerungen. Es waren eindeutig magische Stunden gestern Abend gewesen. Nach dem Kuss hatten sich Liem und Armin auf dem Felsen aneinander gekuschelt und ihr Bedürfnis nach Nähe gestillt. Liem spürte jetzt noch Gänsehaut am ganzen Körper. Da sie sich für zehn Uhr am Strand verabredet hatten, hüpfte

Liem aus dem Bett und stellte sich unter die Dusche. Als das Wasser ihn reinigte, fiel ihm Niko ein. »Verdammt!« In seinem Verliebtheitsrausch hatte er vergessen, ihm eine SMS zu schreiben. Nach einer Blitzdusche schnappte er sein Handy und schrieb: *Lieber Niko, ich bin morgen früh wieder in Wien. Melde dich, wenn du was brauchst. Ich drück dich, Liem.*

Als Liem am Strand eintraf, winkte Armin, heute ohne Verspätung, von der Ferne zu. In der türkisen Badehose sah er zum Anbeißen aus. Sie begrüßten sich eher verhalten, ein Küsschen rechts und links auf die Wangen. Liem breitete sein Badetuch auf dem Steinstrand aus und begann sich bis auf die orange Badehose auszuziehen. Armin scannte in Sekundenschnelle alles vom kleinen Zeh bis zum Stirnansatz ab. »Schöner Körper!«, stellte er fest.

Tief beleidigt schmollte der *giftige Schatz* im letzten Winkel seiner Höhle, denn Liem hatte einen weiteren Test bestanden.

»Danke. Bist du immer so direkt?«

»Haha. Ja, meistens sage ich, was ich mir denke.«

»Da kann ich noch was lernen von dir.«

Armin grinste. Er fächerte mit den Händen vor seinem Gesicht. »Mir ist heiß. Gehen wir ins Wasser?«

Liem nickte. Daraufhin rannte Armin los, hüpfte von Stein zu Stein, als ob sie aus Gummi wären. Liem bewegte sich vorsichtiger zum Wasser hin, an Springen war nicht zu denken. Als er mit den Füßen knöcheltief im Wasser stand, fischte Armin mit einer Hand eine Plastikverpackung aus dem Meer. »Sowas nervt mich«, schimpfte er und sprintete leichtfüßig zum nächsten Mülleimer.

In der Zwischenzeit tappte Liem weiter ins Wasser hinein, versuchte auf jedem Stein, auf den er trat, sein Gleichgewicht zu behalten. Die Wellen schwappten angenehm über seine Füße.

Als Armin zurück war, fragte er Liem: »Weißt du, wie viel Plastik jährlich auf der Welt produziert wird?« Ohne Liems Antwort abzuwarten, redete er weiter. »Fast dreihundert Millionen Tonnen … jährlich. Im Jahre 1950 waren es um die 1,5 Millionen Tonnen. Und weißt du, wie viel Plastik davon ins Meer gelangt?« Auch bei dieser Frage erwartete sich Armin keine Rückmeldung. »Um die acht Millionen Tonnen! Das ist zwar nur eine Schätzung, trotzdem ist das ein Wahnsinn. Acht Millionen Tonnen. Stell' dir das mal vor!« Bis über beide Knie stand Armin bereits im Wasser.

»Klingt arg, obwohl ich mir unter dieser Menge, ehrlich gesagt, nicht viel vorstellen kann.« Liem konzentrierte sich auf die Steine (nur nicht die Balance verlieren) und auf Armins Körper (nur nicht den Verstand verlieren). Athletisch, braun gebrannt. Makellos. Besonders reizvoll fand Liem die festen Oberschenkel in Kombination mit der türkisen Badehose – ein Augenschmaus.

»Darum will ich so gerne bei *Fishing for Litter* dabei sein. Das lie-«

»Aaaahhh!«, schrie Liem auf.

»Was ist los?«, fragte Armin mit besorgter Miene. Er runzelte seine Stirn.

»Ich glaube, ich bin auf etwas Spitzes getreten.«

»Auf einen Seeigel vielleicht«, vermutete Armin.

»Sehe ich keinen.« Liem tapste ein paar Schritte ins seichte Wasser zurück und hielt seinen Fuß in die Höhe, um ihn genauer zu mustern. Nur nicht die Balance verlieren. An einer Stelle rann Blut heraus. »Das schmerzt.« Er tauchte den Fuß wieder ins Wasser … Salzwasser sollte doch Wunden schneller heilen. Der *giftige Schatz* witterte seine Chance und lugte aus seiner Höhle hervor. Gab es etwas zu lachen?

»Ich glaube, es ist besser, wenn wir rausgehen«, schlug Armin vor.

Liem war einverstanden, setzte sich wenige Momente später auf das Badetuch und sah Armin mit schmerzverzerrtem Gesicht an. »Was war das? Kein Krebs kann so zwicken, und es tut höllisch weh.«

Armin holte aus seinem Rucksack ein Taschentuch heraus und hielt es Liem hin. »Nimm!«

Vorsichtig wischte Liem das Blut weg und inspizierte seinen Fuß. »Das sieht nach einem Stich aus … ich fühl' mich auch ganz komisch.«

»Was hast du genau?«, wollte Armin wissen.

»Mir ist schlecht und ich habe Kopfschmerzen«, antwortete Liem, während er mit dem Taschentuch versuchte, die Blutung zu stoppen.

Hihihi!

»Mmhhh. Das könnte ein Petermännchen gewesen sein.«

»Ein was?« Liems Gesicht wurde blass.

Hihihi!

»Petermännchen. Ein Fisch. Der zählt zu den gefährlichsten Gifttieren Europas wegen seiner giftigen Stacheln an den Flossen. Wahrscheinlich bist du einem Exemplar zu nahegekommen«, erklärte Armin.

»Na bravo ... ein gefährliches Gifttier? Wie gefährlich?

Muss ich ins Krankenhaus?« Auf Liems bleicher Stirn bildeten sich Schweißperlen wie am Tag zuvor bei Niko.

Ein Mann mittleren Alters, er war einige Meter von ihnen entfernt gelegen, hatte die Aufregung mitbekommen und gesellte sich nun zu ihnen. »Kann ich helfen? Ich bin Arzt.« Der Dialekt verriet, dass er aus Deutschland kam.

»Ja, mir geht's nicht gut.« Mittlerweile war Liem kotzübel.

Hihihi!

Nachdem Armin dem deutschen Arzt seine Vermutung mitgeteilt hatte, bestätigte dieser ihn. »Petermännchen haben wir an der Ost- und Nordsee auch.« Er empfahl, ins Hotelzimmer zu gehen, viel zu trinken sowie heißes Wasser über die Einstichstelle laufen zu lassen. »Keine Angst. Das wird schon!«

Liem lag bereits seit mehr als zwei Stunden im Bett und ruhte sich aus. Ein kleines Handtuch mit kaltem Wasser befeuchtet, kühlte seine Stirn. Eine Wohltat. Die Kopfschmerzen waren komplett verschwunden, die Übelkeit kaum noch vorhanden, aber der Schmerz an der Einstichstelle quälte ihn weiterhin. Armin kam aus dem Badezimmer. »Das ist wirklich doof«, er verzog seinen Mund, »ich müsste gleich aufbrechen, um meinen Bus nach Wien zu erwischen. Aber ich will dich nicht allein lassen.«

»Das ist lieb von dir. Mir geht's aber schon besser. Und ich muss sowieso in ein paar Stunden zum Bahnhof.«

»Trotzdem«, Armin setzte sich auf die Bettkante und streichelte über Liems Finger, »möchte ich gerne länger bei dir sein.«

»Ich schaffe das schon. Und wir treffen uns zu Hause, wenn du magst.« Liem genoss Armins Berührung und lächelte ihn an.

»Sehr gerne! Versprochen?«

»Versprochen! Nachdem der heutige Tag ein Reinfall war, habe ich einiges gutzumachen.«

»Nein, er war kein Reinfall. Ich freue mich, wenn wir uns wieder sehen.«

»Ich mich auch«, sagte Liem.

»Na gut, dann bis bald!« Armin beugte sich zu Liem hinunter und küsste ihn. »Falls sich dein Zustand in der nächsten Stunde verschlechtern sollte, melde dich, okay? Dann komm' ich sofort zurück.«

»Danke dir!« Dass Liem diese Variante nicht in Erwägung ziehen würde, behielt er für sich. Es wäre zu viel verlangt.

Bevor Armin das Hotelzimmer verließ, hauchte er Liem noch einen Kuss zu. Mit Freude fing Liem ihn mit einer Hand auf und sog den unsichtbaren Kuss tief in seinen Bauch hinab.

Grmpfff! So ein abartiger Kitsch, dachte sich der *giftige Schatz*. Er griff in seine Hosentasche und fischte ein Fläschchen heraus. Ein Toxikum. Angst. Sie würde dem Selbstvertrauen den Garaus machen. Einen idealen Nährboden für Zweifel schaffen.

Und es dauerte auch nicht lange, bis Liem davon überzeugt war, dass sich Armin nicht mehr melden würde. Warum auch? Eine peinliche Situation nach der anderen, vor allem nach dem Stich des Petermännchens hatte er sich nicht wie ein Mann, sondern wie ein kleines Mädchen verhalten. Total unsexy. Er hatte es eindeutig vergeigt.

Ein Petermännchen. So ein idiotischer Fisch! *Hihihi!*

Und trotzdem, nachdem Liem diese Zweifel mehrmals durchgekaut hatte, war er doch irgendwie … zufrieden. Lag es daran, dass sich Armin sowohl gestern als auch heute liebevoll um ihn gekümmert hatte? Ja, wahrscheinlich! Diese Tatsache gab Liems Selbstvertrauen einen kräftigen Schub.

Grmpf!

Der *giftige Schatz*, die Ausgeburt von Liems Jugend, trottete widerwillig in seine Höhle zurück. Mit seinem wertvollen Toxikum. Dort lauerte er und wartete. Bis er wieder zuschlagen konnte.

8

Niko knallte genau in dem Moment einen Teller gegen die Wand, als Liem die Wohnung betrat. Er zuckte zusammen. Vor einer halben Stunde hatte Sarah ihn panisch angerufen, dass Niko außer sich war und alles zerstörte. Ohne zu zögern, hatte Liem sich sofort aufs Rad gesetzt und war durch die Innenstadt gerast. Wie üblich wuselten vor dem Stephansdom und am Michaelerplatz viele Touristen herum. Die Sonne genossen vor allem Studenten und ältere Menschen im Volksgarten. Fünf Minuten nachdem Liem das Rathaus mit seinem 98 Meter hohen Hauptturm, auf dessen Spitze der Rathausmann stand, hinter sich gelassen hatte, erreichte er sein Ziel.

»Endlich bist du da. Er ist nicht zu beruhigen. Auf der ganzen Rückfahrt nach Wien war er still wie ein Fisch, und jetzt dreht er komplett durch.« Sarah begrüßte Liem mit einem Kuss auf die Wange und einem Kopfschütteln.

Sie war ratlos. Vor Selbstbewusstsein strotzte einmal mehr ihre Mode, die Liems Aufmerksamkeit auf sich zog: ein rosa T-Shirt mit blauer Giraffe. Ihren Hals zierte eine geschlängelte, weiße Schrift. *Long life* stand darauf.

Ein Krachen!

Niko hatte einen weiteren Teller vernichtet. Mit jedem Wurf entfleuchte ihm ein Geräusch, tief aus seinem Inneren. Ein scharfes Zischen, ein pfeifendes Fauchen, ein genugtuendes Brummen oder ein gedämpfter Schrei.

»Niko, was machst du da? Hör auf und lass uns reden!«, forderte Liem ihn auf, als er in der Küche erschien. Nikos Wunden im Gesicht waren fast verheilt, somit erkannte man kaum mehr Anzeichen von der Schlägerei mit seinem Bruder. Wie schon Sarah zuvor hatte jetzt auch Liem mit seiner Intervention Pech. Niko donnerte einen Keramik-Esel auf den Boden. Das Aufklatschen des Tieres, ein Mitbringsel aus einem Griechenland-Urlaub, bedeutete seinen Tod. »Nein! Ich muss den ganzen Scheiß von Paula zerstören … will nichts mehr davon sehen.« Nikos Kopf verfärbte sich, selbst durch die zwei Millimeter kurzen Haarstoppeln leuchtete das Rot durch.

Liem wünschte sich den Niko aus Kroatien zurück, den emotionslosen Niko, der sanft seine Kleidung glattgestrichen hatte. Einmal. Zweimal. Langsam. Auch wenn ihm das zu ruhig erschienen war, war ihm die Reaktion im Hotelzimmer wesentlich lieber gewesen als dieser Krawall hier.

»Wir helfen dir, den ganzen Kramuri zu entsorgen. Du musst nicht alles ruinieren.« Sarahs nächster Versuch. Ihren Tonfall wählte sie bewusst ruhig.

»Aber es tut gut, sehr gut sogar.« Eine Tasse mit der

Aufschrift *Paula* zersplitterte auf dem Boden. Niko spuckte darauf. »Schlampe!«

So emotional hatten Liem und Sarah ihn selten gesehen. So unkontrolliert. So heißblütig. Hilflos standen sie da. Die Küche war ein Chaos, überall lagen Scherben. Selbst die Kaffeemaschine und ein Weihnachtskaktus samt zerbrochenem Blumentopf befanden sich in dem Haufen. Ein Trümmerhaufen, wie Nikos Gefühls- und Gedankenwelt. Er hatte wieder einmal versagt. Und sein jüngerer Bruder Luis war der Gewinner, wie meistens. Skrupellos hatte er ihm seine Verlobte vor der Trauung ausgespannt. Nach acht Jahren Beziehung! Wann wohl diese Affäre begonnen hatte? Vor ein paar Wochen oder Monaten? Vielleicht schon vor einem Jahr oder länger? Nichtwissen war an dieser Stelle klüger.

Niko könnte kotzen. Stattdessen riss er den Kalender von der Wand und zerfledderte ihn. Paula hatte eine Vorliebe fürs Basteln, auch diesen Kalender hatte sie gestaltet – mit Liebe. Voller Hass trat Niko mehrmals darauf. Dabei grunzte er wie ein Schwein.

Sarah preschte nach vorne. Nur dastehen und zusehen, war keine Option mehr. »Na gut, du willst es nicht anders.« Ihre Finger krallten sich einen Teller des Stapels und schleuderten ihn voller Elan gegen die Wand. »Und jetzt zusammen! Auf die dumme Kuh!« Ihr Ton war scharf, ihr Blick herausfordernd.

Niko grinste. Er freute sich über die Unterstützung und nahm die Herausforderung an. Zusammen schleuderten sie einige Teller gegen die Wand.

»Liem! Steh' nicht so rum, hilf uns!« Sarah klang wie eine Befehlshaberin des Militärs. Liem parierte.

Nach ein paar Minuten war der Spuk vorbei. Alles, was Niko mit Paula in Verbindung gebracht hatte, lag zerbrochen auf dem Boden. Gläser, Tassen, Schüsseln, Teller und auch eine Gewürzbox, die sie aus einem Spanien-Urlaub mitgenommen hatte, waren ruiniert. Nur vereinzelte Tassen und Gläser hatten das Massaker überlebt. Aber die hatten selbstverständlich nichts mit Paula zu tun. Sarah holte einen Besen und kehrte die Bruchteile zu einem Haufen zusammen. Ein Riesenhaufen. Dann hockten sich die drei auf den Boden. In der Mitte stand eine Flasche Chianti, die Niko hingestellt hatte. Sie schillerte im einfallenden Sonnenlicht. Wären die drei einige Jahre jünger gewesen, hätten sie wahrscheinlich Gefallen am Spiel Flaschendrehen gefunden, nun wollten sie nichts anderes als trinken. Sarah nahm die Flasche zu sich und suchte vergeblich nach einem Ablaufdatum darauf. Es war eine Marotte von ihr, die Haltbarkeit jedes Lebens- und Genussmittels zu checken. War es abgelaufen, schmiss sie es weg, egal ob es noch genießbar war. Wo war es nur, dieses verflixte Datum?

»Vor zwei Wochen gekauft, Kleine«, informierte Niko sie.

Sarah nahm die Information schweigend zur Kenntnis und entfernte mit einem Flaschenöffner den Korken. Der Chianti, der fruchtig schmecken sollte, plätscherte in die Gläser. »Auf unsere Freundschaft. Und auf das Leben«, sagte sie. *Long life* las Liem erneut den Schriftzug auf dem Giraffenhals ihres T-Shirts. Niko und Sarah schwärmten ohne Ende von der Himbeer-Note, die auf dem Etikett groß angekündigt war.

»Mmmmhhh!«

»Lecker!«

»Die Himbeer-Note – ein Traum!«

»Ja! Mmmmhh!«

»Herrlich!«

Für Liem war der Chianti ein saures Gesöff, er verstand nicht, was daran *lecker* oder *herrlich* sein sollte. Schmeckte wie flüssiger Rhabarber. Aber er trank mit. Gruppenzwang. Lieber hätte er einen Mavrodaphne aus Griechenland getrunken. Da hätte auch seine verwöhnte Zunge etwas Süßes geschmeckt. Die Süße von Trauben, Pflaumen und Feigen.

»Acht Jahre sind im Arsch. Wahnsinn, oder?« Niko nahm einen weiteren Schluck zu sich. »Aber das Zerstören hat gutgetan. Danke euch! Ich fühle mich besser, bin wieder ruhiger.«

»Auf dich, Niko«, sagte Sarah und erhob ihr Glas.

Sie prosteten erneut an.

»Mmmhh!«

»Der mundet!«

Liem schwieg.

»Kleiner, ein Vögelchen hat mir gezwitschert, dass du jemanden datest. Erzähl doch von ihm!«

Sarah fühlte sich ertappt. Sie kreiste mit einem Finger mehrmals am Glasrand herum. Ihr gefiel nach wie vor nicht, dass Liem den Cousin der dummen Kuh traf.

»Ich mag noch nicht darüber reden, vielleicht verpufft ja bald alles.«

»So wie bei mir.« Niko schenkte sich ein weiteres Glas Chianti ein.

Hoffentlich nicht, dachte Liem und warf einen Blick auf sein Handy. Weder eine Nachricht noch ein Anruf von

Armin. Kein Kontakt seit ihrem Treffen in Kroatien. Kein Mucks. Liems Zweifel hatten recht gehabt. Er war einfach zu unsexy für Armin. Nicht einmal der *giftige Schatz* musste sich die Mühe machen, um aus der Höhle hervorzukriechen. Warum auch? Es funktionierte alles wie am Schnürchen. Liem nahm einen großen Schluck vom Chianti und hoffte, dass dieses saure Gesöff zumindest seinen Herzschmerz etwas betäubte. Aber selbst für das taugte der Heckenklescher nicht.

»Übrigens, ein Petermännchen hat mir in den Fuß gestochen.«

»Ein was?«

9

Am nächsten Tag saß Liem angeknackst vor dem Computer. Mit pochenden Kopfschmerzen und einem pelzigen Mund, der ihm Übelkeit verursachte, suchte er zwei Bilder für einen Werbefolder. Doch er fand nichts Passendes. Er seufzte. Seine Augenlider, schwer wie eine vierzig-Kilo-Packung Trockenbeton, drückten nach unten. Zumindest hatte er das Büro für sich allein, so war es egal, ob er einnickte. Sein einziger Zimmergenosse: ein unangenehmer Kater. Ein Gast ohne Einladung. Das Überbleibsel des Chiantis. Ohne der erhofften Süße. Die Himbeer-Note war definitiv ein Schmäh des Herstellers gewesen, auf den Niko und Sarah gestern reingefallen waren – bei allen vier Flaschen, die sie getrunken hatten.

Es schrillte. Liem zuckte zusammen. Eine SMS kündigte sich lauter als sonst an. Fünf Buchstaben erschienen auf dem Display: Armin.

Endlich! Das langerwartete Lebenszeichen. Die vierzig-Kilo-Packung Trockenbeton verschwand im Nu, die Augen wurden groß wie Sonnenblumen und fraßen die Nachricht auf. Erst nach dreimaligem Lesen gelang es Liem, die Zusammenhänge der Wörter zu erfassen. Seine Zweifel, die ihn die letzten Tage gequält hatten, waren umsonst gewesen, denn Armin wollte nach der Arbeit mit ihm Tretboot fahren. Liem entspannte sich, obwohl sein Herz schneller als sonst klopfte. Dann antwortete er.

Noch vier Stunden bis zum Wiedersehen. Das waren zweihundertvierzig Minuten. Bis dahin musste er den Kater loswerden und sein zerrupftes Aussehen auf Vordermann bringen.

Nachdem sie an der Kasse bezahlt und Armins Reisepass als Pfand hinterlassen hatten, schlenderten sie zur Bootsanlegestelle. Trotz des tiefen Standes der Sonne war es angenehm, ein lauer Abend.

»Geht's dir eh gut?«, fragte Armin, hüpfte aufs Tretboot und begann das Seil zu lösen. Liem schaute verdutzt drein. Sah er tatsächlich so mitgenommen aus? Blitzte der hinterlistige Kater noch aus seinen Augen? Dabei war er sicher gewesen, sich nicht nur frisch zu fühlen, sondern auch so auszusehen.

»Oder plagt dich noch der Stich des Petermännchens?«

Ach so! »Nein!« Liem atmete erleichtert auf, machte einen großen Schritt und landete auf dem schwankenden Tretboot. »Ich bin wieder fit.« Eine kurze Enttäuschung flammte auf, da sich Armin nicht früher erkundigt hatte.

»Freut mich. Nachdem es dir besser geht, kann ich dir noch etwas vom Petermännchen erzählen.«

»Ja? Was denn?«, wollte Liem wissen.

Die beiden setzten sich hin und begannen zu treten. Armin übernahm das Steuer.

»Angeblich sollen Möwen, die ein frisch gefangenes Petermännchen fressen, sofort tot umfallen. Also eigentlich: abstürzen. Arg, oder?«

»Waaas? … So giftig sind die?« Liem schlug seine Hände zusammen. »Nie mehr will ich mit so einem Teufelsvieh in Berührung kommen.«

»Ich auch nicht.«

Dank der späten Uhrzeit befanden sich außer ihnen kaum andere Seelen im oder auf dem Wasser. Neben zwei weiteren Tretbooten, die schunkelten, schwammen nur mehr zwei Frauen dem Sonnenuntergang entgegen.

»Übrigens … es gibt News von meiner Cousine. Also von Paula. Sie hat mir vorher erzählt, dass sie jetzt fix mit Luis zusammen ist.«

»Echt?« Liems Übelkeit kam zurück, was nicht am Wackeln des Bootes lag.

»Unfassbar, oder? Ich glaube, die hatten schon länger eine Affäre, denn anders kann ich mir das nicht erklären. Aber sie rückt mit keinen Details raus«, ergänzte Armin.

»Wenn das Niko erfährt …« Mittlerweile brannten Liems Oberschenkel.

»Bestimmt keine leichte Kost für ihn.« Armin hörte mit dem Treten auf. Endlich, dachte sich Liem, bekommen meine Oberschenkel eine Ruhepause. Doch Armin hatte anderes im Kopf als entspannen, stand auf und sagte: »Lass uns reinspringen!« Er riss sich sein T-Shirt vom Leib und hüpfte ins Wasser, das ihn und die türkise Badehose verschluckte. Einen Moment später machte Liem einen Kopfsprung ins Nass und tauchte ein paar Armzüge lang, ohne Furcht, dass ein Petermännchen ihm begegnen könnte. Armin juchzte. Dann kraulte er zum Tretboot zurück und hielt sich mit einer Hand daran fest. Auch nass sah sein blonder Wuschelkopf zum Verlieben aus. Liem schwamm rücklings zum Boot.

»Ich habe dich vermisst«, gestand Armin.

Liem grinste. Die Enttäuschung, dass Armin ihn nicht früher kontaktiert hatte, versank wie ein Stein in die Tiefen eines Meeres. Dann geschah alles sehr schnell. Armins Lippen klebten auf Liems Mund. Vom Wasser befeuchtete Lippen. Sie schmeckten süß. Armin zeigte sich ungestümer als beim letzten Mal. Die Berührung der Münder entwickelte sich zu einem feurigen Zungenkuss. Wild und leidenschaftlich: ihr erster richtiger intimer Kuss. Und er dauerte ... Liem vergaß erneut mitzuzählen, aber es mussten Minuten sein. Minuten, die zeitlos waren. Minuten, die wie eine Ewigkeit erschienen und doch zu kurz waren. Minuten, die ihren Hunger nach Zärtlichkeit und Nähe stillten. Minuten, die zuließen, dass sich zum ersten Mal ihre nackten Körper berührten (ausgenommen der Stellen, die ihre Badehosen verdeckten). Minuten, in denen sie die Erregung des anderen durch ihre Badehosen spürten. Minuten, die beide mehr zusammenschweißten. Minuten, die im Licht der untergehenden Sonne zu Ende gingen.

Als sich ihre Körper und Lippen voneinander lösten, lächelten sie sich an und blickten wortlos in die Fenster ihrer Seelen. Wunderschöne Augen, dachten sich beide.

Kurz darauf kletterten sie ins Boot zurück. Sie trockneten sich ab, legten sich auf die leere Bootsfläche und blickten gen Himmel. Dieses Mal war Liem derjenige, der einen Schritt auf Armin zuging. Er berührte seine Hand. »Schade, dass Paula nie von dir erzählt hat …«

»Wahrscheinlich, weil ich meistens einen Partner hatte«, erwiderte Armin.

»Oh. Okay.« Alte Beziehungen, wie mühsam. Reflexartig wollte Liem seine Hand zurückziehen, doch Armin hielt sie fest.

»Aber jetzt bin ich frei.« In dem Moment flog eine Stockente schnatternd über ihnen vorbei. »Frei wie ein Vogel.« Armin kicherte.

»Das war ich meistens. Es hat nie zu mehr als vier Monaten gereicht«, gestand Liem.

Armin drückte Liems Hand. Zu gern wollte er ihm versichern, dass es mit ihnen länger dauern würde, doch trotz seiner draufgängerischen Art, befanden sich diese Worte außerhalb seiner Grenzen. Eine weitere Stockente zog über ihnen vorbei, der Sonne entgegen, die hinter den Bäumen des Westufers verschwand. Verschwunden waren auch die beiden Schwimmerinnen sowie die Tretboote – keine Spur mehr von ihnen zu sehen.

»Wärst du gerne ein Waldkauz?«, fragte Armin völlig nüchtern.

»Häh?« Liem, irritiert über diese außergewöhnliche Frage, drehte den Kopf zu Armin hin und übermittelte mit seinen großen Augen Fragezeichen. Signale des Unwissens.

Nun musste Armin laut auflachen, ehe er das Geheimnis des Nachtjägers lüftete. »Waldkäuze sind die besten. Haben sie nämlich einen Partner gefunden, bleiben sie ein Leben lang mit ihm zusammen.« Armin rückte ein Stück näher an Liem ran, sodass sich nicht nur ihre Hände, sondern auch ihre Arme berührten.

»Ich dachte, das wäre nur bei Schwänen so.«

»Das kommt darauf an. Schwäne sind zwar ein Leben lang Sozialpartner, aber haben mehrere Sexualpartner. Bei Waldkäuzen ist das angeblich nicht der Fall. Die sind sich komplett treu.«

»Cool ... die Waldkäuze.« Liem legte ein Bein über das von Armin. Mehr Körperkontakt tat gut.

»Ja, und Albatrosse sind erst lustige Gefährten.«

»Echt? Was machen die denn?«, fragte Liem.

»Die führen Fernbeziehungen. Segeln getrennt über die Ozeane und genießen allein ihre Flüge. Aber sie bleiben sich treu, denn sie treffen sich zur Fortpflanzung, also ausschließlich zur Fortpflanzung und das regelmäßig.« Armin schmiegte sich an Liem.

»Zum Glück bin ich kein Albatros, denn Fernbeziehung möchte ich keine führen.«

»Ich auch nicht«, erwiderte Armin und fragte: »Also, ist dir Treue wichtig, oder?«

Liem erneut überrascht über diese Direktheit, setzte sich auf. »Ja, schon!« Dann beugte er sich über Armin und küsste ihn. Das Thema war ihm unangenehm. Besser küssen als reden. Denn was wusste er schon von Treue mit seinen Viermonatsbeziehungen? Treue. Sie klang erstrebenswert für ihn. Klar! Aber war sie auch realistisch, vor allem nach fünf, zehn oder zwanzig Jahren in derselben Partnerschaft? Liem hatte keine Ahnung. An das Thema knüpften sie nach dem Kuss nicht mehr an.

»Das Areal schließt bald. Treten wir zurück!«, schlug Armin vor.

10

Niko steckte die Gabel ins Fleisch. »Ich weiß nicht, wen ich mehr hassen soll. Meinen Bruder oder Paula.« Er schnitt ein großes Stück vom Putenschnitzel ab und tunkte es ins Ketchup, bevor er es sich in den Mund schob. Schmatzend sprach er weiter und erzählte, dass Paula später in die Wohnung kommen wollte, um ihre Sachen abzuholen. Viel war nicht übriggeblieben, bis auf ihre Klamotten. Ihre Kleider, Hosen und Blusen hätte Niko auch liebend gerne zerfetzt, doch das wäre zu viel des Bösen gewesen.

Das Lokal, in dem er sich mit Liem getroffen hatte, lag mitten in einem Park neben dem Wiener Riesenrad. Mächtige Kastanienbäume, die ihre Schatten auf die Gäste warfen, umgaben den Gastgarten. Eine Brise frischte die heiße Luft angenehm auf.

Drei Minzblätter schwammen an der Oberfläche der hausgemachten Holunder-Apfel-Limonade, die Liem mit einem Strohhalm schlürfte. Er musste sich anstrengen, Niko zuzuhören, denn zu laut war die Schallplatte, die sich in seinem Kopf drehte. Alle Gedanken kreisten um Armin. Seine hellblauen Augen. Sein blonder Wuschelkopf. Der erste Kuss auf dem Felsen. Armins Bemühungen nach dem Stich des Petermännchens.

»-mit ich diese Schlampe nicht sehen muss«, polterte Niko drauflos.

Reiß dich zusammen! ermahnte sich Liem selbst. Er nickte, zeigte Niko damit, dass er seinen Worten folgte. Doch die Schallplatte drehte sich unaufhaltsam weiter. Die Bootsfahrt. Armins Hände auf seinem Körper. Seine erotische Stimme. Der erste Zungenkuss. Liem konnte sich nicht erinnern, mit jemandem je so leidenschaftlich geküsst zu haben.

»... oder doch?« Niko stopfte sich ein weiteres Stück Schnitzel in seinen Mund.

»Ahm ...« Jetzt war Liem aufgeschmissen, denn er hatte nicht zugehört. Er schlürfte. Doch das Glas war leer. Er hatte die hausgemachte Holunder-Apfel-Limonade soeben ausgetrunken. Liem schlürfte trotzdem weiter, die letzten Tropfen kämpften sich durch den Strohhalm. Dabei entstand ein nerviges Geräusch. Besonders empfindliche Ohren hatte ein Mann am Nebentisch. Ohren wie eine Fledermaus. Mit seinem grauen Anzug, seiner weinroten Krawatte und den gelackten Schuhen blickte er abschätzig zu Liem, doch den interessierte der Nebentisch nicht.

Er schlürfte weiter.

»Hör auf!«, bat Niko ihn.

Doch mittlerweile hatte sowieso ein Blatt Minze den Strohhalm verstopft. Mit Bedauern löste Liem seinen Mund davon.

Niko kaute an einer Kartoffel. Mit zusammengekniffenen Augen und gerunzelter Stirn starrte er seinen Freund an und wartete weiterhin auf eine Reaktion von ihm.

»Ja, klar«, sagte Liem. Eine Antwort, die immer passte – hoffentlich.

»Jungs, sorry für meine Verspätung. Aber eine Mutter von einem Schüler hat mich angerufen«, krachte Sarah in die Unterhaltung hinein, als sie außer Atem am Tisch ankam und sich hinsetzte.

Liem dankte seiner Freundin im Stillen, dass sie zum richtigen Zeitpunkt gekommen war.

»Eine richtige Schreckschraube. Dass das Kind sich merkwürdig verhält, ist für mich keine Überraschung. Der arme Junge.« Sarah war heute auffällig unauffällig angezogen. Nichts Extravagantes. Selbst ihre Halskette glänzte nicht. Die Perlen hatten eine unauffällige Cremefarbe. Unscheinbar wie ein Grashüpfer im Salat.

»Jetzt in den Ferien? Die muss echt verzweifelt sein.« Niko schüttelte seinen Kopf, während er mit seiner Zunge versuchte eine Fleischfaser, die sich zwischen seinen Zähnen verfangen hatte, zu befreien.

»Ja, sie ist verzweifelt. Aber egal, ich wollte euch nicht unterbrechen. Über was habt ihr euch unterhalten?« Sarah hängte ihre Tasche, die ebenfalls schlicht und einfach gehalten war, auf die Stuhllehne und winkte einen Kellner herbei.

Das war Liems Chance. »Von mir aus kannst du gerne nochmal alles erzählen.«

Ein schlaksiger Kellner mit Rastazöpfen erreichte den Tisch und bat um Sarahs Bestellung.

»Einen Aperol Spritz bitte.«

»Und für mich noch eine Limonade«, bat Liem.

Während der Kellner, er war Linkshänder, die Getränke auf seinem Block aufschrieb, beäugte Liem seine Rastazöpfe. Begann sie zu zählen, gab aber sofort wieder auf. Zu wirr!

Niko erzählte tatsächlich ein weiteres Mal seine Neuigkeiten. Nun gelang es Liem konzentriert zu bleiben und er erhielt das fehlende Puzzleteil von vorhin: Niko wollte am Abend mit Arbeitskollegen einen Heben, um Paula nicht zu sehen. Da er aber unsicher war, hatte er Liems Meinung wissen wollen. Nun hoffte er auf Sarahs Hilfe.

»Soll ich vielleicht mit der Schlampe noch reden? Ihr beim Packen zuschauen? Sicher nicht! … Oder? Was sagst du, Kleine?«

Der schlaksige Kellner stellte die beiden Getränke auf den Tisch. Sehr langsam. Trotzdem schwappte etwas Limonade über das Glas hinaus. Er entschuldigte sich bei Liem, dann latschte er mit Ruhe davon. Ruhe und Tollpatschigkeit, etwas, das sich der Mann mit den gelackten Schuhen am Nebentisch nie erlauben würde. Er warf dem langsamen Tollpatsch einen verächtlichen Blick hinterher. Vor allem diese ungepflegten Rastazöpfe triggerten ihn.

»Ich sehe das genau wie du. Du musst nicht zu Hause sein, wenn sie packt. Hoffentlich ruiniert sie dann aber nicht auch Sachen von dir.« Sarah nahm ihr Glas mit Aperol Spritz in die Hand und trank daraus.

»Wehe sie wagt es, dann ...« Niko kippte seinen Radler hinunter. Dabei hätte er sich fast durch Sarahs nächste Frage verschluckt.

»Hat sich Luis bei dir gemeldet?« Eine heikle Frage. Das wusste Sarah, doch gegen ihre Neugier hatte sie keine Chance, auch wenn sie möglicherweise ein explosives Fass anstechen würde.

»Mein Bruderherz?« Der Sarkasmus war unüberhörbar. »Natürlich nicht! Dieses Arschloch hat keine Eier, um sich bei mir zu entschuldigen.« Obwohl der Radler zur Hälfte aus Himbeerlimonade bestand, musste Niko sauer aufstoßen.

Liem biss an seinem Daumennagel herum. Er fand Sarahs Frage daneben.

»Mein Lieber, ich würde dir so gern helfen«, sagte

Sarah. Sie nestelte an den Perlen ihrer Halskette. Cremefarbe … warum heute so dezent?

»Der ärgste Schock ist vorbei. Dass ihr da seid, hilft mir. Und das Weggehen heute wird mich zusätzlich ablenken. Aber was ist bei euch so los?«

Sarah ergriff sofort die Chance und informierte sie, dass sie beruflich etwas verändern möchte, aber überhaupt keine Ahnung hatte, wohin die Reise gehen könnte.

»Echt? Ich dachte, du bist die geborene Lehrerin«, äußerte sich Liem, sehr überrascht über Sarahs Aussage. Er steuerte seinen Mund zum Strohhalm. Dieses Mal bestand die hausgemachte Limonade aus Kirschen und Zitronen. Statt Minze schwammen Basilikumblätter an der Oberfläche.

»Bin ich auch, aber das System … und die Eltern finde ich furchtbar anstrengend.« Sie fuhr sich durch ihr braun gewelltes Haar und schielte zum Kellner, der am Nebentisch abkassierte. Ohne ein Trinkgeld zu geben, verließ der Typ von nebenan hochnäsig den Gastgarten. Seine gelackten Schuhe klackten bei jedem Schritt.

»Ja, die Scheiß-Systeme überall. Aber willst du wieder mit Kindern arbeiten?« Niko hatte sein Schnitzel verputzt und wischte sich mit einer Serviette den Mund ab. Dann warf er die Reste der Panade, die auf dem Teller lagen, auf den Boden, um die bettelnden Spatzen ruhigzustellen. Wie aus dem Nichts poppten mit jeder Sekunde mehr Vögel auf und pickten gierig die Brösel auf.

»Die Kinder liegen mir am Herzen, ja. Aber ich habe noch keine Ahnung. Nächste Woche starte ich einen Yoga-Kurs, vielleicht erhalte ich dort Inspirationen.«

»Yoga? Das wäre nichts für mich«, offenbarte Niko und

trank seinen Radler aus. Dieses Mal ohne Aufstoßen.

Liems Handy vibrierte. Die Nachricht von Armin sog er wie ein lebensnotwendiges Elixier auf.

»Na, dein Date, Kleiner?«

Sarah verschränkte ihre Arme, verengte ihre Rehaugen zu Schlitzen und starrte Liem an; abwartend, wie viel Information er dieses Mal von sich preisgeben würde.

»Ja. Er will mich treffen, bevor er nach Schottland reist.« Er grinste. Und dann … konnte er sich nicht mehr zurückhalten. Es sprudelte aus ihm heraus wie Lava aus einem Vulkankrater.

Erzählte alles, was in Kroatien passiert war. Und über die Tretbootfahrt. Nachdem er seine euphorischen Ausführungen beendet hatte, nuckelte er am Strohhalm herum und nahm zwischendurch einen Schluck von der Kirsch-Zitronen-Limonade.

»Leiwand. Ich hoffe, es passt dieses Mal.«

Sarah schwieg und schaute skeptisch. Sie fühlte sich unbehaglich mit der Tatsache, dass Liems Liebhaber ein Cousin von Paula war und dass er dieses Detail Niko schon wieder verschwiegen hatte.

»Ich hoffe auch, dass es passt.« Im Liebesrausch träumte Liem vor sich hin.

»Und komm ja nicht auf die Idee, dass du auch ihn nach vier Monaten in den Wind schießt. Du brauchst endlich einmal länger einen Mann an deiner Seite, Kleiner.«

Sarah stupste Liem mit einem Bein an. Ein Zeichen, dass er auch endlich das letzte Detail erwähnen sollte.

Liem fühlte sich überrumpelt, trotzdem sagte er: »Es gibt da noch etwas, dass du wissen solltest. Er ist … Paulas Cousin.«

»Wirklich?«, fragte Niko. Er verengte die Augen.

Liem nickte. »Ja. Aber wer weiß, vielleicht löst sich sowieso bald alles in Luft auf wie immer.« Die Opferkarte auszuspielen war meist wie ein Joker.

»Ich habe ihn ein paar Mal gesehen. So ein Umwelt-Fuzzi, oder?«

Liem nickte erneut. Das Wort Umwelt-Fuzzi kränkte ihn.

»Und Sarah, du wusstest davon?« Wenn Niko seine besten Freunde beim Vornamen – und nicht Kleine oder Kleiner – nannte, war die Situation prekär. Da half der beste Joker nichts.

»Ja.« Sarah wich Nikos Blick aus.

»Ihr wisst, dass ich keine Geheimnisse mag.« Nikos Stimme wurde lauter. Dann knallte er eine Hand auf den Tisch. Die Spatzen schreckten zwar hoch, ließen sich aber vom Picken der Krümel nicht abhalten.

»Es tut mir leid … «, entschuldigte sich Liem ein weiteres Mal.

»Ich verdufte mal. Meine Mittagspause ist sowieso vorbei.«

»Niko!«, riefen Liem und Sarah gleichzeitig.

Doch Niko, bereits aufgestanden, zog seine Geldbörse aus der hinteren Hosentasche hervor. »Ein anderes Mal.« Dann eilte er zum Kellner, um zu bezahlen.

»Hoffentlich beruhigt er sich wieder«, sagte Liem.

»Klar! Wir kennen ihn doch. Nach ein paar Tagen ist wieder alles in Ordnung.« Trotz ihrer zuversichtlichen Worte blickte Sarah besorgt Niko hinterher. »Ach ja, … auch wenn du es nicht glauben kannst, ich FREUE mich für dich. Armin scheint ein richtig toller Mann zu sein«, lenkte sie ab.

»Ja, das ist er«, sagte Liem und verlor sich in seinen Gedanken. Dachte an Armin und seine lebensfrohe Ausstrahlung. Dabei begann er selbst zu strahlen. Doch nur kurz, dann wurde sein Blick finster. »Es gibt aber etwas ...«

Sarah bildete mit ihren Händen eine fragende Geste.

»Armin hat mir erzählt, dass Luis und Paula nun fix zusammen sind.«

»Das darf nicht wahr sein. Niko wird durchdrehen.«

»Ich denke, wir müssen es ihm sagen. Das schulden wir ihm. Früher oder später wird er es sowieso erfahren. Luis ist sein Bruder.«

»Du hast recht. Keine Geheimnisse mehr!« Sarahs Augen verfolgten erneut den schlaksigen Kellner. »Der gefällt mir.«

»Der Rasta-Mann? So ein Luftikus passt doch nicht zu dir.«

»Wer weiß? Sobald deine Mittagspause zu Ende ist und du wieder in die Agentur gehst, werde ich einen Flirtversuch starten. Und dann schauen wir, wer es länger aushält. Du mit dem Umwelt-Fuzzi oder ich mit dem Rasta-Mann.« Sarah lachte laut auf.

Liem lachte mit, wusste aber nicht warum, denn er fand diesen Ausdruck nach wie vor nicht komisch. Umwelt-Fuzzi.

11

Drei Tage später hatten sich die beiden Verliebten zum Nachtschwimmen verabredet. Liem wartete bei der mächtigen Linde, die tief verwurzelt, einen halben

Kilometer nördlich von der Busstation entfernt stand. »Sie ist nicht zu übersehen«, hatte Armin ihm versichert. Die Glocken einer nah gelegenen Kirche läuteten. Liem zählte mit. Es war einundzwanzig Uhr. Nur ein paar Menschenseelen, vor allem Hundebesitzer, die ihrem Vierbeiner Auslauf gönnten, schlichen in der Dämmerung herum. Armin verspätete sich wie bei ihrer ersten Verabredung um ein paar Minuten. Dafür küsste er Liem bei der Begrüßung umso leidenschaftlicher. Liem wollte an seinen Lippen hängen bleiben wie eine Fliege an einer Klebefalle. Doch Armins Lippen, die leider keine Klebefalle waren, lösten sich.

»Gehen wir ein Stück in diese Richtung«, schlug Armin vor und deutete mit einer Hand Richtung Norden, da wo Bäume, Hecken und Sträucher sich verdichteten, »dort ist ein Platz zum Relaxen.«

Die laue Luft stand still, im Gegensatz zu Liem, der hibbelig war. Das Date war aufregender als mit anderen Männern. Es hatte etwas Spielerisches. Kreatives.

»Ich bin sogar drei Wochen in Schottland«, teilte Armin Liem mit, »und dann eine Woche in Norddeutschland.«

Zum Glück war die Dunkelheit so fortgeschritten, dass Liem seine Enttäuschung im Gesicht nicht verstecken musste. Eine Watsche – ein Monat ohne Armin! Wie sollte er das aushalten? Und vielleicht lernte Armin andere, interessantere Männer kennen.

Selbstverständlich, denn du bist ein Langweiler. Hihihi, tönte es leise aus dem Hintergrund.

»Cool.« Mehr Worte fielen ihm im Gegensatz zu den Grillen und Zikaden nicht ein. Diese unterhielten sich prächtig, sie zirpten und zischten, als würden sie ein berauschendes Fest feiern. Liem fühlte sich alles andere als berauscht.

»Ja sehr. Ich war noch nie auf der Insel Rügen. Wir sind gleich da.« Armin deutete mit seinem Kopf nach links und visierte das Gebüsch an.

»Was machst du dort?«, fragte Liem. Er sprach es härter aus, als ihm lieb war.

»Ende September ist dort der *International Coastal Clean-Up Day*. Heuer zum 25. Mal!«

Mit seinen Fingern schob er Äste beiseite und schuf sich einen Weg durch das Dickicht.

Liem folgte ihm. »Aha. Und was ist das?«

»Wir klauben Müll zusammen. Befreien die Natur von Abfall. Das findet zeitgleich an mehreren Orten und Ländern statt, vor allem an Küsten und Flussufern.«

»Interessant! Davon habe ich noch nie gehört«, erwiderte Liem mit mehr Begeisterung in seiner Stimme als vorhin. Er kämpfte sich zwischen Äste und Zweige durch.

»Gleich haben wir es geschafft.« Das Gebüsch lichtete sich. »Und in der Nähe von Rügen wohnt ein Freund von mir, den besuche ich auch.«

Armins Worte trafen Liems Herz wie Giftpfeile. Die Eifersucht schlug zu wie eine Fliegenklatsche. Er malte sich das schlimmste Szenario aus: Ein schwuler Freund, mit dem Armin Sex haben würde. Am liebsten wollte Liem davonlaufen und nichts mehr aus Armins Mund hören. Keine Giftpfeile mehr.

»Voilà! Hier sind wir.« Voller Stolz präsentierte Armin das chillige Plätzchen.

Mittlerweile war es komplett dunkel geworden wie Liems Stimmung. Er musste sich anstrengen, dass seine

Gemütslage ihn nicht komplett übermannte. Trotz der Finsternis erkannte er eine kleine Sandbucht, von Büschen und Bäumen umsäumt. Romantisch. Ein Platz für Verliebte. Das Wasser dahinter war schwarz und bedrohlich wie Armins Worte vorhin. Deshalb brachte Liem auch nur ein gequältes Lächeln zustande.

Armin kam auf ihn zu, legte die Hände auf seine Hüften. Selbst in der Nacht strahlten seine hellblauen Augen wie kristallklares Wasser. »Freust du dich gar nicht?«

Reiß dich zusammen, ermahnte sich Liem, ansonsten würde das erste Eifersuchtsdrama zwischen ihnen entflammen. Aber Fragen brannten auf seinen Lippen wie feuerrote Chilis.

War dieser Freund schwul? Gefiel er ihm? Hatten sie schon Sex miteinander gehabt?

Fragen, die ihren gemeinsamen Abend gefährden könnten wie glimmende Zigarettenstummel einen staubtrockenen Wald. Liems geringes Selbstvertrauen. Nicht zum Aushalten. Ständig führte es zu Eifersucht. Völlig unsexy. Eine so frühe Eifersuchtsattacke in ihrer Dating-Phase wäre der Anfang vom Ende. Hätte er nur Armin im Tretboot gefragt, wie er zu Treue stand. Jetzt, in dieser Stimmung, passte es nicht, das Thema erneut aufzumachen. Schlussendlich schluckte Liem die Fragen erfolgreich hinunter. »Doch. Es ist super hier.« Um weiteren unangenehmen Fragen aus dem Weg zu gehen, drückte er seine Lippen gegen Armins Mund. Liems Eifersucht hatte Energien in ihm freigesetzt, die nun in einen leidenschaftlichen Kuss flossen. Er wollte Armin verrückt nach ihm machen, Armin sollte auf Rügen nach ihm lechzen, vor allem nach seinen Lippen. Und es funktionierte tatsächlich. Liems

Lippen wurden zur tückischen Klebefalle für Armin. So sehr es ihn überraschte, dieses stürmische Verhalten von Liem gefiel ihm.

Währenddessen feierten die Grillen und Zikaden weiter drauf los. Sie zirpten und zischten, als ob der ganze Sommer vor ihnen läge. In Wirklichkeit aber kündigte sich der Herbst mit seinen ersten Anzeichen an. Die Tage waren merkbar kürzer. Die ersten Blätter verfärbten sich. Die Sonne stand nicht mehr im Zenit und die Luft roch anders als die Wochen davor. Frischer.

»Mmmhh. Lecker.« Armin fuhr mit seiner Zunge über die Lippen. »Ich wusste, dass eine wilde Seite in dir steckt.«

Liem war stolz auf sich. Sein Mut hatte sich ausgezahlt. Er fühlte sich besser und ihm gelang es wieder mehr im Augenblick zu sein. Armin ließ seinen Rucksack zu Boden sinken. Er holte eine Decke hervor und breitete sie auf den sandigen Boden aus. »Ah, schon wieder Plastik«, knurrte er und ergriff eine zerdrückte Plastikflasche, die vermutlich jemand in einen Strauch gesteckt hatte, und stopfte sie in den Rucksack. »Weißt du, wie lange es dauert, bis sich so eine Flasche komplett zersetzt hat?« Armin setzte sich nieder und machte es sich auf der Decke gemütlich.

»Mmmhh. Keine Ahnung. Vielleicht fünfzig Jahre?«

»Circa vierhundertfünfzig Jahre. Würde diese Flasche«, er zeigte zum Rucksack hin, »ins Meer gelangen, dann bräuchte es vierhundertfünfzig Jahre, bis sie ganz verschwinden würde. Schrecklich! Und Menschen verschmutzen weiterhin die Natur. Ich verstehe es nicht.«

»Ich auch nicht.« Liem nahm ebenfalls auf der Decke Platz.

»Der Mensch ist ein dummes Wesen. Wenn es hell wäre, würden wir hier bestimmt etliche Zigarettenstummel finden.«

»Wie lange brauchen die, bis sie sich auflösen?«

»Circa fünf Jahre. Viel weniger zum Glück. Trotzdem muss sowas nicht sein.« Armin griff in den Rucksack. »Schau mein Lieber, ich habe was mitgebracht.« Er fischte eine Flasche mit Prosecco und zwei Pappbecher heraus.

Mein Lieber.

Es war das erste Mal, dass Armin eine intimere Anrede verwendete und damit Liems dunkle Augen zum Glänzen brachte. »Sehr vorbildhaft. Kein Plastik.«

Der Perlwein plätscherte in die Pappbecher.

»Auf uns!« Armin hielt seinen Prosecco in die Höhe.

Liem tat es ihm gleich. »Auf uns!«

Das prickelnde Getränk erfrischte ihre Kehlen.

»Ich kann dir gar nicht sagen, wie ich mich freue, dich kennengelernt zu haben. Innerlich zerreißt es mich momentan. Einerseits erwarte ich es kaum, bei *Fishing for Litter* und dem *Coastal Clean-Up Day* mitzuhelfen, andererseits werde ich dich vermissen.«

Pfeile der Versöhnung. Worte, die unglaublich guttaten, ein versöhnlicher Ausgleich zu vorhin. Liem entspannte sich, dabei entdeckte er etwas Verletzliches in Armins Blick. Vielleicht bildete er es sich aber auch nur ein. Sie schmiegten sich aneinander.

»Ich vermisse dich jetzt schon«, erwiderte Liem. Sein Inneres zu offenbaren, befreite ihn. Die Begierde, Armin zu spüren, wurde größer.

Über ihnen glitzerten die Sterne, obwohl der Mond, der vor kurzem aufgegangen war, nun den Himmel erhellte.

Ein weiterer Kuss. Von Minute zu Minute nahm die Vertrautheit zwischen ihnen zu, Armin fühlte sich weicher, Liem öffnete sich mehr. Eine halbe Stunde kuschelten sie auf der Decke, bis Armin seine Lippen von Liem löste.

»Wie geht's eigentlich Niko?«

»Naja, nicht so gut«, antwortete Liem oberflächlich, da er dem Niko-Thema hier keinen Raum geben wollte.

Keine passenden Worte fand Armin, der auf eine erfreulichere Antwort gehofft hatte. Er richtete sich auf und kündigte eine weitere Überraschung an.

»Ja? Was denn?«, fragte Liem mit strahlenden Augen.

»Komm mit!« Armin stopfte die Decke in den Rucksack und nahm die Flasche Prosecco, ehe er im Gebüsch Richtung Norden verschwand. Nach mehreren Minuten posaunte er: »Voilà!«

Liem staunte, als er vor sich ein Boot sah. Grün angestrichen.

»Klein, aber fein! Und das alte Holz macht es richtig urig.«

»Aber … gehört das dir?« In dem Moment, als Liem die Frage stellte, sah er ein großes Logo. Nature-Power.

Armin grunzte. »Leider nicht! Wir machen damit Expeditionsfahrten.« Er knackte die beiden Schlösser auf und löste das Tau, das an einem Pfosten festgemacht war. Dann deutete er Liem mit einer Hand, dass er einsteigen sollte.

Liem hielt sich an einer Seitenkante des Bootes fest und hüpfte rein. Es schaukelte.

»Wir haben Glück, es gibt kaum Strömung.« Armin stieß das Boot ab, bat Liem die Flasche Prosecco zu nehmen, anschließend hüpfte er an Bord und schaltete den

Motor, der am Bug befestigt war, ein. »Ist einfacher als zu rudern.« Er grinste. Seine weißen Zähne blitzten im Mondschein auf. Es war Vollmond, somit verblasste das Strahlen der Sterne immer mehr.

Liem konnte sein Glück kaum fassen. Er lehnte sich zurück und schaute zum Himmel hinauf. Die laue Luft streifte angenehm über sein Gesicht, während der Duft des Sommers in seine Nase strömte.

»Schenk' bitte noch Prosecco ein«, bat Armin Liem und hielt ihm die beiden Pappbecher hin.

Nachdem Liem die Becher aufgefüllt hatte, prosteten sie an. Dann schwiegen sie eine Weile. Es war für keinen der beiden unangenehm, denn jeder genoss den Augenblick für sich, als sie am Ufer entlangfuhren. Nicht länger als zehn Minuten dauerte die Fahrt, bis Armin sagte: »Wir sind gleich da.« Er bog mit dem Boot in den nächsten Seitenarm der Donau ein und drehte den Motor, der wie ein junges Kätzchen schnurrte, ab. An beiden Ufern ragten riesige Bäume in die Höhe, wahrscheinlich Weiden oder Eschen. Armin stand auf, riss sich alles von seinem Leib und sprang mit einem Juchzen ins dunkle Wasser. Nackt. Als er wieder auftauchte, wischte er sich über seine Augen und strich die Haare nach hinten. »Es ist herrlich. Worauf wartest du, Süßer?«, fragte er und begann neben dem Boot zu kraulen.

Süßer. Er wollte offensichtlich sein Schäfchen ins Trockene bringen – also, Liem ins Nasse. Und das am besten nackt. Dieses kecke Verhalten regte Liem an. Er schlüpfte aus seinen Klamotten und machte einen Kopfsprung ins Wasser, das ihn angenehm erfrischte. Während er mehrere Armzüge lang tauchte, poppten Gedanken von

Fabian auf. Flashbacks vom Sommer 2003, die ein Prickeln in seinem Schambereich auslösten. Ein seltsames Gefühl von Sehnsucht schwappte hoch. Liem durchbrach die Wasseroberfläche und ließ die Gedanken an Fabian im Wasser zurück. Konzentrierte sich auf Armin, der zu ihm kraulte. Seine Technik sah professionell aus.

»Ist es nicht traumhaft?«, fragte Armin mit euphorischer Stimme. Das Wasser klebte seine Wimpern zusammen, machte sie voller, als ob er sie getuscht hätte.

»Es ist spitze.«

Dann überrollte beide die Wucht des Begehrens, sie küssten sich intensiv wie nie zuvor und verschlangen sich mehrere Minuten lang. Ohne Pause. Ihre Beine strampelten, damit die Körper nicht sanken.

»Du bist … sexy«, hauchte Armin Liem ins Ohr und knabberte daran.

Sie strichen mit ihren Fingern über die Wangen, bis hin zu ihren hartgewordenen Brustwarzen.

Der Wind nahm Fahrt auf. Das Wasser an der Oberfläche kräuselte sich, die Blätter der Bäume raschelten. Zikaden und Grillen wurden merkbar lauter.

Liems Finger wagten sich zu Armins Nabelgegend vor, ertasteten die gut entwickelten Bauchmuskeln. Diese Berührung aktivierte eine Impulsivität in Armin, die ihn selbst überraschte. So krallte sich eine Hand von ihm an Liems Hintern fest. Armin wollte auf der Stelle ficken.

Stürmisch. Der Wind blies stärker.

Liem musste stöhnen und ließ sich von Armin näher an sich drücken. Dabei spürten sie ihre hart gewordenen Glieder – zum ersten Mal ohne lästige Badehosen dazwischen. Ihre Lust steigerte sich.

»Komm, gehen wir ins Boot«, schlug Armin vor. Er stieß sich von Liem ab, ohne den Blick von ihm abzuwenden und schwamm rücklings zum Boot.

Liem folgte ihm, lechzte nach ihm. Durch den Rückenwind erreichten beide schneller das Ziel. Im Boot fielen sie erneut übereinander her. Die aufbrausende Luft vertrieb das letzte Quäntchen Schamgefühl. Sie war warm und angenehm, die Luft; trieb das Spiel zwischen den beiden voran und wirbelte Armins blondes, feuchtes Haar durcheinander. Feucht waren auch ihre Küsse und ihre Hälse, an denen sie leckten, während sie sich streichelten, bis sie sich schlussendlich auf dem Boden des Bootes herumwälzten. Trotz der Enge hatten sie genug Platz, denn sie klebten zusammen. Kein Eschenblatt, das in der Luft hin- und hergerissen wurde, fände einen Platz zwischen ihnen.

Der volle Mond beleuchtete die Szene. Heimlich und still. Der einzige Zuseher. Das schaukelnde Boot verursachte ein plätscherndes Geräusch. Der Wind heulte. Die zwei Liebenden stöhnten. Liem verwöhnte Armins Brustwarzen mit der Zunge, dann fuhr er mit ihr zum Bauch hinab und umkreiste mit sanften Bewegungen den Nabel. Er war gierig, wanderte tiefer hinab und nahm schließlich Armins Penis in den Mund. Er zuckte. Und stöhnte zugleich. Der Geschmack unübertrefflich.

Sie schwebten. Zeitlos. Ohne Gedanken. Ließen sich treiben von ihrem Trieb, der den Orgasmus beschleunigte. Könnten sie doch nur die Zeit anhalten. Zeitlos schweben. Doch irgendwann kam der Moment des Höhepunkts. Sie ergossen sich. Zu schnell. Jeweils auf dem Bauch des anderen. Stießen befremdliche Töne aus, die ausschließlich einem Orgasmus vorenthalten waren. Der Gedanke, dass sich Armins Samenflüssigkeit über seinen Nabel verteilte, befriedigte Liem. Armin auch, er legte eine Hand auf seinen Bauch und nahm sich vor, Liems Ejakulat nicht wegzuwischen, sondern eintrocknen zu lassen. Eng umschlungen lagen sie im Boot. Erleichtert und entspannt.

Der Wind verwandelte sich zu einer Brise, die mit angenehmer Frische über ihre erhitzten Körper strich. Die Zikaden und Grillen hatten sich in ihre Schlupflöcher verschanzt, nur mehr vereinzelt zirpten sie, beruhigend wie Einschlafmusik.

»Ich wünschte, wir würden eine Nacht auf dem Mond verbringen«, hauchte Liem sehnsuchtsvoll. Er richtete seinen Blick auf den voll beleuchteten Himmelskörper.

»Ja? Warum das?«, brummte Armin zufrieden.

»Dann hätten wir vierzehn Tage lang Zeit, um eine Nacht … diese Nacht auszukosten.«

»Ah. Jaaa. Eine schöne Vorstellung.« Armin drückte Liem näher zu sich, fuhr mit seiner Nase durch Liems braune Haare und saugte den Geruch auf. Es klebte noch der Duft des Flusses daran. »Mein Hübscher, du machst mich verrückt.«

Liem grinste. Er würde nicht allein durch den Sehnsuchtsschmerz der nächsten vier Wochen gehen müssen. Das war eine beruhigende Genugtuung. »Einen Tag und eine Nacht auf dem Mond, und dann machen wir uns gegenseitig auf ein Neues verrückt, okay?«

»Versprochen!«

In Armins Armen liegend, verschwanden sämtliche Zweifel und Befürchtungen, dass der Freund auf Rügen eine Gefahr sein konnte. Verschwunden wie die Zikaden und Grillen, die jetzt in ihren Erdlöchern friedlich schlummerten. Liem wog sich in Sicherheit, obwohl er wusste, dass sehr bald seine Unsicherheit erneut aus allen möglichen Löchern hervorkriechen würde. Aber bis dahin lautete das Motto *Auskosten.* Das gelang beiden in dieser Nacht, die ihnen Geborgenheit und ein Gefühl des Angekommen-Seins schenkte. Mit dem Vollmond als Zeugen.

12

»Einmal Heiße Liebe?«

Ja mit dir, dachte Sarah, die eine Hand entgegenstreckte und sich dann doch für »Für mich« entschied. Sie sah den Kellner mit ihren Rehaugen erwartungsvoll an.

Er stellte die Heiße Liebe vor sie hin. »Und einen Erdbeerbecher für den Herrn.«

Liem bedankte sich mit einem Lächeln und Kopfnicken. Über beiden Eisbechern schwebte das unsichtbare Wort *Völlerei.* Mit viel Vanilleeis. Der eine mit heißen Himbeeren, der andere mit kalten Erdbeeren bestückt, gemeinsam hatten sie eine üppige Portion Schlagobers, verziert mit Mandelsplittern und Schokoladensauce. Mittendrin ragten jeweils drei Waffelröllchen in die Höhe.

»Der war süß«, schwärmte Sarah und köpfte mit ihrem Löffel die geschwungene Spitze des Schlagobers. Das schulterfreie Top, das sie trug, hatte die gleiche Farbe wie die Himbeeren vor ihr. Dunkelrosa. Ihr Ohrschmuck – ein graues Etwas, vielleicht eine Perle, umhüllt von zarten, grünen Schnüren, – erinnerte Liem an einen Meisenknödel. Nur schwer hatte er sich vorhin bei der Begrüßung ein Lachen verkneifen können.

»Sarah! Kellner bringen dir kein Glück. Lass die Finger

davon«, ermahnte Liem sie, während er versuchte, die Erdbeeren, die sich nicht zwischen Schlagobers und Eis versteckten, zu zählen. Eins. Zwei. Dr–

»Papperlapapp! Solange ich nicht in festen Händen bin, kann ich machen, was ich will«, verteidigte sich Sarah. »Mmmhhh!« Sie ließ sich eine heiße Himbeere, die nur warm war, auf ihrer Zunge zergehen und bewegte ein Waffelröllchen zu ihrem Mund hin.

»Solange es nicht im Drama endet.« Liem runzelte die Stirn, verlor kein Wort über den Rastazopf-Kellner, der ein totaler Reinfall im Bett gewesen war, und tauchte mit seinem Löffel ins Vanilleeis ein. Fünf sichtbare Erdbeeren. Das Ergebnis seiner Zählung bisher.

»Apropos Drama. Hat sich Niko schon bei dir gemeldet?« Sarah spitzte ihre Lippen und sah Liem vorwurfsvoll an.

»Nein, und er ignoriert meine Nachrichten.« Liem seufzte. Ihn frustrierte dieses Thema, da es keinen Fortschritt gab. Er wollte eine Erdbeere mit dem Löffel halbieren, doch der Versuch misslang, die Erdbeere – halbgefroren – ließ sich nicht spalten und flog aus dem Eisbecher heraus. Liem schreckte hoch und versuchte die Erdbeere zu fangen, doch sie landete auf seiner Hose und fiel schließlich auf den Boden.

»Er wird sich bestimmt bald beruhigen«, sagte Sarah, der die Erdbeere egal war. »Und Armin? Hast du von ihm etwas gehört?«

»Nur gelesen. Er ist erst drei Tage weg.« Liem versuchte mit einer Serviette seine Hose sauber zu wischen. Mehrmals auf und ab, hin und her. Doch der Fleck blieb. Niko hätte bestimmt Erfolg gehabt – beim Streichen mit der Serviette. Einmal. Zweimal. Langsam. Und die Erdbeerspur wäre verschwunden. Doch Niko war nicht da.

»Und fehlt er dir?«, fragte Sarah leise und einfühlsam, bevor sie einen Löffel mit Vanilleeis in ihren Mund schob.

»Ja, ich vermisse ihn natürlich. Aber drei Tage habe ich schon geschafft.« Der Versuch, Optimismus zu versprühen, war nur halbherzig. In der anderen Hälfte seines Herzens brütete er ein Ei an Unsicherheit aus. Unsicher, ob Armin ihn nach seiner Rückkehr tatsächlich wiedersehen wollte.

Hihihi! Der *giftige Schatz* rüstete sich zum Endkampf, der mit Armins Rückkehr losbrechen würde. Entweder er oder der Umwelt-Fuzzi.

Liem klammerte sich an die positiven Geschehnisse. Auch wenn sich Armin spärlich meldete, er sparte zumindest nicht mit Kosenamen: *Mein Lieber. Mein Hübscher.* Und heute schrieb er zum ersten Mal *Liebling.*

»Du schaffst auch die restlichen Tage.« Sarah legte ihre Hand auf Liems Unterarm als haptische Verstärkung ihrer Worte. »Vielleicht kommst du das nächste Mal zum Yogakurs mit? Ich hatte vorgestern meine erste Stunde. Super anstrengend, aber lustig. Und ich sag's dir, der Lehrer ist fesch.«

Zu Hause angekommen, öffnete Liem die unterste Schublade des Schreibtisches und holte sein Material fürs Kohlezeichnen heraus. Das Bild, das er malen wollte, sah er deutlich vor sich. Er schnappte sich einen Stift und begann. Es dauerte wenige Sekunden, bis er die ersten Striche aufs Papier brachte. Er zeichnete, wischte, verwischte, verband Linien, wischte erneut. So ging das eine ganze

Weile. Wäre er ein Straßenkünstler gewesen, hätten sich gewiss begeisterte Zuschauer rund um ihn versammelt. Wahrscheinlich hätte ihm auch mindestens eine Person das Bild abgekauft.

Nach zwei Stunden betrachtete Liem sein Werk. Er war zufrieden und fühlte sich befreit, immer nachdem er ein Bild fertiggestellt hatte. Um die Zeichnung zu fixieren, griff er zum Haarlack und sprühte sie mit einer Schicht ein.

Es begann zu regnen. Die Regentropfen klopften gegen die Fensterbank. Liem stand auf, öffnete das Fenster und sog den frischen Duft bis tief in seinen Bauch ein. Herrlich. Die Tropfen wurden größer und prasselten schneller herab. Der Blick zum Himmel ließ vermuten, dass der Regen länger anhalten würde. Landregen in der Stadt. Liem watschelte zum Schreibtisch zurück und trank aus dem Wasserglas. Dann schlug er die grüne Mappe auf. Darin befanden sich all seine Kohlezeichnungen, gestapelt nach Jahres- und Monatszahlen. Er legte das neue Bild, mittlerweile getrocknet, behutsam ganz oben darauf. Dann betrachtete er es mehrere Minuten lang.

Armin. Im Boot. Gemeinsam mit ihm. Und das Mondlicht strahlte auf sie herab. Perfekt gezeichnet. Eine wunderbare Sommernacht. Liems Herz begann schneller zu schlagen. Die Tatsache, dass Armin ihm seit den Morgenstunden keine Nachricht mehr geschrieben hatte, verunsicherte ihn. Er selbst hätte etliche Gelegenheiten gefunden, Armin zu kontaktieren, aber jedes Mal hatte er sich zurückgehalten, um nicht aufdringlich zu sein. Wollte nicht bedürftig rüberkommen und es sich auf keinen Fall verscherzen. Vor allem, da Liem und seine hohen Ansprüche noch keinen gröberen Mangel an Armin gefunden hatten. Äußerst erstaunlich. Vielleicht hatte er die Falle der hohen Ansprüche überwunden? Der nächste Schritt wäre dann Vertrauen gewinnen. Vertrauen, obwohl er zwölf Stunden keine Nachricht erhalten hatte. Liems Blick wanderte auf die untere Hälfte seiner neuen Zeichnung.

Fabian.

Seine Jugendliebe. Mit italienischen Wurzeln. Am Flussgrund waren die sechs Buchstaben zwischen Steinen und Plastikmüll eingeklemmt. Kein Platz für ihn im Boot – darauf war Liem besonders stolz, denn vor einem Monat hätte das Bild wohl anders ausgesehen, so vernarrt wie er noch in ihn gewesen war. Nach fast sieben Jahren. Dank Armin könnte dieser italienische Spuk endlich vorbei sein. Es musste Schluss damit sein.

Ciao amico! Fabians Begrüßung. Wie sehr sie ihn verrückt gemacht hatte. Wie auch seine Stimme, die Liem noch heute so klar und deutlich in seinen Ohren hören konnte. Sah Fabian dabei grinsen, bis zu den Ohren rauf. Kaugummi kauend. Ein Anflug von Sehnsucht schwappte über Liem, dagegen konnte er sich nicht wehren. Wollte vielleicht auch nicht. Die letzten Wochen zeichneten ihn ohnehin mit Fortschritten aus. Fortschritte, für die Armin ausschlaggebend war.

Die rechte Seite des Blattes zeigte Niko. Er stand am Ufer. Mit dem Rücken zum Boot.

Liem hatte seinem besten Freund einiges zu verdanken, und nun wusste er nicht, was er tun sollte, damit Niko ihm statt des kalten Rückens wieder ein warmes Lächeln schenken konnte. Es machte ihn traurig.

Plötzlich ertönte sein Handy. Eine SMS. Das muss Armin

sein, hoffte Liem. Er schloss die Mappe und eilte zur Kommode, auf der sein Handy lag. Daneben der Brautstrauß. In der Zwischenzeit hatten auch die vierzehn weißen Rosen (mittlerweile mit braunen Köpfen) verstanden, dass es keine Hochzeit zwischen Niko und Paula geben würde. Sie sahen nicht nur ramponiert, sondern auch schlaff aus.

Keine Nachricht von Armin. Sarah informierte ihn, wann und wo die nächste Yoga-Stunde stattfand. Yoga. Darauf hatte Liem keine Lust, aus dieser Nummer musste er wieder rauskommen.

Enttäuscht darüber, dass Armin ihn offensichtlich vergessen hatte, packte er den lädierten Brautstrauß, der sich in einer farblosen Vase befand und schmiss ihn in den Abfalleimer.

Ein Anruf. Sarah. Schon wieder. Liem nahm das Telefonat entgegen. Aufgebracht teilte sie ihm mit, dass Niko sich morgen mit ihnen treffen wollte. Beide freuten sich, doch gleichzeitig wussten sie, dass das kein Zuckerschlecken werden würde, denn sie mussten Niko mitteilen, dass sich zwischen seinem Bruder und seiner Ex-Verlobten Heiße Liebe entwickelt hatte. Diese Information schuldeten sie ihm einfach. Keine Geheimnisse mehr, hatten sie geschworen. »Hoffentlich weiß er schon Bescheid, dann bleibt uns das erspart. Also, bis morgen!«

Nachdem sie sich verabschiedet hatten, legte sich Liem ins Bett und starrte ins Leere, als sich ein weiteres Mal sein Handy meldete. Nun erhoffte er sich keine Nachricht mehr von Armin, sondern er erwartete sich eine. Auf dem Display stand … Fabian. Nach fast sieben Jahren.

Ciao amico!

Damals I

Sommer 2003

13

Sechzehn Kerzen steckten auf der Malakofftorte. Liems Mutter zündete Docht für Docht mit einem Feuerzeug an. Gleich durfte Liem die Flammen auspusten und sein Wunsch würde sich erfüllen. So der Aberglaube. Und die Hoffnung des pustenden Geburtstagskindes. Die schnatternden Gäste starrten die mit Schlagobers üppig verzierte Torte an, einige schielten zu Liem. Großeltern, Tanten, Onkel, Cousins, Cousinen, seine Schwester Koko und seine Eltern standen um ihn herum.

»Was wünschst du dir, Liem?«, krächzte seine Oma. Sie war der gute Geist der Familie. Ihren weißen Haaransatz hatte Friseurin Anita zwei Stunden vor der Feier weggezaubert, mit brauner Farbe. Einem warmen Dunkelbraun.

Liem schnürte es die Kehle zu. Er zuckte mit seinen Schultern und lächelte beschämt wie ein schüchternes Mädchen.

»Na was schon? Eine Freundin natürlich«, polterte Liems Vater dazwischen, er riss seinen Mund auf und lachte laut. Zwei Onkel stimmten in das Gelächter ein.

Jedes Mal, auch jetzt, schmerzten Liems Ohren davon. Dieses unerträglich schallende Lachen seines Vaters. Am liebsten würde Liem davor fliehen, in den Garten hinauslaufen und seinen sechzehnten Geburtstag ignorieren. Warum musste er von Menschen umgeben sein, die sich von ihm etwas erwarteten oder für ihn etwas wünschten, das er gar nicht wollte? Liem ärgerte sich – über die anderen und über seine Feigheit. So sehr sehnte er sich nach einem Freund, der wie er war. Schwul. Ein schlichter Wunsch. Was war falsch daran, schwul zu sein? Und überhaupt: Hatte er die Wahl gehabt? Nein! Und trotzdem kicherten hinter vorgehaltener Hand die meisten Mädchen in der Schule, wenn jemand offensichtlich *schwul* zur Toilette oder zum Buffet hin und zurück watschelte. Ein zu weiblicher Gang. Oder zu mädchenhafte Bewegungen. Mit Verspottung und Ausgrenzung straften die Burschen diejenigen, die zu sehr ihre Hüften nach außen drehten. Anders waren. Nicht der Norm entsprachen. Es handelte sich lediglich um zwei *Abnormale* in der gesamten Schule. Zwei Paradiesvögel. Von ihrem tuntigen Gehabe, das sie zur Schau stellten, hielt selbst Liem sich fern. Wollte unter keinen Umständen in derselben Schublade wie diese Paradiesvögel landen. Denn kaum jemand witterte Liems Homosexualität, außer es hatte jemand feine Antennen.

Die Tatsache, dass er Jungs attraktiv fand, konnte Liem nur schwer verkraften. Es erschwerte vieles im gesellschaftlichen Leben, egal ob in der Schule oder zu Hause, wie jetzt beim Feiern mit Verwandten. Warum musste er mit seiner sexuellen Orientierung aus der Reihe tanzen? Ein innerer Kampf tobte in ihm. Ungewiss, ob der je aufhören würde.

»Fertig!«, rief seine Mutter und strahlte übers ganze Gesicht.

»Happy Birthday to you …«, begann ein Onkel zu singen. Fast alle setzten mit Inbrunst ihre unterschiedlichen Stimmen ein, bis das Lied zu Ende war.

Ein Hoch auf Liem. Er beugte sich über die Torte und blies mit einem Atemzug alle Kerzen aus. Sechzehn Stück. Liem wurde beklatscht und bejubelt. Wenigstens dafür bekam er Applaus: fürs Kerzen ausblasen!

In der Hektik hatte er seinen Wunsch vergessen, was er aber sofort nachholte. Dabei gestaltete sich die Formulierung schwierig, denn einerseits wollte er einen homosexuellen Jungen kennenlernen, andererseits durfte das aber niemand mitbekommen. Keinen Paradiesvogel also. Und keine negative Formulierung, denn Wünsche muss man positiv formulieren, so hatte er einmal gehört. Positiv formulieren. Aber wie? Mühsam.

Draußen regnete es, deshalb fand die Geburtstagsfeier drinnen im Haus der Jungwirths statt. Es war der vierte Juni 2003. Um Punkt fünfzehn Uhr schnitt Liems Mutter die Malakofftorte an. Liems Lieblingstorte, da es sie so selten gab. Sie war nur für Familienfeiern und nicht für den Verkauf in ihrer Bäckerei bestimmt. Das wollte die Tradition so. Nicht einmal Liems Vater wusste über die genauen Hintergründe Bescheid. Eine geheime Tradition. Und so mussten die Bewohner der Kleinstadt mit anderen Leckereien aus dem Sortiment vorliebnehmen: Sachertorte, Nusstorte, Topfentorte, Kaffeetorte, Joghurt-Beeren-Torte und die gesalzene Karamelltorte mit knusprigen Walnüssen. Letztere, eine Idee von Liems Mutter, war die neueste im Angebot, und aktuell DER Verkaufsrenner.

Schwer ertragbar für Herrn Jungwirth, der hauptsächlich Brot und Gebäck buk. Und niemand schwärmte für Brot so genüsslich wie für Torten, die alle Liems Mutter herstellte. Liems Vater führte innerlich einen Wettkampf mit seiner Frau. Wollte mehr Wertschätzung als sie bekommen. Sein heiliges Brot, in das er täglich so viel Mühe steckte, musste doch – verdammt nochmal – mehr gelobt werden als die picksüßen Torten. Er und seine fleißigen Finger hätten es sich redlich verdient. Mehlige Bäckerfinger dritter Generation.

Liem wäre die vierte Generation, doch er hatte keine Lust, in die Fußstapfen seiner Vorfahren zu treten. Er wollte seinen Fingerabdruck nicht in Teigen hinterlassen. Keine mehligen Bäckerfinger! Diese Bürde ersparte er sich, zum Unverständnis seines Vaters, den dieser Dämpfer muffig machte. Liem eine Enttäuschung in allen Belangen. Gut, dass sein Großvater, der den letzten Lebensabschnitt im Altersheim verbrachte, an Demenz litt, sonst wäre auch er tagtäglich mit der Ernüchterung konfrontiert. Nach dem Zweiten Weltkrieg hatte dessen Vater, Liems Urgroßvater, gemeinsam mit einem Freund die Bäckerei gegründet. Zuvor hatten beide mehrere Jahre in einer renommierten Backstube Erfahrung gesammelt. Als der Freund jedoch früh an einem Herzinfarkt gestorben war, hatte Liems Urgroßvater wie ein Verrückter in der Bäckerei schuften müssen. Zutaten gemischt und verrührt, bis seine Arme schmerzten. Sein Sohn, Liems dementer Großvater, wurde bereits früh als Kind eingespannt. Keine Freude mit Freunden nach der Schule. Stattdessen waren seine kleinen Finger verdammt dazu, zu kneten. Teige kneten.

Germteig.
Sauerteig.
Semmelteig.
Ölteig.
Plunderteig.

Es war kein Honigschlecken gewesen, obwohl er oft heimlich von der Nussfüllung genascht hatte. Die Nussfüllung für Zimtschnecken. Genauestens abgewogen! Manchmal hatte er auch in einem unbeobachteten Moment eine Rosine stibitzt und lange daran rumgekaut. Verschrumpelte Weintrauben. Genauestens abgezählt!

Trotz des strikten Naschverbotes hatte Liems Großvater der süßen Versuchung mehrmals pro Woche nicht widerstehen können. Sein einziges Vergnügen in dieser beschwerlichen Zeit.

Solche und andere Backstuben-Geschichten hatte Liem zur Genüge anhören müssen (er könnte ein Buch schreiben), und jedes Mal hatte sich mehr herauskristallisiert, dass er in keiner Bäckerei schuften wollte. Zutaten mischen und rühren. Teige kneten. Mehlige Finger. Nein danke!

Zehn Jahre waren nun seit dem großartigen Einfall von Frau Jungwirth vergangen: neben Brot, Semmeln, Weckerln, Zimtschnecken und Topfentaschen … auch Torten anzubieten. Doch Herr Jungwirth hatte Widerstand geleistet. Er war ein Freund des Bewährten. Nur keine Veränderung. Erst recht nicht, wenn solche irrwitzigen Utopien aus dem Munde seiner Frau entsprangen. Aber Liems Mutter hatte eine hartnäckige Seite. Sie bearbeitete ihren Mann, meistens dezent und unauffällig. Und schließlich, nach zwei Monaten, kam Liems Vater eines Tages von der

Backstube nach Hause und meinte: »Wir machen es!« Zur Überraschung aller plante er noch Größeres: Einen Anbau mit Tischen und Stühlen für die Gäste, damit sie gemütlich ihre picksüße Torte reinschaufeln und an ihrem Heißgetränk nippen konnten. Ein richtiges Kaffeehaus! Acht Jahren florierte nun dieses zusätzliche Geschäft mit Torten.

Nachdem Liems Mutter allen ein Stück Torte serviert hatte – Koko, die auch keine Bäckerin werden wollte, hatte ihr geholfen – führten die Gäste Löffel für Löffel zu ihren Mündern und schmatzten. Zwischendurch schlürften sie gierig an ihren Kaffeetassen.

Geplauder und Getratsche. Ein Stimmengewusel, das nicht das Geburtstagskind, sondern andere Dorfbewohner ins Zentrum des Geschehens stellte. Skandalträchtige Nachbarn. Die schnippische Verkäuferin im Supermarkt. Und der eingebildete Bankmitarbeiter. Doch das änderte sich rasch, als Cousine Gabi den Startschuss für die Geschenkübergabe gab. Ein Fantasyroman. Es folgten weitere Bücher, Geld und Gutscheine. Das Beste kam aber zum Schluss von seinen Eltern. Aufgeregt öffnete Liem das Paket, das mit buntem Geschenkpapier eingepackt war. Es enthielt das, was schon monatelang auf seiner Wunschliste in Großbuchstaben stand: Kohlestifte in verschiedenen Härtegraden, passendes Papier, Fixierspray, Knetradierer und Papierwischer. Utensilien fürs Kohlezeichnen! Endlich konnte er kreativ sein – sobald die Bude leer war. Doch bis dahin musste er wohl noch ausharren.

Eine halbe Stunde später, der Regen hatte aufgehört, schlich sich Liem aus dem Haus. Vor den Wänden, sie waren mit einem Pistaziengrün angestrichen, standen Blumentöpfe. Mit Hingabe pflegte Liems Mutter Kakteen und Oleander. Das *Kraut*, wie Herr Jungwirth abschätzig sagte, zählte zu ihrem Lieblingshobby neben Torten backen. Und seit zwei Jahren hatte sie mehr Zeit dafür, denn Margot, eine 35-jährige Frau, die zuvor in einer Konditorei in einem Nachbarort gearbeitet hatte, half seitdem bei der Herstellung der Torten. Mittlerweile kannte sie alle Familienrezepte im Schlaf in- und auswendig. Täglich zauberte sie vor allem neue Kaffeetorten, Topfentorten und Joghurt-Beeren-Torten aus ihren Fingern. Die gewonnene Zeit investierte Frau Jungwirth in ihre Kakteen, Oleandersträucher und Balkonpflanzen: Hänge-Petunien in Weiß und Violett sowie Geranien in Rot.

Liem schlenderte am *Kraut* (pure Zeitverschwendung für Herrn Jungwirth) vorbei, dann tänzelte er quer über die Wiese, bis zum Walnussbaum am Ende des Gartens. Seine Oase der Ruhe. Er kletterte darauf und setzte sich auf einen Ast. Dass dieser noch nass vom Regen war, störte ihn nicht. Als er tief durch die Nase einatmete, roch es noch nach Regen, obwohl die ersten Sonnenstrahlen die Wolkendecke durchbrachen. Eine Amsel zwitscherte vergnügt auf dem Birnenbaum, gleich daneben.

Keine zehn Minuten später erspähte seine Schwester ihn. Sie kam auf ihn zu und blickte nach oben. »Bist du geflüchtet?«, fragte sie ihn mit lächelnder Miene. Liems Schwester, vier Jahre älter als er, hatte seit kurzem die Matura fix in ihrer Tasche. Sechs Jahre lang, mit einmal Nachsitzen, hatte sie sich in der HBLA, spezialisiert für Wirtschaft und Tourismus, durchgekämpft. Als Nächstes musste sie einen Job finden. Kein einfaches Unterfangen, da es im Umkreis kaum touristische Angebote gab, abgesehen von den paar heruntergekommenen Spelunken und einem Seminarhotel, das hauptsächlich mit dem Erholungswert eines vierhundert Hektar großen Mischwaldes und dem Vergnügen des darin befindlichen Kletterparks warb. Und so spielte Koko mit dem Gedanken wegzuziehen, ohne Idee wohin. Denn sich tagtäglich in die Bäckerei zu stellen, käme für sie einer Folter gleich.

»Ja. Ich habe ein bisschen Ruhe gebraucht«, antwortete Liem.

»Verstehe ich. Mir ging's genauso.« Koko kicherte. Wie ihre Mutter hatte sie langes blondes Haar, mit dem Unterschied, dass sie ihre Haarpracht offen trug.

»Und ich will endlich zeichnen«, sagte Liem, während er vom Walnussbaum herabstieg.

»Du kennst unsere Familie. Im Feiern ist sie Weltmeister.« Koko klopfte ihrem jüngeren Bruder auf die Schulter. Gemeinsam bewegten sie sich zum Haus zurück, quer durch die Wiese. Vor den Kakteen und der Oleanderpracht setzten sie sich auf eine Bank, die vor der pistaziengrünen Hausmauer stand. Die Sonne strahlte auf sie herab, die letzten Wolkenreste lösten sich auf. Gewiss würde die Feier bald im Garten fortgesetzt werden, doch noch konnten die beiden die Stille neben dem *Kraut* genießen. Nichtsahnend, dass Liems Wunsch, der nach dem Auspusten der Kerzen, sich bereits morgen erfüllen würde.

14

»Schwuli!«

In Liems Kopf stieg Hitze auf, vor Scham und Wut.

Gekicher. Neugierige Augenpaare gafften ihn an, sie brannten wie Feuer im Gesicht. Das siebzehnte Lebensjahr startete blendend – zum Vergessen. Aber glücklicherweise interessierte den Großteil der Klasse das Anecken von Klaus nicht.

Klaus, ein kleingewachsener Rüpel mit feinen Antennen, hatte Liem vor einem Jahr als Zielscheibe auserkoren. »Du gehst wie ein Schwuler«, so sein erster direkter Angriff vor versammelter Mannschaft bei der Bushaltestelle. Alle waren gespannt auf Liems Reaktion gewesen, doch er hatte keinen Mucks von sich gegeben. Antonia, eine Klassenkameradin, meinte, dass sie sogar Liems unkontrolliertes Kopfschütteln hören konnte, als sie am nächsten Tag mit ihren Freundinnen darüber tuschelte. Den Mut, Klaus einen dummen Zwerg zu beschimpfen, brachte Liem nicht auf. Zu Hause angekommen, schloss er sich in sein Zimmer ein und heulte den restlichen Tag, wieder wie ein kleines Mädchen. Bin ich tatsächlich schwul? Tagtäglich dieselbe Frage. Tagtäglich keine Antwort.

Nun saß er zusammengekauert in der Schulbank, zeigte wie meistens keine Reaktion und hoffte, dass endlich der Professor reinschneien würde. Nach einer weiteren elendslangen Minute öffnete sich endlich die Türe und der dickbäuchige Deutschprofessor kroch ins Klassenzimmer. Herr Krameier war faul, kam jede Unterrichtsstunde mindestens zehn Minuten zu spät. Zehn Minuten, in denen Klaus Liem drangsalieren konnte. Zehn Minuten, in denen

Liem besonders auf der Hut sein musste. Die Anspannung, die sich dadurch unbewusst in seinem Körper bildete, erforderte enorme Kraft. Schwerfällig ließ sich Professor Krameier in den Stuhl plumpsen. Und seufzte dabei. Wäre dieser faule Sack nur früher erschienen, hätte Klaus sich nicht über ihn lustig machen können.

Am Nachmittag radelte Liem zur Bäckerei. Sein Ritual. Um sich nach den Strapazen der Schule und den Hausaufgaben mit einer gesalzenen Karamelltorte zu belohnen. Und vielen knusprigen Walnüssen. Heute arbeitete auch seine Mutter am Nachmittag, da Margot donnerstags frei hatte. Als Liem die Bäckerei betrat, strahlte ihm seine Mutter entgegen. Sie trug eine Brille, ihre blonden Haare waren zu einem Zopf zusammengebunden. Eine unbekannte Frau stand neben ihr.

»Liem! Da bist du ja«, begrüßte sie ihn, »schau, das ist Frau Giovannini mit ihrem Sohn Fabian. Sie sind neu in der Stadt.« Fabian, der soeben aus dem WC zurückgekommen war, lächelte zwischen den beiden hindurch.

Liem blieb fast das Herz stehen. Auf Anhieb verliebte er sich in den Sohn von Frau Giovannini. Diese Augen: braun, mit frechem Blick. Diese Haare: schwarz und zurückgekämmt. Dieses Muttermal: geheimnisvoll, oberhalb des Kinns. Diese Haut: gebräunt und geschmeidig. Diese Mode: weißes Hemd mit maigrünem Muster und ungewöhnlichem Schnitt. Liem flehte im Stillen das Universum an, dass Fabian keine Vorliebe fürs weibliche Geschlecht hatte.

»Ciao amico!« Fabian trat einen Schritt nach vorne und streckte eine Hand entgegen. Sein Blick war mehr ernst als freundlich. Er kaute an einem Kaugummi.

»Hallo«, antwortete Liem. Als sich ihre Hände berührten, durchfuhr sie ein leichter Stromschlag. Es knackste. Beide zuckten zusammen.

»Und ich bin Frau Giovannini. Freut mich!« Fabians Mutter war klein, ihr Sohn hatte sie bereits mit seiner Größe überholt. Sie trug ein elegantes, braunes Kleid und eine weiße Perlenkette.

»Aber wir müssen leider schon gehen.« Frau Giovannini bedankte sich bei Liems Mutter und winkte Liem zum Abschied.

Eine Katastrophe. Liem hatte sich soeben verliebt und schon flutschte ihm Fabian durch die Finger. Er musste irgendetwas tun, um Mutter und Sohn aufzuhalten, doch er wusste nicht, wie er das anstellen sollte. Er zögerte.

»Arrivederci«, verabschiedete sich Fabian, noch immer Kaugummi kauend. Dann war er weg.

Es folgten quälende Tage – einerseits in der Schule, dank Klaus' Schikanen und andererseits in der Freizeit, wegen der Sehnsucht nach Fabian. Jeden Nachmittag, wenn Liem seine gesalzene Karamelltorte in der Bäckerei verspeiste, starrte er zur Tür hin und hoffte, dass Fabian erschien. Alle kamen. Stammgäste. Pensionisten. Leute aus Nachbardörfern. Familien mit Kleinkindern. Fabian jedoch nicht. Aus Frust aß Liem manchmal ein zweites Stück gesalzene Karamelltorte, warf angewidert die doppelte Menge an knusprigen Walnüssen auf den Teller. Fabian kam trotzdem nicht.

Zu Hause lernte Liem endlich Kohlezeichnen. Etwas, auf das er sich freuen sollte, aber seine Motivation und

Konzentration ließen zu wünschen übrig, da Fabian zu sehr in seinen Gedanken kreiste. Das Buch *Kohlezeichnen für Anfänger*, Kokos Geburtstagsgeschenk, unterstützte ihn. Trotz der recht einfachen Anleitungen tat sich Liem schwer damit. So übte er jede freie Minute, entweder in seinem Zimmer oder im Garten, um Fortschritte zu erreichen. Verächtliche Blicke bekam er meist von seinem Vater, der lieber die Finger seines Sohnes in Teigen stecken sähe, als sinnlos mit Stiften herumzuhantieren. Liems Mutter hingegen sprach ihm Mut zu, vorausgesetzt sie arbeitete nicht, sondern war zu Hause bei ihren Pflanzen. Wenig Zuwendung brauchten die Kakteen, ihnen genügte Sonnenlicht und Wärme. Doch die Oleandersträucher und Balkonpflanzen bettelten um mehr Aufmerksamkeit. Liems Mutter goss sie jeden Tag und zupfte vor allem an den Geranien und Hänge-Petunien herum. Es fand sich immer ein welkes Blatt zum Entfernen. »Gib nicht auf, Schatz! Aus dir wird bestimmt einmal ein großartiger Künstler werden«, sagte sie, während das Wasser in den Blumentopf plätscherte.

Koko kommentierte Liems Versuche im Kohlezeichnen nicht. Sie bräunte sich, lag auf einem Badetuch auf der Wiese und dachte über ihre Zukunft nach, welcher Job ihr in der Tourismusbranche am meisten Spaß machen würde.

Endlich – eine Woche später, als Liem die Bäckerei betrat, hörte er seine Mutter mit Frau Giovannini plaudern. Erstmals seit Tagen entspannte sich Liems Körper, vor allem die Verspannungen im Nackenbereich ließen schlagartig nach. Doch als er sich umblickte, konnte er Fabian nirgends sehen. Frau Giovannini saß allein am Tisch. Liems

Mutter stand neben ihr. Sie tratschten. Als Fabians Mutter Liem erblickte, winkte sie ihm zu. »Ciao Liem, komm doch zu uns!«

Er trottete mit den Händen in seinen Hosentaschen zu Frau Giovannini und seiner Mutter hin und begrüßte sie. Enttäuscht, dass Fabian ihn offenbar nicht sehen wollte.

»Liem, magst du am Samstag bei uns vorbeikommen? Fabian freut sich bestimmt über Freunde in seiner neuen Heimat.«

»Ja, gerne«, erwiderte Liem und lächelte der Mutter seines Schwarms zu. Begeistert zeigte sich auch Frau Jungwirth, denn mit Sorge hatte sie letztes Jahr den Rückzug ihres Sohnes von ehemaligen Freunden beobachtet. Sich einzureden, dass die Pubertät schuld war, hatte wenig geholfen.

Die gesalzene Karamelltorte schmeckte anschließend außerordentlich gut. Bissen für Bissen ließ Liem auf seiner Zunge zergehen. Vielleicht sollte er am Samstag Fabian ein Stück mitnehmen.

15

Drei Tage später betrat Liem das Grundstück der Giovanninis. Es sah ungepflegt aus: Verwilderte Hecken, ein ungemähter Rasen, umgeworfene Blumentöpfe und abgebrochene Zweige von Bäumen, die auf der Wiese lagen. Auch das Haus selbst war in die Jahre gekommen, die Farbe blätterte an mehreren Stellen ab, die Wände schrien nach einem neuen Verputz. Trotzdem fand Liem Gefallen daran, irgendwie hatte es etwas Uriges und Verwunschenes. Vor der Haustüre drückte er auf die Klingel und wartete. Als er an seinem Daumennagel zu nagen begann, konnte er Schritte von drinnen hören.

Dann öffnete sich die Türe und Fabian stand vor ihm. Lächelnd und Kaugummi kauend.

»Ciao amico!«

»Hallo Fabian!« Liem merkte, dass seine Knie zu zittern begannen, denn Fabian war hübscher als er ihn in Erinnerung hatte. Und sein lässiges Verhalten imponierte ihm. Trotzdem schimmerte etwas Sanftes in Fabians Blick durch. Es wies auf eine verletzliche Seite hin. Das war Liem beim ersten Treffen nicht aufgefallen.

»Hast du Lust auf eine Radtour?«, fragte Fabian, während er über sein Muttermal strich.

»Sehr gerne«, antwortete Liem.

»Zeigst du mir ein paar coole Plätze?«

»O-okay«, stammelte Liem, der sich plötzlich unter Druck gesetzt fühlte. Coole Plätze. Hier?

»Allora … ich hol' nur noch schnell einen Rucksack und eine Cola. Bin sofort wieder da.« Fabian flitzte ins Innere des Hauses. Von seinen Eltern war weit und breit nichts zu sehen. Plötzlich spürte Liem an seinen Beinen etwas. Erschreckt blickte er nach unten und sah eine schwarze Katze, die sich an ihn schmiegte und miaute. Liem bückte sich und streichelte sie, was sie zum Schnurren brachte.

Kurz darauf sauste Fabian aus dem Haus. »Andiamo!«

»Lebst du schon immer hier?«, fragte er, während sie nebeneinander entlang eines Bächleins fuhren. Es war sonnig. Wolkenlos. Bald würde die Badesaison beginnen.

»Ja! Und wo hast du gewohnt?«

»Die letzten fünf Jahre in Karlsruhe, davor in Bologna. Dort bin ich geboren und aufgewachsen. Meine Eltern haben sich am Piazza Maggiore kennengelernt. Es war Liebe auf den ersten Blick und so zog *la mamma* zu Papa nach Italien. Ein Jahr später kam ich zur Welt, zehn Jahre später wollten beide ein Restaurant in Deutschland eröffnen. Deshalb sind wir nach Karlsruhe, Mamas Heimat, übersiedelt.«

»Und was ist mit dem Restaurant dort passiert?«, fragte Liem.

»Mein Onkel, der Bruder meiner Mama, hat es übernommen. Jetzt wollen wir hier eine Pizzeria eröffnen. Pizzeria Giovannini«, teilte Fabian mit.

»Echt? Aber warum genau hier, in dieser kleinen Stadt?« Liem linste zu Fabian, der heute ein oranges T-Shirt trug. Gaff nicht so offensichtlich, ermahnte er sich. Die Befürchtung, dass Fabian hetero war, spukte nach wie vor in seinen Gedanken herum.

»Ein anderer Bruder meiner Mutter wohnt hier. Die Pizzeria soll die Beste weit und breit werden.«

»Das klappt bestimmt«, erwiderte Liem, mit Bildern der heruntergekommenen Spelunken vor Augen.

Fabian kaute an seinem Kaugummi herum, ehe er kräftiger in die Pedale trat. Nachdem in Liems Beinen Schmalz fehlte, hatte er Mühe, mit dem Tempo mitzuhalten. Als das Bächlein in ein Rohr mündete und unterirdisch weiterfloss, gab es eine Abzweigung nach links und rechts. Die beiden hielten an. »Was willst du lieber sehen? Einen schönen Ausblick von oben? Da müssen wir links abbiegen, aber später aufwärts treten. Oder einen Lagerfeuerplatz neben einem Fluss? Dann müssen wir die rechte Abzweigung nehmen.« So richtig cool waren beide Plätze nicht, aber Liem hatte keine andere Idee.

»Il fuoco da campo é fantastico, andiamo!« Fabian setzte sich wieder auf den Sattel, trat in die Pedale und bog rechts ab.

Liem, der nichts verstanden hatte, fuhr hinterher und freute sich, dass ihm der anstrengendere Weg erspart blieb. Bald hatte er Fabian eingeholt und sie fuhren wieder auf gleicher Höhe. Radelten an ein paar langgezogenen Getreidefeldern vorbei. Die zarten Pflänzchen von Mais, Hafer und Weizen mussten bis zur Erntezeit noch ordentlich wachsen.

»Hast du eine Freundin?«, fragte Fabian aus dem Nichts und äugte zu Liem rüber.

Mit dieser Frage hatte Liem nicht gerechnet, sie ließ ihn fast vom Sattel fallen. Was für ein Schlag! Damit war klar, dass Fabian an Mädchen interessiert und er selbst nur ein Zeitvertreib war. »Ahm … nein!«, antwortete Liem knapp.

»Okay! Ich auch nicht.«

Liem atmete auf. Vielleicht wollte sich Fabian nur vergewissern, ob Liem wie er selbst schwul war?

»Ich hatte eine in Deutschland. Aber wir haben uns im Winter getrennt.«

Ein Schlagloch. Liem übersah es. Er fuhr darüber. Es rumpelte. Er hätte dabei fast das Gleichgewicht verloren. »Aha.« Mehr fiel Liem darauf nicht ein. Wollte sich Fabian jetzt ernsthaft über Mädchen austauschen? Wo war er da nur hineingeraten?

»Kennst du ein paar heiße Mädels?«, bohrte Fabian weiter, drehte sich zu Liem und lächelte ihn an.

»Nicht wirklich.« Zurück nach Hause wollte Liem, wünschte sich Fabian nie getroffen zu haben. Doch nach vorne, wo die nächste Abzweigung kam, radelte er hin.

Fabian ließ Liems Worte kommentarlos stehen. Er begann eine Melodie, die Liem nicht kannte, zu pfeifen. Bis auf die Pfeifgeräusche fuhren sie schweigend weiter – geradeaus. Nachdem sie einmal links und zweimal rechts abgebogen waren, wurde der nun sandige Weg schmäler. Ihre Räder wirbelten Staub auf.

Liem mochte diese Stille nicht. Er konnte Fabian und seine Gedanken nicht einschätzen. Fand er ihn langweilig oder sogar abnormal? Aber warum würde er dann so fröhlich dahin pfeifen?

»Über was denkst du nach?«

Auch das noch. Diese Frage hasste Liem im Generellen, und jetzt im Besonderen.

»Hat es dir die Sprache verschlagen? Vor mir musst du keine Angst haben.«

Liem fand kein richtiges Wort.

»Weißt du, obwohl du irgendwie anders als meine bisherigen Freunde bist, finde ich dich sympathisch.«

Diese Direktheit haute Liem fast wieder vom Rad. Er musste aufpassen, nicht verletzt nach Hause zu kommen oder vielleicht im Krankenhaus zu landen. Unerwartet entschied er sich, die Wahrheit auszuspucken, zumindest einen Teil davon. »Ich habe tatsächlich überlegt, ob ich nicht zu langweilig für dich bin. Du bist cool, ich nicht.«

»Mamma Mia! No!« Fabian drehte seinen Kopf zu Liem und lächelte ihn an. »Ich mag dich, so wie du bist!«

Nicht zum Einschätzen dieser Giovannini Junior, dachte sich Liem. »Wir sind gleich da!«

»Molto bene!« Fabian spuckte den Kaugummi in weitem Bogen aus. Dieser flog durch die Luft und landete im Haferfeld.

Sie lehnten die Fahrräder an eine alte Eiche. Dahinter breitete sich ein riesiges Maisfeld aus, davor ein gestauter Fluss. Der Lagerfeuerplatz, eingekreist von handgroßen runden Steinen, befand sich neben der Eiche. Niemand war da. Vermutlich würde der Jugend-Clan, dem auch Liem bis vor einem Jahr angehört hatte, erst abends hierherkommen. Der ideale Platz, um sich zu betrinken, ohne von Erwachsenen erwischt und belehrt zu werden.

»Fantastico!«, schwärmte Fabian, während er sich umblickte. »Gehen wir ins Wasser?« Es war eine Aufforderung, keine Frage, denn kaum ausgesprochen, ließ er seine Shorts fallen und riss sein oranges T-Shirt vom Leib. Nur mit Unterhose bekleidet stand er wie ein Model vor der alten Eiche.

»Okay.« Liem handelte zaghaft, denn um jetzt schon die Badesaison zu eröffnen, müsste das Wasser ein paar Grad wärmer sein. Und gleich beim ersten Treffen den Körper entblößen?

»Na los, zieh dich aus! Avanti!« Fabian steuerte auf den Fluss zu. Als das kalte Nass über seine Füße schwappte, tastete er sich mit seinen Zehen vorsichtig nach vorne. Obwohl es Mitte Juni war und neunundzwanzig Grad hatte, war das Wasser noch kalt.

Liem öffnete langsam seine Hosenknöpfe, als Fabian sich umdrehte und erneut »Avanti! Avanti!« rief. Dass Fabian ihn beim Ausziehen beobachtete, ließ ihn schneller handeln, denn schließlich war er kein Stripper, der es genoss, langsam die Hüllen fallen zu lassen. Als er nur noch die Boxershorts trug, lief er los und erreichte nach ein paar Schritten Fabian. Das Wasser war kalt wie Eiswürfel. Liem stöhnte. Da die Stelle des Flussbeckens besonders seicht war, wateten sie stromaufwärts, um zu einer tieferen, leider auch kälteren Stelle zu gelangen. Beide Seiten des Flussufers waren mit Bäumen und Sträuchern umsäumt. Gut versteckt.

Fabian schien ein harter Knochen zu sein. Trotz der Wassertemperatur schritt er zielstrebig voran. Währenddessen musste sich Liem zusammenreißen, um nicht zu jammern oder zu stöhnen. Die Kälte war unerträglich, fraß sich bis in seine Knochen.

Dann erreichten sie eine Stelle, an der sich das Wasser bis über ihren Nabel vorwagte.

»Sehr erfrischend«, stellte Fabian fest und tauchte im nächsten Moment mit dem ganzen Körper unter. Plopp! Weg war er. Wie ein Stein, den man ins Wasser warf.

Liem stand wie versteinert da, staunte über Fabians Mut. Sein Körper zitterte. Untertauchen würde eine saftige Verkühlung für die nächste Woche bedeuten. Nur um cool zu sein, wollte er das nicht unbedingt riskieren.

Als Fabian auftauchte, juchzte er. »Stupendo!« Sofort tauchte er nochmals unter. Plopp!

Auf irgendeine Weise fand Liem diese Unbekümmertheit ansteckend. Trotz widriger Umstände konnte Fabian den Moment genießen und Spaß haben.

Platsch! Fabian durchbrach die Wasseroberfläche. »Worauf wartest du?«

Liem biss sich auf die Lippen und zuckte mit seinen Schultern. Er dachte zu sehr an Schnupfen, Halsschmerzen und Fieber. Sah sich die nächste Woche im Bett wälzen. Langsam pirschte sich Fabian heran wie ein Alligator, der seine Beute erspäht hatte. Seine schwarzen Haare hingen zur Hälfte übers Gesicht. Die Muskeln seines

Oberkörpers und seiner Arme deuteten auf regelmäßigen Sport hin. Seit Liem den Schritt ins Wasser gewagt hatte, war sein Penis zusammengeschrumpelt. Ein zerbrechlich winziger Eiszapfen, der mit der falschen Bewegung abbrechen würde. Doch als Fabian sich heranpirschte, bewegte sich Liems Hose. Der zerbrechliche, winzige Eiszapfen wuchs. Schwoll an. Fabian sprang hoch und riss Liem um. Der Angriff des Alligators glückte. Beide tauchten ins Wasser ein. Eine Wucht an Kälte rollte über Liems Körper, die Lungen zogen sich zusammen und schmerzten. Schnell versuchte er aufzutauchen, doch Fabian hielt ihn fest. Ein spielerischer Kampf für den Italiener, jedoch ein mühsamer in Liems Kopf: Er fand es einerseits furchtbar aufregend, Fabians Hände und seinen Körper während der Rangelei zu spüren, wollte sich ihm ergeben, doch andererseits glaubte er, dass die Kälte ihn umbringen würde, wollte nichts wie raus aus dem Eiswasser. Es verdarb ihm den Spaß. Sie rangelten einige Sekunden unter Wasser, dann geschah es: Fabians Hüfte berührte Liems steifes Glied. Seinen unverwüstlichen Eiszapfen. Ruckartig ließ Fabian Liem los und tauchte auf. Liem, mit Scham erfüllt, wünschte sich nun doch länger unter Wasser bleiben zu können, doch die Kälte trieb ihn nach oben. Er schoss aus dem Wasser wie ein tollpatschiger Delphin und atmete tief ein. Sie standen sich gegenüber. Fabian wusste nun, dass Liem ihn scharf fand. Und dafür genierte sich Liem dermaßen, dass er für ewig erstarren wollte. Doch Fabian kannte keine Scheu. Mit durchdringendem Blick sah er Liem an, während seine Hand im Wasser nach vorne glitt und Liems Penis ergriff. Er war noch steif. Liems Blick bekam etwas Lüsternes, als er in diese unbeschreiblich schönen, braunen Augen sah. Nun schämte sich Fabian. Er neigte seinen Kopf nach unten, seine Hand umschloss weiterhin Liems Glied. Sie drückte leicht zusammen. Ein unsägliches Gefühl. Besser als jede von Liems bisher geträumten Fantasien. Er bedauerte nur, dass Fabian ihn dabei nicht ansah. Sein Penis war steinhart. Fabians Hand tastete ihn weiter ab, bis nach hinten zum Schaft und drückte erneut sanft zusammen. Liem stöhnte. Welch einfühlsame Finger!

»Andiamo!«, sagte Fabian plötzlich, deutete mit dem Kopf zur Eiche und ließ seine Hand von Liems Penis los. »Deine Lippen sind schon blau.« Er drehte sich um und bewegte sich stromabwärts zur seichten Stelle hin.

Verdammte Lippen! Liem fühlte sich verraten von seinem Mund. Obwohl der ganze Zauber zu kurz und ohne Höhepunkt gewesen war, stellte sich trotzdem eine Zufriedenheit in seinen Gedanken ein. Zum ersten Mal hatte ein Typ sein Geschlechtsteil angefasst. Es war atemberaubend gewesen.

»Che fai? Komm!«, rief Fabian, der beinahe bei der alten Eiche angekommen war. Liem trottete ihm hinterher.

Sie legten sich mit dem Rücken auf die Wiese. Ihre Blicke gen Himmel gerichtet. Die Sonne wärmte ihre unterkühlten, jugendlichen Körper. Beide verloren kein Wort über das soeben Geschehene.

»Wir müssen unbedingt wieder hierherkommen, wenn der Mais reif wird. Dann stehlen wir welchen, okay?«, schlug Fabian vor. Er pflückte ein Gänseblümchen, nahm den Stiel in den Mund und spielte damit genüsslich herum.

»Ja, das machen wir«, antwortete Liem, während er zu Fabian linste.

Ein Diebstahl. Fabians Finger scheuten nicht davor zurück, eine Straftat zu begehen. Sie waren mutig, hoffentlich auch so unerschrocken, um bald ein weiteres Mal bis unter Liems Hose vorzudringen.

»Perfetto, amico! Und ein Lagerfeuer machen wir dann auch!« Nachdem Fabian das Gänseblümchen verschlungen hatte, begann er zu pfeifen, dieselbe Melodie wie vorhin. Weiterhin vermied er jede Möglichkeit eines Augenkontakts.

Kapitel 2

Sommer 2011

16

Diese talentierten Hände. Sie strichen über Liems Hals. Zärtlich. »Amore mio«, säuselte Fabian ihm ins Ohr. Liem fühlte sich wie ein ferngesteuerter Roboter, der nur ein Programm verfolgte: Lusterfüllung. Als Fabian am Ohrläppchen herumknabberte, stöhnte Liem. Eine Befreiung. Ihm war egal, ob sie jemand erwischte. Hauptsache, seine Befriedigung schritt voran – mit oder ohne Gaffer. Mit seinen Fingern fuhr er durch Fabians schwarzes Haar, das sich geschmeidig anfühlte. Er schnupperte daran. Es roch nach Zitrone. Er sog den erfrischenden Duft ein, als plötzlich sein Handy in der Hosentasche bimmelte.

»Lass es läuten«, bat Fabian, während er ihn durchdringend ansah. Er wusste, dass seine Augen unwiderstehlich waren. Seine Waffen.

Liem widerstand dem unausstehlichen Klingelton.

Die Pupillen der *Waffen* waren kaum erkennbar. Dunkle Augen, die eine wohltuende Wärme ausstrahlten. Sie glänzten. Geheimnisvoll.

Fabian und Liem standen mitten im Maisfeld. Die Sonne knallte auf sie herab. Über ihnen kreisten krächzende Krähen, besorgt um ihr Futterareal. *Kraah. Kraah.*

Liem stöhnte erneut, als Fabians rechte Hand unter sein T-Shirt fuhr und hochwanderte, bis sein Daumen eine Brustwarze erreichte und daran herumspielte.

Ein Naturtalent.

Fabian kannte sich aus mit Liems Schwachstellen. Seinen erogenen Zonen. Als der Daumen schließlich über die andere Brustwarze strich, verlor Liem komplett die Beherrschung und riss Fabians Hemd auf. Knöpfe flogen durch die Luft.

Zwei Naturtalente.

Fabians trainierter Oberkörper entblößte sich wie ein überreifer Maiskolben, der sich aus seiner Blatthülle herausschälte.

Liems Handy begann erneut zu läuten. Fabian schüttelte den Kopf und lächelte verschmitzt. Das Muttermal, eine weitere Waffe von ihm oberhalb des Kinns auf der linken Seite, löste einen Automatismus aus: Jedes Mal, wenn Liem hinsah, wollte er Fabian küssen. Jetzt auch. Ihre Lippen klatschten aufeinander. Das Handy in der Hosentasche beruhigte sich nicht. Auch die Krähen über ihnen krächzten und flogen chaotischer als zuvor.

Kraah. Kraah. Kraah. Kraah.

Liem verlor sein Gleichgewicht und schwankte.

»Amico, was ist los?«, fragte Fabian besorgt.

Kraah. Kraah. Kraah. Kraah.

Das Handy schrillte lauter. Zeitgleich setzte eine Krähe zum Sinkflug an, steuerte auf die zwei Liebenden zu. Aggressiv. Bereit, ihr Futterareal zu verteidigen. Ihr scharfer

Schnabel kam näher. *Kraah. Kraah. Kraah.*

»Aaahh«, schrie Liem und wachte auf. Vorbei war der Traum. Der erotische Traum. Diese Dreckskrähe hatte ihn platzen lassen. Benommen lag Liem im Gras. Papier, mehrere Kohlestifte und Estompes, ein Radiergummi sowie ein Tuch lagen verstreut herum, er selbst zerstreut mittendrin. Er musste im Garten eingeschlafen sein.

Die Sonne schien schwach zwischen den Kirschzweigen hindurch, ein Indiz, dass es bereits Abend sein musste. Das Handy läutete, dieses Mal nicht im Traum. Ohne auf das Display zu schauen, nahm Liem den Anruf entgegen. »Hallo?«, brummte er.

»Ciao Bruderherz.«

»Kokooo. Hi!« Liem rieb sich den Schlaf aus seinen Augen und gähnte dabei.

»Na, wie geht's dir? Wie ist das Zusammenwohnen?«

Nun war Liem putzmunter. In der Realität gelandet. Er erzählte euphorisch über die letzten drei Wochen, seit er in der neuen Wohnung lebte. Gemeinsam mit seinem Schatz.

Nachdem Armin letztes Jahr aus Schottland und Rügen zurückgekehrt war, hatten sich die beiden sofort verabredet. Die Verliebtheit zwischen ihnen intensivierte sich, bis sie unzertrennliche Liebhaber wurden. Armin wollte rasch eine offizielle Beziehung, und da Liem nach Wochen des Zusammenseins noch immer keinen gröberen Mangel an Armin entdeckt hatte, konnte er keine Banalitäten mehr als Ausrede verwenden. Entweder entsprach Armin tatsächlich all seinen hohen Ansprüchen oder diese hatten sich in Luft aufgelöst. Liem fand selbst keine Antwort darauf. Aus Verliebtheit wurde Liebe, die von Tag zu Tag mehr Spuren in ihren Herzen hinterließ, was auch für ihre Familien und Freude schön anzusehen war. Auf Armins Initiative hin, fassten sie im Frühjahr den Entschluss zusammenzuziehen, denn zwei Wohnungen waren eine zu viel. Bald entdeckten sie ein interessantes Inserat, die anschließende Besichtigung brachte Klarheit: Diese Wohnung musste es werden. Vor allem der Garten versprühte einen Charme – mit einem großen Kirschbaum als Schattenspender und einem Feigenbaum, der das Gefühl vermittelte, fünfhundert Kilometer weiter südlich zu wohnen. Es fehlte nur das Meer, stattdessen gab es ein Gemüsebeet, ein paar Beerensträucher, eine Laube, die von Wein überdacht war und zahlreiche Krähen. Aber diese sowie deren Geschrei nahmen sie gerne in Kauf.

Sarah und Niko sorgten sich seitdem um Liem, meinten, dass es für eine gemeinsame Wohnung viel zu früh wäre, denn die Chance, dass das nicht gut ausgehen würde, wäre hoch. Letzteres erwähnten sie nicht in seiner Anwesenheit.

Elf Monate. Genau genommen, elf Monate und vier Tage waren seit ihrem Kennenlernen in Kroatien vergangen. Liems neuer Rekord. Von Woche zu Woche hatte er sich vorgehangelt, im Hafen der Partnerschaft. Befand sich nun in seiner längsten Beziehung bisher, war stolz auf sich, liebte Armin und fühlte sich glücklich.

Doch etwas verschwieg Liem. Seitdem er mit Armin zusammenwohnte, hatte er mehrmals von Fabian geträumt. Dahinter steckte selbstverständlich der *giftige Schatz*, der von Zeit zu Zeit aus dem hintersten Winkel seiner Höhle agierte, mit der einzigen Waffe, die Liem noch tangierte: Erotische Träume, die ihn verunsicherten. Liem wusste nicht recht, was er mit den Botschaften des Unterbewusstseins anfangen sollte und warum ausgerechnet jetzt diese hoffnungslose Liebe in seinen Träumen erschien. Es gab keinen Grund dafür, denn Fabians letzte Nachricht *Ciao amico! Sehen wir uns wieder mal?* lag fast ein Jahr zurück, und auf Liems anschließende Antwort reagierte er nicht mehr. Dieses Verhalten von Fabian war nicht nur irritierend, sondern auch äußerst aufreibend. Und dass Liem die Träume erregend fand, machte die Situation nicht besser, löste ein schlechtes Gewissen gegenüber seines neuen Schatzes aus. Auch seiner Schwester erzählte er davon nichts. Das war sein Geheimnis.

Anschließend begann Koko zu plaudern: »Bei mir ist alles beim Alten. Die Arbeit mit den Touristen macht mir Spaß und ich bin noch in der Wohnung, die du kennst.« Ihre Stimme war ruhig.

»Und wie sieht's mit den Männern aus?«

»Ach, alles wie immer. Die, die mir gefallen, melden sich nicht mehr. Und die, die sich für mich interessieren, finde ich langweilig. Leider. Für mich gibt's anscheinend keinen Deckel«, lamentierte sie.

»Oder keinen Topf!« Damit brachte Liem seine Schwester zum Lachen.

Nach dem Telefonat rief Liem seine Mutter an. Sie tischte aktuelle Infos zu ihren Pflanzen auf – welche ein neues Blatt bekam oder ein altes Blatt fallen ließ. Seit Liem von zu Hause ausgezogen war, hatte ihr Verhältnis zu Pflanzen bemerkenswerte Ausmaße angenommen. Ihre ganze Liebe floss nun in das *Kraut*. Neben Oleander und Kakteen hegte und pflegte Frau Jungwirth seit Jahren auch Herzblattlilien, Zypressen, Lorbeer, Fuchsie,

Hortensie, Wandelröschen, Engelstrompete und ihre zwei neuesten Errungenschaften: Mandarinen- und Olivenbaum. Die verwöhnte sie besonders – mit der teuersten Erde, dem besten Düngemittel und liebevollen Streicheleinheiten. Stundenlang konnte sie diesen beiden Bäumchen beim Wachsen zuschauen. Am Ende des Telefonats wusste Liem nicht mehr, ob die Engelstrompete oder das Wandelröschen wegen der kühlen Nacht letzte Woche die Blätter hängen ließ. Und blühte nun die Hortensie oder die Fuchsie außergewöhnlich intensiv?

»Ich liebe dich, mein Schatz! Tschüss, baba«, verabschiedete sie sich.

»Tschüss Mama!«

»Und pass auf dich auf! Ja?«

»Mhm! Tschüss!«

»Hören wir uns bald wieder?«

»Ja sicher! Tschüss Mama!«

Eine halbe Stunde später tanzte Armin an. Er war nun Brillenträger – seit dem Winter, da er an Myopie litt. Kurzsichtigkeit.

»Hi, mein Süßer!«

»Hallo Schatz!« Liem stand in der Küche vor der Arbeitsplatte, und hackte mehrere Zwiebeln in kleine Stücke.

Armin schenkte ihm ein Lächeln und einen Kuss. Seine Brille sah sportlich aus, trotzdem wirkte er intellektuell damit. Quadratische Fassung und schwarzer Rahmen. Er sah die Ferne nicht, wie er selbst sagte. Sah sie schon, nur nicht scharf genug. Die Schärfe der Zwiebeln stieg in seine Augen, trotz Brille davor.

»Was kochst du denn Leckeres?« Neugierig guckte er

das Gemüse an, das neben dem Schneidebrett lag. Frische Karotten, Zucchini, Champignons.

»Gemüserisotto.« Liems Augen brannten, sie tränten von den Zwiebeln.

»Mmmhhhh, lecker. Wie war das Arbeiten?« Armin schnappte sich ein Messer und begann die Zucchini zu zerkleinern.

»Sehr stressig, weil Anton ein Werbeprospekt nicht pünktlich abgeliefert hat. Jetzt musste ich es finalisieren.« Liem warf einen Teil der Zwiebelstücke in einen Topf und leerte etwas Öl dazu.

»Du Armer! Ist das der ältere Kollege?«

»Ja genau, der ältere Langsame.« Liem war noch erregt, angeregt vom Traum mit Fabian, und wollte über Armin herfallen, aber sein anderer Hunger, der nach Essbarem, siegte. »Wie war dein Tag?«

»Sehr gut. Ich habe erfahren, dass ich noch diesen Sommer eine Woche nach Burgstaaken fahren darf. Zu *Fishing for Litter*.« Nachdem Armin die Zucchini in Würfel geschnitten hatte, zerkleinerte er die Champignons.

»Super. Und wo ist Burgstaaken?« Liem schüttete Wasser zu den Zwiebeln hinzu und bröselte einen Suppenwürfel hinein.

»In Norddeutschland, fast schon in Dänemark. Vielleicht magst du zwei, drei Tage nachkommen, für ein Wochenende in Kopenhagen?«

»Jaaa. Das wäre genial.« Liem, der noch nie Dänemark bereist hatte, freute sich darauf, dieses neue Land kennenzulernen. Nun gab er den restlichen Teil der gehackten Zwiebeln in eine ölbeschmierte Pfanne und schüttete den Reis zum Anschwitzen hinein.

»Schade, dass wir hier kein Meer haben, ich würde sofort eine Initiative für *Fishing for Litter* starten.«

»Das glaube ich dir. Sprich mit deinem Vorgesetzten, vielleicht lässt sich ein anderes Projekt hier umsetzen.«

»Ja, ich frage eh laufend nach. Und weißt du was? Vielleicht gibt es in Burgstaaken auch Papageitaucher.« Ein kindliches Strahlen entstand in Armins Gesicht.

Bei seiner dreiwöchigen Expedition in Schottland letztes Jahr hatte er zum ersten Mal Papageitaucher gesehen, die ihn auf Anhieb entzückten. Die *Meer-Papageien.* Die *Clowns der Meere.* Die *Puffins.* Vier Namen für einen Vogel, wobei Armin *Clowns der Meere* am passendsten fand, da ihr großer dreieckiger Schnabel ihnen tatsächlich das Aussehen eines Clowns verlieh. Obwohl sie Vögel waren, hatten sie ihre Mühe mit dem Fliegen. Sie schlugen pro Minute bis zu vierhundertmal mit ihren Flügeln, weil ihre Schwingen so kurzgeraten waren. Bei seinen Beobachtungen befürchtete Armin oft, dass sie abstürzen würden. Wasser war ihr Element und Tauchen ihr Talent. Nicht umsonst hießen sie Papageitaucher. Bis zu sechzig Meter Tiefe schafften sie, mit Leichtigkeit und Schnelligkeit, sah aus, als ob sie fliegen würden – wenn schon nicht in der Luft, dann zumindest im Wasser. Lustige Vögel, die *Clowns der Meere.*

»Die will ich auch unbedingt sehen.« Liem goss den Reis mit der Suppe auf, während Armin die Karotten schnitt.

Nachdem ihr Hunger gestillt war, kümmerte sich Liem um seine sexuellen Gelüste, denn sie brodelten in ihm wie erhitztes Wasser in einem Kochtopf. Er fackelte nicht lange herum, öffnete Armins Hosenschlitz und befriedigte ihn oral, gleichzeitig masturbierte er. Armin überraschte Liems Verlangen, da sie schon am Morgen miteinander geschlafen hatten. Aber wie hätte Liem ahnen können, dass Fabian ihn in seinen Träumen Stunden später derart erregte. Sein schlechtes Gewissen diesbezüglich hatte er wie das Gemüserisotto davor runtergeschluckt.

Zufrieden lümmelten beide nackt auf der Couch, als Armins Handy läutete. Er sprang auf, zog sich seine Shorts an und verschwand mit dem Telefon in den Garten. Als er zurückkam, erkannte Liem an seiner Miene, dass etwas nicht stimmte. »Was ist los?«

»Puuh«, stöhnte Armin und machte große Augen, »mit diesen Neuigkeiten hätte ich nicht gerechnet.«

»Sag schon!« Liem biss sich auf die Unterlippe.

»Halte dich fest! Paula und Luis wollen heiraten. In drei Wochen.«

Wie ein alter Mann seufzte Liem, er kratzte sich an seiner linken Wange.

»Paula will mich als Trauzeugen.«

Ein weiterer Seufzer. »Niko wird bestimmt keine Freude haben, wenn ich dich auf die Hochzeit begleite«, sagte Liem. Er ging zum Kühlschrank und holte eine Flasche Prosecco heraus. »Darauf brauch' ich einen Schluck.« Er füllte ein Glas damit auf und kippte ihn wie Wasser hinunter.

17

Das Büro der Chefin wirkte nicht nur steril und leblos, es war auch so. Jedes Mal, wenn Liem reinzitiert wurde, fragte er sich, wie sie hier produktiv sein konnte.

Der rote Tupfer im ansonst farblosen Acrylbild, das an der Wand hinter dem Schreibtisch hing, irritierte ihn immer wieder aufs Neue. Sah aus wie ein Blutspritzer. Drückte Leben aus in diesem toten Raum, der außer schwarz-weiß nichts zu bieten hatte: Schreibtisch, Chefsessel, Couch, zwei Lederstühle, Lampe, Schrank, Teppich, Drucker. Alles schwarz oder weiß. Eine Grünpflanze würde hier innerhalb von ein paar Tagen absterben. Die Kleidung von Frau Hartl, so der Name der Chefin, war perfekt auf die Leblosigkeit abgestimmt: schwarze Hose und Schuhe, weiße Bluse und Ohrstecker. Selbst ihr Haar war schwarz wie das Gefieder einer Krähe. Ihre Haut weiß wie die eines Vampirs. Deshalb nannte Liem sie auch Vampirin, natürlich nur in ihrer Abwesenheit. Unter einer Krankheit dürfte sie nicht leiden, denn einmal jährlich erzählte sie von ihrer Vorsorgeuntersuchung. Pumperlgesund. Optimaler Blutdruck und die besten Blutwerte.

Gefangen in einer Gruft, dachte sich Liem, in den Klauen seiner Chefin. Aufmerksam hörte er ihr zu. Mit lila T-Shirt, blauen Jeans und sonnengebrannter Haut sah er an diesem schwerfälligen Platz wie ein Paradiesvogel aus. Hoffentlich lechzte sie nicht mit ihren scharfen Zähnen, die mehr gelb als weiß waren, nach seinem lebensfrohen Blut. Zu gern wollte Liem in sein lebendiges Büro zurückkehren. Zu Anton und Mona. Trotz Alter und Trödelei erheiterte Anton beide mit seinem trockenen Humor.

Frau Hartl saß mit übereinandergeschlagenen Beinen auf der weißen Couch, dabei wippte sie mit einem Bein und lobte Liems Arbeit. Lobverkündung. Ein sicheres Indiz, dass sie jeden Moment etwas auszusetzen hatte. Das war schon immer so gewesen, bestimmt auch heute. Liem hatte recht gehabt, doch dieses Mal betraf es nicht ihn, sondern Anton. Die Vampirin wünschte sich von Liem, dass er Anton, der zu langsam und vielleicht auch schon zu alt für den Job war, genauer auf die Finger schaute.

Ist das nicht Chefsache, dachte sich Liem, der vis-à-vis auf einem schwarzen Lederstuhl saß. Obwohl er lieber mit dem Kopf schütteln würde, nickte er stattdessen und ärgerte sich. Schlappschwanz!

Plötzlich hörte die Chefin mit dem Wippen des Beines auf und beugte sich nach vorne. Näher zu Liem hin. Ihre Stimme senkte sie herab, wurde zu einem Flüsterton. Sie beschwerte sich bei ihrem jüngeren, fleißigen Mitarbeiter, dass der ältere, langsame Mitarbeiter ständig Pausen machte. Zu viele.

Es war zu viel.

Ihr Gesicht. Zu nah. Und zu viel Schminke. Eine dicke Schicht Schminke hatte sie ihrer Visage verpasst. Passte nicht zur weißen Hautfarbe, die von ihren Händen und von Teilen ihres Halses hervorblitzte. Warum musste sie sich unter all diesem Geschmiere verstecken? Ihr Mund weinrot, als ob sie Blut geleckt hätte. Neben dem roten Klecks im farblosen Acrylbild, waren ihre angestrichenen Lippen das zweite Lebenszeichen in dieser Gruft, abgesehen von Liem.

Am Abend traf er Niko und Sarah in einer Strandbar. Der Strand war kein natürlicher – einfach eine Menge Sand über eine Fläche geschüttet, ein paar Liegen daraufgestellt und dazwischen ein paar Sonnenschirme hingepflanzt. Es wirkte. Schuf ein herrliches Ambiente und verbreitete das Gefühl am Meer zu sein, auch wenn vor ihnen nur ein stillgelegter Seitenarm der Donau lag. Die Sonne schenkte ihnen ihre letzten Strahlen des Tages. Chilliger Sound klang aus den Boxen, die an der Bar befestigt waren. Was für ein Kontrast, verglichen mit der Gruft und dem schauderhaften Gespräch mit der Hartl-Vampirin zuvor. Liem erzählte darüber, entspannte dabei in einer der Liegen und hielt einen Mojito in den Händen.

»Die Alte spinnt!« Niko nahm einen Schluck aus der Bierflasche und stellte sie dann auf den Sand.

»Einen Job zu finden, der glücklich macht, ist echt schwierig«, jammerte Sarah, die den blauen Deko-Schirm drehte, der in einer Ananasspalte ihres Piña Coladas steckte. Jammern passte so gar nicht zu ihrem äußeren Erscheinungsbild: ein weißes T-Shirt mit violetter Erdbeere. Ihre kurze Hose mit demselben Violett. Giftgrün glänzten ihre Ohrringe. Hatten die Form eines Blitzes. Liem traf vor Extravaganz fast der Schlag.

»Ich bin zufrieden. In meinem Buchladen ist es leiwand«, brummte Niko.

»Du hast so viele Wochen frei. Das ist doch spitze.« Liem wusste, dass Sarah auf den Ferien-Trumpf allergisch reagierte, trotzdem musste er es loswerden, da das Lehrpersonal seiner Meinung nach viel zu viel Urlaub hatte. Sein Blick wanderte zur Bar. Viele bunte Glühbirnen hingen daran. Er zählte fünf rote, vier grüne, sieben blaue und acht gelbe Lichter. Waren insgesamt vierundzwanzig. Die zwei kaputten Glühbirnen berücksichtigte er nicht.

»Aber die Eltern werden immer blöder. Und das Schulsystem wird nicht besser. Ich habe in letzter Zeit viel nachgedacht, bin aber auf keine neue Inspiration gekommen. Yoga hat auch nicht geholfen.« Sie formte ihre

Lippen zu einem Schmollmund, zuckte mit ihrer linken Schulter und rührte mit dem Strohhalm ihren Cocktail um, ehe sie einen Schluck daraus nahm.

»Kleine, du findest schon das Richtige.« Niko stand auf und zeigte auf die leere Bierflasche. Das Zeichen, dass er an der Bar eine Weitere kaufen würde. Als er weg war, teilte Liem nuschelnd die Neuigkeiten von Paula und Luis mit.

»Was? Die wollen heiraten? Ein Jahr nach dem Fiasko in Kroatien? Unfassbar.« Sarah war erbost und stocherte erneut mit dem Deko-Schirm in der Ananas herum, spießte sie regelrecht auf.

»Wir müssen es Niko sagen. Keine Geheimnisse mehr, das haben wir ihm letztes Jahr versprochen. Aber ich bringe es nicht übers Herz.« Liem klopfte unruhig mit zwei Fingern auf seinem Oberschenkel herum.

Bevor Sarah antworten konnte, tauchte Niko bereits auf. »Was habt ihr schon wieder getuschelt?« Er strahlte eine Zufriedenheit aus, die Liem nur ungern zerstören wollte, doch er hatte keine andere Wahl und weihte Niko ein. Er reagierte mit Sprachlosigkeit, nahm einen kräftigen Schluck vom Bier und strich über die Flasche. Einmal. Zweimal. Langsam. Sein Gesicht verhärtete sich. Schließlich sagte er: »Scheiß-Familie!«

Die fröhlichen Sommerbeats konnten die Atmosphäre nicht ins Positive lenken. Die trübe Stimmung blieb und wurde sogar noch schlimmer, als Niko erfuhr, dass Armin Trauzeuge war und Liem ihn begleiten wollte.

»Ist das dein Ernst? Du gehst tatsächlich auf die Hochzeit von der Frau, die mich verarscht hat?«

Liem nickte beschämt.

»Ganz schön egoistisch!«, stellte Niko fest. Er redete und redete, schleuderte Liem mehrere Vorwürfe hin, bis er schlussendlich eine daraus gewonnene Erkenntnis aussprach: »Ich weiß nicht, ob ich dir noch vertrauen kann.«

Liem schluckte. Diese Feststellung schmerzte.

Als Sarah zum Sprechen ansetzen wollte, hob Niko abwehrend seine rechte Hand und schüttelte den Kopf. Eine klare Geste. Dann steckte er die Bierflasche in den Sand und rauschte davon.

Seit der geplatzten Hochzeit wussten Sarah und Liem, dass Versuche, die Lage zu beruhigen, zwecklos waren. So rührten sie sich nicht und blieben bedrückt in ihren Liegen kleben. Liem wünschte sich in die Gruft zurück, wie angenehm es dort gewesen war. Er fragte sich, ohne es laut auszusprechen, ob er tatsächlich egoistisch handelte. Eines war gewiss, aber das konnte Liem zu diesem Zeitpunkt nicht ahnen, dass soeben der längste Freundschaftsbruch mit Niko begonnen hatte. Freundschaft. Zerstört wie die durchlöcherte Ananas, die Sarah nun frustriert verschlang, während die giftgrünen Blitze an ihren Ohren hin und her wackelten.

18

Liem stöberte in seiner grünen Zeichenmappe herum, obwohl er sich nicht wirklich auf die Kunstwerke konzentrieren konnte. Schuld war die Ungewissheit, die er kaum aushielt. Niko ließ ihn weiterhin schmoren und darüber ärgerte er sich. Armin war sein Partner, verdammt! Logisch, dass Liem ihn auf die Hochzeit begleiten würde, denn er war stolz auf sich, endlich in einer richtigen

Beziehung zu sein und wollte diese auch den Menschen zeigen. Natürlich konnte er auch Nikos Verletzung nachvollziehen, und vielleicht würde er sogar ähnlich reagieren, wäre er an seiner Stelle. Aber das tat jetzt nichts zur Sache. Während des Stöberns stieß Liem auf das Bild vom letzten Jahr.

Armin und er im Boot – verliebt.

Niko allein am Ufer – beleidigt, heute wie auch vor einem Jahr.

Der Name *Fabian* am Flussgrund – hinab in die Tiefen verdonnert. Auch auf ihn war Liem wütend. Er verstand nicht, warum Fabian ihm letztes Jahr überhaupt geschrieben hatte. Um sein Ego zu befriedigen? So ein Idiot!

Liem nutzte die destruktive Energie für ein neues Bild. Knallte dicke Linien aufs leere Papier, und verwischte aggressiv, wechselte den Kohlestift für feinere Striche, zeichnete impulsiv weiter, wischte mit einem Tuch zerstörerisch darüber, malte inbrünstig. Er fokussierte sich eine Stunde lang aufs neue Werk. Mit dem Ergebnis war er zufrieden, mit der unveränderten Situation nicht. Ein Sturm fegte über das Bild, mittendrin ein Fels in der Brandung. Der tosende Sturm hatte einen Mann mitgerissen, der in der Luft herumwirbelte, doch ein zweiter Mann, der auf der Felsspitze sicher stand, hielt ihn an der Hand fest. Würde er ihn retten oder loslassen? Niko und Liem – wer sonst sollten die beiden Männer auf dem Bild sein? Doch nicht einmal Liem selbst wusste, wer von beiden er war. Der Standhafte oder der Luftikus. Unbeantwortet ließ er die Sachen auf dem Schreibtisch liegen und machte es sich auf der Couch bequem, neben einem Papageitaucher aus Stoff, ein Mitbringsel von Armin letztes Jahr aus Schottland. Liem drückte den *Clown der Meere* an sich. Sein Ärger verpuffte nach ein paar Minuten. Abwarten, hieß die Devise. Kein Fingernagelbeißen und auch kein Zählen irgendwelcher unnötigen Dinge würde Niko zur Vernunft bringen. Einfach abwarten. Ihm Zeit geben. Und sich selbst in Geduld üben. Liem hasste es.

Geräusche in der Wohnung weckten Liem. Keine zehn Sekunden später guckte Armin durch den Türspalt. »Hi Süßer, störe ich dich?«

»Nein, komm rein!«

Armin ließ sich auf der Couch nieder und legte seine Arme um Liem. Rasch registrierte er Liems schlechte Laune. Der Konflikt mit Niko setzte seinem Partner zu, das wusste er. So schwieg er und war einfach nur da, was meistens am besten half. Nach zehn Minuten küsste Armin Liem, dann sagte er: »Ich mach' uns etwas Leckeres zum Essen, okay?«

»Sehr gerne. Ich komme mit und helfe dir«, nuschelte Liem.

Armin erhob sich von der Couch und blieb vor dem Schreibtisch stehen. Eine Zeichnung, die er noch nie gesehen hatte, stach in sein Auge.

Verdammt! Liem ärgerte sich, dass er seine Mappe nicht zugeklappt hatte, speziell dieses Bild vom letzten Sommer durfte nicht einfach so herumliegen. Dieses Kunstwerk – mit Armin und ihm im Boot, Niko am Ufer und das Wort Fabian am Flussgrund – wollte er mit niemandem teilen. War persönlich und ging nur ihn selbst etwas an. Nie hätte es in Armins Hände gelangen sollen, egal, ob er sein Partner war oder nicht.

»Wer ist Fabian?«, fragte Armin.

Blöder Tölpel! Liem ärgerte sich über seine Unachtsamkeit.

»Ein Ex?«, bohrte Armin nach.

Die Fragen trafen Liem wie heftige Schläge. Er fühlte sich wie das Gehäuse einer Kirchenglocke, auf das der Klöppel einschlug. Fabian Giovannini war sein Geheimnis. Unter keinen Umständen wollte er Armin davon erzählen. Doch zu spät! Seine Unachtsamkeit strafte ihn ab. »Ahm …«

»Also, ja?« Armin runzelte seine Stirn. »Warum hast du mir nie von ihm erzählt?«

Ein weiterer Schlag dieses knallharten Klöppels. Liem wurde schummrig im Kopf. »Ist nicht der Rede wert«, log er und setzte sich auf.

»Aber doch so viel wert, ihn hierhin zu malen?« Armins Stimme klang unsicher, was selten bei ihm vorkam. Er kratzte sich am Hals und wartete. Auf Entwarnung. Doch die kam nicht.

Wie ein kleines Kind, das seinen Eltern Rechenschaft ablegen musste, fühlte sich Liem. Nach einem langen Seufzer startete er einen Versuch, Armin zu besänftigen: »Fa-Fabian ist wirklich nicht gut, nicht wi-wichtig.« Fabians Namen laut auszusprechen, speziell vor Armin, erzeugte ein Unwohlsein. Zwei konträre Welten, die sich nie miteinander vermischen hätten sollen, prallten aufeinander. Liem erhob sich von der Couch, schwankte dabei hin und her. Fühlte sich nicht mehr wie das Gehäuse einer Glocke, sondern wie der Klöppel, der von der einen Seite zur anderen schwang. Mit jedem Schlag auf die bronzene Glocke dröhnte es mehr in seinem Kopf, er fühlte sich benommener. Erbärmlich war seine Reaktion: Er stotterte, statt glorreich zu tönen.

»Na gut! Wenn du bereit bist, wirst du mir wohl mehr von … Fabian erzählen«, sagte Armin, der seine Nase rümpfte, offensichtlich eingeschnappt, so wie er Fabian betont hatte. »Ich gehe mal kochen.« Er drehte sich um und verließ das Arbeitszimmer. Die Türe ließ er lauter als gewohnt zuknallen.

Ärger in ihrem Hause. Jetzt spann nicht nur Niko herum, sondern auch Armin. Prima! Bald würde sich das gesamte Umfeld gegen ihn richten. Ärger – das Motto des Tages. Auch über sich selbst ärgerte er sich. Liem stand auf, legte beide Zeichnungen in die grüne Mappe und klappte sie zu. Was sollte er Armin über Fabian erzählen? Da er es nicht wusste, kerkerte er sich für den Rest des Abends im Arbeitszimmer ein. Er brauchte weder Essen noch ein Gespräch über Fabian. Nur Lieder, die ihm Zuversicht schenkten. Vielleicht entstand daraus Inspiration für eine weitere Kohlezeichnung.

Die Taktik, sich ein paar Stunden wie unter einer Käseglocke einzuschließen, brachte ihn nicht vorwärts. Sein neues Bild zerknüllte er und warf es in den Papierkorb. Nichtssagend. Zu abstrakt. Obwohl sich das Malen befreiter als sonst angefühlt hatte, erstmals ohne Gesichter, Menschen, Gegenstände oder Landschaften, erlaubte er sich nicht, dieses Werk in seiner grünen Mappe abzulegen. Nicht anschaulich, so hatte das Bild aus seiner Sicht keinen Wert. Die Musikanlage verstummte. Kurz darauf drangen gedämpfte Glockenschläge einer nahegelegenen Kirche in Liems Ohr. Er zählte mit: viermal. Dann setzte ein anderer, hellerer Klang ein. Elfmal. Also war es elf Uhr. Das Gefühl, Bestandteil einer Kirchenglocke zu sein, war verschwunden. Armin auch. Verschwunden im Schlafzimmer, ohne ihm vorher eine Gute Nacht zu wünschen. Das war ihr erster Konflikt, seit sie zusammenwohnten. Nach nur vier Wochen. Sarah und Niko würden sich bestätigt fühlen, dass eine gemeinsame Wohnung nach nur einem Jahr eine Schnapsidee war.

19

Freitagnachmittag. Liem hatte genug gearbeitet, sein Soll war erfüllt. Er schaltete den Computer aus, verabschiedete sich und wünschte ein schönes Wochenende. Zurück kam ein Knurren. Von Anton, dem älteren Langsamen. Er hinkte mit seinen Aufgaben wie üblich nach. Das Verhältnis zwischen den beiden hatte sich seit Liems täglichen Checks, die ihm die Vampirin befohlen hatte, verschlechtert. Anton knurrte jedes Mal, wenn sich Liem über den Status eines Projektes erkundigte. Kein Ja, kein Nein als Antwort – nur ein Knurren wie von einem alten Köter. So musste Liem nachbohren, das nervte ihn furchtbar. Anton auch. Jedes Mal, wenn Liem doch erfolgreich Details aus ihm rauspressen konnte, leitete er sie per Mail an Frau Hartl weiter. Sie reagierte nie darauf, saß wahrscheinlich leblos vor ihrem Schreibtisch. Zitierte ihn diesbezüglich auch nicht in die Gruft. Das blieb ihm erspart. Die Blutsaugerin war schuld. Sie hatte es geschafft, dass nun auch im Grafikbüro Totenstimmung herrschte. Sämtliche Erklärungen, Anton gegenüber, hatten nichts geholfen. Er sah sich als Opfer. Und wehrte sich … mit

Knurren. Und zynischen Kommentaren, die seinen trockenen Humor ersetzt hatten.

Liem schnappte sich sein Fahrrad und fuhr zum geplanten Picknick, das Sarah ins Leben gerufen hatte. Der Himmel war bedeckt, bei angenehmen vierundzwanzig Grad. Armin hatte sich mittlerweile beruhigt, denn Liem hatte am Tag nach seinem Käseglocken-Rückzug den geheimnisvollen Teil seiner Vergangenheit offenbart. Er wachte früher auf als sonst und bereitete Frühstück zu, als Armin verschlafen und mit zerzaustem Haar die Küche betrat. Bei diesem Anblick wusste Liem, dass er sich von allen Leuten, die er kannte, es am wenigsten mit Armin verscherzen wollte. So schnatterte er los, erzählte seine ganze Geschichte mit Fabian, fast die ganze – einige Details behielt er für sich, so auch, dass er nach wie vor von ihm träumte und es ihn erregte. Das Reden befreite Liem. Armin freute sich, mehr von Liems Vergangenheit erfahren zu haben. So verwandelte sich der Ärger in ihrem Hause zurück in Harmonie.

Summend düste Liem mit seinem Fahrrad durch die Straßen, hielt bei einem Supermarkt an, kaufte ein paar Snacks, bis er schließlich den Treffpunkt, fünfzehn Minuten später als geplant, erreichte. Am Waldrand. Eine große Sommerwiese mit bunt blühenden Blumen breitete sich davor aus. Schmetterlinge flatterten umher, Bienen, Hummeln und andere Insekten summten und schwirrten von einem Blütenkelch zum nächsten.

Liem stieg vom Fahrrad ab und schob es durch die Wiese, während er ein Lied pfiff. Einige Meter entfernt spielten bereits Armin und Sarah Federball. Beide bewegten sich agil, reckten ihre Arme mit dem Schläger weit nach oben, sprangen hoch, liefen vorwärts und rückwärts, gingen in die Knie, um jeden Ball zu ergattern und ihn zurückschlagen zu können. Sarah trug ein pinkes Sommerkleid, hatte ihre braunen Haare zu zwei Zöpfen zusammengebunden, sah mädchenhaft aus. Beim Anblick von Armins athletischem Körper spürte Liem ein angenehmes Kribbeln in seiner Hose. Das weiße Tank-Top zeigte die ganze Pracht seiner Oberarme. Eine Motivation für Liem, selbst wieder mehr Sport zu betreiben, denn nur Radfahren war eindeutig zu wenig.

»Grüß euch, ihr Sportskanonen.«

Sarah verfehlte den Federball. »Mist«, schimpfte sie. Armin nahm eine Siegespose ein und tänzelte erfreut herum.

»Nette Begrüßung!« Liem streckte Sarah die Zunge entgegen. Armin hingegen bekam einen Schmatz auf den Mund.

»Hi Süßer!« Armin strich sich eine blonde Haarsträhne hinters Ohr und küsste Liem ein zweites Mal.

»Genug! Hört auf! Ich habe Hunger. Lasst uns endlich essen!«, forderte Sarah die beiden auf, während sie sich auf die Picknickdecke setzte und alle Leckereien aus dem Rucksack holte: Fladenbrot. Oliven. Hummusaufstrich. Avocados. Tomaten. Tsatsiki. Pfefferoni. Käse. Mortadella und Gurken. Liem legte sein Eingekauftes dazu: zwei Fruchtsäfte, Essigchips, Schokolade und eine Ananas. Vieles davon war in Plastik verpackt. Armin schürzte die Lippen, beäugte das vermaledeite Material, ohne ein Wort darüber zu verlieren. Sarah griff nach dem Hummusaufstrich und suchte das Ablaufdatum, ihr zweiter Check nach dem Einkauf. Noch zwei Tage genießbar. Sie entfernte den Plastikdeckel, riss sich ein Stück vom Fladenbrot runter und tunkte es in den Becher ein. »Mmmhh. Ich liebe Hummus«, stellte sie schmatzend fest.

»Und ich liebe Mortadella.« Liem fischte zwei Scheiben aus der Verpackung, legte sie auf ein Stück Fladenbrot und garnierte es mit Käse und Pfefferoni. Herzhaft biss er hinein.

Armin schnitt eine Avocado auseinander, entfernte den Kern und begann den Inhalt auszulöffeln, froh darüber, dass weder Liem noch Sarah ihn an die miese Ökobilanz der Frucht erinnerten. Neben dem Fliegen eine weitere Umweltsünde von Armin: Avocados. »Gibt es News von Niko?«

Schnurstracks drehte Liem seinen Kopf zu Sarah hin, als ob ihn diese Frage nichts anging.

»Nein leider. Alles beim Alten. Dass Liem dich auf die Hochzeit begleitet, verletzt Niko halt sehr. Aber das ist nichts Neues.« Sie tauchte ein weiteres Mal das Brot in den Hummusaufstrich ein.

»Mühsam. Vielleicht solltest du doch nicht mitgehen?«, stellte Armin in den Raum, obwohl er das nicht wollte, aber vielleicht würde dadurch die Situation entschärft werden.

»Nein, ich begleite dich. Du bist mein Partner. Und das muss Niko verstehen. Außer Paula und Luis wollen mich nicht dabeihaben, da ich Nikos bester Freund bin«, erwiderte Liem.

»Das glaube ich nicht. Erst letztens haben beide erwähnt, dass sie sich auf uns freuen.«

Es folgte ein Moment des Schweigens. Sarah griff zum Becher mit Tsatsiki. Sie kostete daraus, nachdem sie das

Ablaufdatum kontrolliert hatte. Ihr Blick verriet, dass es ihr genauso schmeckte wie der Hummus davor. Liem garnierte ein zweites Fladenbrot mit Mortadella, Tomaten und Gurke. Armin schenkte seine Aufmerksamkeit der Ananas, die er sich schnappte. Sein heutiger CO_2-Fußabdruck fiel übel aus. Zumindest hatte er die Ananas nicht gekauft, die Verantwortung dafür trug Liem.

»Immerhin redet Niko mit mir«, sagte Sarah. Sie leckte einen Finger ab, an dem sich etwas Tsatsiki befand. »Irgendwann muss es mir doch gelingen, seine Sturheit zu knacken.«

Keine Reaktion.

»Oder?«

Da ihr nur ein verlegenes Lächeln von Armin und ein Schulterzucken von Liem entgegnete, wechselte sie das Thema. »Ich weiß nun, was ich beruflich machen möchte.«

»Ja? Was denn?«, fragte Armin, während er die Ananas in Scheiben aufschnitt.

»Ich will ein Buch schreiben. Ein Kinderbuch.«

Schallendes Gelächter von nebenan. Zwei Frauen schäkerten mit ihren Kavalieren.

»Cool. Dich kann ich mir sehr gut als Kinderbuch-Autorin vorstellen«, bekräftigte Armin ihren Vorschlag.

»Wirklich eine tolle Idee. Aber … ist es nicht schwer am Buchmarkt Fuß zu fassen?«

»Denk nicht so negativ. Sie schafft das.« Armin biss vom Ananasstück ab. Etwas Saft triefte entlang seiner Mundwinkel hinab. Er wischte ihn ab.

»Mit eurer Unterstützung schaffe ich das bestimmt«, gab sich Sarah optimistisch und trank einen Schluck Mangosaft.

»Welches Thema soll das Buch behandeln?« Erwartungsvoll schaute Armin sie durch seine Brille an.

»Keine Ahnung! Ich muss erst überlegen.« Nachdem Sarah fertig gegessen hatte, legte sie sich seitlich hin, dabei stützte sie den Kopf mit ihrer linken Hand ab. Das pinke Kleid schmiegte sich an ihre Haut. Eine sexy Pose. Wären die beiden Männer nebenan nicht mit den kichernden Frauen beschäftigt, würde Sarah mit Sicherheit das Balzspiel gewinnen.

»Schreib doch über Plastik im Meer. Damit kannst du die Kids auf dieses wichtige Thema sensibilisieren. Und der Held in der Geschichte ist ein Papageitaucher.« Armins Begeisterung glitzerte in seinen Augen.

Liem, der die Idee genial fand, steckte sich ein Stück Ananas in den Mund.

»Ein Papagei-was?« Das Stirnrunzeln zeigte, dass für Sarah die *Clowns der Meere* fremd waren.

»Bist du denn nie dabei gewesen, wenn Armin von ihnen erzählt hat?«, fragte Liem verwundert.

Dann sprudelte es aus Armin heraus, seine Begeisterung über die Papageitaucher kannte keine Grenzen. Sarah lauschte gespannt und fragte nach, als Armin zu Ende gesprochen hatte: »Sie klingen, wie wenn man eine Kettensäge einschalten würde? Was sind das für Vögel?« Sie kicherte, dabei drehte sich einer der beiden Männer zu ihr um. Das pinke Kleid und was sich darunter befand, schien ihm zu gefallen. Den zwei Frauen nicht. Als sie seine Aufmerksamkeit zurückerlangten, gackerten sie.

»Ja. Wirklich schräg ihre Geräusche«, bestätigte Armin.

»Aber du meintest, ich soll auch über Plastik im Meer schreiben?«

Armins Metier. »Ja, weil viele Tiere Plastik mit natürlicher Nahrung verwechseln und daran ersticken. Forscher untersuchten Speisefische aus dem Meer und diese wiesen bis zu 67 % Mikroplastik auf.« Armin hielt die beiden Becher von Tsatsiki und Humus hoch, deutete auf das Plastik, in das die Gurke eingewickelt war und auf den Plastiksack, in dem sich die Tomaten befanden. »Zu viel Plastik. Überall. Ein Windstoß und es wird verweht, keiner hebt es auf, es gelangt in einen Fluss. Die Kläranlagen können nicht vollständig filtern. Einer von vielen Wegen, wie Plastik im Meer landet.«

Sarah war tatsächlich nie dabei gewesen, wenn Armin euphorisch davon erzählt hatte, deshalb spitzte sie jetzt ihre Ohren und hing an Armins Lippen, so auch Liem, obwohl er vieles bereits kannte. Insgeheim schämten sich beide für die Plastikverpackungen, die herumlagen; beide nahmen sich im Stillen vor, achtsamer einzukaufen.

»Seevögel füttern ihre Jungen mit Feuerzeugen und Zahnbürsten. Das Tragische daran, trotz vollem Magen verhungern sie, wenn sie nicht vorher an inneren Verletzungen gestorben sind.«

»Furchtbar!«, erwiderte Sarah und setzte sich auf. Dem Heißhunger nach Ananas nicht widerstehend, schnappte sie sich ein Stück. »Jetzt verstehe ich, wie die Papageitaucher ins Spiel kommen.«

»Ja, aber nicht nur Plastik, auch die Erwärmung der Meere ist für die Puffins schlimm«, fuhr Armin fort.

»Ja?«

Armin griff zur Schokolade und riss die Verpackung auf. Zuerst das Papier und dann die Alufolie. Ob das umweltfreundlicher war als Plastik, bezweifelte er. »Ja. Zum

Beispiel ist die Oberflächen-Temperatur des Golfes von Maine, dort, wo sich sehr viele Meer-Papageien aufhalten, so hoch wie seit 150 Jahren nicht. Die Folge ist, dass Kaltwasserfische abwandern und sich neue Arten ausbreiten wie der Medusenfisch.«

»Und warum ist der Medusenfisch schlecht?«, unterbrach Sarah ihn.

Auch Liem kannte dieses Detail noch nicht. Er begann an seinem Nagel des linken Zeigefingers zu beißen und wartete gespannt auf die Aufklärung.

»Mmmhh. Diese Schokolade ist lecker«, stellte Armin fest und begutachtete die Beschreibung auf der Verpackung. »Orangengeschmack mit Chili. Interessant.«

Sarah hielt ihre Hand hin, forderte ihn wortlos auf, ihr die Schokolade auszuhändigen. Nachdem sie sich vergewissert hatte, dass die Schokolade noch genießbar war, brach sie ein Stück von der Tafel ab und ließ es langsam auf der Zunge zergehen.

»Was ist jetzt mit dem Medusenfisch?«, fragte Liem ungeduldig.

»Der ist größer als die Kaltwasserfische und die Papageitaucher können diesen aufgrund der Form ihres Mundes nicht verschlingen. Sie verhungern dann. Seit 1950 gibt es einen Rückgang der Meer-Papageien von fünfzig bis achtzig Prozent«, lüftete Armin das Geheimnis um den Medusenfisch.

Sarah und Liem schüttelten gleichzeitig ihre Köpfe.

»Sind sie vom Aussterben bedroht?«, fragte Liem, der weiter an seinen Nägeln herumbiss.

»Wenn das so weiter geht, wahrscheinlich.« Armin wirkte bedrückt. Das Aussterben von Tierarten ließ ihn verzweifeln. Genau diese Verzweiflung heizte seinen inneren Motor an, sich für die Umwelt aktiv einzusetzen.

»Ich denke, das ist eine großartige Idee, daraus ein Kinderbuch zu entwickeln«, äußerte sich Sarah, die bereits eine Handlung ausklügelte. Sie ließ ihren Blick zu den Bäumen am Waldrand schweifen. Ein paar Krähen saßen darauf. »Wisst ihr was? Wir machen jetzt etwas Lustiges. Kommt, steht auf!«, forderte sie Liem und Armin auf, in der Hoffnung beide animieren zu können. »Ich zeige euch eine Yoga-Stellung. Sie heißt die *Krähe.*«

Und die *Krähe* war eine Qual, unmöglich diese Position einzunehmen. Nach mehreren Versuchen brach Liem, trotz seines Ehrgeizes, erschöpft zusammen. Zu schwierig und kompliziert. Sarah hingegen führte die Yoga-Stellung perfekt aus, Armin bekam sie halbwegs hin.

Sarahs Handy klingelte. Als sie die SMS las, blieb ihr Mund offenstehen. »Niko hat in der Buchhandlung gekündigt und plant, länger zu verreisen.«

20

Ohne besondere Vorkommnisse verlief dieses Jahr die Hochzeit. Die Braut betrat pünktlich die Kirche (Sarah würde ätzen, dass dies sehr wohl ein besonderes Vorkommnis bei der dummen Kuh war). Alle Gäste bestaunten das pompöse Brautkleid, das ältere Semester, an die Garderobe von Kaiserin Sisi erinnerte. Die graziösen Bewegungen der Braut, vor allem ihre Schritte zum Altar, berührten alle – bis auf Niko, aber der war weder anwesend noch eingeladen gewesen und selbst wenn eine Einladung in seinen Briefkasten geflattert wäre, hätte er diese lediglich zum Arsch abwischen benutzt, so seine Worte. Er saß zu Hause, traf Vorkehrungen für die bevorstehende Reise, und schiss auf das Ja-Wort seines Bruders und seiner Ex. Mann und Frau durften sich Luis und Paula ab sofort nennen. Zum Kotzen, wie Niko fand.

Liem war während der Feierlichkeiten hin- und hergerissen. Er musste oft an Niko denken, was sein schlechtes Gewissen nährte. Trotzdem tanzte er mit Armin bis in die Morgenstunden und sie lernten dabei einen Freund von Luis kennen: Alfred. Er war auch schwul und Single. Mit einem Glas Wodka-Orange in seinen Händen blieb er ruckartig vor ihnen stehen, als er sie zum ersten Mal erblickte. »Hello Darling!«, begrüßte er Liem mit hoher Stimme und inspizierte ihn gründlich, dann scannte er Armin ab. »Darling … Schnitte!« Ein kurioser Kommentar, erneut mit dieser schrillend hohen Stimme. Alfred hatte seine Beute gefunden, gesellte sich zu ihnen und baggerte sie beim Tanzen an, kalkulierte offensichtlich mit einem Dreier. Einem heißen Dreier. Doch zwischen Armin und Liem passte momentan kein Bogen Seidenpapier, schon gar nicht Alfred. Mit seinem skandinavischen Aussehen würde man nicht vermuten, dass er in Polen aufgewachsen war. Rötliche kurze Haare, mit Ansatz von Geheimratsecken. Dreitagebart. Ein rundliches Gesicht mit Sommersprossen. Hellhäutig. Athletischer, kräftiger Körper. Groß, er musste knapp zwei Meter sein. Hätte er einen Pfeil und Bogen oder einen Speer in seinen Händen gehalten, würde er glatt als Wikinger durchgehen. Einzig seine hohe Stimme und das sich wiederholende *Darling* passten nicht zu seinem äußeren Erscheinungsbild. Es war irritierend, wenn er seinen Mund öffnete. Und das geschah oft, entweder um zu plappern oder um sich mehr Alkohol einzuflößen. Mit jedem Wodka-Orange wurde er hemmungsloser. Direkter. Er fragte nicht, sondern verlangte Küsse – zu dritt! Dabei fuhr er sich mit der Zunge über die Unterlippe. Widerlich!

Doch im beschwipsten Zustand musste sich Liem eingestehen, dass ihn Alfreds Verhalten etwas antörnte. Laut wagte er das nicht auszusprechen, denn was würde Armin dann von ihm denken?

»He, Wikinger! Du hast eindeutig zu viel getrunken.« Die Vernunft fand eine Stimme. Armin forderte Alfred auf, die Flirtversuche zu unterlassen. Kein heißer Dreier, der Riegel war vorgeschoben.

Die gute Laune brach deswegen nicht ab. Im Gegenteil, sie tanzten, lachten, tranken, feierten, als ob sie Nordmänner wären, die soeben von einer Plünderungstour aus England mit einer Menge Gold aus prallgefüllten Gotteshäusern zurückgekehrt waren. Und Alfred war eben Alfred. Er konnte nicht aus seiner Haut schlüpfen, und so führte er trotz Armins Aufforderung seine Baggerversuche fort, nun aber mit mehr Stil. Nicht nach der Art eines Wikingers.

Eine Woche später fuhren Liem und Armin in die Berge. Sie waren früh aus den Federn gekrochen, um vor der sengenden Mittagshitze den Gipfel zu erreichen. Liem fühlte sich auf der Hinfahrt, die eine Stunde dauerte, etwas benommen, denn ein Traum von vergangener Nacht wirkte nach. Ein Traum, in dem sich erneut Erotik mit Fabian eingeschlichen hatte. Verdammt überwältigende Erotik. Verdammt nochmal!

Fabians talentierte Finger hatten Liems Lust erfolgreich angestachelt. Doch damit nicht genug, zu Liems Verzückung wollte Fabian ein anderes talentiertes Teil seines Körpers einsetzen, als mit Leidenschaft der Wecker läutete. Schrill und eindringlich.

Liem ärgerte sich über diese Begierde, die in ihm schlummerte. Dieser hartnäckige Durst nach Fabian Giovannini, der nicht zu löschen war. Er verstand es nicht, da er Armin liebte und es ihm an nichts fehlte.

Nach einem fünfstündigen Aufstieg inklusive mehrerer Pausen rasteten Armin und Liem auf einer Schutzhütte, während die Sonne im Zenit stand. Sie verputzten ihre Jause – Brot, Käse, Tomaten, Pfefferoni und Avocado (wieder hatte Liem die CO2-Sünde verursacht). Nachdem sich ihre Beine, Gelenke und Muskeln nach mehr als zwei Stunden regeneriert hatten, begannen sie mit dem Abstieg. Liems Höhenangst spielte während der ganzen Wanderung kaum eine Rolle. Lediglich einmal wurde es brenzlig, vertrauensvoll führte Armin ihn durch diese heikle Stelle, an der es linker Hand steil bergab ging.

»Süßer, du musst endlich eine Ausstellung mit deinen Kohlezeichnungen organisieren«, stachelte Armin Liem an.

»Ja, ich weiß. Aber ich habe keine Idee, wie ich das auf die Beine stellen soll.«

»Ach, wir denken das einmal logisch durch und planen die notwendigen Schritte dazu. Das ist keine Hexerei.« Armin stieg vor Liem den Berg hinab. »Dann steht deinem Erfolg nichts mehr im Wege.«

Liem schnaufte, aber nicht, weil ihm die bevorstehende Planung Kopfzerbrechen bereitete, sondern weil er den

Abstieg anstrengend fand. Anstrengender als den Aufstieg. Abgesehen von den Wanderschuhen, die permanent gegen seine Zehen drückten, schmerzten seine Knie sowie die Blase, die sich an der rechten Ferse gebildet hatte. Aber er biss seine Zähne zusammen, und das steilste Stück war geschafft. Nun verdichteten sich Fichten, Tannen und Kiefern. Mit der Baumgrenze begann der angenehme, flachere Teil. Dass sich die Sonne mittlerweile hinter den sich vermehrenden Wolken versteckt hatte, registrierten beide nicht.

»Weißt du was? Vielleicht gefällt dir das jetzt nicht«, sagte Armin, »aber Alfred könnte uns behilflich sein. Er hat doch gesagt, dass er Events organisiert.« Da der Rucksack unangenehm auf seine Schulter drückte, schob Armin seine Daumen unter den Riemen. Sofort spürte er eine wohltuende Entlastung.

»Ja, warum eigentlich nicht? Kontaktieren wir den Wikinger einfach die nächsten Tage!«, stimmte Liem zu.

»Hoffentlich baggert er uns nicht wieder niveaulos an«, wimmerte Armin, dann begann er ein Lied zu summen. Liem fühlte sich besser, da die Knieschmerzen und das Drücken der Wanderschuhe gegen seine Zehen nachgelassen hatten. Nur die Blase tyrannisierte ihn.

Die Fichten, zwischen denen sie marschierten, verströmten mit ihren saftigen Nadeln ein beruhigendes Aroma. Einige Vögel zwitscherten. Auch ein Kuckuck war zu hören, doch als Liem nach oben blickte, konnte er keinen einzigen Vogel sehen, jedoch erkannte er durch die Äste, dass mehr und mehr Wolken den Himmel verdeckten. »Hoffentlich kommt kein Regen. Wir haben noch zwei Stunden Fußmarsch vor uns.«

Armins Summen verstummte. »Süßer, mach dir keine Sorgen! Es wird nicht regnen … und wenn doch, dann tanzen wir mit den Regentropfen, okay?«

»Ja, Daaaarling«, äffte Liem den Wikinger nach.

Eine halbe Stunde später tröpfelte es. Armin machte schnellere Schritte, er wirkte nicht mehr so locker wie zuvor. Jegliche Euphorie im Regen zu tanzen, war wie die Sonne verschwunden. Schließlich verwandelte sich das Tröpfeln in Regen. Nun fluchte Armin und suchte Schutz unter einer mächtigen Kiefer.

»Tanzen wir nicht?«, rief Liem ihm neckisch zu. »Komm schon! Genießen wir den Regen«, forderte er Armin auf. Er blickte nach oben und ließ die Tropfen auf sein Gesicht fallen. Mittlerweile schüttete es.

»Na gut, ich will kein Spielverderber sein«, murrte Armin. Er nahm seine Brille ab und gab sie in den Rucksack, den er vor dem kräftigen Stamm der Kiefer abstellte. Liem befreite sich ebenfalls von der Last auf seinen Schultern und warf den Rucksack neben den von Armin hin.

Der Regen zeigte kein Erbarmen. Er prasselte wie leidenschaftliche Küsse auf ihre Haut. Nach mehreren steifen Bewegungen demonstrierte Armin, dass er tanzen konnte, wenn er wollte. Währenddessen hüpfte Liem ungeniert herum, ohne Stil. Aus dem anfänglich zaghaften Juchzen wurden laute Schreie. Beide führten verschiedene Posen aus – einmal allein und dann wieder gemeinsam. Zwischendurch stoppten sie den Tanz, küssten sich. Die T-Shirts klebten an ihren Körpern, die Haare hingen ins Gesicht, Wasser rann ihnen von der Stirn, über die Nase und den Mund bis hin zum Kinn. Armin leckte Regentropfen, die über Liems Nase flossen, auf.

Sie tanzten weiter, lebten den Moment, unterstützt vom Geräusch des herabfallenden Regens. Armin, dem mittlerweile die Nässe egal war, ließ seinen Kopf nach hinten fallen, damit die Tropfen direkt aufs Gesicht fielen. Er drehte sich mit geschlossenen Augen um die eigene Achse. Dabei begann er sein aktuelles Lieblingslied zu singen. Ohne Schwindel zu spüren, drehte er sich weiter und gab Liem ein Zeichen, dass er weitersingen sollte. Liem musste nicht lange überlegen, denn der neue Rosenstolz-Song lief ununterbrochen zu Hause. Armin applaudierte und juchzte. Falls schaulustige Wanderer ihren Weg kreuzen sollten, war es beiden egal. Gemeinsam sangen sie unbeirrt weiter. Sie nahmen sich an ihren Händen und drehten sich, dieses Mal zusammen. »Du bist am Leben … Ich kann deinen Herzsch-«

Ein Donner!

Blitzartig unterbrachen sie ihren Gesang. Auch ihr Tanz geriet ins Stocken.

»Verdammt!« Armin runzelte die Stirn. Jegliche Freude sickerte mit den Regentropfen durch den moosigen Waldboden. »Das hat uns gefehlt!«

»Was machen wir jetzt?«

»Keine Ahnung!« Prinzipiell mochte Armin Gewitter, aber nur, wenn er sich in Sicherheit wog. »Es scheint noch weiter weg zu sein. Laufen wir, vielleicht finden wir einen sicheren Unterschlupf«, schlug er vor.

»Ufff!« Liem deutete auf die Blase an seiner Ferse. »Ich versuch's.«

Armin wunderte sich, warum die Blase beim Tanzen kein Problem war, behielt diese Tatsache jedoch für sich. Er rannte los. Liem biss die Zähne zusammen und versuchte den rechten Fuß, soweit möglich, nicht zu belasten. So brachte er ein humpelndes Laufen zustande, nein, es war eher ein laufendes Humpeln. Auf alle Fälle flohen sie vor dem Gewitter. Während sich der Abstand zwischen Blitz und Donner verkürzte, vergrößerte sich der zwischen Liem und Armin.

Ein Blitz.

Liem zählte. Als er bei vier angelangt war, krachte es. »Nur mehr einen Kilometer entfernt.« Nach einer gefühlten Ewigkeit, die fünf Minuten dauerte, atmete Armin erleichtert auf und rief: »Schau! Da vorne ist eine Hütte.« Er drehte sich um und sah, dass Liem, noch immer humpelnd, zu weit weg war, als dass er ihn verstehen hätte können.

Die Tür sowie die Balken der Fenster waren verriegelt. Das dunkle Holz der Hütte wirkte düster, passte zum Wetter. Auf der linken Seite erstreckte sich ein Vordach nach außen. Sie setzten sich darunter, als plötzlich Liem hochschreckte. »Verdammt, wir haben unsere Rucksäcke bei der Kiefer vergessen.«

Armin schlug die linke Handfläche gegen die Stirn.

»Wenn das Gewitter vorbei ist, holen wir sie«, schlug Liem vor.

»Ich werde sie holen, du schonst deinen Fuß.«

Liem begann zu zittern. Ihm war kalt, doch die Jacke sowie ein trockenes T-Shirt befanden sich in seinem Rucksack. Armin schlug vor, die nassen T-Shirts auszuziehen und sich zu wärmen. Sie begannen, an ihren Oberkörpern zu rubbeln.

Wieder ein Blitz, kurz darauf ein Donner.

»Wir müssen uns bewegen«, sagte Armin. Er begann zu springen. »Komm, mach mit!«, forderte er Liem auf.

So sprangen sie wie Hüpfbälle. Als sie das Gefühl hatten, dass sich ihre Körper genug aufgewärmt hatten, setzten sie sich wieder auf den Holzboden hin.

Sieben Sekunden. Der nächste Paukenschlag des Himmels hatte sich mehr Zeit gelassen als der zuvor. Liem atmete erleichtert auf. Langsam verabschiedete sich das Gewitter.

»Denkst du oft an Fabian?«, platzte es aus Armin heraus wie die Regentropfen aus den Wolken.

»Hä? Was?«

Armin strich sich seine nassen Haare zurück. »Ob du oft an deine Jugendliebe denkst?«

»Nein. Gar nicht«, log er. »Warum willst du das wissen?«

»Nur so.«

Stille. Nur der Regen verursachte Geräusche. Es schüttete nach wie vor. Ein Wolkenbruch. Liem fühlte sich unbehaglich, da er Armin soeben angelogen hatte. Wie hätte Armin wohl reagiert, wenn er ihn mit der Wahrheit konfrontiert hätte, nämlich, dass er erst vor ein paar Stunden von Fabian geträumt und bei der Autofahrt an ihn gedacht hatte. Liem überlegte sich, einen Psychologen aufzusuchen, um dieses Thema endlich aus dem Weg zu schaffen.

»Ich hatte auch eine Jugendliebe. Wir haben uns mehrere Male geküsst, heimlich im Geräteschuppen.« Armin musste lächeln, ehe er weitererzählte. »Wahrscheinlich sind die ersten Küsse immer etwas Besonderes. Seine Eltern sind dann aber ins Ausland übersiedelt. Ich musste wochenlang an ihn denken. Am meisten habe ich seine Hände vermisst, die mich während der Küsse gehalten haben.«

»Aha«, antwortete Liem. Dieses Thema machte ihn nervös. Warum hatte Armin diese Büchse geöffnet? Was wollte er damit bezwecken?

»Robert hieß er«, ergänzte Armin. Als Liem auch darauf nichts antwortete, stand Armin auf.

»Ich denke, ich kann jetzt unsere Rucksäcke holen.« Doch Liem hielt ihn zurück und bat ihn abzuwarten, bis der Regen nachgelassen hatte; das dauerte allerdings noch eine Stunde. Dabei verloren sie kein Wort mehr über ihre Jugendlieben.

Nachdem Armin endlich losdüsen konnte, wärmte Liem erneut seinen Körper auf, da sein T-Shirt noch vor Nässe triefte. Er schüttelte sich, machte Kniebeugen, lief im Stand, machte ein paar Liegestütze und schüttelte sich ein weiteres Mal. Er rieb seine Hände aneinander und hauchte hinein. Hatte es mehr als achtzehn Grad? Wohl kaum. Als Liem um die Hütte herumging, um sie zu inspizieren, hörte das Nieseln auf. Ein vorgeschobener Balken sicherte die Tür. Schieben, ziehen und rütteln half nichts. Der Balken bewegte sich nicht und blieb zu, dafür sorgte ein angebrachtes Vorhängeschloss. Auch die Fensterbalken rührten sich keinen Millimeter. Das Traumbild eines wärmenden Ofens konnte sich Liem in die nassen Haare schmieren. Er setzte sich wieder unters Vordach hin. Von der Ferne hörte er einen Specht, der gegen einen Baumstamm hämmerte. Das Geräusch beruhigte ihn, trotzdem begann Liem an seinen Nägeln zu beißen, drehte seinen Kopf zur Seite und schaute in den Wald hinein, dort wo Armin verschwunden war. *Denkst du oft an Fabian?* Diese Frage, und dass Armin so offen über Robert geredet hatte, hatte Liem unter Druck gesetzt. Es war doch nicht falsch, klitzekleine Geheimnisse für sich zu haben. Und doch fühlte es sich so an.

Es begann erneut zu nieseln. Und innerhalb von ein paar Minuten schüttete es sogar wieder heftig. Heftiger als vorher. Liem machte sich Sorgen um Armin. Er erhob sich. Unter dem Schutz des Vordaches schaute er in alle Richtungen. Kein Armin weit und breit. Langsam hatte er genug von diesem Abenteuer, er sehnte sich nach einer Badewanne mit heißem Wasser. Nach weiteren fünf Minuten hörte er ein Ächzen aus der Ferne, es war unverkennbar Armin. Endlich! Kurz darauf stand er klatschnass vor Liem. In seinen Händen hielt er beide Rucksäcke.

»Schatz, endlich bist du da!«

»Ich weiß nicht, ob unsere Handys das überlebt haben.« Sein blonder Wuschelkopf war komplett zusammengefallen. Keine Haarfülle mehr. Regen tropfte von seinem Gesicht hinab. Armin öffnete seinen Rucksack und fischte das Ersatz-T-Shirt raus. »Auch nass! Der Regen wird so schnell nicht aufhören. Ich schlage vor, wir sprinten zum Auto und setzen uns eine weitere Stunde dem Regen aus. Also vom Regen in die Traufe.«

»Na gut, dann laufen wir! Zur Not werde ich meine Schuhe ausziehen.« Um sich nicht mit nacktem Oberkörper den Tod zu holen, schlüpfte Liem vorher in die feuchtnasse Regenjacke. Ihr Gepäck vergaßen sie dieses Mal nicht.

21

Der viele Regen hatte Armin niedergestreckt, er musste im Bett verharren. Seit drei Tagen hustete er, hatte Halsschmerzen und leichtes Fieber. Zu Liems Überraschung war er selbst von Nachwirkungen des vielen Regens in den Bergen verschont geblieben, zeigte nicht einmal das leiseste Anzeichen eines Schnupfens. So traf er Sarah zum Schwimmen. Nach der Erfrischung im Wasser legten sie sich auf den Steg und ließen sich von der Sonne trocknen.

»Ich habe Neuigkeiten … von Niko«, spuckte Sarah die Worte zögerlich aus, als sie begann, ihre Haare mit einem grellgelben Handtuch zu trocknen.

»Ja?« Liem hob den Kopf, wusste nicht, welche Miene angebracht war. Eine Besorgte oder doch eine Hoffnungsschöpfende?

»Er fliegt übermorgen nach Portugal und will dort länger bleiben.«

Eine entsetzte Miene. Mit Wucht prallte diese Info auf Liem ein wie tennisballgroße Hagelkörner. »Was heißt längere Zeit? Wie lange? Wohin genau? Und was macht er mit seiner Wohnung?«, fragte er und setzte sich dabei auf.

»Er will es sich offenlassen. Niko hat keinen Plan. Nur, dass er die Wohnung ein paar Wochen oder Monate an die Schwester eines Ex-Arbeitskollegen untervermieten will.«

»Aha.« Liem war baff, denn das alles passte nicht zu Niko. Ganz und gar nicht. Planlos reisen ohne Retour-Ticket. Plötzlich spürte Liem Angst. Angst, Niko für immer zu verlieren.

»Mich macht das sehr traurig«, gestand Sarah. Nachdem sie mit dem Trocknen ihrer Haare fertig war, setzte sie sich neben Liem hin. »Er ist fest entschlossen, so schnell nicht mehr zurückzukommen.«

Liem kratzte sich an seiner Stirn. »Wie konnte es nur so weit kommen?« Wegen der Hochzeit. Im Stillen hatte er sich die Frage selbst beantwortet. Er verteufelte Luis und Paula mit ihrer satanischen Heirat, die Nikos Fass zum Überlaufen gebracht hatte. »Ich bin mitverantwortlich.«

»Hör auf! Du weißt genau, dass das nicht stimmt.« Sarah legte ihm eine Hand auf seinen Unterarm. »Gib dir bitte nicht die Schuld!«

»Ich werde mir nie verzeihen können, wenn Niko nicht mehr zurückkommt.«

»Er wird bestimmt wieder zurückkehren und sich dann mit dir versöhnen. Außerdem ist es noch nicht zu spät. Niko fliegt erst in zwei Tagen. Rede mit ihm!«

»Das bringt doch nichts. Er ignoriert mich.« Liem nahm eine Sonnencreme aus seinem Rucksack und trug ein paar Tupfer auf sein Gesicht auf.

»Vor seiner Abreise bekommt er bestimmt Zweifel und Panik. Wir kennen unseren Niko. Nutze das aus! Fang ihn ab, bevor er zum Flughafen fährt, da ist er bestimmt offen und zugänglich für dich«, schlug Sarah vor.

»Meinst du?« Liem verschmierte die Sonnencreme im Gesicht.

»Ja, wenn du plötzlich vor ihm stehst, wird sein Herz weich werden.«

»Probieren kann ich es. Im schlimmsten Fall serviert er mich kalt ab.« Ein Lächeln kehrte zurück auf seine Lippen, auf denen noch eine Frage brannte: »Aber wie finanziert er sich das Ganze? Er war noch nie der große Sparmeister.«

»Er hat mir erzählt, dass er sich mit Gelegenheitsjobs

durchkämpfen will.« Sarah zeigte auf die Sonnencreme und bat darum.

Liem reichte sie ihr. »Aber … das passt schon wieder nicht zu ihm. Das ist doch nicht unser Niko.«

»Juhuuuu!«, rief Alfred von der Ferne und unterbrach damit ihre Unterhaltung.

»Wer ist das?«, flüsterte Sarah.

»Alfred«, antwortete Liem, der vergessen hatte, Sarah zu informieren, dass sich der Wikinger zu ihnen gesellen würde, um über eine Vernissage zu plaudern, was ursprünglich Armin in die Hände hätte nehmen sollen.

»Hallo Darling!« Sowohl Liem als auch Sarah schmatzte er feucht auf ihren Wangen ab.

22

Die Gruft hielt Liem fest, nahm ihm die Luft zu atmen. Vor zwanzig Minuten hatte die Vampirin ihn in ihr Büro zitiert, um eine bahnbrechende Idee mitzuteilen. Aus erster Hand. Was gut gemeint war, fand zum falschen Zeitpunkt statt, denn Liem sollte seit fünfzehn Minuten auf dem Weg zu Niko sein. Ihn in der letzten Sekunde vor dem Abflug abzufangen, war ein richtig guter Vorschlag von Sarah gewesen. Ein cleverer Schachzug. Der aber nur funktionierte, wenn Frau Hartl ihre Klauen lockern und mit dem Geschwafel aufhören würde. Ihr Parfum roch süßlich. Schwarz war ihre ausgewählte Garderobe – wie gewohnt. Sie redete ununterbrochen wie heraussprudelndes Wasser aus einer kaputten Rohrleitung. »Also, ich habe folgenden Plan«, kam sie endlich zum Punkt. »Du übernimmst *FuXwissen* von Anton.«

FuXwissen. Ein Magazin für die Jüngsten, gelayoutet vom ältesten Fuchs des Teams. Monat für Monat verringerte sich die Auflage eklatant. Maximal ein halbes Jahr noch, dann rechnete Liem mit dem längst überfälligen Todesstoß.

»Mona wird in Zukunft MIA gestalten«, sprach Frau Hartl weiter. Ihr rosa Lippenstift biss sich mit dem Rest ihres Aussehens.

»Ahm …« Liem stockte. Er war perplex von dem Vorschlag. Zuerst hatte sie zehn Minuten von großartigen Zukunftsplänen geredet, schwammig und nicht aussagekräftig, dann weitere zehn Minuten gejammert, wie schlecht die Performance der Abteilung in den letzten Monaten gewesen war (ausgenommen Liems Leistung, die hatte sie gelobt, da er äußerst flexibel und effizient arbeitete), um ihm schlussendlich einen nicht nachvollziehbaren Vorschlag vor seine Füße hinzuknallen: *Du übernimmst FuXwissen von Anton. Mona wird in Zukunft MIA gestalten.*

MIA – auch so ein Magazin, das Alterserscheinungen aufwies, obwohl es auf junge Frauen und ihre Schönheit abzielte. Anton, so fand Liem, war sowieso für beide Magazine eine Fehlbesetzung, sowohl bei MIA als auch bei FuXwissen.

FuXwissen. Wie sollte Liem das schaffen? Nicht nur, dass sein Arbeitspensum ausgereizt war, nein, auch mit Kindern hatte Liem nichts am Hut. Wahrscheinlich versetzte er mit seiner Demotivation dem Magazin schon früher ein jähes Ende. »Und welche Aufgaben wird Anton übernehmen?« Im Inneren von Liem rumorte es.

»Ach, um Anton musst du dir keine Sorgen machen. Ich

lege ein gutes Wort für ihn ein. Er wird ein zufriedenstellendes Sozialpaket bekommen.« Frau Hartl lächelte, dabei kamen ihre gelben Zähne zum Vorschein.

»W-was?« Liem konnte seine Körpersprache nicht mehr steuern. Die Mundwinkel zuckten, seine Beine zitterten. Anton wurde mit fünfundfünfzig Jahren gefeuert? Die Alte drehte jetzt komplett durch.

»Wie bereits gesagt, um Anton musst du dir keine Sorgen machen. Und um dein zukünftig erhöhtes Arbeitspensum auch nicht. Du schaffst das und«, sie zwinkerte ihm zu, »ab nächsten Monat bekommst du eine Gehaltserhöhung.« Dann machte sie mit einer Handbewegung klar, dass das Gespräch zu Ende war.

Liem erhob sich und bewegte sich zur Tür. Er war fassungslos. Kurz bevor er die Klinke anfasste, räusperte sich die Vampirin mit ihren rosa Lippen. »Ach ja …«

Liem verdrehte seine Augen, ehe er sich zu ihr umdrehte.

»Ich erwarte mir Stillschweigen bis zur Teamsitzung nächste Woche.« Frau Hartl lehnte sich im großen Bürostuhl, der ihr Sicherheit gab, zurück und spitzte ihre Lippen.

»Selbstverständlich.«

Nachdem er den Computer abgedreht und seinen Rucksack geschnappt hatte, hastete Liem die Stufen hinab und verließ das Gebäude. Der Blick auf die Uhr verriet, dass er seinen Plan nicht mehr einhalten konnte. Niko würde bereits auf dem Weg zum Flughafen sein. Verdammter Mist!

Liem überlegte. Dann fuhr er mit seinem Fahrrad bis zur nächsten U-Bahn-Station, dort sperrte er es an einem Fahrradständer ab und hoffte, dass kein Dieb daran Blut leckte. Die Blutleckerin. Seine Gedanken kehrten wie ein Bumerang zu seiner Chefin und dem Gespräch zurück, als Liem in der U-Bahn hockte. Sie beherrschte einwandfrei die Methode *Zuckerbrot und Peitsche*: Zuerst die Botschaft hinknallen, dass sie Anton wegrationalisierte und sich dadurch Liems Arbeitspensum erhöhte, um ihm anschließend die Gehaltserhöhung ums Maul zu schmieren. Diese Vorgehensweise machte Liem zornig, gleichzeitig gefiel ihm die Vorstellung, dass mehr Geld auf sein Konto rasselte. Für zweiteres schämte er sich.

Nach dem Umstieg in die Schnellbahn versuchte er, sich auf das Gespräch mit Niko vorzubereiten. Er ging mehrmals einen passenden Wortlaut im Kopf durch, doch innerlich erschien ihm ständig die Blutsaugerin mit dem rosa Lippenstift. *Ich erwarte mir Stillschweigen.* Wäre Frau Hartl tatsächlich eine Vampirin, würde er sie mit Knoblauch quälen, bis sie keine Luft mehr bekam. FuXwissen. Demotiviert blickte Liem seiner beruflichen Zukunft entgegen. Motiviert hingegen war er für eine Vernissage. Eine solche rückte näher, entwickelte sich mehr zur Realität, dank des Gespräches mit Alfred vor zwei Tagen. Und wer weiß, vielleicht war er auf die Almosen seiner Chefin bald nicht mehr angewiesen. Liem träumte vor sich hin, durchlebte zukünftige Vernissagen, die erfolgreich waren. Sei nicht so naiv, rügte er sich selbst.

Plötzlich blitzte Anton in seinen Gedanken auf. Er knurrte Liem an, war erbost, dass er ihm seinen Job weggenommen hatte. Als Anton seine Zähne fletschte, erschrak Liem. Er sprang auf und quetschte sich durch die schließende Tür hindurch. Um ein Haar hätte er den Ausstieg versäumt. Er war endlich am Flughafen – seine letzte

Chance, Niko zu erwischen. Er hastete die Rolltreppen hoch und checkte das Gate, an dem Niko sein musste. Lissabon. E46. Er rannte los.

Doch er hatte nicht mitgedacht, denn der Zugang blieb ihm verwehrt. Der Zugang zum Duty-Free-Bereich, zum Security-Check und zu den Gates. Zu Gate E46.

Verdammt, wo hatte er nur sein Hirn gehabt? Liem wollte weinend zusammenbrechen, gleichzeitig laut brüllen, als ihn das Drehkreuz des Pass- und Ticket-Checks stoppte. Alles umsonst.

Ab nächsten Monat bekommst du eine Gehaltserhöhung.

Liem knurrte und fauchte gleichzeitig. Was half schon eine Gehaltserhöhung, wenn ihm Nikos Freundschaft durch die Finger glitt? Wahrscheinlich für immer. Aus seiner Hosentasche fischte Liem sein Handy raus und schrieb eine SMS. An Niko. Die Zeit bis zur Antwort zog sich wie Käse in einer Tomatensuppe, obwohl Niko bereits nach dreißig Sekunden antwortete. *Kleiner, ich steige gleich ins Flugzeug ein. Wir hören uns! Tschüss, Niko.*

Ich erwarte mir Stillschweigen! Frau Hartl konnte ihre Klappe nicht halten. Liem las die Nachricht ein weiteres Mal durch, sie war ein Stich ins Herz. Diese verdammte Nachtkreatur in ihrer Gruft trug die ganze Schuld. Ihre verdammten Pläne. Am liebsten wollte er ins Büro zurückfahren und der Vampirin einen Holzpfahl ins Herz hämmern. Doch auch gegen sich selbst hegte Liem Groll, da er nicht schon gestern einen Versuch gestartet hatte, um mit Niko zu reden. Sarah und ihre Ratschläge. Oberschlau, aber nicht perfekt durchdacht.

Kleiner. Niko hatte tatsächlich *Kleiner* geschrieben. In diesem Wort verbarg sich ein Funke Hoffnung. Hoffnung, dass er Liem verziehen hatte. Aber konnte das ein Trost sein, wenn Niko für längere Zeit flüchtete oder vielleicht sogar auswanderte? Nicht wirklich.

Kleiner.

Liem musste weg von hier. Er drehte sich um und schlurfte davon, als ihn jemand anrempelte.

»Amico?«

Liem erschrak, schaute verdutzt. Er musste mehrmals blinzeln. Fabian Giovannini. Aber wie konnte das sein? Blitzartig schlangen sich Arme um seinen Nacken.

»Ciao amico!«

Die Umarmung erreichte Liem zum richtigen Zeitpunkt. Nach einem Moment der Starre entspannte er sich und schmiegte sich an Fabians Körper. Dieser Duft. Liem inhalierte ihn. Ein Duft der Erfüllung. Lange herbeigesehnt. Dabei wurde ihm bewusst, wie sehr er diesen Geruch vermisst hatte. Als Fabian die Umarmung löste, sträubte sich Liem innerlich dagegen.

»Che bello!« Fabian strahlte, während er an einem Kaugummi kaute. Sein Muttermal oberhalb des Kinns sah aus wie damals. Der Dreitagebart, der neu war und ihm mehr Männlichkeit verlieh, verdeckte den Schönheitsfleck etwas. Unter dem linken Ärmel des T-Shirts lugte ein schwarzer Strich auf der Haut hervor. Ein Teil eines Tattoos. Für welches Motiv er sich wohl entschieden hatte?

»Ahm … ja, schön dich zu sehen.« Liem sehnte sich in Fabians Arme zurück. Doch Fabian hatte keine Zeit. »Ich muss leider weiter, bin viel zu spät dran. Mein Flugzeug nach Lissabon hebt in dreißig Minuten ab.« Fabian nahm seine Reisetasche wieder in die Hand und küsste Liem auf die Wangen. »A dopo, amico!«

Und weg war sie, seine Jugendliebe, geschluckt vom Duty-Free-Shop. Liem schüttelte seinen Kopf und tätschelte sich mehrmals auf die Wange. Träumte er? Nein, er befand sich im Inneren des Flughafengeländes, stand vor diesem scheußlichen Gerät, das ihm den Eintritt verwehrte. Eine leere Bank, nur wenige Meter entfernt, lud ihn ein, sich fallen zu lassen. Kaum saß er, zuckte er zusammen, da eine Stimme aus dem Lautsprecher »Fabian Giovannini« aufforderte, dringend zu Gate E46 zu kommen. Lissabon. Wie Niko! Vielleicht versäumte er den Flug, dann könnte sich Liem länger an seine Brustmuskeln schmiegen.

Menschen. Überall Menschen. Sie standen um Liem herum, liefen an ihm vorbei, doch er registrierte sie nicht. Das soeben Geschehene verschlang all seine Aufmerksamkeit. Diese erfüllende Umarmung. Wieso hatte er ein solches Gefühl bei Armins Umarmungen nicht? Armin, der wieder gesund war, hatte vorgeschlagen, im Garten zu grillen. Liem sah auf die Uhr. Er sollte sich sputen, doch unsichtbare Hände hielten ihn zurück.

Ciao amico!

Ich erwarte mir Stillschweigen!

Che bello!

Kleiner, ich steige gleich ins Flugzeug ein.

Er wird ein zufriedenstellendes Sozialpaket bekommen!

A dopo! Kleiner! Stillschweigen! Ciao amico! Sozialpa–

»Aaahh!«, schrie Liem und sprang von der Bank hoch. Umstehende sahen ihm kopfschüttelnd hinterher, als er das Flughafengebäude verließ. Il profumo di Fabian – den besonderen Duft seiner Jugend – nahm er mit.

Gerade noch rechtzeitig schaffte es Fabian ins Flugzeug.

Er nahm drei Reihen vor Niko Platz, der über den Zuspätkommenden den Kopf schüttelte.

23

Armin grillte bereits. Auf dem Rost brutzelten Hühnerspieße, Cevapcici, Zucchini, Melanzani und Halloumi. Das Fleisch war für Liem, da er sich selbst vegetarisch ernährte.

Vor der Wohnungstür streifte Liem, verschwitzt vom Radfahren, mit seinen Händen den Körper ab. Anscheinend sollte er damit Erlebtes besser hinter sich lassen können. Sarah hatte das in einer Yoga-Stunde aufgeschnappt, euphorisch davon berichtet, und Liem dazu genötigt, mitzumachen. »Lass uns die schlechten Energien aus dem Körper und der Aura streichen.« So ein Blödsinn! Trotzdem strich Liem fleißig. Vielleicht half es doch. Streichen. Das erinnerte Liem an Niko, als er nach der geplatzten Hochzeit vor einem Jahr in seinem Hotelzimmer jedes Kleidungsstück zweimal glattgestrichen hatte, um es dann geordnet in den Koffer zu legen.

Als Liem die Wohnung betrat, fühlte er sich tatsächlich erleichtert. Vielleicht bildete er sich das aber auch nur ein Grillgeruch kitzelte seine Nase und verdrängte Fabians Duft. Ein Jammer. Auf dem Weg in den Garten rätselte er, wie lange es wohl dauern würde, bis sich der Grillgeruch verduftete. Räucherstäbchen könnten den Prozess beschleunigen, da sie das Aroma in der Wohnung neutralisierten und die Aura aller Räume säuberten, hatte Sarah einmal erwähnt. Wahrscheinlich stank es dann wie nach einem Grillfest in einem tibetischen Kloster.

»Hi mein Süßer«, rief Armin, als Liem einen Schritt in den Garten setzte. »Sorry, ich habe vergessen, die Terrassentür zu schließen«, entschuldigte er sich sofort. Gerüche waren im Moment zweitrangig für Liem, er musste so normal wie möglich wirken.

»Hi Armin!«

Shit! So eine verräterische Begrüßung.

Armin sah ihn genauso irritiert an, wie Liem sich fühlte. »Armin? So nennst du mich nur, wenn ich etwas verbrochen habe. Ist es, weil jetzt unsere Wohnung wie eine Selch stinkt?«

»Nein, gar nicht! Sorry, Schatz. Ich bin etwas durch den Wind.« Schnell drückte Liem einen Kuss auf Armins Mund, dann nahm er die Leckereien auf dem Grill unter die Lupe. »Mmmhh. Schaut sehr appetitlich aus.«

»Warum bist du durch den Wind?«, bohrte Armin nach. Er nahm die Grillzange in die Hand und drehte Fleisch und Gemüse um, dabei brutzelte und zischte es.

Liems ehrliche Antwort wäre *Fabian* gewesen, denn seine Jugendliebe hatte ihn definitiv am meisten aus seiner Balance geworfen. Zum Glück hatte er noch ein Gespräch mit seiner Zuckerbrot-und-Peitschen-Chefin und keine Aussprache mit Niko gehabt. Darüber jammerte und klagte er.

Er wird ein zufriedenstellendes Sozialpaket bekommen!

Kleiner, ich steige gleich ins Flugzeug ein.

Ich erwarte mir Stillschweigen!

Wir hören uns! Tschüss, Niko.

Ab nächsten Monat bekommst du eine Gehaltserhöhung.

Einfühlsam und aufbauend reagierte Armin. Seine Worte waren süß wie Liems geliebte Karamelltorte seiner

Mutter. Doch schnell kehrten Bilder von Fabian in seinen Gedanken zurück. Wie gut er sich entwickelt hatte. Ein erwachsener Mann, dem es gelungen war, seine Jugend in seinem Inneren zu konservieren. Der spitzbübische Abenteurer blinkte nach wie vor aus seinen Augen. Den dunklen Augen, Fabians Waffen. Und das Tattoo auf dem linken Oberarm, zu gern hätte Liem es in seiner Ganzheit gesehen. Der Rest des Körpers, der bedeckte Teil, hatte sich bestimmt ebenfalls prächtig entwickelt. Die Vorstellung erregte Liem. Er fantasierte, Fabian nach Lissabon zu folgen, um dort mit ihm jede freie Minute zu verbringen: am Strand, im Bett, in Bars, in der Nacht, bei Tag, bei Mondschein, unter der prallen Sonne. Er wollte mit ihm herumalbern, küssen, ficken, stundenlang quatschen und kuscheln.

»Süßer? … Schatz? … Hallooo?«

Hihihi. Der *giftige Schatz* freute sich, dass sein Ablenkungsmanöver funktionierte.

Armins Stimme schleuderte Liem in die Realität zurück. »Ja?« Mit aufgerissenen Augen starrte er Armin, der mit der Grillzange vor ihm herumwedelte, an.

»Du warst komplett abwesend. Scheint dich sehr mitgenommen zu haben. Setz dich hin! Ich komme gleich.« Armin verschwand ins Wohnzimmer, derweil versuchte Liem sich in der Gartenlaube zu sammeln. Die Weinpflanze, die über ihm ihre Äste und Blätter ausbreitete, war in den letzten Wochen stark gewachsen. Ein idealer Platz für die Tafeltrauben, die bereits eine leicht bläuliche Farbe annahmen. Mitschurinski, so der Name der Sorte.

Armin huschte mit einer Flasche Prosecco und zwei Sektgläsern aus der Wohnung. »Der wird dir guttun«, versicherte er Liem, öffnete die Flasche und füllte die Gläser. »Prost, mein Süßer!«

»Zum Wohl!« Liem kippte den Prosecco auf Ex hinunter und hoffte, dass dieser Fabian fortspülte. Doch Fabian blieb präsent. Hartnäckig. *A dopo, amico!* Auch die verpasste Chance, mit Niko alles zu klären, kreiste weiterhin in seinen Gedanken. *Kleiner, ich steige gleich ins Flugzeug ein.* Und den Ärger über seine Chefin schwemmte der Prosecco auch nicht weg. *Ich erwarte mir Stillschweigen!* Mit einem enttäuschten Gefühl über die nutzlose Wirkung des Gesöffs stellte er das Glas ab und wartete auf das Essen.

Armin, der vor dem Grill stand, legte die Hühnerspieße und das Gemüse auf Liems Teller, schmückte es mit grünem Salat. »Bitte sehr! Lass es dir schmecken!«, sagte er, als er servierte. Dann eilte er noch einmal hin, nahm für sich Zucchini, Melanzani und Halloumi und platzierte zwei Maiskolben auf den Grillrost.

»Das sieht köstlich aus!«, schwärmte Liem, der die Tube mit Barbecue-Sauce nahm und etwas davon auf den Teller drückte. Dann löste er das Hühnerfleisch vom Spieß und begann zu essen.

Armin gesellte sich zu ihm und begann auch zu essen. »Bei mir gibt es hervorragende Neuigkeiten.«

»Ja?« Liem stand auf und steuerte den Grill an. »Ich hol mir nur noch schnell Halloumi.« Als er wieder in der Gartenlaube Platz nahm, erzählte Armin voller Freude, dass er nächstes Jahr einen *Danube Clean-Up Day* organisieren durfte – den Ersten in Österreich.

»Wow! Ich freue mich sehr für dich. Endlich kannst du das machen, was du schon immer tun wolltest.« Liem lächelte ihn an.

»Ja, das wird lässig werden, aber vorher noch *Fishing for Litter* in Deutschland und dann unser Urlaub in Dänemark.« Armin strahlte bis über beide Ohren, stand auf, ging zum Grill und drehte die Maiskolben um.

»Bring mir bitte Cevapcici mit«, bat Liem schmatzend. Der Gedanke an Dänemark, ließ die Erlebnisse von vorhin endlich in den Hintergrund rücken. Frau Hartl, Niko und Fabian verstummten. Liem stach mit der Gabel in ein Stück Halloumi und schob es sich in den Mund.

»Und weißt du was?« Armins Strahlen intensivierte sich, als er sich wieder hinsetzte. Seine Aura strahlte, würde Sarah behaupten.

»Nein, was?«, fragte Liem, während er an einem Cevapcici mampfte.

Armin überreichte Liem eine schwarze Schatulle. Ohne es zu bemerken, hörte Liem zu kauen auf, öffnete die Schatulle und sah einen silbernen Ring darin stecken.

»Willst du mein Mann werden?«

Mit offenem Mund starrte Liem den Ring an. Dann schluckte er den halbzerkauten Bissen Cevapcici hinunter. Spätestens jetzt wusste er, dass heute ein Schicksalstag für ihn war – im Job, in der Freundschaft und in der Liebe. Vor allem, was Letzteres betraf, befand er sich an einer Gabelung. Die linke Seite: sicher, harmonisch und vorhersehbar. Der Weg mit Armin. Doch Fabian stand mit verschränkten Armen davor. Er deutete mit seinem Kopf auf die andere Seite. Die rechte Seite: risikoreich, ungewiss, aber mehr Abenteuer. Der Weg mit Fabian, seiner ersten Liebe.

»Ahm …« Liem lächelte eher aus Verlegenheit als vor Freude. Dann löste er endlich den Blick vom Ring und sah

Armin an. Er wollte antworten, doch es zischte. Ein Maiskolben, der auf dem Grillrost lag, begann zu brennen.

Damals II

Sommer 2003

24

»Ich hätte dich nie heiraten sollen!«

»Ich hätte deinen Antrag nie annehmen dürfen.«

»Du widerst mich an!«

»Du mich auch, du Trottel!«

Ein Türknallen.

Stille.

Liem atmete auf. Endlich Ruhe! So konnte seine Genesung besser voranschreiten. Die Kälte des Flusses hatte ihn wie befürchtet niedergestreckt – hohes Fieber und hartnäckiger Husten. Die ungenierte Austragung einer Fehde zwischen Vater und Mutter trug nicht zur Genesung bei. Er hasste Streit, insbesondere, wenn seine Eltern sich bekriegten. Zehn Finger genügten nicht, um ihre Feindseligkeiten der letzten Tage abzuzählen. Mehr Auseinandersetzungen im Hause Jungwirth als Tortenstücke in der Verkaufsvitrine ihrer Bäckerei. Doch damit nicht genug. Liem litt besonders unter den fehlenden, grapschenden Bestrebungen von Fabian. Seit ihrem gemeinsamen Radausflug hatten sie sich nicht mehr gesehen. Liem hatte ihn informiert, dass er krank war. *Okay. Gute Besserung!* Eine schlichte Antwort von Fabian, weder ein Bemühen noch ein Anzeichen, dass er Liem vermisste. Diese Verunsicherung schwächte Liems Immunsystem weiter, die Vernarrtheit in Fabian Giovannini hingegen verstärkte sich. Der einzige Vorteil, ans Bett gefesselt zu sein: Klaus konnte sich nicht mit seinen diskriminierenden Attacken austoben.

Drei Tage später, es war Sonntag, fühlte sich Liem besser. Morgen würde der Schulhorror wieder zuschlagen. Zum Glück rückten die Sommerferien mit jeder Stunde näher. Mit einem schwarzen Tuch verwischte er dicke Striche auf dem Blatt Papier. Baumstämme. Einer nach dem anderen poppte auf wie Pilze über Nacht. Dazwischen schlängelte sich ein Fluss hindurch. Liem schlug das Buch *Kohlezeichnen für Anfänger* auf und suchte Tipps und Tricks für Bäume. Als er sie gefunden hatte, versuchte er Baumkronen eins zu eins auf sein Blatt zu übertragen. Nach einem Vergleich miteinander, motzte er. Er stand auf und schaute aus dem Fenster, vielleicht half der Anblick echter Baumkronen. Seine Mutter grub mit ihren Händen in der Erde. Sie stand gebückt mitten im Gemüsebeet, das ihr neben Oleandersträuchern, Kakteen, Hänge-Petunien und Geranien am heiligsten war. Ihr *Kraut.* Aufgewühlt vom Streit mit ihrem Mann wühlte sie wie ein Maulwurf in der Erde. Als Liem seine Mutter beobachtete, spürte er Mitleid für sie. So beschloss er, die Baumkronen vorerst zu begraben und in den Garten zu gehen, um sich ebenfalls seine Finger dreckig zu machen.

»Warum trägst du keine Handschuhe?«, fragte er seine

Mutter beim Betreten des Gemüsebeets.

»Liem! Hallo mein Schatz!«, begrüßte sie ihren Sohn, ohne dabei die Finger aus der Erde zu ziehen. »Ach Handschuhe! Damit fühlt man nicht richtig.« Sie zog eine Hand aus dem Boden. Das Häufchen Erde, das sich darauf befand, befingerte sie mit ihrem Daumen und ließ es schließlich durch die Finger rieseln.

»Kann ich behilflich sein?«, fragte Liem und näherte sich seiner Mutter.

»Gerne! Hol doch von da drüben«, sie zeigte zur pistaziengrünen Hausmauer, »die Pflänzchen, dann setzen wir sie zusammen ein.«

Liem bemerkte ihre verschwollenen Augen, ihre Brille konnte dieses Detail nicht verstecken. Wahrscheinlich hatte sie nach dem Streit mit Vater geweint. Er drehte sich schnell um, latschte zur Hausmauer hin und kam mit dem Grünzeug zurück. Acht Paprikapflanzen. Sie gaben den zarten Pflänzchen in der aufgelockerten Erde ein neues Zuhause. Als sie damit fertig waren, hustete Liem.

»Das hört sich noch nicht gut an. Morgen bleibst du auch von der Schule daheim«, kommandierte Frau Jungwirth.

»Echt?« Liem wäre nichts lieber als das.

»Ja! Die Noten stehen sowieso fest, deine Gesundheit hat Vorrang. Und jetzt geh wieder ins Bett«, forderte sie ihn auf.

Als Liem wieder in seinem Zimmer vor seinem Schreibtisch saß, buddelte er die Baumkronen nicht mehr aus. Er verzichtete auf deren Perfektion. Stattdessen hatte er eine andere Idee, doch vorher musste er erneut im Buch *Kohle-*

zeichnen für Anfänger blättern, bis er auf die Seiten gelangte, die die Kunst Personen zu zeichnen, ausführlich beschrieben. Liem saugte die Informationen auf, dann ergänzte er sein Bild um zwei Personen. Sie standen getrennt voneinander, jeweils am anderen Ufer des Flusses. Für seinen ersten Versuch ein beachtliches Ergebnis. Besser als die scheinbar einfach zu zeichnenden Baumkronen. Nachdem Liem den letzten Strich gezogen hatte und zufrieden das Gesamtbild betrachtete, griff er zu seinem Handy und schrieb Fabian eine Nachricht.

25

Er murrte. Sagte kein Wort zu seiner Frau, stand in der Backstube und reinigte eine mit Teig vollgekleckerte Schüssel. Mürbteig. Fünf Tage waren bereits vergangen und es herrschte weiterhin eine angespannte Situation zwischen Liems Eltern.

Frau Jungwirth ging ins Kaffeehaus zurück. Der Streit belastete sie, vor allem, dass ihr Mann so stur und nachtragend war. Ihre Sorgenfalten auf der Stirn bekamen stündlich tiefere Furchen.

»Ich mach' mich auf den Weg nach Hause«, informierte sie Margot, die nun den Laden allein wuppen durfte. Liems Mutter freute sich bereits, ihre Pflanzen verhätscheln zu können, da sie daraus Kraft schöpfte.

»In Ordnung. Schönen Tag noch!«, wünschte Margot, während sie Münzen, die sie soeben von einer Kundin entgegengenommen hatte, in die Kassenlade einsortierte.

Als Frau Jungwirth die Türe öffnen wollte, stürmte Liem ins Café. »Liem! Wie geht es dir?«

»Ganz gut. Gehst du schon nach Hause?«, fragte er gehetzt und blickte sich um, ob Fabian irgendwo saß.

»Ja, der Garten ruft. Lass dir die Torte schmecken. Bis später!«, sagte sie und verließ das Kaffeehaus. Liem grüßte Margot und holte sich hinter der Theke ein Stück gesalzene Karamelltorte. Dann setzte er sich auf die mit braunem Leder überzogene Bank im hintersten Eck und schob sich eine Gabel mit einem Stück seines täglichen Desserts in den Mund, als sein Handy läutete. Es war Oma.

»Liem, weißt du, welcher Tag heute ist?«, fragte sie, wie immer mit kratziger Stimme.

»Mmhh, nein!«

»Der Siebenschläfertag! So wie heute das Wetter ist, wird es sieben Wochen lang sein«, erklärte sie, wie auch die Jahre davor am selben Tag.

»Ach ja, genau! Es ist der 27. Juni!«

»Zum Glück scheint heute die Sonne«, stellte seine Oma fest und plauderte weiter, sichtlich erleichtert über das prognostizierte schöne Wetter für die nächsten Wochen. So ein Aberglaube, dachte sich Liem, der sich nicht wirklich auf das Geplauder einlassen konnte, denn jeden Moment müsste Fabian das Café betreten. Als er die Hälfte der Karamelltorte verschmaust hatte, war es dann so weit. Fabian lächelte Liem an, als er die Tür aufschwang.

»Oma, ich muss leider aufhören. Bis bald!«, verabschiedete er sich schnell.

»Ciao amico! Du bist wieder gesund. Molto bene!« Fabian setzte sich neben Liem hin.

»Ja, endlich«, erwiderte Liem, während er weiterhin an der gesalzenen Karamelltorte schmatzte und eine Walnuss in den Mund schob. »Magst du auch ein Stück?«

»No, grazie! Aber was hältst du von der Idee, wenn ich dir einen …«, begann Fabian und sah Liem mit durchdringendem Blick an. Liem blieb fast eine Walnuss im Halse stecken. »… coolen Platz zeige? Unser Restaurant!«

»Sehr gerne!«

Sie fuhren mit ihren Fahrrädern zum Haus der Giovannis. Die Sonne schleuderte ihre Strahlen erbarmungslos herab und ließ das Thermometer auf dreiunddreißig Grad steigen. Fabian schien die Hitze nichts auszumachen, Liem hingegen trieb es den Schweiß aus den Poren.

Als sie beim Haus ankamen, öffnete Fabian das Gartentor und ließ sein Rad ins Gras fallen. »Ich hole schnell den Schlüssel für die Pizzeria«, sagte er und rannte zum Haus hin.

In der Zwischenzeit stellte Liem fest, dass der Garten, im Vergleich zum letzten Besuch, gepflegter aussah. Die Wiese war frisch gemäht. Es lagen keine abgebrochenen Zweige mehr herum. Auch die umgeworfenen Blumentöpfe waren verschwunden. Nur die verwilderten Hecken wirkten gleich zerrupft wie beim ersten Besuch. Den Vögeln war das egal, sie zwitscherten fröhlich darin. Ein Glück für sie, dass die schwarze Katze keine Spur von sich zeigte. Liem wischte mit einer Hand den Schweiß von der Stirn und sehnte sich nach Abkühlung. Schwimmen wäre ideal oder zumindest etwas Kaltes trinken. Kurz darauf kam Fabian aus dem Haus gerannt. Er hielt Liem eine geöffnete Kaugummipackung hin. »Magst du?«

Liem lehnte mit einem Kopfschütteln ab.

Nachdem Fabian einen Kaugummi in den Mund gesteckt hatte, ließ er die Packung in seiner Hosentasche verschwinden. Dann hob er sein Rad von der Wiese auf. »Andiamo!«

Das Restaurant befand sich nur vier Kreuzungen vom Haus der Giovanninis entfernt. Von außen sah das Gebäude inklusive Gastgarten neu und modern aus. Weißer Anstrich. Oberhalb des Eingangs befand sich eine italienische Flagge, die durch den sanften Lufthauch hin und her wehte. Daneben stand in grüner Schrift auf die Wand gemalt »Pizzeria Giovannini«. Liem konnte sich nicht daran erinnern, ob vorher ein Geschäft oder Gasthaus in diesem Gebäude gewesen war. Die riesigen Fensterscheiben, ideal für Auslageflächen, deuteten eher auf ein ehemaliges Geschäft hin. »Sind deine Eltern nicht da?«, fragte er, als er das Fahrrad im Gastgarten an einem Lindenbaum anlehnte.

»Nein, sie erledigen Einkäufe.« Fabian holte die Schlüssel aus seiner Hosentasche hervor und sperrte den Eingang des Restaurants auf.

Es roch nach frischer Farbe. Das Licht, das durch die riesigen Fenster schien, erhellte den Raum, als ob es weder Wände noch eine Decke gäbe. Liem fühlte sich auf Anhieb wohl in der Pizzeria Giovannini. Sehr einladend.

»Was magst du trinken?«, fragte Fabian.

»Ahm ... Hast du ein Coca-Cola? Mit Eiswürfel?«

»Certamente, amico!« Fabian flitzte hinter die Theke, öffnete ein Kühlfach, dann eine Flasche. Es zischte.

»Wirklich spitze sieht es hier aus«, rief Liem zu Fabian rüber. »Wann ist die Eröffnung?«

»In zwei Wochen! Du bist mit deiner Familie eingeladen«, sagte Fabian, der seinen Kaugummi in einen Mülleimer spuckte. Nachdem er Crushed Ice in die Gläser geschüttet hatte, kam er mit den Getränken zurück. Er setzte sich auf den Stuhl gegenüber seines Freundes hin.

»Wirst du auch hier arbeiten?« Endlich löschte Liem mit dem Zuckergetränk seinen Durst.

»Si! Ich muss zum Glück nicht mehr in die Schule zurück.« Auch Fabian leerte mit einem Satz das Glas, dann blieb sein Blick an Liems Augen haften.

Fabians Augen. Dunkelbraun. Da steckt Liebe drin, dachte sich Liem, der ihnen aus Verlegenheit auswich. Er starrte Fabians Muttermal oberhalb seines Kinns an. Der Schönheitsfleck, der Liem so faszinierte. Ohne Scheu bewegte Fabian sein linkes Bein unter dem Tisch nach vorne – bis zum Hautkontakt ihrer Unterschenkel. Liems Atem stockte bei der Berührung. Es prickelte in seinem Bauch.

Fabian kicherte, als plötzlich Herr Giovannini die Eingangstüre aufriss. Vollbepackt mit Einkaufstaschen. Liem erstarrte. Fabian zog blitzartig sein Bein zurück.

»Figlio, aiutaci!«

Fabians Gesichtszüge verhärteten sich. Er sprang auf und lief schnurstracks nach draußen, als ob sein Vater ihm einen Militärbefehl angeordnet hätte. Herr Giovannini ging an Liem vorbei und winkte ihm zu, ohne auch nur den Ansatz eines Lächelns zu zeigen. Er verschwand hinter einer Türe. Seine Körperlänge, ungewöhnlich für einen Italiener, musste fast zwei Meter betragen. Das Gesicht hingegen wies mehr italienische Spuren auf. Sonnengegerbte Haut, die an dickes Leder erinnerte. Die schwarze Umrandung seiner Augen ließ ihn mehr wie einen Sizilianer als einen Bolognesen aussehen. Als Fabian wieder hereinflitzte, mit zwei Einkaufstüten unter seinen Armen, erkannte Liem, dass Giovannini Junior keine Ähnlichkeit mit seinem Vater hatte.

»Ich bin gleich wieder da«, rief Fabian, stellte die Einkaufstüten auf die Theke und verschwand nach draußen.

Dann erschien Frau Giovannini, auch vollbepackt. Sie stöhnte. Fabian hatte definitiv die Schönheit seiner Mutter geerbt.

Schlechtes Gewissen plagte Liem. Sollte er helfen? Aber irgendetwas hielt ihn zurück, fühlte sich wie gelähmt.

»Ciao Liem!«, begrüßte ihn Fabians Mutter und verschwand ebenso in den hinteren Raum. Als Liem zum Eingang blickte, lugte Fabian herein. »Andiamo!«

Sie schnappten ihre Fahrräder und fuhren zurück zum Haus der Giovanninis. Fabian steuerte auf die Rückseite des Hauses zu. Für Liem ein noch verborgener Teil des Grundstücks mit Swimmingpool, zwei Liegestühlen, einem Tisch mit Sonnenschirm, zwei Holzbänken und einer Hollywoodschaukel, auf der die schwarze Katze eingerollt schlief. An der Hausmauer war ein Basketballkorb befestigt. Nachdem Fabian zwei Badehosen geholt hatte, eine davon Liem borgte, sprangen sie jauchzend in den Pool. Das Wasser kühlte ihre erhitzten Körper angenehm ab. Nach dem Auftauchen pirschte sich Fabian an Liem ran und versuchte ihn unterzutauchen. Sie rangelten wie letztens im Fluss. Mit den ausgeprägten Muskeln seiner Oberarme war Fabian der Überlegene. Ich ergebe mich gerne, dachte sich Liem und weg war er.

Plopp! Unter Wasser. Erregend, diese dominante Seite von Fabian. So erregend, dass sich Liems Penis aufrichtete. Kerzengerade. Hart wie Stahl.

Als Fabian während der Rangelei diese Härte an seinem Oberschenkel spürte, drehte sich der Spieß um. Gegen Stahl war kein Kraut gewachsen. Er wurde schwach. Und musste seine Finger wie automatisch unter Liems Badehose schieben. Sie fummelten am steifen Glied herum. Liem genoss es. Niemand störte sie. Keine Nachbarn und die Giovanninis würden so schnell nicht nach Hause kommen. Herrlich!

»Legen wir uns in die Wiese!«

Warum machte Fabian mit einem Schlag alles zunichte? Liem seufzte. Doch die Enttäuschung währte nur von kurzer Dauer, denn kaum, dass sie im Gras lagen, verzauberten Fabians Berührungen erneut Liems Welt. Überall Karamelltorten. Alles voller Zuckerwatte. Sanftes Streichen. Angenehmes Zusammendrücken der Eichel. Eine ideale Abwechslung. Liem spürte, dass sich bald sein Höhepunkt ankündigen würde. Er schloss seine Augen, um besser entspannen zu können, doch ohne Vorwarnung stoppte Fabian das Spiel erneut. Sein undurchschaubares Spiel. Liem riss die Augen auf und sah, wie Fabian ihn angrinste und sich anschließend auf den Rücken legte. »Kommst du nächsten Samstag zu meiner Geburtstagsfeier?«, fragte er und begann zu pfeifen.

»Ja gerne«, antwortete Liem, der sich über die Einladung freute. Zugleich war er irritiert, da Fabian so plötzlich zu grapschen aufgehört hatte. So kurz vor dem Orgasmus.

»Perfetto! Nimmst du ein paar Mädchen aus deiner Schulklasse mit?«

Karamelltorte und Zuckerwatte verwandelten sich in abgelaufenen Schimmelkäse. Es stank, Fabians Verhalten.

Liem rümpfte seine Nase. Warum fand er diesen Italiener nur attraktiv?

»Okay, amico?«, bohrte Fabian, der ein *Ja* hören wollte, hartnäckig nach.

»I-ich kann mal fragen.«

»Molte bene!« Fabian zwinkerte ihm zu. Dann hüpfte er auf und deutete auf die Hausmauer. »Lass uns ein paar Körbe werfen!«

Der nächste Schlag für Liem. Er hasste Ballspiele, besonders Basketball. Im Turnunterricht blieb er bei der Teamauswahl immer bis zum Schluss übrig, da er entweder im Weg rumstand oder den Ball, statt zu fangen, tollpatschig fallen ließ. Demotiviert latschte er Fabian hinterher. Mädchen und Körbe! Dagegen war Teig kneten eine Wohltat.

26

Stille! Liem und sein Vater tauschten weder ein Wort noch Sätze miteinander aus. Sie waren mit dem Lieferwagen unterwegs, befanden sich am Beginn der Route ihrer wöchentlichen Zustellungstour und hatten keine Gemeinsamkeit, über die sie sich unterhalten konnten. Verkrampft wie eine unbewegliche Puppe, so saß Liem auf dem Beifahrersitz. Er äugte zu seinem Vater hinüber, der an einer Zigarette sog und genüsslich den Rauch aus dem geöffneten Fenster hinausblies. Warum konnte Herr Jungwirth kein Gespräch beginnen? War es nicht die Aufgabe eines Vaters, seinem Sohn Fragen zu stellen? Mit ihm spannende Themen zu durchleuchten? Lästig zu sein, bis der Junge den Alten aufforderte, die Klappe zu halten?

Ein Versäumnis in ihrer Vater-Sohn-Beziehung. Mehr als ein stockendes Gespräch würde nicht rauskommen.

Liems Vater hupte dreimal, dann bremste er. Der Lieferwagen blieb in einer unbefahrenen Straße stehen, die von Wohnhäusern umgeben war. Sie stiegen aus dem Auto und gingen zur Rückseite, um die beiden Hintertüren aufzuklappen. Die ersten Frauen, mit Geldbörsen in der Hand, eilten herbei. Es waren immer Frauen. Nur Frauen. Sie wollten die frischesten Semmeln, das knusprigste Brot oder die leckerste Zimtschnecke ergattern. Und mit Liems Vater flirten. Jede versuchte die meiste Aufmerksamkeit von ihm zu erhaschen. Selbst ältere Frauen um die sechzig wollten den Bäcker umgarnen. Liem hasste es, vor allem weil sein Vater mitspielte. Er balzte, flirtete und setzte ein hämisches Grinsen auf, wenn Frau Moser, Frau Steinmüller, Frau Baumgartner, Frau Auer und wie sie alle hießen, seinem Vater Münzen und Geldscheine entgegenstreckten und er deren Hände absichtlich länger anfasste. Bedacht setzte er seine Worte ein, geschickt seine Körperteile, damit das Bäckergeschäft weiterhin eine Goldgrube blieb. Liem wollte das alles nicht sehen und arbeitete im Gegensatz zu seinem Vater tatsächlich. Er nahm die Wünsche der Frauen entgegen, steckte Semmeln, Brot, Zimtschnecken oder Topfentaschen in Papiertüten und überreichte sie ihnen.

»Du siehst deinem Vater sehr ähnlich!«

»Wie groß du schon bist!«

»Wirst du in die Fußstapfen deines Vaters treten?«

Immer dieselben Fragen und Bemerkungen der alten Schachteln. Darauf konnte Liem verzichten. Wie auch auf die wöchentliche Auslieferung. Er tat es nur wegen des zusätzlichen Taschengeldes. Die wöchentliche Auslieferung, eine lang bewährte Tradition, die Liems Vater noch lange fortführen würde.

In die östliche Ecke der Stadt, dort wo Fabian Giovannini wohnte, fuhren sie nie hin. Auch wenn Liem aus dem Verhalten des Italieners nicht schlau wurde und keine Ahnung über dessen Ambitionen hatte, musste er ununterbrochen an ihn und seine talentierten Finger denken. Seine Geburtstagsfeier würde in drei Tagen stattfinden. Bis jetzt hatte Liem noch kein Mädchen aus seiner Schulklasse gefragt, ob es ihn dorthin begleiten wollte. Obwohl sich alles in ihm dagegen sträubte, nahm er es sich für morgen vor.

Nach zwei Stunden kamen Vater und Sohn zur Bäckerei zurück. Liem hüpfte aus dem Lieferwagen und brachte die Überbleibsel, zwei Stück Roggenbrot und mehrere Semmeln, ins Café. Sowohl Margot, die hinter dem Tresen Gebäck und Torten verkaufte, als auch Liems Mutter, die die Gäste bediente, waren da. Liems Vater steckte kurz seinen Kopf durch die Tür, dabei grüßte er Margot mit einem freundlichen Lächeln, während er für seine Frau nur ein Kopfnicken übrighatte.

Jede Nuance, die sich zwischen seinen Eltern abspielte, registrierte Liem. Ihren Streit hatten sie nach wie vor nicht begraben. Sie gifteten sich bei jeder Gelegenheit an, und das beunruhigte Liem.

Gift versprühte am nächsten Tag auch Klaus. Es war der vorletzte Schultag, und der kleine Rüpel zeigte Liem, wie sehr er ihn verabscheute. Alle blickten Liem neugierig an,

als er das Klassenzimmer betrat. Irgendetwas war faul. Das roch er. Er trottete zu seinem Platz, dann sah er es: Von Magazinen ausgeschnittene Schnipsel schmückten seinen Tisch – mit Männern. Klaus kicherte. Liem schämte sich, fühlte sich erbärmlich wie ein Haufen Mist. Im Schockzustand wusste er nicht, was er tun sollte. Antonia, mit der er bis jetzt kaum Berührungspunkte hatte, half ihm überraschenderweise. Sie hatte blondes Haar und üppigen Busen. »Idiot!«, fauchte sie Klaus an, sammelte die Schnipsel mit den Männern ein und warf sie in den Mülleimer. »Kommt, gehen wir etwas trinken!«, befahl sie Liem und ihren beiden Freundinnen Julia und Sabine. »Heute lernen wir sowieso nichts mehr.«
So schnappten die vier ihre Rucksäcke und verließen das Klassenzimmer.

Sie tranken alle Coca-Cola und freuten sich, dass das Schuljahr endlich vorbei war. Liem fühlte sich nicht wohl in dieser Runde. Mit seiner Schüchternheit schloss er sich selbst aus der Unterhaltung aus, doch Antonia ergriff auch in dieser Situation die Initiative.

»Warum lässt du dir alles von diesem Idioten gefallen?«, fragte sie Liem.

Er zuckte mit den Schultern.

»Ja genau. Wehr dich!« Julia mischte sich ein. Wie Antonia hatte sie blondes Haar, jedoch war sie größer als ihre Freundin. Hochgewachsen wie eine Zypresse, sodass ihr Busen kaum zur Geltung kam. Dass sie darunter litt, hatte sie bisher weder Antonia noch Sabine erzählt.

»Ich versuche es … im nächsten Schuljahr«, erwiderte Liem, der sich räuspern musste.

»Hoffentlich! Wir werden dir dabei helfen. Nicht wahr, Mädels?«, sagte Antonia kämpferisch.

Sabine, die Kleinste von ihnen, nickte. Julia ballte ihre knochigen Hände zu Fäusten.

Auf ungewohnte Weise fühlte sich Liem gestärkt. Vielleicht hatten Klaus und diese Schnipsel ihm doch etwas Gutes gebracht. Er nutzte die Gunst der Stunde. »Habt ihr übermorgen am Nachmittag schon etwas geplant? Ein Freund feiert Geburtstag.«

27

Flirtstimmung vernebelte die Luft. Antonia liebäugelte mit Fabian. Sie streckte ihren Oberkörper nach vorne, sodass ihr üppiger Busen noch voller aussah. Kuss war noch keiner zwischen ihnen gefallen, war wohl nur mehr eine Frage der Zeit. Julia, die Hochgewachsene, und Sabine, die kleine Rothaarige, küssten bereits – jede mit einem Cousin von Fabian. Das Geschmatze machte Liem nervös. Er unterhielt sich mit Katharina, die etwas dicker geraten war, übers Malen. Sie war Fabians Cousine und begeisterte Aquarell-Malerin. Falls jemand feine Antennen in dieser Runde hatte, würde wohl niemand Verdacht schöpfen, dass Liem das gleiche Geschlecht anziehend finden könnte. Katharina kicherte, als es geschah: Fabian und Antonia küssten sich. Es war schmerzhaft. Für Liem. Er wollte am liebsten weglaufen und sich auf dem Walnussbaum im Garten zurückziehen. Doch mutig war Liem nur selten gewesen, und die Angst, dass Fabian von ihm enttäuscht sein würde, hielt ihn schließlich auf der Geburtstagsparty.

Es wurde noch schlimmer. Antonia schlug ein Spiel vor: Kaugummi weitergeben. Alle jubelten – bis auf Liem. Im Nu entstand ein Sitzkreis, bei dem Antonia sich blitzschnell den Platz neben Fabian sicherte. Liem saß zwischen Sabine, der rothaarigen Schulkollegin und Katharina, der Cousine von Fabian. Ihm würde wohl nichts anderes übrigbleiben, als die Lippen der beiden zu berühren. Antonia befreite einen Kaugummi aus seiner Verpackung und stopfte ihn gierig in ihren Mund. Kurz darauf legte sie ihre Lippen auf die von Fabian. Der Kuss kam Liem wie eine Ewigkeit vor. Er platzte fast vor Neid und Eifersucht, vor allem als Antonia ihre Brüste an Fabians Oberkörper drückte. Die Sehnsucht nach Fabians Zunge quälte Liem. Wie hatte er nur Antonia einladen können? Es war alles seine Schuld. Und die von Klaus.

Endlich beendete Fabian den Kuss. Er kaute schmatzend am zähen Zeug und plusterte sich auf wie ein Gockel. Antonia grinste. Nun war Julia, die hochgewachsene Zypresse, an der Reihe. Sie sorgte dafür, dass sich ihre Lippen nicht berührten, als Fabian ihr den Kaugummi weitergab, denn schließlich wollte sie sich keinen Ärger mit Antonia einhandeln. Dann drehte Julia ihren Kopf zu Fabians Cousin Mike, transportierte den Kaugummi in dessen Mund und wühlte heißblütig mit ihrer Zunge darin herum. Mike, der unter einer ausgeprägten Form von Akne im Gesicht litt, spielte mit. Auch dieser Kuss zog sich wie Kaugummi. Liem, der als übernächster an der Reihe war, hoffte auf ein Wunder oder dass irgendjemand das doofe Spiel abbrechen würde. Doch die Chance sank von Sekunde zu Sekunde. Der Kaugummi wanderte weiter, befand sich bereits zwischen den Zungen von Mike und Sabine, die beide den Kuss genossen.

Dann war es so weit. Sabine, die Rothaarige, streckte den Kaugummi, den sie mit ihren Zähnen festhielt, entgegen. Liem schnappte zaghaft das angespeichelte Teil. Ohne Lippenkontakt. Nun sahen ihn alle an und warteten gespannt, ob er Katharina, die Aquarell-Malerin, abknutschen würde. Der Erwartungsdruck nahm ihm fast die Luft zum Atmen. Schließlich überwand sich Liem, legte seine Lippen auf die ihren und schob ihr den Kaugummi zu. Doch Katharina retournierte ihn. Ihre Zunge schlängelte sich, wie es ihr Rundpinsel auf einem Blatt Papier tat. Sie berührte die von Liem. Eine flinke Zunge. Mike, ihr pickelgesichtiger Bruder, klatschte mehrmals. Fabian johlte. Liem schob Katharina den Kaugummi zurück, doch sie war hartnäckig. Und so dauerte Liems erster Zungenkuss einundzwanzig Sekunden.

Nach zwei weiteren elendslangen Spielrunden, platzte endlich Frau Giovannini ins Zimmer, da es Zeit war, die Geburtstagstorte anzuschneiden.

Um sieben Uhr abends herrschte Aufbruchsstimmung. Nacheinander verabschiedeten sich die Gäste. Als schließlich nur noch Liem übrig war und auch er aufbrechen wollte, hielt Fabian ihn zurück. »Bleib doch noch! Wir können Maniac Mansion spielen, wenn du Lust hast«, schlug Fabian vor.

»Okay. Gerne!« Liem liebte dieses Computerspiel aus den achtziger Jahren, erst vor kurzem erschien eine neue Version davon. Ziel des Spiels: Sandy von Dr. Fred befreien, was Liem bisher noch nie gelungen war. Vielleicht würde er es gemeinsam mit Fabian schaffen, ohne im

Kerker zu landen. Sie setzten sich vor den Bildschirm hin und nahmen jeweils einen Controller in ihre Hände. Fabian entschied sich, die Figur Syd zu steuern, Liem wählte Razor aus. Die Rettung von Sandy begann.

Nach einer Weile griff Fabian in Liems Schritt, konzentrierte sich aber weiterhin aufs Spielen, um keinen Fehler zu begehen.

Liem schluckte. Er war überrascht, dass Fabian, nach all den Geschehnissen der letzten Stunden, seine Hände nicht von ihm lassen konnte.

»Yeah«, schrie Fabian auf, als er Dr. Fred überlistet hatte. Seine linke Hand streichelte sanft über Liems erigiertes Glied. Egal, ob Jeans und Unterhose dazwischenlagen, es fühlte sich wie die Male davor, fantastisch an. Liem genoss es.

Und so fanden zwei Spiele gleichzeitig statt – ein virtuelles und ein reales. Liem unterdrückte sein Verlangen, Fabian anzufassen. Die Befürchtung, dass er damit alles zerstören konnte, war zu groß. Obwohl Fabian nur an der Oberfläche der Jeans kratzte, brachte er wenige Minuten später Liem zum Samenerguss.

Ein Stöhnen.

Liems erster Orgasmus durch fremde Hilfe. An Fabians Geburtstag. Die kurze Unaufmerksamkeit nutzte Dr. Fred aus und erwischte Syd und Razor im Spielzimmer des ersten Stockwerkes. Ab in den Kerker. *Game Over!*

Schweigen. Beiden war die Situation unangenehm, als ob sie etwas Verbotenes getan hätten. Schließlich räusperte sich Liem. Das nutzte Fabian, um die letzten Minuten ihrer Vertrautheit komplett zu zerstören.

»Antonia ist cool. Die gefällt mir!«

Liem bemühte sich, ein Lächeln zustande zu bringen. Wie in Trance stand er auf und ging Richtung Tür. »Ich muss los. Meine Eltern warten bestimmt schon auf mich.«

»Amico«, rief Fabian nach, »danke, dass wir Freunde sind!«

Liem hielt beide Daumen nach oben. Sein Lächeln verschwand. Er wusste nicht mehr, wo oben und unten, links und rechts war. Die letzten Stunden hatten ihn noch mehr verwirrt als zuvor. Fabians Verhalten hätte das Prädikat *äußerst merkwürdig* verdient. Dann verschwand Liem aus dem Zimmer und verließ das Haus der Giovanninis.

Kapitel 3

Sommer 2012

28

Liem dachte sich nichts, als er mit dem Hund die Wohnung verließ. Außer, dass die Gassi-Route immer dieselbe war, zwei bis drei Mal täglich. Daher beschloss er, dieses Mal einen anderen Weg zu nehmen und bog statt links nach rechts ab in Richtung eines Parks, der zwei Kilometer entfernt lag. Meks, ein Kokoni mit kuschelig hellbraun-weißem Fell und buschigem Schwanz schnüffelte an einer Stelle herum. Da sein Herrchen nichts weiter als ein Büschel Gras auf trockener Erde erkennen konnte, zog er ihn an der Leine. Doch der Kokoni wehrte sich, so schnell gab er das Kommando nicht aus seinen Pfoten. Er hob ein hinteres Bein, markierte den begehrten Bereich, erst dann ließ er sich mit der Leine wegziehen.

Obwohl der Fliederduft andere Gerüche übertünchte, roch Liem weder den einen noch einen anderen Duft. Sein Schnupfen verstopfte sein Riechorgan, ausgerechnet Ende Mai zur besten Blütezeit des Jahres. Als in der Hosentasche sein Handy vibrierte, zog er es heraus.

»Hello Süßer«, begrüßte Armin ihn.

»Lisa und ich gehen noch auf einen Drink. Alles gut bei dir?«

Gemeinsam mit Lisa, einer Arbeitskollegin, hatte Armin den ersten *Danube Clean-Up Day* in Österreich organisiert. Mit einem Riesenerfolg. Mehr als hundert Aktivisten sammelten motiviert den Müll entlang der Donau ein. Die Presse rückte an, Armin lachte aus mehreren Regionalzeitungen entgegen, und nun durften sie für September einen Folge-Event in Wien planen sowie den *Danube Clean-Up Day* auch in Linz organisieren.

»Ja mir geht's gut, bis auf den Schnupfen. Und bei dir?«

»Ach, ein stressiger Tag, aber sonst kann ich mich nicht beklagen. Also ... bis später!«

»Bye, Schatz«, verabschiedete sich Liem.

Armins Heiratsantrag hatte letzten Sommer eine ernste Beziehungskrise ausgelöst, denn Liem hatte nicht mit JA geantwortet. Es folgten wochenlange Diskussionen mit Streit – ohne Vorwärtskommen. Und so musste Armin frustriert nach Deutschland reisen. Die Frustration legte sich auch über Liem wie ein unsichtbarer, klebriger Schleim. In seinem Kummer und seinem Alleinsein überrollte ihn ein besonders schwacher Moment, dabei erkundigte er sich bei Fabian über sein Wohlbefinden. Die Antwort: Eine Watsche! *Amico, bei mir ist es stressig, ich melde mich.* Natürlich meldete sich Fabian nicht. Noch mehr Frustration. Noch mehr Kummer. Auch Armins Kontaktversuche waren rar. Ein Telefonat zwischen ihnen dauerte nie länger als eine Minute. Das Gefühl des Alleinseins grub sich tiefer in Liems Herz, schmerzte. Und im Schmerz erkannte Liem die Lösung, die so klar, aber schwer zu erreichen war: Die KLÄRUNG mit Armin und die VERBANNUNG Fabians aus seinem Kopf. Über die Ferne scheiterten Liem und Armin an Punkt eins, der Klärung. So stornierten sie ihren Urlaub, da sie Dänemark nicht mit mieser Laune besichtigen wollten und Armin kehrte deswegen früher nach Österreich zurück. Sie starteten neue Versuche, ihre Beziehung zu reparieren. Mit zahlreichen Aussprachen. Und die führten dann zum erhofften Durchbruch. Endlich. Armin begriff, dass Liem ihn tatsächlich liebte, auch wenn er sich noch nicht verloben wollte. Gestärkt und gefestigt kletterten sie aus der Krise empor und entwickelten beide eine Art von Gelassenheit, die ihre Beziehung in neue Sphären der Leichtigkeit lenkte. Und während dieser Zeit holten sie Meks zu sich nach Hause. Vom Tierheim. Denn die Vorbesitzer erwarteten Zwillinge.

Ein Geheimnis jedoch behielt Liem bis zum heutigen Tage für sich: Fabian. Denn nicht immer gelang ihm Punkt zwei seiner Lösung, die VERBANNUNG seiner Jugendliebe aus dem Kopf. Es fiel ihm schwer. Natürlich hatte da der *giftige Schatz* seine Finger im Spiel. Da sich aber Fabian Giovannini nie meldete, bestand keine akute Gefahr. Keine Bedrohung. So konnte sich Liem zusehends entspannen, wenn er an den Halb-Italiener dachte.

Nach fünfunddreißig Minuten erreichten Herrchen und Hund den Park. Meks zeigte kein Anzeichen von Müdigkeit. Liem wollte die Chance, im Park zu sein, für seine Fitness nutzen. »Komm, lass uns etwas laufen!« Als er die Leine vom Halsband entfernte, sauste Meks los. Liem folgte ihm. Seine Kondition war unterm Hund, eingefroren während des Winters und Frühjahres. Meks flitzte rastlos umher, während Liem der Schnupfen zu schaffen machte. Endlich eine Parkbank, dachte er sich nach fünf Minuten und setzte sich. Ein paar Atemzüge lang spürte er ein Brennen im Brustkorb. Er fischte ein Taschentuch aus seinem Rucksack und schnäuzte sich. Meks steckte derweil seine Schnauze in einen Strauch.

Im Park herrschte buntes Treiben: Kinder tobten am Spielplatz, juchzten und weinten, Familien picknickten, ältere Menschen spielten Schach oder schoben ihr Gehgestell vor sich her, Pärchen knutschten auf der Wiese, eine Frau jonglierte. Sie schaffte es, die Bälle einundvierzig Mal in die Luft zu werfen, bis schließlich ein Ball zu Boden fiel. Eine Gruppe spielte Volleyball, ein anderer Freundeskreis befestigte eine Slackline an zwei Bäumen, während ein Mann daneben in die Luft sprang und sich einen Frisbee schnappte.

Dann sah er ihn … Armin! Er saß in der Wiese. Doch Lisa … war nicht da, sondern ein dunkler Typ, wahrscheinlich indischer Abstammung.

Sie küssten sich. Armin legte sich auf den Typ, schlang seine Arme um ihn und verschlang ihn wie eine Krake ihr Opfer.

Liem wurde schlecht, in seiner Magengrube rumorte es. Im Eiltempo wechselten sich Wut, Angst und Traurigkeit ab, kämpften um den Sieg, doch es gab keinen Gewinner. Der Inder klammerte sich mit seinen Beinen an Armins Körper fest. Ein Ungetüm – auch eine Krake, die sich mit ihren ekelhaften Saugnäpfen Liems Eigentum krallte. Und Armin … schien es zu gefallen … dieses schäbige Spiel. Sie wälzten sich auf dem Boden, küssten weiterhin.

Ein unbeschreiblicher Schmerz breitete sich in Liems Herzen aus. Er war überzeugt davon, dass das ihre Beziehung nicht überleben würde. Trotz Übelkeit in seinem Magen sah Liem hin, ließ sich vom Spiel der beiden hypnotisieren. Er befand sich in Schockstarre und realisierte nicht, dass Meks mit seinem Riecher sein zweites Herrchen von der Ferne erschnüffelt hatte. Er hechelte, bellte, fuhr mit seiner Schnauze zwischen die beiden verknoteten Meerestiere und wollte sein Herrchen ablecken.

Armin fuhr hoch. Langsam lockerte das Ungetüm seine Tentakel. Beide sahen sich um.

»Verdammt!« Liem riss es aus der Schockstarre.

Einen Augenblick später entdeckte Armin seinen Partner. Meks bellte.

29

Liem rannte davon. Meks, hin- und hergerissen zwischen seinen beiden Herrchen, entschied sich, bei Armin und dem Ungetüm, das er von oben bis unten beschnüffelte, zu bleiben. Denn zur Not konnte er dem Unruhestifter in die Wade beißen.

Es tut mir leid. Lass mich bitte alles erklären! Eine erbärmliche SMS. Liem löschte sie sofort. Er keuchte. Konnte nicht gut atmen, da er sich verausgabt hatte und der Schnupfen ihn plagte. Sarah reagierte sofort auf Liems Nachricht und schlug vor, sich in einer Bar zu treffen. Am Ende des Parks wartete bereits eine Straßenbahn zur Abfahrt an der Haltestelle. Liem stieg ein, setzte sich hin und holte aus seinem Rucksack ein Taschentuch, das die Spuren seiner Tränen aufsaugte.

Ihr Kleid mit hellgrüner Farbe und gelben Farbtupfern stach hervor, so war es für Liem einfach, Sarah in der Menge zu finden. In ihren Ohren steckten Büroklammern, zumindest sah ihr Ohrschmuck danach aus. Ein Schwall an Mitleid überrollte Liem, als Sarahs Augen ihn fixierten. Am liebsten wollte er umkehren und nach Hause laufen, um sich im Bett zu verkriechen, doch Sarah sprang auf und drückte ihn an sich. »Ach, mein Lieber! Es tut mir so leid.« Selbst wenn Liem keine Umarmung gewollt hätte, wäre es sinnlos gewesen, dagegen anzukämpfen. Sarahs Wille war stark wie Titan. »Alles wird gut. Du wirst sehen.«

»Mmhh!«

Nach der Umarmung setzten sie sich hin. Sarah führte ihren Cappuccino an die Lippen und trank einen Schluck davon.

»Armin hat mir mehrere Nachrichten geschickt«, begann Liem zu erzählen, während er mit seinen Fingern auf die Tischplatte klopfte. Nervosität sprühte aus all seinen Zellen und Poren.

»Und … was schreibt er?«, fragte Sarah vorsichtig und stellte die Kaffeetasse auf dem Tisch ab.

»Er entschuldigte sich dreimal. Und, … dass sie immer nur geküsst hatten.« Liem schaute nach oben ins Leere. Sarah, die gespannt lauschte, massierte mit einer Hand ihr linkes Ohr. Vielleicht schmerzte die Büroklammer. Sie wartete und funkte mit keiner Frage dazwischen.

»Daraus schließe ich, dass es heute nicht das erste Mal war … mit diesem Inder.«

»Ein Inder?«, platzte es aus Sarah heraus.

»Ja!« Liems Fingerklopfen auf der Tischplatte entwickelte sich zu einem gehetzten Konzert. Zwei fein herausgeputzte Frauen vom Nebentisch warfen genervte Blicke herüber. »Und deshalb habe ich Armin gefragt, ob er ihn schon öfters gesehen hat.«

»Und? Hat er?«, fragte Sarah mit einer hörbaren Spur von Aggression in ihrer Stimme. Auch ihr Blick verfinsterte sich. Sie hasste Untreue. Wie sie wohl reagieren würde, wenn Liem ihr seine Geschichte mit Fabian erzählen würde? Weder Niko noch Sarah hatte er sein gut behütetes Geheimnis bisher anvertraut.

»Ja! Armin hat es zugegeben und ständig über seine Verletzung geschwafelt, weil ich den Antrag letztes Jahr nicht angenommen habe. Bla bla bla.«

Der Kellner kam zum Tisch und nahm Liems Bestellung auf. Einen Aperol Spritz. »Ich verstehe es nicht. Wir haben uns doch letztes Jahr ausgesprochen, alles hat gepasst. Oder hat er nur so getan als ob?« Liem fing an seinem Daumen zu nagen an. Ende des Konzerts mit seinen Fingern. Aufatmen am Nebentisch.

»Komisch ja, ich hatte auch den Eindruck, dass ihr die Krise gemeistert habt.« Sarah schlug unerwartet mit der Faust auf den Tisch und schimpfte Armin einen Bastard. Die zwei fein herausgeputzten Frauen daneben schossen gereizt in die Höhe, ergriffen die Weingläser mit ihren durch aufgeklebte Kunstnägel verlängerten Fingern, die sie zuvor penibel rosarot lackiert hatten, und ließen sich fünf Tische weiter nieder. Weit weg von ungehaltenen Gästen.

»Weißt du, ich liebe Armin über alles. Er ist für mich der Richtige und trotzdem … wäre eine Verlobung für mich zu früh gewesen.« Den triftigen Grund behielt er für sich, offenbarte sein Geheimnis schon wieder nicht: seine

Labilität in Bezug auf Fabian. Und diese Labilität wurde seit einer dreiviertel Stunde gemästet. Sollte plötzlich seine Jugendliebe auftauchen, konnte er für nichts mehr garantieren. »Ich wollte Armin unter keinen Umständen verletzen, trotzdem habe ich es getan und ihn zu diesem Inder getrieben. Geschieht mir recht.«

»Jetzt hör auf, dich selbst zu bemitleiden«, forderte Sarah ihn auf.

»Was soll ich denn sonst tun?«, fragte Liem und sah seine Freundin hilfesuchend an.

»Gute Frage. Mach auf alle Fälle nichts Unüberlegtes!«

Doch genau das tat Liem – drei Stunden später.

30

Armin hockte zusammengekauert auf der Wiese. Er schaute Liem hinterher, bis dieser in der Ferne zu einem Punkt zusammengeschrumpft war wie ein Stern am Himmel. Die blonde Haarsträhne, die ihm ins Gesicht hing, schob er nicht hinters Ohr. Ungewöhnlich, vor allem für Leute, die ihn sehr gut kannten. Kiran, der nicht in diese Sehr-Gut-Kategorie fiel, der auch kein Inder, sondern ein Sri-Lanker war, fand nichts Fremdartiges dabei. Er hoffte, dass die Beziehung zwischen Armin und Liem endlich zerstört war. In aller Seelenruhe, da sein Angebeteter keine Wörter über die Lippen brachte, malte er sich facettenreich die schönsten Fantasien aus. Gemeinsame schlaflose Nächte. Sex, wann immer sich seine Lust meldete. Theaterbesuche. Romantische Abendessen. Knutschen, ohne auf die Uhr schauen zu müssen. Zusammenwohnen. Gemeinsam in den Urlaub fahren.

Armin sollte mir gehören, dachte sich Kiran, der schon all seine vorherigen Liebschaften besitzen wollte. Als Zeichen, dass Armin auf ihn zählen konnte, schlang Kiran seine Arme um ihn. Besitzergreifend.

Meks bellte.

Mit einer Schulterbewegung befreite sich Armin aus Kirans Armen. Er hatte keine Lust mehr auf das Kraken-Spiel. Kiran schluckte, seine Mundwinkel fielen hinab, seine Stimmung kippte.

»Verdammt!«, fluchte Armin. Erst jetzt schob er die blonde Haarsträhne hinters Ohr. Dann schnappte er sich sein Handy und entschuldigte sich bei Liem. Per SMS. Es folgten unangenehme Minuten für Kiran, denn Armin gaffte nur aufs Handy, ignorierte ihn. Hoffentlich wollte er nicht aus einer spontanen Reaktion heraus die Affäre beenden. Kirans Beine schlotterten, er wusste in seiner Hilflosigkeit nicht, was er tun sollte. Er musste etwas tun, das wusste er. Aber was? Etwas, damit Armin einsah, dass ER der Richtige für ihn war. Aber um das zu beweisen, musste er vielleicht diese Situation nur aushalten und dem Universum Vertrauen schenken. Aushalten und vertrauen – Kiran kannte keine Person in seinem Umfeld, der das gelang. Warum sollte dann ausgerechnet ihm das Unmögliche glücken? Er zündete sich eine Zigarette an. Jedes Mal, wenn seine Lippen den Glimmstängel berührten, beruhigte sich sein Körper. Dieses Mal noch nicht. Wie die Blätter einer Zitterpappel bewegten sich Armins Finger. Er wartete auf eine Antwort von Liem, der auch auf die nachgeschossenen drei Entschuldigungen nicht reagierte. Wie kann ich den Schaden nur in Grenzen halten, überlegte er. Dann fiel ihm was ein. Wir haben immer nur geküsst, schrieb er. Danach forderte er Kiran auf zu gehen, denn dessen Unruhe schürte Armins Aggressivität.

»Aber …« In der Stimme des Sri-Lankers lag Enttäuschung, fassungslos, dass ihr Spiel, das vor einer Stunde vielversprechend begonnen hatte, so miserabel endete. Obwohl er wusste, dass er mit dieser Frage nur verlieren konnte, stellte er sie trotzdem: »Meldest du dich?«

Armin zuckte mit den Schultern. »Bye!«

»Bitte melde dich!«, bettelte Kiran, der sich schäbig und erbärmlich fühlte, als ob man ihm mehrere Tentakel abgehackt hätte. Tentakel, die geklammert hatten. Nachdem Armin ihn neuerlich ignorierte, einfach nicht reagierte, lief Kiran enttäuscht davon, zündete sich einen neuen Glimmstängel an und hoffte, dass dieser endlich beruhigend wirkte.

Meks näherte sich und schleckte über den linken Arm seines Herrchens. In seiner gefühlten inneren Leere drückte Armin den Kokoni, der ließ den Druck über sich ergehen. Ihm war zum Weinen zumute, doch es bildete sich keine einzige Träne. Stattdessen erreichte Armin eine SMS. Liem fragte, ob er den Inder schon öfter gesehen hatte. Erleichtert darüber, dass Liem ihn nicht mehr ignorierte, ließ er Meks los und begann in sein Handy zu tippen. Er sah keinen Sinn darin zu lügen und antwortete ehrlich – mit einem miesen Gefühl. Mies war auch sein vorgegaukeltes Verständnis seit dem letzten Jahr. Hätte er sich dieses nur nicht angeeignet – nach den zähen Diskussionen, ausgelöst durch Liems Verlobungsabfuhr. Das vorgegaukelte Verständnis hatte den zermürbenden Gesprächen zwar den Garaus gemacht, aber in Wirklichkeit hatte Armin zugunsten der heilen Welt resigniert. Eine

Zeit lang funktionierte das einwandfrei, doch der Verlobungskorb nagte unbewusst, knabberte täglich Stück für Stück am Ego Armins. Und mit dem schwindenden Ego häuften sich die Selbstvorwürfe. Armin kritisierte seine Ungeduld. Warum hatte er mit der Verlobung nicht einfach warten können? Im Sumpf dieser Schwere und Unsicherheit sehnte er sich nach Leichtigkeit und die fand er in Kiran. Sie begegneten sich, zwei Monate davor, im März. Der Sri-Lanker redete ihn beim Mittagessen im China-Restaurant an, sie kamen ins Gespräch, verstanden sich auf Anhieb, lachten viel, tauschten ihre Nummern aus, trafen sich erneut, die Chemie zwischen ihnen harmonierte, sie küssten sich, verabredeten sich öfters, küssten, kuschelten, und kosteten ihre kostbaren gemeinsamen Moment aus. Jedes Mal, wenn sie sich trafen, hoffte Kiran, dass Armin sich von Liem getrennt hatte, doch dies geschah nie. Trotzdem überhäufte der Sri-Lanker Armin mit Leichtigkeit, Lachen und Sorglosigkeit. Alles war gut … bis heute.

»Komm Meks, lass uns nach Hause gehen!«, sprach Armin zu seinem Hund, während er sich erhob und schwerfällig losmarschierte. Der Kokoni war im Nu auf allen Vieren, hechelte sein Herrchen an, dann sprintete er los. Das Gelächter der Leute im Park sowie den betörenden Fliederduft konnte Armin nur schwer ausstehen. Der SMS-Ton seines Handys mischte sich dazwischen. Ein Geräusch, das seine Hoffnungen aufflammen ließ. Das muss Liem sein, dachte er sich. Sofort fischte Armin das Handy aus seiner Hosentasche, doch es war nur Kiran. Er schickte ihm Küsse. Auf Englisch. So sehr Armin die vielen Stunden in den letzten beiden Monaten mit Kiran genossen hatte, so sehr verabscheute er jetzt dieses *Kisses*-SMS. Sofort löschte er es, enttäuscht, dass Liem ihn so zappeln ließ wie einen Fisch an der Angel, der nach Wasser rang.

Als sie zu Hause ankamen, lief Meks auf sein Plätzchen zu, ausgestattet mit flauschigem Schaffell, und ließ sich darauf hinfallen. Er knurrte leise. Damit drückte er Zufriedenheit aus. Ein komischer Hund, denn eigentlich müsste er unruhig sein und sich über die Abwesenheit seines zweiten Herrchens sorgen. Armin hielt diese Ungewissheit fast nicht aus, er öffnete den Kühlschrank, suchte nach Essbarem, obwohl er keinen Hunger hatte. Da er nichts fand, knallte er die Kühlschranktür wieder zu und ging in den Garten hinaus. Selbst ein Gimpel, der in der Wasserschüssel badete, (der Vogel war eine Seltenheit in ihrem Garten) änderte nichts an Armins Stimmung.

Eine weitere SMS.

Lass es eine Nachricht von Liem sein, hoffte er, doch es war erneut Kiran. *Alles in Ordnung?* Armin warf das Handy in die Wiese. Erst sechs Stunden später wurde er erlöst. Liem schrieb zwar keine Nachricht, aber er betrat die Wohnung. Sturzbetrunken.

31

Bevor Sarah sich auf den Weg nach Hause machte, vergewisserte sie sich, dass Liem dasselbe tun würde. Liem konnte sie überzeugen, handelte jedoch gegenteilig, denn zu sehr schmerzten die Nachwirkungen des Abendspazierganges. Diese Freude, die Armin mit dieser unverschämten Kreatur indischen Ursprungs gehabt hatte, war zu widerlich gewesen. Mit seinen Zähnen riss Liem ein Stück vom Nagel seines linken Zeigefingers ab, als er vor einer Bar für homosexuelle Männer stand. KARMA hieß sie. Beschwingt riss er die Tür auf. Sein erstes Mal, ein solches Etablissement allein zu betreten. Mit vier Aperol Spritz intus war ihm das egal. Laute Musik sowie neugierige Blicke entgegneten ihm. Viele gierige Augen musterten ihn von oben bis unten, checkten innerhalb eines Wimpernschlages, ob er ein gefundenes Fressen für eine Nacht, der Prinz auf dem weißen Schimmel für die Ewigkeit oder doch nur eine der vielen Nieten war. Liem steuerte direkt auf die Bar zu und bestellte einen weiteren Aperol Spritz, als ihm plötzlich jemand von hinten auf die rechte Schulter klopfte.

»Hello Darling!«

Liem drehte sich um, als auch schon Alfreds rötlicher Bart Liems Wangen markierte. Er pikste. In die Nase stieg ein unangenehm süßlicher Geruch. Schnell drehte sich Liem seitlich zur Bar, um etwas Abstand vom Wikinger zu gewinnen.

»Wir sind schon auf dem Sprung!« Alfred zwinkerte Liem zu und zeigte auf einen alten Knacker, der neben ihm stand. Der Wikinger hatte also eine Vorliebe für reifere Männer. »Lass uns mit deiner Vernissage endlich Nägel mit Köpfen machen«, schlug Alfred vor, drückte mit einer Hand kräftig an Liems rechten Oberarm und verabschiedete sich: »Bye Darling!«

»Tschüss!« Für einen kurzen Augenblick überlegte Liem, Alfred aufzuhalten und ihn zu bitten, mit ihm in die Kiste zu springen. Warum auch nicht? Wenn Armin sich mit diesem Inder schon monatelang hinter seinem Rücken ausgetobt hatte, konnte er sich auch etwas mit einem Wikinger erlauben, egal ob dieser mit unangenehm süßlichen Ausdünstungen herumrannte. Zur Not musste er noch mehr Alkohol trinken, um den Geruch besser auszuhalten. Der Händedruck auf seinem Oberarm hatte sich gut angefühlt und der Bart auf seinen Wangen wirkte angenehm nach, männlich. In der Zwischenzeit hatte ein junger Kellner mit eng anliegendem weißen T-Shirt den Aperol Spritz vor ihn hingestellt. Mit Dankbarkeit kippte Liem das Getränk rasch in seine Kehle, denn es war ihm peinlich, allein an der Bar zu stehen und mit niemandem zu reden. Auch sein Alkoholpegel im Blut unterstützte ihn nicht, jemanden anzusprechen. Zwar lächelte der Kellner ihn immer wieder an, doch Gespräch entstand keines.

Nachdem Liem einen weiteren Aperol Spritz ausgetrunken hatte, überlegte er die Bar zu verlassen, allerdings geriet er in eine körperliche Starre, als sich jemand auf den freien Hocker nebenan hinsetzte.

Fabian Giovannini!

Liems Augen weiteten sich, sein Herz klopfte fester als sonst. Mit einem Schlag hatte er das Gefühl, ausgenüchtert zu sein.

»Na, bin ich so hässlich?«, fragte der Neuankömmling. Es war nicht Fabian.

»Nein, natürlich nicht. Es war nur …« Liem versuchte sich rauszureden, doch seine Worte steckten im Hals fest.

»Flo! Freut mich!« Er streckte Liem die Hand hin. Auf den ersten Blick hätte wahrscheinlich jede Person, die Fabian kannte, ein Ebenbild von ihm in Flo gesehen – bei genauerer Betrachtung allerdings, fehlte ihm das Muttermal oberhalb des Kinns, die Haare waren mehr braun als schwarz, der trainierte Körper wies weniger Muskeln auf und er sah ein paar Jahre älter als Fabian aus. Und doch hatte Liem das Gefühl, als ob seine Jugendliebe vor ihm sitzen würde.

»Liem. Freut mich auch!«

Flo lächelte. Ein Zahn in der oberen Reihe stand etwas schief. Machte ihn deswegen aber nicht unattraktiver, im Gegenteil, er wirkte dadurch sympathischer. Sein Parfum mit holzig-orientalischer Duftnote hüllte Liem ein. Jeder Gast im KARMA sah und spürte, dass Flo an Liem interessiert war. Und umgekehrt. Die sexuelle Spannung zwischen ihnen lud sich kontinuierlich auf, staute sich in ihren Geschlechtsteilen. Aber wollte Flo eine schnelle Nummer zum Druck-Abbau und Ego-Aufbau oder suchte er nach einer Beziehung? Verzweiflung ließ er sich jedenfalls keine ansehen, überspielte sie womöglich. Aber egal was Flo wollte, Liem konnte ihm beides nicht geben, obwohl eine schnelle Nummer bestimmt tröstend war, zumindest für den Augenblick.

Sie erzählten über sich, über ihre Arbeit und über die Länder, die sie bereist hatten. Dann auch über Gegenden, die noch auf ihrem Plan standen. Ihren Beziehungsstatus verschwiegen sie jedoch. Kein Tabu war körperliche Nähe, ihre Beine berührten sich, und Flo hatte die Angewohnheit, bei gewissen Passagen seiner Erzählungen eine Hand auf Liems Unterarm zu legen. Es schien nur mehr ein Fingerschnipsen zu dauern, bis der erste Kuss zwischen ihnen fiel. Doch trotz des fortgeschrittenen Alkoholpegels schaltete sich Liems Vernunft zwischendurch ein wie das flackernde Licht einer Glühbirne, die bald ihren Geist aufgeben würde. Wann erlosch sie, die Vernunft? Er war hin- und hergerissen. Einerseits wünschte er sich, dass Flo seinen Schmerz wegküsste, andererseits wollte er nicht so schäbig wie Armin agieren. Wenn er nur nicht so anziehend wäre, dieser Flo. Er war ein komplett anderer Typ als Armin, arbeitete in einer Versicherung, was sich vor allem in seinem Äußeren widerspiegelte. Sein schickes blaues Hemd hatte er bestimmt in einer teuren Boutique gekauft. Um den Hals trug er eine silberne Kette, ebenfalls kein billiges Teil, mit einem Kreuzanhänger. Sein Gesicht, gepflegt, selbst zu dieser Tageszeit. Sein Verhalten strotzte vor Ernsthaftigkeit, ohne langweilig zu sein. Flo schenkte Liem festen Boden unter seinen Füßen, erdete ihn. Er wäre wohl der Mann, mit dem Liem seine Höhenangst überwinden könnte.

Sie lachten, erzählten mehr von sich und tranken ein weiteres Getränk. Ihre Beine und Hände klebten mittlerweile wie Magneten aneinander. Doch dann setzte Flo einen Schlussstrich. »Ich muss jetzt leider los, die Arbeit beginnt um acht Uhr.«

»Okay.« Liem, über diese Vernunft seines Gegenübers enttäuscht, fühlte sich abgewiesen. Keine tröstenden Küsse.

»Aber warte!« Flo bettelte den Kellner um einen Kugelschreiber und ein Blatt vom Rechnungsblock an, dann schrieb er seine Nummer auf und hielt Liem den Zettel hin. »Melde dich!«, verabschiedete er sich. Ein zarter Kuss berührte Liems Wange. Zu kurz, um den Schmerz zu lindern, aber gerade lange genug, dass sich das holzig-orientalische Parfum in seiner Nase intensivierte. Dann stand Liem einsam an der Bar, wie zu Beginn.

Gedankenverloren schaute er auf den Zettel. »Bis bald«, hatte Flo unter die Nummer geschrieben. Kurz darauf verließ er das KARMA.

Schon längere Zeit hatte ihn jemand beobachtet. Er hockte in einer Ecke, mit einem Glas Bier vor sich. Langsam ließ er den Rauch der Zigarette aus seinem Mund gleiten und lächelte zufrieden. Er hatte allen Grund dazu. Kiran, der Sri-Lanker.

32

Als ein Geräusch von der Wohnungstür in Armins Ohren schlüpfte, sprang er sofort aus dem Bett; an Schlaf war sowieso nicht zu denken, denn dafür war er zu unentspannt. Meks rührte sich nicht, stellte sich tot, als ob er spürte, dass heute keine Versöhnung zwischen seinen beiden Herrchen stattfinden würde.

»Wo warst du?«, fragte Armin, entsetzt über Liems Anblick. Blutunterlaufene Augen, käsige Gesichtsfarbe und fettige Haare. Auch mit seiner alkoholischen Ausdünstung würde er keinen Duft-Wettbewerb gewinnen.

»Nicht beim Inder!«, erwiderte Liem mit zischender Stimme, während er versuchte aus seinen Sneakers zu schlüpfen. Kein leichtes Unterfangen, da er kaum die Balance halten konnte.

Armin schüttelte den Kopf, wollte auf diese Provokation und diesem Niveau kein Gespräch führen. »Reden wir morgen, wenn du nüchtern bist. Ich gehe schlafen.« Auch wenn er wusste, dass er vermutlich die ganze Nacht kein Auge würde zumachen können.

»Reden? Mmhh … Du verschwie-verschweigst mir

dann wohl wieder wa-wichtige Details.« Liems Füße fanden endlich den Weg aus den Sneakers. Als er Armin ansah, wurde ihm schlecht. Ein wabbeliger Körper, der sich von links nach rechts drehte. Gleichzeitig auch von rechts nach links. Wellenartig. Schnell rannte Liem Richtung Toilette, stolperte dabei über ein Paar Schuhe und übergab sich schließlich über den Laminatboden.

Als Liem am nächsten Morgen erwachte, hatte er einen trockenen Mund und nicht verortbare Kopfschmerzen. Typische Merkmale eines Katers. Statt erholt, fühlte er sich erschlagen. Sein Rücken tat ihm weh, was wohl auf die harte Couch des Arbeitszimmers zurückzuführen war. Es war mucksmäuschenstill. Armin musste Meks ins Büro mitgenommen haben. Die Uhr an der Wand zeigte fünf vor neun an. Als Liem aufstehen wollte, durchfuhr ihn ein scharfer Stich. Nun verortbar. Von der linken Seite des Stirnbeins bis zum Hinterkopf. Liem stöhnte, griff sich an den Kopf und ließ sich auf die Couch zurückfallen. Die Schmerzpunkte zwischen Rücken und Kopf schienen direkt miteinander verbunden zu sein. Harte Couch und Aperol Spritz – keine schlaue Kombination. So war an Arbeiten nicht zu denken. Liem tastete den Boden nach seinem Handy ab. Nichts! Es musste in der Hose sein, die vor dem Schreibtisch auf dem Boden lag. Hoffentlich hatte es ihm auf dem Nachhauseweg niemand gestohlen. Liem setzte sich auf, merkte, dass er dringend einen Schluck Wasser brauchte. Er erhob sich und wankte zur Hose hin. Nächtliche Straßenräuber und U-Bahn-Diebe hatten es nicht auf sein Handy abgesehen. Als Liem es in der linken Hosentasche ergriff, atmete er erleichtert auf. Er setzte sich auf den Stuhl und führte das Wasserglas, das auf dem Schreibtisch gestanden hatte, zu seinem Mund. Ein Schluck. Mehr war nicht im Glas. Durstig stellte er das Glas wieder ab, dann schrieb er seiner Kollegin Mona eine SMS über seine Arbeitsunfähigkeit (offizieller Grund: vermutlich eine Lebensmittelvergiftung) und bat sie darum, Frau Hartl zu informieren. Die Vampirin war seit Wochen streichelweich, verwöhnte ihre Mitarbeiter überraschend oft mit Zuckerbrot, und zückte ihre Peitsche nur im Notfall. Sie hatte mehr Farbe als sonst im Gesicht, rosige Wangen. Nur mehr dezent geschminkt. Ihre Verwandlung war das Gesprächsthema Nummer eins im Büro, es entstanden Gerüchte und es wurde gemunkelt, dass wahrscheinlich ein Mann dahintersteckte. Liem fiel die Redewendung *Für jeden Topf gibt es einen Deckel* ein. Nur für seine Schwester schienen diese Worte nicht zuzutreffen. Erst letzte Woche hatte Koko während eines Telefonats ihr Leid geklagt. Nach Enrico, Matteo, Davide, Pietro, Gianni, Vittorio und noch einmal Matteo hieß ihre aktuelle Errungenschaft Fabio. Liem hatte sich beinahe an einem Stückchen Huhn verschluckt, als sie den Namen erwähnte. Fabio. Er spielte mit Koko. Umgarnte sie, aber nur, wenn er Lust dazu hatte. Antwortete auf ihre Nachrichten, aber nur, wenn er sich nicht unter Druck gesetzt fühlte und nichts Besseres zu tun hatte. Koko redete sich trotzdem ein, dass Fabio der Richtige war und er nur Zeit für diese Einsicht brauchte. Davon war sie felsenfest überzeugt.

Plötzlich schoss Liem eine Idee durch seinen Kopf. Schmerzfrei, ohne Stich. Bevor er das Schlafzimmer ansteuerte, um seine Koffer zu packen, taumelte er in die Küche und trank zwei Gläser Wasser. Endlich!

33

Liem war nicht zu Hause, als Armin am Abend mit Meks die Wohnung betrat. Etwas roch verdächtig faul, aber es war weder der Bioabfall noch Liems Kotze, die Armin gestern noch vom Laminatboden entfernen hatte müssen, da Liem sich ins Arbeitszimmer geschlichen hatte. Unfähig, sich um sein Erbrochenes zu kümmern. Armins Magen knurrte, doch seine Trägheit trieb ihn anstatt zum Herd nur zu einer Packung Chips hin, dessen Inhalt er im Nu verschlang. Essigchips, die nicht sättigten. Richtig satt wurde er auch durch die Banane nicht. Trotz Trägheit tobte es in seinem Inneren. Besserung würde nur ein klärendes Gespräch mit Liem bringen. Aber wo war er nur?

Armin ließ sich auf die Couch im Wohnzimmer niederfallen und überlegte seine nächsten Schritte. Nach einiger Überwindung erkundigte er sich via SMS über Liems Verbleib. Zu seiner Überraschung rasselte in Sekundenschnelle eine Antwort ein.

Sonntag in der Nacht, bin bei Koko in Bologna.

Die Worte fühlten sich wie Schüsse an. Schüsse, die Armins Herz durchlöcherten. Tödliche Schüsse. War ihre Beziehung noch zu retten oder vom Aussterben bedroht? Angst verbreitete sich in seinem Körper, schneller als ein unerwünschter Grippevirus. Schuldgefühle mischten sich dazu. Er hätte sich nicht von Kiran verführen lassen sollen. Warum war er so schwach gewesen? Die Selbstvorwürfe verwandelten sich rasch in Anschuldigungen. Anschuldigungen gegenüber Liems egoistischem Verhalten. Hätte Liem nur den Heiratsantrag angenommen, dann wäre es nie so weit gekommen. Und warum haute er einfach nach Italien ab? Was für eine Art, Dankbarkeit zu zeigen. Dankbarkeit, dass Armin seine Kotze weggewischt hatte.

Das Handy vibrierte. Eine SMS. *Ich vermisse dich!*

Nicht Liem vermisste Armin, sondern Kiran. Und nun handelte auch Armin egoistisch, er wollte nicht allein zu Hause sitzen und sich unsinnig den Kopf zerbrechen, so antwortete er. *Hast du Lust auf ein Treffen?*

Jederzeit!

Armin sprang von der Couch hoch, duschte sich und füllte anschließend Meks Futternapf mit Trockenfutter, auf das sich der Kokoni stürzte. Um nicht ein noch größeres Desaster auszulösen, nahm sich Armin vor, den Abend ohne Küsse und Zärtlichkeiten zu verbringen. Doch amüsieren durfte er sich sehr wohl.

Sie trafen sich im KARMA. Kiran strahlte bei der Begrüßung über beide Ohren. Auch Armin fühlte sich beim Anblick von Kiran sofort zu ihm hingezogen. Er liebte Liem, aber schwärmte für Kiran. Ein Dilemma! Es musste sich schnellstens etwas ändern, ansonsten würde diese ganze Situation desaströs enden. Doch vorerst verspürte Armin keinen Willen, dem Treiben im KARMA ein Ende zu setzen. Er bestellte einen Apfelsaft, wollte nüchtern bleiben. Kiran entschied sich für ein Bier. Sie unterhielten sich über die Arbeit, über das Wetter und über aktuelle Nachrichten. Nur belangloses. Doch nach dem ersten Bier begann Kiran in der aktuellen Baustelle herumzustochern: »Wie geht's zu Hause?«

Armin zögerte mit einer Antwort. Er nahm einen

Schluck vom Apfelsaft, ehe er Kirans Blick auswich und auf den Boden schaute. »Nicht so gut.«

»Ich muss dir etwas Wichtiges sagen«, sprach Kiran in akzentfreiem Deutsch.

Armins Blick wanderte zu Kiran hoch. Als er in dessen Augen sah, schlug wie automatisch dieses unkontrollierte Verlangen nach Nähe zu. Ein intensives Verlangen, wie er es in den letzten zwei Monaten nur bei dem Sri-Lanker gespürt hatte. »Was denn?«

»Es ist schwierig«, sagte Kiran, der sich eine Zigarette anzündete, »finde aber, dass du es wissen solltest.« Er nahm einen tiefen Zug und blies anschließend den Rauch langsam aus seinem Mund aus.

»Sag schon!«, forderte Armin ihn auf und trank erneut von seinem Apfelsaft.

»Ich war gestern auch hier, genau auf diesem Platz. Und ...« Zu Kirans eigener Überraschung fiel es ihm schwer, Armin die Wahrheit mitzuteilen.

»Ja und?« So ein Herumgerede mochte Armin nicht. Er beugte sich weiter nach vorne, sodass er näher an Kirans Lippen hängen konnte.

»Liem war auch da. Er saß dort drüben an der Bar.« Kiran zeigte mit einer Hand zur Theke. »Er hat sich sehr gut mit einem Schnösel unterhalten.«

Armin schwieg.

Kiran sog an seiner Zigarette. Plötzlich zweifelte er daran, ob es klug gewesen war, Liem zu verpetzen.

»Nur unterhalten?«, fragte Armin schließlich und presste seine Lippen zusammen.

»Also..., wenn du mich fragst, hat es nach einem heißen Flirt ausgesehen. Und das sage ich nicht, weil ich von dir mehr als eine Affäre will. Ehrlich!« Auf Kirans Stirn bildeten sich Runzeln, sein Blick strahlte etwas Leidvolles aus. Er befürchtete, dass Armin ihm nicht glaubte.

»Okay!«, erwiderte Armin, der sich zurücklehnte. Nach der Abfuhr des Heiratsantrages, nun ein Schnösel. Eine weitere Verletzung, die noch mehr Ärger brachte. Wie konnte Liem gestern den Moralapostel spielen, obwohl er selbst seine Triebe nicht unter Kontrolle hatte? Wie ein Lustmolch mit einem wildfremden Typen flirten und am nächsten Tag feige nach Italien verschwinden. Vielleicht kannte er den Schnösel schon länger und sie hatten bereits gefickt. Hinter seinem Rücken. Armin verspürte Widerstand gegenüber der notwendigen Aussprache. Trotz bäumte sich in ihm auf.

Kiran sah, dass Armin mit der Information ordentlich zu kämpfen hatte und beschloss, seinen Mund zu halten, bis Armin seinen aufmachen würde. So schwiegen sie und kommunizierten nur über ihre Augen – Armins hellblaue trafen Kirans dunkelbraune und umgekehrt. Sie sahen sich an, drehten sich weg, um sich erneut anzuschauen. Das ging eine ganze Weile so, bis Armin sich schließlich erhob. Er setzte sich neben Kiran und küsste ihn. Kiran drückte den blonden Wuschelkopf zu sich und erwiderte den Kuss. Das intensive Verlangen hatte gesiegt und endlich ihre Münder zum Öffnen gebracht.

34

Liem verbrachte eine tröstende Zeit mit Koko (ohne ihren Fabio) in Italien. Beide waren froh, sich wiederzusehen, quatschten viel über ihr Leben und ihre Männer, saßen in Lokalen und genossen den Frühsommer. Beim Abschied versprachen sie sich, dass sie bis zum nächsten Wiedersehen nicht so viel Zeit verstreichen lassen wollten.

Als Liem im Zug saß, ließ er das Wochenende Revue passieren. Zwischendurch drängten sich Gedanken an das notwendige Gespräch mit Armin auf. Dabei entstand ein mulmiges Gefühl im Bauch. Das ganze Wochenende hatte sich Liem kein einziges Mal bei Armin gemeldet, nur um ihm eins auszuwischen. Doch dass auch Armin kein Sterbenswörtchen verlieren würde, damit hätte er nicht gerechnet und das beunruhigte ihn. Er wusste nicht mehr, ob seine spontane Flucht nach Bologna so schlau gewesen war. Vielleicht hatte er überreagiert und dieser Inder hatte diese Chance genutzt, um ihm seinen Freund auszuspannen. Dass ihre Beziehung vor dem Aus stehen könnte, ließ Liem den Schweiß aus der Stirn treiben.

Das Ruckeln des Zuges erschwerte es Liem, ein Bild zu malen. Trotzdem hatte er es nach zwei Stunden geschafft, ein klares Motiv aufs Blatt zu zaubern: Zwei Männer tollten an einem Strand herum, während eine fette Krake ihre Tentakel nach dem Größeren mit einem Wuschelkopf ausstreckte. Nach Armin.

Plötzlich blitzte Flo, der gutgekleidete Typ von Donnerstagabend, in Liems Gedanken auf. Er hatte ihn komplett vergessen, denn bei der Hinfahrt war er zu sehr mit seinem Kater beschäftigt, und in Bologna hatte ihn die Welt seiner Schwester in Beschlag genommen.

Flo! Irgendwo musste doch seine Telefonnummer stecken. Liem wühlte seine Hosentaschen durch und fand tatsächlich den Zettel. »Bis bald!«, stand unter der Nummer. Jetzt, wo Niko reiste, war jeder neue Kontakt eine Wohltat. Vielleicht würde sich sogar eine neue Freundschaft daraus ergeben. Aber wie sollte eine Freundschaft funktionieren, nachdem es zwischen ihnen so geknistert hatte? Er wusste es nicht, war aber neugierig auf Flo. Deshalb schrieb er ihm eine SMS.

Auch Stunden später, nachdem Liem aus dem Zug ausgestiegen war, hatte er noch keine Antwort von Flo erhalten. Die U-Bahn, die ihn nach Hause brachte, ruckelte zu langsam dahin. Jeder Fußgänger würde die Strecke schneller hinter sich bringen. Dann endlich, nach den Strapazen der Reise, sperrte er um dreißig Minuten nach Mitternacht zähneknirschend die Wohnungstüre auf. Meks bellte, wedelte mit seinem Schwanz und sprang Liem ein paar Mal vor Freude an, ansonsten herrschte Stille. Armin war nicht zu Hause.

35

Am nächsten Tag nach der Arbeit saßen Liem und Armin schweigend am Esstisch. Sie stocherten im Spinatstrudel herum, ohne etwas davon in den Mund zu schieben. Beiden lag die Situation schwer im Magen, waren sauer auf ihr Gegenüber. Armin, weil Liem im KARMA mit einem Schnösel geflirtet und danach, ohne Bescheid zu sagen, zu seiner Schwester nach Italien abgerauscht war. Liem, weil Armin ihn mit dieser indischen Kreatur betrogen und gestern nicht zu Hause geschlafen hatte. Vorwürfe gab es genug, sie schwirrten unsichtbar in der Luft zwischen ihnen herum. Bildeten dicke Luft. Selbst das fröhliche Gezwitscher der Vögel, das vom Garten in den Raum drang, schaffte keine friedlichere Atmosphäre.

»Du hast mit jemandem im KARMA geflirtet … habe ich gehört«, durchbrach schließlich Armin die Stille. Er klang zynisch und beleidigt.

»Sagt der, der mich mit einem Inder betrügt. Und woher weißt du, dass ich im KARMA war?«, konterte Liem, der am Nagel seines linken kleinen Fingers biss.

»Das klingt so ausländerfeindlich. Er ist Sri-Lanker. Und er hat es mir erzählt.«

Völlig egal, ob Inder, Sri-Lanker oder Österreicher. Die Nationalität spielte für Liem keine Rolle. »Dann hast du also bei ihm übernachtet?« Vom Nagel des kleinen Fingers blieb kaum mehr etwas zum Abbeißen übrig, er wechselte zum Daumen.

»Ja, habe ich«, gestand Armin. Keine Lügen mehr. Er fuhr sich durch seine blonde Mähne und blickte ernst wie ein Arzt, der seinem Patienten das Todesurteil verkündete. »Aber wir hatten keinen Sex.«

»Aha! Nur küssen und kuscheln also, ist ja ganz normal.« Liem gelang es wunderbar zynisch zu klingen. Er mahlte mit dem Kiefer, dieses Mal ohne Fingernagel dazwischen.

»Ich liebe dich, und we-«

»Eine schöne Art, mir deine Liebe zu zeigen, wenn du bei ihm schläfst. Ich bin verletzt, fühle mich wie der letzte Dreck, und du schlägst mir mit dem Hammer noch eines drauf«, schrie Liem.

»Du bist auch kein Kind von Traurigkeit … anstatt mit

mir zu reden, flirtest du im KARMA herum«, versuchte Armin sofort von sich abzulenken.

»Sagt der, der mir monatelang eitel Wonne, Sonnenschein vorgespielt hat«, bockte Liem zurück.

Die Luft zwischen ihnen blieb dick wie unsichtbare Stahlwände. Sie schoben ihre Vorwürfe hin und her, eine halbe Stunde lang. Ohne Einsicht. Und ohne Aussicht auf eine Lösung. Keiner gestand sich einen Fehler ein, keiner sah die Schuld bei sich. Beide blieben stur auf ihrem Thron sitzen. Armin pochte weiterhin darauf, Kiran zu sehen. »Aber nur zum Küssen und Kuscheln«, versuchte er sein Bedürfnis runterzuspielen.

»Spinnst du?«

»Ich übernachte auch nicht mehr bei ihm und wir werden nicht miteinander schlafen«, versprach Armin.

Wie reizend!

Armin wollte also nicht auf Kiran verzichten. Nur Nähe, ohne zu ficken. Nähe, ohne sich gegenseitig zu blasen. Was war das zwischen ihnen? Zwischen Kiran und Armin und Liem? Und wer war dieser Mensch, der vor Liem saß? Was war nur aus ihm geworden? Oder war er schon immer so gewesen und er hat diesen Teil nur sehr gut versteckt? So gut, dass Liem diese polyamoröse Seite Armins nicht erkannt hatte? Wo war sie hin verschwunden, die treue Seele des blonden Wuschelkopfs? Liem vermisste sie. Wortlos stand er auf und knallte das Wasserglas auf die Küchenplatte.

»Bleib doch hier und lass uns weiterreden!«

»Ich denke, dein Bedürfnis wird unsere Beziehung vernichten«, warnte Liem Armin, ehe er sich ins Arbeitszimmer verkroch. Über was sollten sie denn noch reden?

Armin hatte seine Prioritäten gesetzt und damit Liem enttäuscht. Er hätte nie damit gerechnet, dass Kiran so wichtig für Armin sein würde. So wichtig, dass er sogar ihre Beziehung aufs Spiel setzte. Diese Verletzung brannte sich tiefer in Liems Herz ein. Als er auf die Couch sank, schnappte er sich den Papageitaucher aus Stoff und knallte ihn gegen die Wand. Verdammtes Vieh!

Ein Blick aufs Handy zeigte ihm, dass Flo noch immer nicht geantwortet hatte. Der gelackte Typ konnte ihm auch gestohlen bleiben. Scheiß Schnösel!

Fabian Giovannini!

Alle möglichen Situationen führten ihn gedanklich immer wieder zu seiner Jugendliebe, zu seinem ersten Schatz, zurück. Was hatte er schon zu verlieren? Er schrieb ihm eine Nachricht und erwartete sich nichts anderes, als enttäuscht zu werden. Doch Liem irrte sich.

36

Eine Woche später – dieselbe vermurkste Situation. Keine Entspannung in Sicht. Ihre Beziehung ähnelte einem kaputten Uhrwerk, das die Zeitanzeige nicht vorantrieb. Zwei Komponenten verkomplizierten das Ganze: Erstens, dass Armin weiterhin darauf bestand, Kiran zu sehen. Über einen Verzicht wollte er nicht verhandeln, stand nicht zur Debatte. Armin wusste, dass Liem zu schwach war, um die Beziehung zu beenden, nur deshalb pokerte er so hoch und saß damit auf dem längeren Ast. Doch je länger ein Ast nach außen ragte, umso leichter konnte er brechen und derjenige, der darauf hockte, konnte tief fallen. Armin wäre gut beraten, sich nicht zu sehr in Sicherheit zu wägen. Blitzartig würde er mit seiner Entscheidung bezüglich Kiran zurückrudern, hätte er nur eine Vermutung von *Zweitens* gehabt, doch er war ahnungslos.

Zweitens: Liems Männer!

Sowohl Flo als auch Fabian hatten sich in der vergangenen Woche bei Liem gemeldet. Fabian Giovannini schrieb kurz und belanglos, aber immerhin eine Antwort, die bei ihm nicht selbstverständlich war. Flo drückte sich konkreter aus. Er wollte Liem diese Woche wiedersehen.

Sie spazierten in den Grinzinger Weinbergen am Stadtrand. Ohne lästige Leine an seinem Halsband konnte Meks frei herumlaufen und grenzenlos beschnüffeln, was erschnüffelnswert war. Eine wohltuende Freiheit. Sarah befand sich in einem Stimmungshoch, denn vor wenigen Tagen hatte sie über eine Dating-App einen Mann kennengelernt, den sie am Abend zum zweiten Mal wiedersehen würde. Lang und breit erzählte sie über das Kennenlernen mit Adrijan, einem Serben. Liem tat sich schwer, ihren Erzählungen zu folgen, denn ständig kreisten seine eigenen Probleme im Kopf herum.

»So, genug von mir. Was tut sich bei dir? Habt ihr euch wieder versöhnt?«, fragte Sarah und richtete ihre Halskette zurecht. Sie fischte den grünen Herzanhänger, der an der feingliedrigen silbernen Kette hing, unter ihrem braunen T-Shirt hervor. Das Herz schimmerte Liem an, und auf unverständliche Weise beruhigte ihn dieser Schimmer.

»Es ist ein Dilemma. Armin will Kiran weiterhin sehen, sagt mir aber ständig, dass er mich liebt. Ich verstehe das nicht. So egoistisch habe ich ihn noch nie erlebt.« Liem fixierte weiterhin das grüne Herz um Sarahs Hals. Es schien ihm nicht nur Ruhe zu verleihen, sondern auch Mut. Unbedacht erzählte er plötzlich von Flo, den er im KARMA kennengelernt hatte, dabei studierte er gleichzeitig Sarahs Mimik. Doch diese veränderte sich nicht. Keine Entrüstung. Auch sprudelte keine Moralpredigt zwischen Sarahs Lippen heraus. Das war zwar irritierend für Liem, aber so konnte er ohne Unterbrechungen weitersprechen: »Flo will mich diese Woche wiedersehen. Das Schlimme daran ist, ich auch. Aber wo soll das hinführen?« Liem seufzte.

Sarah hielt länger still als gewohnt. Sie sah plötzlich einen Hasen zwischen zwei Weinreben-Reihen hoppeln und zeigte schnell mit ihrem Zeigefinger auf die Stelle. Liem konnte nur noch einen kurzen Blick auf das Tier erhaschen, ehe es ins hohe Gras hüpfte.

»Ich habe eine Idee.«

»Ja?«

»Der ganze Schlamassel zwischen euch begann, als du die Verlobung abgelehnt hast. Dann verlobt euch jetzt. Der Zeitpunkt erscheint dir wahrscheinlich schräg, aber vielleicht löst sich dadurch alles«, schlug Sarah vor.

Liem schüttelte sofort seinen Kopf und teilte ihr mit, dass ihn Armins Verhalten zu sehr verunsicherte. Für eine Trennung war er allerdings auch zu schwach und die Liebe zu Armin zu groß.

»Dann führt eine offene Beziehung!« Sarah bückte sich und pflückte einen Löwenzahn. Was war nur in sie gefahren? Ein liberaler Geist, der ihre konservativen Ansichten vertrieben hatte? Steckte der Serbe dahinter?

»Nein, ich will keine offene Beziehung«, erwiderte Liem.

»Aber die lebt ihr doch schon, oder irre ich mich?«

»Ahm …«

Sarahs Worte trafen ins Schwarze. Und trotzdem machte Liem eine offene Beziehung (ganz offiziell zu führen) Angst. Aus dieser Angst heraus entschied er sich, Flo nicht mehr zu treffen.

»Wo ist Meks?«, lenkte er vom Thema ab und drehte seinen Kopf in alle Richtungen.

»Da vorne hinter einer Weinstockreihe«, antwortete Sarah, während sie an dem Löwenzahn herumspielte.

»Und wo ist Niko momentan?« Mit Sicherheit würde diese Frage die Themen Armin und offene Beziehung erledigen.

»In Argentinien. Er will sich noch andere Länder in Südamerika ansehen, hat aber noch keinen Plan.«

»Niko und kein Plan. Unglaublich, wie schnell sich ein Mensch verändern kann. Hätte Niko vor einem Jahr keinen Plan gehabt, wäre er durchgedreht. Und dann reist er von heute auf morgen ein halbes Jahr nach Portugal und jetzt gondelt er in Argentinien herum.« Liem stieß einen Pfiff aus. »Setzen wir uns hin?«, fragte er und deutete auf eine Bank unter einem großen Nussbaum, der großzügig Schatten spendete.

»Schreib ihm eine E-Mail. Niko freut sich bestimmt.« Sarah legte ihr Bein über das andere und begann damit zu wippen.

»Ich habe es doch letzten Herbst mehrfach versucht und nie eine Antwort erhalten. Ich denke, der Ball liegt jetzt bei ihm.« Liem verfinsterte sein Gesicht und runzelte seine Stirn.

Sarah nickte. Nun lenkte sie vom Thema ab. »In drei Wochen sind endlich Schulferien, ich möchte dann endlich mein Kinderbuch voranbringen.«

Dazu würde sie Armins Hilfe benötigen. Armin. Ihr Gespräch kehrte zu ihm zurück, da kam Liem nicht drumherum. Und schonungslos knüpfte Sarah erneut an der Idee einer offenen Beziehung an.

»Hello Darling!«, johlte Alfred drei Stunden später aus dem hintersten Eck des Cafés. Davor hatte Liem noch schnell dem gutgekleideten Flo geantwortet, dass ein Treffen unmöglich war, da es ihm an Zeit mangelte. Eine billige Ausrede, die leicht zu durchschauen war. Eingehende Nachrichten wie diese hatte Liem in seiner Vergangenheit zutiefst verabscheut, und nun tischte er selbst eine solch lauwarme SMS auf. Als er durchs Kaffeehaus zu Alfred schlenderte, löschte er zur Sicherheit auch die Nummer von Flo aus seinem Telefon. Spuren verwischen.

Obwohl sich die Geheimratsecken mehr und mehr nach oben fraßen, sah Alfred attraktiv aus. Sein Dreitagebart wuchs dichter und sein Körper wirkte athletischer als bei ihrer letzten Begegnung. Mit seinen Haaren konnte er sich zwar keine Zöpfe flechten, trotzdem ähnelte er einem Wikinger mehr denn je. Nachdem sie sich auf die Wange geküsst hatten und Liem ein Coca-Cola bestellt hatte, begann Alfred euphorisch zu erzählen, dass ein Freund Besitzer eines geräumigen Lofts in der Innenstadt war. »Der perfekte Ort für deine Vernissage. Du kümmerst dich um fünfzehn bis zwanzig Meisterwerke, und ich bringe die Gäste.« Alfred lachte laut auf, dann setzte er fort: »Natürlich männliche Gäste, Darling. Und die haben genug

Kohle, um dir ein paar Bilder aus den Händen zu reißen, wenn du genug nackte Männer aufs Papier bringst. Male heiße Posen, und zeichne …« Alfred beugte sich nach vorne und flüsterte, um kein Aufsehen im Café zu erregen. »Schwänze! Kleine, große, beschnittene, unbeschnittene, behaarte, unbehaarte, egal wie, Hauptsache Schwänze, okay?« Er grinste und legte seine linke Hand auf Liems Unterarm.

Liem war entsetzt. Er zog seine Hand zurück. Seine erste Ausstellung sollte ein Bilderporno sein? Nackte Männer? Heiße Posen? Schwänze? Nein, ganz sicher nicht! Das war nicht sein Stil. Jegliche Lust auf eine Vernissage verschwand fluchtartig.

»Freut es dich denn nicht?«, fragte Alfred, überrascht über Liems fehlende Begeisterung.

»Doch. Nur werde ich keinen … schwulen Porno zeichnen.« Da Liem vergaß seinen Ton zu mäßigen, schauten zwei ältere Damen mit empörter Miene vom Nebentisch herüber. Der schwule Porno hatte ihren Tratsch unterbrochen. Ihren Blicken nach zu urteilen, hatten sie noch nie das Wort *schwul* oder *Porno* ausgesprochen.

»Das ist der beste Einstieg als Künstler. Glaub mir, Darling!« Alfred suchte ein Körperteil, an dem er Liem anfassen konnte, doch Liem hatte sich so weit zurückgelehnt, dass er unerreichbar für Alfred war. »Hör zu! Vier bis fünf Bilder mit schwulem Porno müssten genügen, okay?«

Liem verdrehte die Augen.

»Komm schon! Du wirst es nicht bereuen!« Alfred trank primitiv aus seinem Sektglas, als ob er einen Humpen mit Bier in der Hand halten würde.

»Mmhh … na gut!«, stimmte Liem zu, aber nur weil er

sich im Stillen dazu entschieden hatte, dass er weder schwulen Porno zeichnen noch ausstellen würde, stattdessen erotische Bilder. Fünf erotische Bilder konnte er sich vorstellen, auch wenn er dadurch weniger verkaufen und die Ausstellung ein Flop werden sollte.

»Perfekt! Dann wirst du am Samstag in zwei Wochen ein großartiges Debüt feiern!«

Am Abend fertigte Liem bereits die erste von fünf Kohlezeichnungen mit mehr Nacktheit und Erotik an. Wider Erwarten fand er sogar Gefallen daran, als er zwei nackte Männer, die sich leidenschaftlich küssten, malte – in der Natur neben einem Apfelbaum, auf dem eine Schlange den Stamm hochkroch. Nur die Hintern der zwei Männer konnte man erkennen. Erinnerten an wohlgeformte Pfirsiche zum Reinbeißen. Mit ihren Schwänzen jedoch geizte Liem, denn zu stark drückten die Nackten ihre Körper aneinander. Ihre Geschlechtsteile berührten sich, sichtbar nur für Köpfe mit Fantasie. Liem hatte genug Fantasie. Das Bild nannte er *Adam2*. Vielleicht zu offensichtlich, billig und klischeehaft, aber für Liem war der Name sehr passend. Angeregt durch dieses erste Bild, fand er es plötzlich nicht mehr abwegig, doch ein Bild mit einem Schwanz zu malen. Groß, beschnitten und unbehaart.

37

Eine weitere Woche verging und die erhoffte Entspannung zwischen Armin und Liem schien mehr denn je in die Ferne zu rücken. Beide mieden einander wie Fledermäuse die Sonne. Zaghafte Versuche, die Beziehung zu kitten, scheiterten kläglich, da Armin nach wie vor darauf beharrte, Kiran zu treffen. Nur einmal in der Woche. Unvorstellbar für Liem. Auch die Information, dass er selbst keine Intention mehr hatte, Flo zu treffen und auch seine Nummer gelöscht hatte, bewirkte nichts. Armin blieb stur. Und egoistisch. Da beide von Trennung nichts wissen wollten, tappten sie hilf- und ahnungslos im Dunkeln weiter wie in einer finsteren Höhle ohne Fackel und Orientierungssinn.

Liem kerkerte sich an einem Samstag Ende Juni in seinem Arbeitszimmer ein und feilte an seinen letzten zwei Kohlezeichnungen, für die er noch eine ganze Woche Zeit hatte. Zwanzig potenzielle Stücke, die sich für die Vernissage eigneten, hatte er bereits aus der grünen Mappe auserkoren. Neben den nackten, küssenden Männern beim Apfelbaum entzückten ihn zwei weitere erotische Bilder, die er in den letzten Tagen finalisiert hatte. Auch die Gäste, da war sich Liem sicher, würden mit heraushängenden Zungen an den Kunstwerken kleben bleiben und das, obwohl noch immer kein sichtbarer Schwanz die Bilder schmückte. Aber war nicht genau das der Reiz an dem Ganzen? Der Reiz, der die Fantasie anregte. Denn das schmutzigste Bild entstand nicht auf einem Blatt Papier oder einer Leinwand, sondern im Kopf. Unverblümt. Und grenzenlos. Ansonsten würde es langweilig wie an einem FKK-Strand sein: nackte Männer mit entblößten Hintern und Schwänzen, die zu klein, zu fleischig, zu behaart oder zu unförmig waren. Die nackten Wahrheiten boten kaum mehr einen Anstoß, um die Fantasie in neue Sphären zu bringen und die eigene Imagination herauszufordern. Eine entzückende, scharfe Badehose. Welch bedeutende Rolle sie hatte! Ob das wo-

Ein Türknallen!

Liem riss es aus seinen Gedanken. Türknallen erinnerte ihn unangenehm an seine Jugend, als seine Eltern sich wie kleine Kinder gestritten hatten. Armin hatte wohl absichtlich die Wohnung laut verlassen, um sich bemerkbar zu machen. Zu zeigen, dass er mit der Situation unzufrieden war. Er müsste nur auf Kiran verzichten, dann könnten sie einen Neustart hinlegen. Liem schnappte seine Malsachen und platzierte sich in den Garten. Malen im Freien inspirierte ihn. Moralische Unterstützung erhielt er von Meks, der sich auf seine Füße legte. Chaotisches Vogelgezwitscher flatterte in Liems Ohren. Inspiration pur. Und die Vorfreude auf seine erste Vernissage steigerte sich von Stunde zu Stunde. Sarah und seine Arbeitskollegin Mona hatten diese Woche fix zugesagt, vorbeizukommen. Also würden sich zumindest zwei Frauen im Loft einfinden.

Armin besuchte Paula. Sie war allein, denn Luis war mit Freunden Motorradfahren. Eine Erdbeerbowle, die sie am Vormittag zubereitet hatte, stand einladend auf dem Tisch in der Grillecke. Armin erzählte von seinem ersten *Danube Clean-Up Day*, den er in der Stadt organisiert hatte.

»Genial, Mino! Freut mich sehr«, erwiderte Paula, die ihr Glas zum Mund führte und von der Erdbeerbowle schlürfte. »Und wie läuft es mit Liem?«

»Uff!« Armin ließ seine Schultern hängen. Bisher hatte er ihr noch nichts von den Schwierigkeiten mit Liem erzählt, aber sie in die Misere einzuweihen, war die Absicht seines Besuches gewesen. Paula verschluckte sich beinahe an einem Erdbeerstück. »Mino, was machst du für Sachen? So kenne ich dich gar nicht!«

Mino, ein Überbleibsel aus Armins Kindheit, schämte sich, fuhr mit beiden Händen durch seinen blonden Wuschelkopf und wühlte darin herum. »Ich weiß nicht, was ich tun soll. So kann es auf jeden Fall nicht weitergehen. Ich kann auch kaum mehr schlafen«, klagte Armin.

»Jetzt sag' ich dir etwas, Mino.« Paula stellte ihr Glas auf den Tisch und beugte sich vor. »Du weißt, dass ich kein Musterbeispiel bei Niko und Luis war, aber wenn ich etwas gelernt habe, dann war es, ehrlich zu sein und Klarheit zu schaffen – für sich selbst und für die anderen. Ich habe schon lange vor der geplatzten Hochzeit gewusst, dass nicht Niko, sondern Luis der Richtige für mich war, doch ich brachte es nie übers Herz, Niko zu enttäuschen. Und so konnte das Ganze nur in einem Desaster enden. Und genau das, was ich verhindern wollte, die Enttäuschung, hätte für Niko nicht brutaler ausfallen können.« Paula kratzte sich an der linken Wange.

»Und was schlägst du mir vor?«, fragte Armin. Er rührte mit einem kleinen Löffel in seinem Glas herum und wühlte dabei die Erdbeerstücke auf.

»Ich schlage dir gar nichts vor, denn du weißt am besten, was dir guttut und was du willst. Aber ich glaube, dass Dreiecksbeziehungen nicht funktionieren. Deshalb empfehle ich dir: Entscheide dich so schnell wie möglich. Ist dein Herz bei Liem, dann beende am besten noch heute dein Techtelmechtel. Hast du aber das Gefühl, dass Kiran dich glücklicher als Liem macht, dann sei ehrlich und beende die Beziehung mit Liem.«

»Und wenn ich es nicht weiß?« Die Süße der Erdbeerbowle konnte Armins Verbitterung nicht eliminieren.

»Du weißt es. Hör auf dein Herz und sei ehrlich zu dir selbst, Mino!«

Nach dem Gespräch mit Paula nahm sich Armin vor, seine Cousine bei der nächsten Schwierigkeit früher einzuschalten. Ihre Empfehlung hatte ihn wachgerüttelt. Wie hatte er sein Herz nur auf lautlos schalten können? Purer Egoismus. Er schämte sich. Sein Herz pochte eindeutig für eine Person, auch wenn das bedeutete, dass er Abstriche in Kauf nehmen musste. Gleich musste Armin einen Mann enttäuschen. Leicht fiel ihm das nicht, doch er wusste, dass ein Schlussstrich unabdingbar war. Einen Scherbenhaufen, an dem alle nachhaltige Verletzungen davontragen würden, wollte er vermeiden.

Er klopfte an die Tür. Stille.

Armin wollte erneut klopfen, als sich die Türe öffnete. Kiran steckte seinen Kopf durch den Spalt und lächelte, als er seinen Besucher erblickte. »Was für eine Überraschung!«

Armin, nicht zum Lachen zumute, wusste, was in den nächsten Minuten noch auf ihn und Kiran zukommen würde.

»Bitte, komm doch rein!«

Als Armin kaum einen Fuß in die Wohnung gesetzt hatte, fiel Kiran über ihn her und küsste ihn. Armin ließ es über sich ergehen, es fühlte sich zu fantastisch an. Der Kuss dauerte ein paar Minuten. Leidenschaftliche Minuten. Beiden stieg die Erregung in Kopf und Glied. Kiran zog Armin auf die Couch, dort küssten sie weiter, konnten die Finger nicht voneinander lassen. Ihre T-Shirts warfen sie auf den Boden. Worte fielen keine, obwohl Armin wusste, dass er so schnell wie möglich das geplante Gespräch starten sollte. Das letzte Mal. Die letzten Küsse. Unwiderstehlich schmeckten sie wie die leckerste verbotene Frucht. Armin sah in die dunklen Augen von Kiran. Sie strahlten eine Verletzlichkeit aus und sehr bald würden sie durch seine Worte einen weiteren Schaden davontragen. Würden sie für den nächsten Verehrer dadurch umso attraktiver wirken? Kirans Augen.

»Deine hellblauen Augen«, schwärmte Kiran und begann Armins Hals zu küssen. Ich bringe es nicht übers Herz ihn zu verletzen, ich kann nicht, dachte sich Armin, während Kirans Zunge seinen Hals ableckte.

»Kiran«, startete Armin einen Versuch, der Leidenschaft ein Ende zu setzen, doch Kirans Zunge leckte weiter. Ohne Pause. Kiran schlang seine Arme fester um Armin, wollte ihn mit seinen Tentakeln für immer an sich binden, als ob er ahnte, dass Armin jeden Moment eine tödliche Bombe zünden würde.

»Kiran!« Die Zündschnur zischte. Mit einer halbherzigen Drehung versuchte Armin, Kirans Zunge zu entwischen. Er wollte nicht, aber er musste. Die Halbherzigkeit spürte Kiran, er setzte daher umso mehr seine Kraft ein, in Form von Leidenschaft, um das Spiel fortzusetzen. Armin stöhnte. So gern wollte er sich in Kirans Fangarmen ergeben und verschlungen werden. Vielleicht ihn auch einmal ficken. Nur einmal. Zum Abschluss.

»Kiran, hör auf!« Selbst erschreckt über die Strenge in seinem Ton war Armin enttäuscht, als Kirans Zunge tatsächlich aufhörte, ihn zu verwöhnen.

»Was ist los?«, fragte Kiran und sah Armin mit hochgezogenen Augenbrauen an. »Ansonsten zierst du dich doch auch nicht so.« Kiran steuerte mit seiner Zunge erneut auf Armins Hals zu, doch er stieß auf Widerstand.

»Ich kann nicht mehr. Wir müssen das beenden«, sagte Armin mit zittriger Stimme.

»Machst du gerade Schluss mit mir?«, fragte Kiran und entfernte sich ein Stück von Armin.

»Wir waren doch nie zusammen. Das zwischen uns muss aufhören.«

»Echt jetzt?« Kiran stand auf, nahm die Zigarettenpackung, die auf dem Tisch lag, und zündete sich einen Glimmstängel an. Glimmstängel der Beruhigung.

»Kiran, ich will dich nicht verletzen, aber du wei-«

»Papperlapapp! Verschwinde aus der Wohnung!«, forderte Kiran ihn auf. Seine Gesichtszüge verhärteten sich. Die letzten Reste der Leichtigkeit des Sri-Lankers lösten sich auf wie der Rauch, den er aus seinem Mund stieß. Diese Kippen versprachen auch nicht mehr das, was sie einmal waren.

»Aber Kiran, lass uns do-«

»Ich meine es ernst. Verschwinde!«, schrie Kiran. Seine bräunliche Gesichtsfarbe verfärbte sich rot wie Paulas Erdbeerbowle. »JETZT!« Nun brüllte Kiran, der plötzlich um fünf Jahre älter wirkte.

Armin klaubte sein T-Shirt vom Boden auf, schlüpfte hinein und verließ die Wohnung, ohne sich noch einmal umzublicken oder etwas zu sagen. Er hastete die Treppen nach unten, war schockiert, dass diese leidenschaftliche Verbindung so katastrophal geendet hatte. Nie im Leben hatte er Kiran verletzen wollen. Die Gewissensbisse plagten ihn noch tagelang wie lästige Wanzen.

38

Die Pforten öffneten offiziell. Liem war bereits seit dem Nachmittag im Loft, um alles vorzubereiten und sich zu vergewissern, ob die ausgewählten Bilder auch am richtigen Fleck hingen. Zwanzig Bilder hatte er für seine erste Vernissage ausgewählt, davon sechs neue mit erotischen Motiven, eines mehr als geplant. Sarah unterstützte ihn, vor allem bei der Bewirtung. Mit Leichtigkeit füllte sie die Schüsseln mit Chips auf und spielerisch platzierte sie die belegten Brötchen auf die vorgesehenen Teller. Innerlich jubelte sie, denn gestern hatten die Schulferien begonnen, abgesehen von den zwei Besprechungen mit dem Kollegium, die für nächste Woche im Kalender standen. Für die Vernissage hatte sie sich mit einem lila Sommerkleid herausgeputzt. Es wirkte teurer als ihre anderen, die elegant aussehenden Glitzerperlen rund um den Ausschnitt bekräftigten Liems Vermutung.

Alfred drückte Liem einen Kuss auf die Wange, als er bei der Tür hereinschneite, gefolgt von Ivo, dem Besitzer des Lofts – ein russischer Lebenskünstler, der seit fünf Jahren in der Stadt wohnte. Er musste um die fünfzig sein. Seinen Hals kaschierte er mit einem violetten Schal. Aus seinem runden Gesicht schimmerten graue Augen. Er wirkte völlig überdreht, als hätte er Drogen genommen. Liem versuchte keine Vorurteile hineinzuinterpretieren, da er den Russen noch nie zuvor gesehen hatte. Bei den Vorbereitungen im Loft war er nie anwesend gewesen. Ivo lächelte Liem an, murmelte irgendetwas auf Russisch und griff mit seinen krallenartigen Fingern nach einem Glas Prosecco, das Sarah zuvor neben den anderen Aperitifs auf einer

Kommode beim Eingang aufgetischt hatte.

»Darling, deine Vernissage wird ein Erfolg werden. Du wirst sehen«, ermunterte Alfred Liem im Vorbeigehen. Dann schnappte er sich auch einen Prosecco und folgte Ivo, der sich bereits auf einem Sofa zurückgelehnt hatte. Sie unterhielten sich auf Englisch. Alfreds weißes T-Shirt hatte einen weiten V-Ausschnitt, ein Teil seiner rötlichen Brusthaare ragte heraus, wie es sich eben für einen Wikinger gehörte.

Eine halbe Stunde später hatten bereits um die vierzig Leute das Loft gestürmt. Liem war überwältigt und begann zu zählen. Er geriet dabei ins Stocken, da ständig neue Gäste hinzukamen, die ihn begrüßten. Auch Bewunderer seiner Bilder unterbrachen ihn stets mit Fragen:

»Was wolltest du mit diesem Bild exakt ausdrücken?«

»Warst du sexuell frustriert, als du diese Kohlezeichnung angefertigt hast?«

»Welcher Maler inspiriert dich am meisten?«

»Bist du Single?«

»Welche Motivation steckte hinter diesem Meisterwerk?«

»Hast du schon mal von Thomas Kinkade, dem Maler des Lichts, gehört?«

»Vermittelst du versteckte Botschaften in deinen Kunststücken?«

»Bist du auch ein Fan von Banksy?«

»Warum sieht man Ärsche, aber keine Schwänze?«

»Hast du mit dem Bild eine unerfüllte Liebe verarbeitet?«

»Magst du Alma-Tadema und Vanya Georgieva auch?«

»Darf ich dich nach der Vernissage lutschen?«

Fragen, die Liem überforderten. Fragen, die er nicht immer zur Zufriedenheit beantworten konnte. Er fühlte sich in der Menge fremder Personen verloren. Der Großteil der Gäste waren Bekannte und Freunde von Alfred. Vielleicht hätte er doch Armin mitnehmen sollen, denn Sarah hetzte von einem Eck zum anderen, füllte die Getränke nach und verteilte Brötchen, Chips sowie Grissini, und seine Arbeitskollegin Mona hatte abgesagt, da sie sich kränklich fühlte. Dass Armin das Loft nicht betreten durfte, war ein kindischer Racheakt von Liem gewesen, obwohl dieser seit einer Woche wusste, dass Armin sich von Kirans Tentakel verabschiedet und die Affäre beendet hatte. Zeit verlangte Liem, denn er konnte nicht von heute auf morgen so tun, als ob nichts passiert wäre. Und so schmollte Armin allein zu Hause.

Sein erstes Bild verkaufte Liem innerhalb kürzester Zeit. Ein Bild des neuen Stils. Erotik ausstrahlend. Zwei Männer mit nackten Oberkörpern, die in einer Blumenwiese herumlungerten. *Sommer-Liebe.* Dreihundert Euro bekam er dafür bar auf die Hand – von einem jungen Mann, der das Aussehen eines Kobolds hatte: kleingewachsen, mollig, mit Knollennase und großen Augen in einem kleinen Kopf, auf dem sich wuschelig braunes Haar befand. Vielleicht sehnte sich der junge Mann nach einem athletischen Oberkörper, nach einem wie auf seinem erstandenen Bild. *Sommer-Liebe.*

Sarah rauschte zu Liem und gratulierte ihm zu seinem ersten verkauften Bild. Ihr serbischer Liebhaber Adrijan folgte ihr auf Schritt und Tritt, denn er hatte Angst vor einer Hand, die seinen Hintern anfassen könnte.

Kurz darauf gesellte sich ein älterer Mann zu ihnen. Liem schätzte ihn auf siebzig. Seine Glatze glänzte und sein knallroter Kaschmirpullover stach besonders hervor. Auf zwei Bilder zeigten seine überraschend jungaussehenden Finger. »Die will ich haben«, sagte er mit überzeugtem Ton, obwohl kein Preis darunter angeführt war.

Liem grinste. Langsam näherte sich der Alte und flüsterte ihm seine Gedanken ins Ohr. Gedanken zu den Bildern, die mehr pervers als intellektuell waren. Einwandfrei funktionierte die Fantasie des Alten, besser als bei manch jüngerem Gesellen. Jeder Satz, den er ausspuckte, enthielt mindestens einmal das Wort *Schwanz*. Er lobte Liem, dass er nicht reine Schwanzbilder, sondern Werke mit Stil anfertigte. Lass es über dich ergehen, sagte Liem im Stillen zu sich selbst und fragte sich, woher Alfred all diese Leute kannte. Mit einem extra Hunderter pro Bild belohnte der Alte sein Zuhören und Aushalten. Ohne seinen Namen zu verraten, drückte er Liem achthundert Euro in die Hand, und die hielt er länger fest, als Liem lieb war. »Auf Wiedersehen, mon cher!« Er schnappte seinen Hut von der Garderobe, versteckte damit seine Glatze und verschwand mit seinen zwei erstandenen Bildern aus dem Loft. *Adam2* und *Oktopus-Affäre*.

Liem atmete nach dieser merkwürdigen Begegnung auf, schaute voller Freude die acht Hunderter an und steckte sie in seine Hosentaschen, als Alfred herbeieilte und ihn aufgeregt ansprach: »Darling, ein Freund von mir will mit dir reden.« Er deutete mit seinem linken Zeigefinger auf das Ende des Lofts. Dort stand ein Mann, mit dem Rücken zu ihnen gewandt, da er eines von Liems Bildern betrachtete. »Los, lass ihn nicht warten!« Alfred gab ihm einen

Klaps auf den Hintern. Liem, dem dieser Übergriff unangenehm war, eilte ans Ende des Lofts. Weg von Alfred, bevor er auf weitere ungemütliche Ideen kam.

»Hallo, ich bin Liem! Sie wollen mit mir reden?« Er spürte Alfreds Hand noch immer auf seinem Hintern nachwirken.

Der Gast drehte sich um, und dabei blieb Liem fast das Herz stehen.

»Hallo Liem, schön dich wiederzusehen.«

Liem wurde heiß. Sein Gesicht verfärbte sich rot wie eine reife Tomate. Im ersten Moment hatte er wie schon im KARMA gedacht, dass Fabian vor ihm stand. Doch es war Flo, der Schnösel. Auch heute gut gekleidet, mit einem schicken blauen Hemd. Blau schien seine Lieblingsfarbe zu sein. Der silberne Kreuzanhänger lag unschuldig auf seinem braungebrannten Hals. Ein Hals, den Liem gerne küssen wollte.

Eine peinliche Situation! Nachdem Liem ihn per SMS abserviert hatte, hatte er gehofft, Flo nie wiederzusehen. Doch genau das war schneller passiert als ihm lieb war. Flo lächelte ihn ungeniert an. Seine Zähne blitzten. Der Zahn in der oberen Reihe stand noch immer schief. Liem brachte keinen Laut heraus.

»Jetzt hat es dir wohl die Sprache verschlagen«, stellte Flo fest, während er Liems Schulter tätschelte, »aber keine Angst, ich bin nicht nachtragend, sondern an diesem Bild interessiert.« Er zeigte auf die Kohlezeichnung vor sich. Ohne Namen.

»Ich wusste nicht, dass du mit Alfred befreundet bist«, sagte Liem, dem endlich Worte aus seinem Mund herauspurzelten.

»Ja, wir kennen uns schon ein paar Jahre. Er ist ein guter Kerl.« Flo steckte eine Hand in die Hosentasche. Dieses lässige und selbstsichere Auftreten gefiel Liem, der in diesem Moment bereute, Flo kein weiteres Mal getroffen zu haben.

»Also, wenn du dieses Bild entbehren kannst, kaufe ich es dir ab.«

»Gerne! Warum sollte ich es denn nicht entbehren können?«, fragte Liem, der einen passenden Platz für seine Hände suchte, um lässig zu wirken. Doch die Lockerheit von Flo fehlte ihm komplett.

»Na ja, die Zeichnung scheint sehr persönlich zu sein.« Flo befingerte sein Kreuz am Hals und starrte das Bild an. Tatsächlich handelte es sich um sein emotionalstes Werk: Liem mit Armin im Boot, Niko am Ufer stehend und der Name *Fabian* auf dem Grund zwischen Steinen eingeklemmt. Was Flo nicht wusste, dass dieses Bild eine Kopie war – das Original lag in seiner grünen Mappe im Arbeitszimmer. Unverkäuflich.

»Ach, du kannst es gerne für zweihundert Euro haben«, bot Liem ihm an.

»Cool. Ich gebe dir noch einen Fünfziger dazu.« Flo zückte die Geldbörse, zog fünf Fünfziger heraus und überreichte sie Liem, der bereits das Bild von der Wand entfernt hatte.

»Schade, dass du uns keine Chance gegeben hast«, erwähnte Flo, der die Kohlezeichnung mit einem Kopfnicken entgegennahm. Dann küsste er Liem auf die Wange, eilte Richtung Ausgang und huschte durch die Tür. Flos Parfum, das Liem schon im KARMA verzaubert hatte, blieb bei ihm, hüllte ihn angenehm ein. Liem roch die holzig-orientalische Duftnote. Wollte den Geruch am liebsten in seiner Nase konservieren. Sehnsuchtsvoll schaute er in die Richtung, in die Flo soeben verschwunden war. Wie paralysiert blieb er eine Weile so stehen – mit benebelten Sinnen.

Nach drei Stunden ebbte der Ansturm auf die Vernissage ab. Zwischendurch hatte sich Liem gedacht, dass Alfred alle schwulen Männer der Stadt kennen musste. Nachdem Ivo, der russische Loftbesitzer, die Bewirtung übernommen hatte und Champagner und Whiskey auftischte, entspannte sich der Abend auch für Sarah, die Adrijan nun mehr Zeit widmen konnte. Doch dieser fühlte sich offensichtlich nicht wohl in der Gesellschaft und drängte nach Hause. Beim Verabschieden bedankte sich Liem bei Sarah mit zwei Hunderteuroscheinen, die sie aber unter keinen Umständen annehmen wollte, doch Liem ließ nicht locker. Schließlich hatte er schon zehn Bilder verkauft und mehr als dreitausend Euro eingenommen – ein unerwartet riesiger Erfolg.

Um zehn Uhr abends zählte Liem achtzehn Gäste. Sieben Bilder hingen noch an den Wänden. Sieben Bilder ohne Nacktheit. Ohne Ärsche. Die Arschbilder hatten zum großen Teil sexuell frustrierte Männer gekauft und bereits nach Hause verfrachtet. Festgenagelt oberhalb des Bettes.

»Darling, du bist ein Star«, gratulierte Alfred, als er sich zu Liem gesellte. Er war so betrunken, dass er sich an Liem abstützen musste, um nicht das Gleichgewicht zu verlieren. Dabei versuchte er Liem zu küssen. Doch Liem reagierte schnell, wich rechtzeitig zurück.

»Komm schon, la-lasch uns ein bisschen Spaß haben! All-alle amüsieren sich hier«, lallte Alfred, der sich dabei im Kreis drehte und fast über seine Füße stolperte.

Liem schüttelte den Kopf und trat einen Schritt zurück, verärgert über Alfreds Verhalten. Erwartete er sich als Gegenleistung zur Vernissage-Organisation eine Runde Sex mit ihm? Nie würde er so tief sinken.

»Spielverdarb-derber!« Alfred zog einen Schmollmund. »Wo ist Armin? Habt ihr Proleme? Und warum schma-test-schma-schmachtest du Flo so an?« Nicht nur die Fragen ärgerten Liem, sondern auch dieses hämische Grinsen. Was bildete sich Alfred ein, in seinen Wunden herumzustochern? Er konnte Alfreds Anblick nicht mehr ertragen. »Ich muss mal auf die Toilette«, fauchte Liem und eilte schnurstracks davon, während Alfred zu Ivo torkelte. Liem saß ein paar Minuten auf dem Sitz des WCs, obwohl er dort kein Geschäft verrichtete. Als er sich beruhigt hatte, trat er zurück ins Loft und war entsetzt über das, was er sah. Ivo, der Russe, beugte sich über den Glastisch, der vor dem Sofa stand, und zog eine Line. Bisher hatte Liem Bilder vom Koksen nur im Fernsehen gesehen. Mit seiner Vermutung, dass Ivo Drogen konsumierte, war er also richtig gelegen. Doch Ivo war nicht der einzige. Kurz darauf schnupften auch Alfred sowie ein anderer Typ, mit dem Liem den ganzen Abend nichts zu tun gehabt hatte, das weiße Zeug in ihre Nasen.

Es war höchste Zeit, dieses Loft zu verlassen. Liem stürmte zu seinen Bildern, die noch unverkauft an den Wänden hingen und nahm eines nach dem anderen ab, als sich jemand hinter ihm räusperte. Liem drehte sich um.

»Hallo Süßer«, begrüßte ihn ein älterer Mann jenseits

der siebzig. Er musste ein Toupet tragen, so voll und glänzend konnte kein Haar in diesem Alter sein. Aus seinem Mund ragte eine Tabakpfeife.

Liem nickte. Hatte genug von Unterhaltungen.

»Wieso hängst du deine Kunstwerke schon ab? Ich wollte sie noch näher betrachten, bevor ich alle kaufe.« Er nuckelte am Mundstück der Pfeife herum. Rauch kam keiner raus.

»Wirklich?« Liem war überrascht. »Aber, das sind insgesamt sieben Stück«, informierte er den Toupetträger.

»Ob eines, neun oder zwanzig. Egal.« Nun blies der Alte Rauch aus seinem Mund.

Liem schaute ihn fragend an, zog dabei seine Augenbrauen hoch.

»Was machst du heute noch? Begleitest du mich mit deinen Bildern nach Hause? Dann nageln wir … sie fest.« Mit lüsternem Blick gaffte er Liem an und saugte weiter an seiner Pfeife.

Ekelerregend. Mit einem unmissverständlichen »Nein, danke!« beendete Liem das Gespräch. Er drehte sich um und sammelte flink seine Bilder weiter ein, da er diesen Ort unverzüglich verlassen wollte. Er hörte den Alten hinter sich etwas nuscheln, er schimpfte in sich hinein, dann setzte er sich an die Theke und trank aus einem Whiskeyglas, das nicht ihm gehörte.

Als Liem die Kohlezeichnungen beisammenhatte, musste er nur noch seinen Rucksack und seine Tasche aus dem Nebenraum holen. Er öffnete die Tür und riss die Augen auf, als er Alfred kniend vor sich sah. Er saugte am Schwanz von Ivo, der mit heruntergezogener Hose knieweich dastand und Liem ein Handzeichen gab, dass er sich zu ihnen gesellen sollte. Doch Liem dachte nicht im Traum daran. Er verdrehte die Augen, schnappte sich Rucksack sowie Tasche und lief hinaus. Alfred rief ihm hinterher, dass er sich nicht so zieren sollte, ehe er sich wieder um das beste Stück des Russen kümmerte.

Unten vor dem Eingang angekommen, atmete Liem mehrmals die frische Luft tief in seine Lungen ein.

»Hier muss irgendwo eine Vernissage stattfinden. Weißt du, wo?«

Liem drehte sich nach links und sah einen Mann, der steinalt war. Ohne zu antworten, rannte er davon.

Zu Hause herrschte Stille. Armin musste bereits schlafen. Liem öffnete die Schlafzimmertür und lauschte. Er hörte langgezogene Atemzüge. Wie sehr hatte er dieses Geräusch vermisst. Er konnte nicht anders, als sich an die Bettkante zu setzen und seine Hand auf Armins Schulter zu legen. Armin erschrak, fuhr hoch und schaltete das Licht der Nachttischlampe ein.

»Liem! Was ist los?«

Er begann zu weinen. Alles musste raus. Zu viel hatte Liem in letzter Zeit zurückgehalten. Er legte sich neben Armin, der glücklich war, nicht mehr schmollen zu müssen. Ohne Fragen zu stellen, nahm Armin ihn in seine Arme. Und irgendwann schliefen sie ein.

39

Als sie am nächsten Tag frühstückten, lachten beide über die skurrilen Erlebnisse, die Liem während der Vernissage erlebt hatte. Endlich konnten sie wieder zusammen lachen. Endlich wieder zusammen frühstücken. Endlich wieder zusammen planen. Endlich wieder zusammen ihre Beziehung in entspanntere Gefilde lenken. Schon während der Nachtstunden hatte sich eine Leichtigkeit zwischen ihnen und in die Luft über ihnen eingeschlichen. Hüllte nun die ganze Wohnung ein, die auch Meks genoss. Sarah würde sagen, dass die harmonische Aura, nach der beide so gelechzt hatten, wiederhergestellt war.

Und was vorigen Sommer ihren Spinnereien zum Opfer gefallen war, holten sie nach: Ein verlängertes Wochenende in Dänemark. Ohne Meks. Der war auf Sommerfrische bei Paula und Luis, die ihre Hundeliebe ausleben konnten und den Vierbeiner mit zahlreichen Leckerlis verwöhnten.

Kopenhagen bescherte Liem und Armin einen zweiten Frühling. Sie liebten sich wie beim ersten Mal, nur inniger. Keine Sekunde ließen sie in den Nächten verstreichen, in denen sie sich nicht berührten. Die belastende Vergangenheit rückte in weite Ferne. Armin verschwendete keinen Gedanken an Kiran. Und Liem dachte weder an die verpasste Chance mit Flo noch an seine Jugendliebe Fabian.

Sie blieben in Kopenhagen und fuhren nicht wie geplant auf umliegende Inseln, um Papageitaucher zu entdecken. Die Wahrscheinlichkeit, Clowns der Meere zu begegnen, war von Haus aus äußerst niedrig. So besichtigten sie die Stadt und bestaunten die Kleine Meerjungfrau, die Schlösser Amalienborg, Rosenborg und Christiansborg. Sie hingen in Restaurants und Bars in Nyhavn ab, schlemmten dänisches Butterbrot – meistens klassisch belegt mit geräuchertem Hering, Zwiebeln, Radieschen und mit

Schnittlauch garniert. Bei Fisch drückte Armin manchmal eine Auge zu – Vegetarier hin oder her. Sie schlürften Kaffee, Limonaden und Cocktails, quatschten oder lasen in ihren Büchern. Liem drängte darauf, die Ny Carlsberg Glyptotek, das Kunstmuseum für Bildhauerei und Malerei, zu besuchen. Was für Liem spannend und interessant war, löste bei Armin Ungeduld und Langeweile aus. Doch der anschließende Besuch im Tivoli, einem der ältesten Freizeitparks der Welt, machte alles wett, sie hatten beide Spaß. Lachten beim Autodrome fahren, kuschelten sich in der Geisterbahn zusammen und amüsierten sich bei einer Aufführung im Pantomimentheater. Mit dem Kettenkarussell *Starflyer* musste Armin jedoch allein fahren, denn Liem waren die achtzig Meter Höhe eindeutig zu hoch. Sie kosteten die Zeit in vollen Zügen aus, hörten während und auch nach ihrem Urlaub nichts von Alfred, obwohl sich Liem am Tag nach der Ausstellung bei ihm für seine Bemühungen per SMS bedankt hatte. Wahrscheinlich kochte er innerlich, da Liem weder seinen Penis noch Hintern zur Verfügung gestellt hatte. Aber nachdem Liem vorerst die Schnauze voll von Vernissagen hatte, verschwendete er auch keinen Gedanken mehr an ihn.

Zur selben Zeit musste Sarah eine Niederlage einstecken. Adrijan war nicht der, für den sie ihn gehalten hatte. Er führte ein Doppelleben, war verheiratet und Vater von zwei Kindern in Belgrad. Als sie davon erfuhr, nachdem sie ungefragt in seinen SMS gestöbert hatte, gab sie ihm zwei kräftige Watschen. Adrijan spuckte daraufhin auf den Boden, schimpfte sie ein blödes Weibsbild und warf sie aus dem Appartement. Damit sie auf andere Gedanken kam, luden Liem und Armin sie sofort nach ihrer Rückkehr in den Garten zum Grillen ein. Armin kümmerte sich um Fleisch und Gemüse auf dem Grill, Liem liebevoll um Sarah, die unter dem Wein in der Grillecke lümmelte. Sie hatte sich großartig entwickelt, die Mitschurinski-Weinsorte, im Vergleich zum Vorjahr hingen doppelt so viele Tafeltrauben an dem Geäst, das sich in alle Richtungen ausbreitete. Den selbstgebackenen Apfelkuchen, den Sarah mitgebracht hatte, schlemmten sie bereits als Vorspeise. Sarah über Adrijan hinwegzutrösten, schien den Gastgebern zu glücken. Während sie das Gegrillte verspeisten, lachten sie viel, da Liem seine Erlebnisse von der Vernissage aufwärmte: Der Kobold, der ihm sein erstes Bild abgekauft hatte. Der Alte mit dem Kaschmirpullover, dessen Gedanken sich nur um Schwänze gedreht hatten. Der Toupetträger, der ihm ein unmoralisches Angebot unterbreitet hatte und der koksende Ivo, den Alfred, der Wikinger, gelutscht hatte, kurz nachdem er Liem verführen wollte.

»Es ist wirklich nicht zu glauben.« Sarah kicherte vor sich hin. Sie griff zur Mineralwasser-Flasche, die vor ihr stand, checkte vorher das Ablaufdatum (konnte Mineralwasser schlecht werden?) und füllte anschließend ihr Glas auf.

Die Erlebnisse der Ausstellung hatten Liem wachgerüttelt. Er wollte unter keinen Umständen Armin verlieren, auch nicht allein sein und weder koksend noch Schwänze lutschend auf Vernissagen enden.

»Ich habe eine Idee«, kreischte Armin plötzlich und hüpfte von seinem Stuhl hoch. »Lasst uns tanzen, kommt!« Er ging zum Laptop, unterbrach die chilligen

Sommerbeats und grinste Liem an, als er auf PLAY drückte.

»Hast du alles probiert? … Hast du alles versucht?«, sang Armin mit Rosenstolz mit. Sofort begleitete Liem ihn mit seiner Stimme. Sie sangen voller Inbrunst. Sie tanzten. Erst beim Refrain erhielten sie Unterstützung von Sarah. »Du bist am Leben. Du bist am Leben …« Sie hängten gegenseitig ihre Arme an den Ellbogen ein und drehten sich im Kreis. Sie feierten das Leben an diesem lauen Sommerabend. Doch der Sommer stand erst mitten in seiner Blüte und brachte noch zwei weitere Überraschungen.

40

FuXwissen raubte Liem den letzten Nerv. Das Magazin, das er letzten Sommer von Anton, dem langsamen Älteren geerbt hatte, verlor trotz professionell-begleiteter Neuorientierung Leserschaft. Frau Hartl setzte weiterhin ihre Hoffnungen in dieses wertvolle Kinderlexikon. Es ist ein Prestigeobjekt. Ginge es nach Liem, hätte er diesem Schund bereits vergangenen Sommer den letzten Sargnagel verpasst. Als ob er nicht genug andere Aufgaben zu erledigen hätte. Eine Team-Verstärkung war auch nicht in Aussicht. Immerhin befand sich die Vampirin auf Urlaub in Frankreich, in der Normandie mit ihrer neuen Liaison. Die Vermutungen im Büro hatten sich bestätigt: Tatsächlich steckte ein Mann hinter Frau Hartls Verweichlichung. Obwohl sie ihre Zuckerbrot-und-Peitschen-Methoden in den letzten Wochen wenig eingesetzt hatte, erholten sich Mona und Liem während ihrer Abwesenheit.

Nach der Arbeit radelte Liem zur Alten Donau und erfrischte sich mit Armin im Wasser.

»Nimm dir bitte für den 13. Oktober nichts vor«, bat Armin. Ein weiterer *Danube Clean-Up Day* in der Stadt, den er organisieren durfte. Liem speicherte das Datum in seinem Kopf ab.

Zu Hause goss Armin die Kräuter im Garten. Thymian, Rosmarin, Salbei, Oregano und Pfefferminze wucherten. Er pflückte jeweils einen Zweig vom Rosmarin- und Thymianstock und brachte sie Liem in die Küche. Der Halloumi, den er briet, duftete bereits. Nach dem Abendessen öffnete Liem seinen Laptop, um seine E-Mails zu checken.

Niko. Er hatte eine E-Mail geschickt. Nach so langer Zeit. Liem klickte darauf und las:

Kleiner, ich vermisse dich! Wahrscheinlich bist du sauer auf mich, weil ich den Kontakt abgebrochen habe. Ich kann es dir auch nicht verübeln, wenn du nichts mehr mit mir zu tun haben willst. Mein Verhalten war sehr egoistisch und dafür entschuldige ich mich bei dir. Ich war ein Trottel! Weißt du, ich habe im letzten Jahr sehr viel dazugelernt, aber vielleicht interessiert dich das gar nicht. Wichtig ist mir, dass du weißt, dass ich immer an dich gedacht habe und mir sehr oft gewünscht habe, dass wir wieder miteinander reden. Ich war nur zu stolz, um es dir nicht schon früher mitzuteilen. Ich Idiot!
Kleiner, ich werde um unsere Freundschaft kämpfen, wenn es sein muss! Kannst du mir verzeihen?
Ich drück dich, Niko
PS: Bin gerade in Chile!

Liem musste die E-Mail mehrmals lesen. Obwohl der Kontaktabbruch ihn damals so verletzt und er sich über Niko maßlos geärgert hatte, freute er sich jetzt umso mehr von ihm zu lesen. Er konnte ihm definitiv verzeihen, dafür war kein langes Nachdenken erforderlich.

Niko allein in Chile – ohne Plan. Liem schüttelte den Kopf. Wie verrückt war Niko geworden? Dann tippte er auf *Antworten* und begann zu schreiben.

41

Liem saß im Gras und lehnte sich an den Kirschbaum. Er schaute sich im Garten um. War zufrieden mit dem, was er sah. Das Kräuterbeet. Der Feigenbaum. Die Weinlaube mit den Mitschurinski-Trauben. Die Grill-Ecke. Sein Leben war schön. Definitiv.

Vor ihm lag das Zeichenmaterial. Da Armin Paula und Luis besuchte, um Meks abzuholen, wollte er diese Stille nutzen, um zu zeichnen. Er schnappte sich Block und Stift, schlug eine leere Seite auf und überlegte.

Das Glück festhalten!

Dieses Motto wollte er gerne veranschaulichen. Liem hatte dazu auch ein Bild im Kopf, doch er traute sich nicht, dieses Hirngespinst aufs Papier zu bringen. So zeichnete er unwillkürlich Striche, die Formen bildeten. Dann verwischte er die Linien mit einem Tuch.

Keine Aussage! Diese Linien und Formen hatten rein gar nichts mit Glück zu tun. Liem riss das Blatt vom Block und zerknüllte es.

Das Glück festhalten.

Wieder erschien das vorherige Bild in seinen Gedanken.

Es drängte sich regelrecht auf. Das Bild, dass er sich mit Armin ... verlobte. Da Liem es nicht wagte, diesen Wunsch zu illustrieren, warf er Block und Stift ins Gras.

Verlobung.

Das ganze letzte Jahr war dieses Wort wie ein quälender Geist in seinem Kopf geschwebt. Erst jetzt fühlte sich das Wort stimmig an, erzeugte eine innere Ruhe, die er in dieser Form noch nicht kannte. Armin würde ihn wahrscheinlich nicht ernst nehmen und auslachen. Oder doch nicht? Gewiss würde er Liem keinen Antrag mehr stellen, dieser Schritt lag nun bei ihm.

Das Glück festhalten. Mit einer Verlobung.

Liem fürchtete, dass das Karma beinhart zurückschlagen würde, um ihn mit einem NEIN abzuwatschen. Doch war diese Furcht tatsächlich begründet? Denn eine offene Beziehung war vorerst vom Tisch und der nächste logische Schritt ihre Beziehung zu vertief-

Meks Bellen durchbrach Liems Gedanken. Er tigerte zu Liem hin und beschnüffelte sein Herrchen. Mehrmals klopfte Liem auf den Bauch des Kokoni. Dann streckte Armin seinen Kopf durch die Terrassentür. »Hallo Süßer! Ich muss nochmal kurz zu Nature-Power, mein Chef braucht etwas Dringendes. Ich bin zum Abendessen wieder hier.«

»Okay. Bis später!«

Armin wirkte nervös, als er zurückkam. Seine hellblauen Augen strahlten nicht wie sonst durch das Brillenglas. Liem merkte, dass etwas nicht in Ordnung war. Hatte gar nicht der Chef angerufen, sondern der Sri-Lanker mit seinen verabscheuungswürdigen Tentakeln? Aber Armins Augen blitzten nicht.

»Süßer, es gibt in Schottland ein neues Forschungsprojekt mit Papageitaucher und mein Chef möchte, dass ich mich von Dezember bis Mai dort beteilige.« Da sich Armin vor Liems Reaktion fürchtete, brachte er nur ein Nuscheln hervor.

»WAS?«, schrie Liem und schlug die Hände zusammen. »Das ist ja dein Traum!« Liem lächelte, freute sich für Armin. Dass eine monatelange Fernbeziehung ihm Bauchschmerzen bereitete, zeigte er nicht.

»Ja, aber … wir sehen uns dann sechs Monate nicht.« Armin zog die Mundwinkel nach unten, fuhr mit einer Hand in seine Haare.

»Ja, das stimmt«, bestätigte Liem, »aber …«

»Aber?«, hakte Armin nach und rieb sich sein Kinn.

»Aber wir haben im letzten Jahr zwei Krisen geschafft. Wir schaffen auch eine sechsmonatige Fernbeziehung, oder?« Liem wollte unter keinen Umständen, dass Armin diesen Traum seinetwegen auf Eis legte.

»Ja schon, aber …«

»Kein aber! Und vielleicht darf ich dich ein- oder zweimal besuchen kommen.«

Armin irritierte Liems Reaktion. Er hatte sich Niedergeschlagenheit erwartet, Versuche, ihn davon abzuhalten, aber dass Liem ihn regelrecht zur Expedition trieb, wunderte ihn. »Ehrlich gesagt, habe ich mir eine andere Reaktion von dir erwartet.«

»Ehrlich gesagt, ich mir auch.«

Beide lachten.

»Aber diese einmalige Chance musst du nutzen. Und wir schaffen das zusammen, okay?« Die Verlobung war somit abgehakt, lag so weit entfernt wie Schottland oder die Normandie, an deren Küste die Vampirin jetzt wahrscheinlich Muscheln schlürfte. Liem tappte zu Armin hin und küsste ihn.

»Okay, wir schaffen das!«, bestätigte Armin, als er sich von Liems Lippen löste. »Auch wenn ich leider zu Weihnachten und Silvester nicht da sein werde.«

»Wir feiern vor deiner Abreise«, schlug Liem vor.

»Dann sage ich morgen meinem Chef zu.«

Das Glück festhalten.

Doch Liem hatte das Gefühl, als ob es ihm soeben durch die Finger gerutscht war. Das Glück. Einzufangen nur mehr mit einem Heiratsantrag, vorausgesetzt Armin würde JA sagen.

Keine Worte. Eine unbehagliche Stille setzte sich durch, in der Liem auch die Romantik entglitt. Und so entschied er sich, Armin keinen Heiratsantrag zu machen. Wie bescheuert war ich bloß, dachte sich Liem ein Jahr später.

Damals III

Sommer 2003

42

Sein Magen rumorte. Die gesalzene Karamelltorte, die Liem soeben verspeist hatte, quälte ihn. Normalerweise steigerte sie sein Wohlbefinden, doch heute und wie auch die vier Tage davor, lag sie schwer im Magen wie ein Felsbrocken. Dass in Wirklichkeit die Süßigkeit nichts zu den Magenbeschwerden beitrug, wusste Liem, aber die gesalzene Karamelltorte zu beschuldigen, war der einfache Weg. Unter keinen Umständen wollte er an die Ursache des Übels denken – Fabian, obwohl dieser ihm bei der Geburtstagsfeier einen Orgasmus beschert hatte. Bei dieser einen Ejakulation würde es auch bleiben, denn Fabian hatte nun eine weibliche Spielgefährtin gefunden: Antonia mit ihrem üppigen Busen. Sie hatte sich vor zwei Tagen bei Liem bedankt, dass er sie zur Party mitgenommen hatte. In der SMS erwähnte sie außerdem rotzfrech, dass sie in Fabian verliebt sei und ihn erneut getroffen hatte.

Kruzifix!

Deswegen meldete sich Fabian nicht mehr bei ihm. Wegen Antonias üppigem Busen, der Liem nun in den

Schatten stellte. Ihn unwichtig machte. Beleidigt hatte er daher beschlossen, die Eröffnung der Pizzeria morgen sausen zu lassen.

»Schatz, ist alles okay?«, fragte Liems Mutter, die ihn aus seinen Gedanken riss.

»Ahm … ja«, antwortete er und stocherte mit der Gabel auf dem leeren Teller herum.

»Du wirkst betrübt.« Durch die Brille wirkten ihre Augen, die ihn observierten, größer.

Eine Stunde später saß Liem auf dem Walnussbaum im Garten. Eine Amsel trällerte eine Arie. Doch Liem nervte diese übertriebene Freude des Vogels, der daneben auf dem Birnenbaum umherhopste.

»Liem! Komm mal bitte!«, rief Koko, die auf der Bank vor der pistaziengrünen Hausmauer saß. Auch ihre Stimme versprühte eine Heiterkeit, die an seinen Nerven zerrte. Die ganze Welt zeigte sich lebensfroh, außer er selbst. Er hüpfte vom Walnussbaum hinunter und watschelte zum Haus. Koko schleckte an einer rosafarbenen Eiskugel, die sich auf einer Tüte befand. Wahrscheinlich Erdbeergeschmack.

»Was gibt's?«, fragte Liem muffig.

»Wir zelten heute im Garten, wie früher als wir Kinder waren.« Koko schleckte über das Eis.

Zelten – der Gedanke entlockte Liem tatsächlich ein Lächeln, vor allem als er sich an *Geistern um Mitternacht* erinnerte. Mit einem übergeworfenen weißen Leintuch hatten sich die Eltern ans Zelt rangeschlichen und versucht, unheimliche Geräusche zu erzeugen: Rasseln, Klopfen, mystisches Pfeifen oder hexenhaftes Gelächter. Obwohl sie genau wussten, dass sich ihre Eltern darunter befanden, atmeten Koko und Liem erst auf, nachdem Frau und Herr Jungwirth die Leintücher von ihren Köpfen heruntergerissen hatten.

»Ina kommt auch. Ruf doch Fabian an und frag ihn, ob er Zeit hat«, schlug Koko vor.

Kruzifix!

Warum musste seine Schwester ihn an den Italiener erinnern? Sein Lächeln verschwand. Das Gesicht wurde bleich. So bleich, um heute Nacht einen spukenden Geist perfekt mimen zu können.

»Zu viert macht es mehr Spaß. Und vielleicht ist das unser letztes Zelten, bevor ich übersiedle.« Koko biss ein Stück von der Eistüte ab.

Dass seine Schwester bald nicht mehr zu Hause wohnen würde, versetzte Liem einen weiteren Dämpfer. Auf keinen Fall wollte er Kokos Wunsch ausschlagen und so schrieb er Fabian eine SMS.

»Ciao amico!«, begrüßte Fabian Liem vor einem zwei Meter hohen Kaktus, dessen Stacheln bedrohlich wirkten. »Tut mir leid, dass ich erst jetzt komme, aber ich musste noch für die Eröffnung morgen mithelfen.«

»Kein Problem!« Liems Groll gegen Fabian war in dem Augenblick, als er ihn sah, verschwunden. Sofort war dieses weiche Gefühl wieder da. Geschmeidig wie eine Feder.

Sie gingen an den anderen Kakteen, Oleandersträuchern und dem Gemüsebeet vorbei. Fabian, der das erste Mal die Jungwirths besuchte, schaute sich neugierig um. Sein Blick blieb beim Gemüsebeet hängen. »Habt ihr auch Chili?«

»Nein, aber Paprika«, antwortete Liem.

»Schade, ich liebe Chili!«

Als sie beim Walnussbaum ankamen, stießen sie auf Koko und Ina, die bereits mit dem Aufbau der Zelte beschäftigt waren. Ohne Aufforderung packte Fabian mit an und steckte zwei Eisenstangen zusammen. »Allora!«

Liem stand hilflos da, die Hände in den Hosentaschen versteckt. Bisher hatte jedes Mal Koko das Aufstellen des Zeltes übernommen. Da er Fabian imponieren und nicht unnütz herumstehen wollte, packte er das zweite Zelt aus der Hülle aus. Es war violett wie eine Melanzani. Derweil tauschten sich Fabian und Ina über ihre Herkunft aus. Die ersten zwölf Lebensjahre hatte Ina in der deutschen Stadt Lübeck verbracht. Interessiert lauschte Fabian ihren Ausführungen und wartete, bis er von Bologna erzählen konnte.

»Finito!«, sagte Fabian nach einer halben Stunde und betrachtete voller Stolz beide Zelte.

Ina klatschte. Koko grinste. Liem starrte Fabian an. Er war verliebt. Definitiv.

»Hallo zusammen!«, rief plötzlich eine unerwartete Stimme aus dem Hintergrund.

Alle vier drehten sich gleichzeitig um.

Antonia.

Kruzifix!

Sie hopste am Gemüsebeet vorbei und winkte ihnen zu. Liem traute seinen Augen nicht. Seine Stimmung kippte. Was, wenn sie vor allen anderen seine Homosexualität andeutete oder erzählte, dass er in der Schule damit gehänselt wurde? Auch wenn er Antonia gegenüber seine sexuelle Orientierung nie bestätigt hatte, könnte sie bloß mit einer Anmerkung eine Lawine auslösen. Eine Lawine mit unabsehbaren Folgen. Liem biss an seinem Daumennagel herum und erinnerte sich, dass sie bei Fabians Geburtstagsfeier keine solche Intention gehabt hatte, was ihn etwas beruhigte.

»Ciao bella«, begrüßte Fabian seine Verehrerin und gab ihr einen Kuss.

Liem schnaubte.

Sie trug ein weißes Top. Ihr blasser Busen ragte zur Hälfte hervor. Wie sollte er damit konkurrieren können? Es stand nach nur wenigen Sekunden eins zu null für Antonia. Während der ungebetene weibliche Gast mit Ina und Koko Begrüßungsfloskeln austauschte, flüsterte Fabian Liem ins Ohr: »Ich hoffe, es stört dich nicht, dass ich Antonia auch eingeladen habe.«

Liem schwieg und zuckte mit den Schultern. Wenn Fabian wüsste, was er damit angerichtet hatte, hätte er diese dämliche Frage nicht gestellt. Als Antonia auf Liem zukam und ihn begrüßte, bemühte er sich freundlich zu sein, er musste freundlich sein, denn sie hatte etwas Unausgesprochenes gegen ihn in der Hand. Mehr als ein liebloses »Hallo« schaffte er nicht. Auch der Versuch, seine herabgezogenen Mundwinkel in die andere Richtung zu bewegen, scheiterte.

»Lasst uns was trinken«, schlug Koko vor, die diese offensichtliche Spannung aufgeschnappt hatte und nicht wollte, dass die Stimmung in der Gruppe kippte.

Weder Frau noch Herr Jungwirth ließen sich über den Abend blicken. Das war merkwürdig. Vor allem, dass sich nicht einmal seine Mutter die Mühe machte, die Gäste zu begrüßen, beunruhigte Liem. Kein Gebrüll oder Türknallen gelangte zu ihnen nach draußen. Vermutlich stritten sie sich dann auch nicht. Immerhin.

Koko kümmerte es nicht, dass sich die Eltern im Haus verschanzten. Sie und Ina schütteten bereits den dritten Gin Tonic in ihre Kehlen. Sie saßen vor der pistaziengrünen Hausmauer auf der Gartengarnitur. Fabian trank mit Antonia gemeinsam aus einer Bierflasche. Lächerlich! Zwei Menschen und nur eine Flasche. Was Verliebtheit alles anstellen konnte. Schrecklich! In unbeobachteten Momenten verdrehte Liem jedes Mal seine Augen, wenn das Bier zwischen den beiden hin und her wanderte. Er selbst nuckelte an einem Apfelsaft. Alkohol schmeckte ihm nicht.

Während Koko mit Ina in vergangenen Schulzeiten schwelgte und beide dabei ständig kichern mussten, schwebte Fabian vor Antonia und ihren Brüsten herum. Sie tuschelten. Wie sehr Liem sich auch anstrengte, er verstand weder einzelne Worte noch Satzgebilde. Er war ausgeschlossen aus beiden Konversationen. Fehl am Platz. Ein Tag zum Vergessen! Die einzig sinnvolle Option: Rückzug in sein Zimmer. Wahrscheinlich würde das niemand registrieren.

»Liem, wir gehen schon mal ins Zelt«, sagte Fabian plötzlich. »A dopo!«

Zwei zu Null für Antonia!

Hätte Fabian mit seiner Faust in Liems Gesicht geschlagen, wäre der Schmerz erträglicher gewesen als diese Worte. Scheußliche Worte. Mit großen Augen sah Liem beide an. Er nickte, obwohl er innerlich nicht damit einverstanden war. Antonia grinste, stand auf und hopste Richtung Zelt. Warum musste sie ständig hopsen? Sie war wie ein lästiger Stachel einer Kakteenstaude. Hatte sich ein solcher in der Haut verfangen, wurde man ihn so schnell nicht mehr los. Fabian zottelte ihr nach. Völlig triebgesteuert. Wie ein unbedeutender Wurm fühlte sich Liem und so bedeutend wie ein Hundehaufen.

Gekicher. Am anderen Ende des Tisches goss Koko mehr Gin Tonic in ihr Glas ein. Das bereits Vierte! Ina starrte dabei merkwürdig die Flüssigkeit an. War sie tatsächlich nach drei Gin Tonic so neben sich oder hatte sie sich vorher andere Genussmittel reingeschmissen? Dann bat sie Koko, auch ihr nachzuschenken. Liem fuhr sich durch sein braunes Haar und schwenkte seinen Blick zum Zelt, das unter dem Birnenbaum stand. Es hatte die Liebenden verschluckt. Wo waren bloß Geister? Geister, die diesem Spuk ein Ende setzten. Kein Verlass! Vielleicht musste er selbst einen Topf und Kochlöffel in die Hände nehmen, furchterregende Geräusche damit erzeugen, um Antonia zu verscheuchen. Abgebrüht, wie sie war, würde sie die Klänge lediglich amüsant finden und Liem auslachen.

Der Himmel war sternenklar. Und doch zeigte sich der Mond nicht. Es war lau, ein Vorzeigetag im Monat Juli.

Schon wieder Gekicher. Nun flüsterten auch Koko und Ina. Es reicht, dachte sich Liem und stand auf. Rückzug ins Zimmer. Weder seine Schwester noch Ina nahmen Notiz davon, und dementsprechend hielt ihn auch keine der beiden zurück. Enttäuscht legte er sich in sein Bett und hoffte, bald einschlafen zu können, um diesen mühseligen Tag zu vergessen. Doch seine quälenden Gedanken wehrten sich dagegen und hielten ihn wach. Er wälzte sich auf der Matratze hin und her. Bilder von Antonias üppigem Busen und wie Fabian diesen unter die Lupe genommen hatte, krallten sich in Liems Kopf fest. Eine Gedankenwalze, die ihn knapp eine Stunde fest im Griff hatte.

Plötzlich piepste es. Liem richtete sich auf und schnappte sich sein Handy. Auf dem Display erschien eine Nachricht von Fabian. *Amico, wo bist du? Ich warte auf dich im Zelt!*

Liem las die Nachricht noch einmal. Warum hatte Fabian *ich* und nicht *wir* geschrieben? Um sich zu vergewissern, fragte er nach, ob Antonia nicht mehr da war.

No! Dai, vieni!, antwortete Fabian.

Dieses *no* erleichterte Liem, trotzdem war er weiterhin betrübt und verwirrt. Was aber nichts damit zu tun hatte, dass er *dai, vieni* nicht verstand, sondern viel mehr belastete dieses Auf und Ab sein Gemüt. Lag es an ihm oder hatte es mit Fabians Persönlichkeit zu tun? Dieses rastlose Auf und Ab wie ein Wagen einer Achterbahn, der ununterbrochen dahinfuhr, ohne Aussicht auf einen Halt. Halt bekam nur Fabian von seiner zauberhaften Antonia. Und davon würde er gleich Liem die Ohren vollsäuseln. Trotzig steuerte Liem den Birnenbaum an. Auf dem Weg dorthin warf er einen Blick zu Koko und Ina, die noch immer am Tisch vor der Hausmauer saßen. Sie kicherten weiterhin. Und natürlich hielten sie in ihren Händen ein Glas mit Gin Tonic. Glas Nummer acht? Vielleicht waren sie auch schon bei einer zweistelligen Zahl angelangt. Auf alle Fälle registrierten sie Liem wieder nicht, er wirkte anscheinend wie ein Geist – unsichtbar.

Beim Zelt angekommen, zog er den Reißverschluss nach

unten. Fabian, den der Schein seiner Taschenlampe anleuchtete, grinste schelmisch. »Komm rein!«, forderte er Liem auf. Er kaute an einem Kaugummi.

Liems Herz flatterte wie ein unbändiger Vogel, der aus einem viel zu engen Käfig rauswollte. Er setzte sich auf seinen Schlafsack, innerlich vorbereitet, dass Fabian jeden Moment von Antonia zu schwärmen beginnen würde.

»Hast du Lust auf ein paar Runden Mastermind?«

Keine Antonia! Liem hob seinen Kopf und sah Fabian in die Augen. Dieser umwerfende Blick schenkte ihm Trost. Inhalierte ihn, als ob sein Leben davon abhängen würde. Alles vergessen, alles verziehen – egal, ob Fabian kurz davor mit Antonia in diesem Zelt rumgemacht hatte. »Klar!«

Während Fabian das Spiel aus seinem Rucksack rausholte, schaltete Liem seine Taschenlampe ein, um die verschiedenen Farben der Stecker besser zu erkennen.

Dreimal gewann Liem. Viermal knackte Fabian den geheimen Farb-Code. Nun gähnte er, riss dabei seinen Mund weit auf. Dann strich er sanft über sein Muttermal oberhalb des Kinns. »Ich bin müde. Andiamo a dormire, dai.« Nach einem weiteren Gähnen räumte Fabian das Spielzubehör in die Schachtel zurück und legte diese neben seinen Schlafsack.

Im Gegensatz zu Fabian war Liem putzmunter. Er könnte die ganze Nacht Mastermind spielen, sich neue Farb-Codes ausdenken und dabei Fabians Finger bewundern, wie sie die farbigen Stecker in die Löcher des Spielbretts steckten.

»Okay!«, nuschelte Liem, darum bemüht, sich die Enttäuschung nicht anmerken zu lassen.

»Buona notte, amico!«, sagte Fabian, schaltete seine Taschenlampe ab und drehte sich zur Seite. Bereit zum Einschlafen.

Trotz des schnellen Spielendes fühlte sich Liem als Gewinner. Es stand nun zwei zu eins – leider noch immer zugunsten von Antonia, die Fabian zu Liems Verwunderung kein einziges Mal erwähnt hatte.

Noch lange lag Liem wach und ergötzte sich an Fabians Atem. Selbst in dieses unscheinbare Geräusch, das wie eine Meditation auf ihn wirkte, war er verliebt.

Irgendwann in der Nacht erwachte er. War es Einbildung oder raschelte draußen tatsächlich etwas? Vielleicht Geräusche von Koko und Ina im anderen Zelt oder von seinen Eltern, die sich doch einen Ruck gegeben hatten, um als Geister ihr Unwesen zu treiben. Was, wenn ein Irrer mit einem Messer vor dem Zelt stand? Liems Körper erstarrte. In solchen Momenten hasste er Zelten.

Zirpende Grillen – mehr hörte Liem nicht. Doch!

Fabians Atem. Angenehme, beruhigende Töne, die Liems erstarrten Körper langsam in Bewegung brachten wie eine Blindschleiche nach der Winterstarre. Er setzte sich vorsichtig auf, um keine Geräusche zu verursachen, denn schließlich wollte er weder Fabian noch böse Geister im Garten wecken. Mit zusammengekniffenen Augen versuchte er verdächtige Schatten von draußen zu erhaschen.

Nichts!

Die Hitze im Zelt war kaum auszuhalten. Liem öffnete zaghaft den Reißverschluss seines Schlafsackes, rücksichtsvoll und leise, dann warf er einen kurzen Blick zu Fabian Giovannini. Obwohl es dunkel war, konnte Liem genug von seinem Märchenprinzen erkennen. Er schlummerte friedlich dahin, seitlich zusammengerollt.

Nachdem anscheinend weder ein Geist noch ein Irrer um sein Leben trachten wollte, legte sich Liem auf den Rücken und versuchte wieder einzuschlafen. Als er sich endlich im Dämmerschlaf befand, spürte er plötzlich Fabians Hand auf seinem Oberschenkel. Sofort war er hellwach, fiel aber erneut in eine körperliche Starre – außer sein Herz, das trommelte ungehalten wie Sticks auf einer Samba-Trommel.

Fabians Hand strich weiter nach oben. Ohne dabei den Brustkorb zu heben und zu senken, versuchte Liem regelmäßig ein- und auszuatmen. Bloß kein offensichtliches Anzeichen geben, dass er wach war. Ein Kraftakt, ohne sichtliche Anstrengung, der ihm eindeutig zu wenig Sauerstoff in die Lungen transportierte. Fabian kümmerte sich wenig um Liems Atmung. Seine Aufmerksamkeit lag weiter unten. Die Hand erreichte die blau-weiß-gestreiften Shorts und arbeitete sich langsam zwischen Haut und Stoff vorwärts. Sanft strichen die Finger über Liems erigiertes Glied.

Zwei zu zwei. Der neue Zwischenstand.

Wie wohl Antonia auf diesen Ausgleich reagieren würde? Dass Fabians Finger statt ihren üppigen Brüsten lieber Liems Glied liebkosten. Es war eine Genugtuung. Liem kostete seinen schadenfrohen Gedanken so richtig aus. Vielleicht war Antonia für Fabian nur ein Vorwand, um sich keinen homophoben Schikanen aussetzen zu müssen. Eine Vermutung, die logisch erschien und die sein Bedürfnis, Fabian anzufassen intensivierte. Aber diese elendige Starre. Beweg dich endlich, ermahnte er sich.

Fabians Atem wurde schneller und lauter. Vielleicht holte er sich selbst einen runter? Lange würde Liem nicht mehr durchhalten, sein Samen drängte nach draußen. Nun entkam Fabian eindeutig ein Stöhnen, das Liem so erregte, dass er sich in Fabians Händen ergoss. Fabian seufzte zufrieden. Wahrscheinlich hatte er auch ejakuliert. Dann zog er seine Hand aus Liems Shorts zurück.

Stille!

Ruhig weiteratmen. Im Rhythmus. Ohne den Brustkorb zu heben und zu senken. Es gelang Liem. Doch wie aus dem Nichts heraus spürte er plötzlich Fabians Lippen auf seinem Mund. Ein Kuss!

Liem musste schlucken. Schnell entfernte sich Fabian Giovannini, zog sich in seinen Schlafsack zurück, drehte sich zur Seite und schlief kurz darauf ein.

Es stand drei zu zwei. Nun für ihn. Liem hatte gewonnen.

Als Liem am nächsten Tag erwachte, war Fabian verschwunden. Auf dem leeren Schlafsack lag ein Zettel mit den Worten: »Amico, bis später bei der Eröffnung!«

43

Die Pizzeria Giovannini war zum Bersten voll, als die Jungwirths das Restaurant betraten. Nur Herr Jungwirth fehlte, er hielt mit Margot die Stellung in der Bäckerei. Frau Giovannini, am Eingang postiert, lächelte die Neuankömmlinge an und streckte ihnen Sektgläser entgegen. Mutter wie Tochter nahmen den Aperitif kopfnickend an, Liem lehnte ihr Angebot mit einer Geste ab und deutete zum Orangensaft.

»Schön, dass ihr gekommen seid!«, begrüßte die Gastgeberin die Jungwirths, reichte Liem den Orangensaft und wanderte mit ihrem Blick weiter zu den neuen Gästen, die von hinten nachdrängten. Leise italienische Musik kreuzte sich mit dem lauten Geschwafel der Besucher, es hörte sich an wie ein Hornissenschwarm.

Wo war Fabian? Liem, noch verzaubert von der Nacht und dem unerwarteten Kuss, schaute sich um. Der Sekt zeigte sofortige Wirkung bei seiner Mutter. Hitze stieg in ihr rotbäckig gewordenes Gesicht. Sie fächerte mit der freien Hand vor ihrem Gesicht herum. Auch ohne Alkohol war Liem heiß. Zu viele Menschen auf zu kleinem Raum, da half es auch nicht, dass die riesigen Fenster sperrangelweit offenstanden. Koko passte sich den Gegebenheiten an, sie hatte kein Problem mit zu heißer, stickiger Luft. Sie hickste. Ihr Rausch von gestern wärmte sich schnell auf. Statt Schaumwein hätte sich Gin Tonic besser dazu geeignet, aber geschenkten Sekt lässt man nicht im Glas ausperlen. Sie trank einen weiteren Schluck davon.

»Ciao amico! Ciao a tutti!«, rief plötzlich Fabian, der sich durch die Menge drängte. »Usciamo!« Er deutete mit dem Kopf nach draußen. Liems Herz pochte. Hoffentlich merkte niemand etwas von seinen Schmetterlingen im Bauch. Draußen atmete Liems Mutter erleichtert auf. »Herrlich, die frische Luft.« Sie fächerte mit ihrer freien Hand weiter und seufzte dabei. Andere Gäste versammelten sich ebenfalls im Freien. Mit einem Teller in der Hand verschlangen sie das darauf liegende Tiramisu.

»Allora!«, sagte Fabian und äugte zu den Süßspeisen. »Wie viel Stück darf ich bringen? Drei? Geht aufs Haus!«

Liem und Koko nickten, während ihre Mutter stöhnte und sich an den Bauch fasste. »Für mich nicht, danke!«

Fabian verschwand ins Innere des Restaurants, als weitere Gäste nach draußen drängten, nicht um frische Luft zu schnappen, sondern um die Eröffnungsfeier zu verlassen. Gut so, dachte sich Liem. Je weniger Leute, umso mehr Zeit konnte Fabian für ihn aufbringen. Er nahm einen Schluck vom Orangensaft. Dann entdeckte er in der Menge Mike, dessen Wangen nach wie vor mit Pickeln übersät waren, und seine übergewichtige Schwester Katharina, die Aquarell-Malerin. Sie linste zu Liem, der ihr kurz zuwinkte. Schnell lief ihr Gesicht rot an. Fabian kam mit zwei Stücken Tiramisu zurück und hielt einen Teller Koko und den zweiten Liem hin. »Ecco qua!«

Weitere Gäste erhoben sich von ihren Stühlen. Sie winkten Fabian zu, bedankten sich lächelnd von der Ferne und steuerten ihre Autos an. Die Jungwirths nutzten diese Gunst und ließen sich auf die freigewordenen Sitzplätze fallen. Fabian setzte sich neben Liem hin.

Es war das köstlichste Tiramisu, das Liem je geschmaust hatte. »Mmmhh!«

Auch Koko begeisterte diese Süßspeise und schwärmte mehrmals davon.

»Das sollten wir bei uns in der Bäckerei verkaufen«, schlug Liem schmatzend vor.

»Warum nicht? Mein Vater würde sich bestimmt über einen weiteren Absatzweg freuen«, erwiderte Fabian, der sich zurücklehnte und Liem ansah – ohne Andeutung einer Liebelei, kein verschmitztes Lächeln, kein Zwinkern. Liem versuchte, sich dadurch nicht verunsichern zu lassen. Das Wichtigste war, dass Antonia nicht vor Fabian herumschwänzelte. Wahrscheinlich hatte sie keine Zeit gehabt, um hier zu erscheinen. Das war äußerst zufriedenstellend.

»Macht dein Vater das Tiramisu?«, fragte Liems Mutter, nachdem sie einen weiteren Schluck vom Sekt genommen hatte. Ihre Wangen waren trotz der Frischluft noch immer rotbackig.

»Si! Das is-«

»Fabian!«, unterbrach sein Vater die Unterhaltung, während er aus dem Restaurant stürmte. »È qui che ti sei nascosto. Abbiamo un problema. Non c'è quasi più tiramisu.« Er schaute verzweifelt drein, seine Augenringe wirkten dunkler als Liem sie in Erinnerung hatte. Augenringe, die an ein Tattoo erinnerten.

»Maledizione! Wir haben kein Tiramisu mehr. Mit so einem Ansturm haben wir nicht gerechnet«, erklärte er den Jungwirths. Fragend sah er seinen Vater an. »Cosa facciamo ora?«

Herr Giovannini zuckte mit den Schultern. Dann sah der großgewachsene Mann Liems Mutter an. »Haben Sie noch Kuchen oder Torten in der Bäckerei?« Er wollte auf jeden Fall neue Gäste mit Süßem verköstigen. Italienische Gastfreundschaft.

Liem, der vor der Eröffnungsfeier einen Besuch in der Bäckerei abgeklappert hatte, um eine gesalzene Karamelltorte zu essen, schaltete sich dazwischen. »Vor einer Stunde gab es genug!«

»Wir könnten die Torten gemeinsam holen. Ich fahre«, schlug Fabian vor und zwinkerte kurz und unscheinbar Liem zu. Ein Zeichen, dass er mit ihm allein sein wollte.

»Kommt gar nicht infrage! Ihr habt keinen Führerschein. Ich werde fahren«, bestand Frau Jungwirth darauf.

Doch Fabians Vater, der ihr den Schwips ansah, wedelte mit einem Zeigefinger vor ihrem Gesicht. »No! No! Lassen Sie die Jungs fahren. Sie trinken noch ein Glas Sekt. Sie auch?«, fragte er Koko höflich. Sie nickte und hickste ein weiteres Mal – mit dem letzten Bissen Tiramisu in ihrem Mund. Herr Giovannini, dessen Miene sich entspannte, gewann Sympathiepunkte bei Liem. Bevor der Chef des Restaurants sich zum Eingang wandte, um zwei Sektgläser zu holen, hob er vier Finger seiner linken Hand hoch. »Quattro torte, figlio mio! Sprigati!« Dann flitzte er zu seiner Frau, die den Sekt einschenkte.

Liem fühlte sich sicher, obwohl Fabian illegal mit dem Auto fuhr. So gerne wollte er Fabians Hand, die den Schaltknüppel umklammerte, sanft berühren. Ihm mitteilen, dass er in ihn verliebt war. Aber es wäre ein Geständnis mit unabsehbaren Folgen. Höchstwahrscheinlich würde es in einer Katastrophe enden. Es war klug, keine unnötige Reaktion von Fabian herauszukitzeln, speziell, wenn er am Steuer saß, denn ein Unfall wäre das Letzte, was sie jetzt brauchten. Vorsicht ist die Mutter der Porzellankiste, fiel ihm ein Zitat von Oma ein. So hielt Liem seinen Mund und drückte mit der rechten Hand den Knopf, der das Fenster öffnete. Sofort vermischte sich die heiße Luft von draußen mit der stickigen im Inneren des Autos. Im Radio lief ein Song aus den 80ern. *Dressed for Success.* Fabian pfiff mit. Kurz vor der Bäckerei sagte er: »Das Zelten hat mir Spaß gemacht. Dir auch?« Sein Blick weiterhin auf die Straße konzentriert.

»Ja, war lustig«, nuschelte Liem in sich hinein.

»Können wir gerne wiederholen. Und tut mir leid, dass Antonia ohne Ankündigung aufgetaucht ist«, entschuldigte sich Fabian.

Liem war überrascht. Damit hätte er nicht gerechnet. »Kein Problem«, sagte er, obwohl es eines gewesen war, und zwar ein Großes. »Warum hat eigentlich Antonia nicht im Zelt übernachtet?«, fragte Liem neugierig nach. Dann drückte er erneut auf den Knopf, dieses Mal schloss sich das Fenster.

»Non è importante.«

Italienisch hatte Liem nie gelernt, doch diese Worte verstand er. Fabian parkte ein. Beide waren erleichtert, dass ihnen keine Polizeibeamten untergekommen waren. Sie stiegen aus dem Auto. Liem flitzte zum Eingang der Bäckerei, Fabian schlenderte hinterher. Die Türe ließ sich nicht öffnen. Zugesperrt! Liem drehte sich um und schaute hilfesuchend Fabian an, der sich einen Kaugummi in den Mund schob. Es war vier Uhr. Das Café musste doch noch zwei Stunden offen sein.

»Non c'é nessuno qui? Maledizione!«, schimpfte Fabian.

Auch Liem fluchte – innerlich. »Sehr komisch! Nehmen wir den Hintereingang!«

Sie marschierten ums Gebäude herum und sahen im Hinterhof sowohl das Auto von Margot als auch das von Liems Vater. »Ah, ein Glück. Sie sind noch da!«

Fabian atmete auf. Der Gedanke, mit leeren Händen zu seinem Vater zurückzukommen, hatte ihn kurz mit Schrecken erfüllt. Mit Schwung drückte Liem die Türklinke nach unten und trat ein. Fabian folgte ihm.

Kruzifix!

Was sie sahen, behielten sie ihr Leben lang im Kopf, vor

allem Liem kämpfte in den darauffolgenden Wochen mit den Bildern. Margot saß auf Liems Vater und bewegte sich rhythmisch – beide waren nackt. Sie stöhnten. Und erschraken, als sie Geräusche hörten und in die irritierten Gesichter der zwei Jungen blickten. Margot ließ einen schrillen Schrei los und hüpfte hoch. Eine Strähne ihres rötlich schimmernden Haares hing ihr übers Gesicht. Liems Vater fluchte und blickte verstört umher, suchte verzweifelt seine Kleidung, doch die lag im Café, wo sie ihr Liebesspiel gestartet hatten.

Liem befand sich in Schockstarre.

»Vieni!« Mit dem letzten Rest von Besinnung ergriff Fabian Giovannini Liems Hand und führte ihn rasch ins Freie.

Kapitel 4

Sommer 2013

Teil Eins

44

Es regnete. Liem lümmelte auf der Couch – allein, denn Armins Aufenthalt in Schottland hatte sich um zwei Monate verlängert. Das hieß: Er musste weitere vier Wochen bis Ende Juli auf seine Rückkehr warten. Eine Ewigkeit. Meks lag zusammengerollt auf dem Boden, sah leblos aus. Der Regen drückte auf Liems Stimmung und nagte an seinen körperlichen Kräften. Er fühlte sich so wie Meks aussah – erschlagen. Trotzdem überwand er seinen inneren Schweinehund, stand auf, streckte wie eine Katze nach dem Erwachen seinen Körper durch und spähte aus dem Fenster.

Ein neues kleines Gemüsebeet schmückte den Garten. Von einem Schneckenzaun umrahmt, hatte Liem Kohlrabi-, Salat- und Erbsenpflanzen in die Erde eingesetzt. Einen Monat war es nun her. Genau an dem Tag, als Armin ihn über die Verlängerung informiert hatte, entstand aus diesem Frust heraus die Idee, ein neues Beet anzulegen. Sarah hatte beim Umstechen der Erde sowie beim Entfernen des Unkrauts geholfen. Anschließend fuhren sie mit ihrem roten Opel Corsa C zum Baumarkt, um die Pflanzen und den Schneckenzaun zu kaufen. Während des ganzen Prozesses musste Liem oft an seine Mutter denken, vor allem als er seine Finger in die Erde steckte. Bis zum heutigen Tage zeichnete sie sich als die beste Lehrmeisterin des Gartens aus. Frau Jungwirths jüngste Errungenschaft: eine japanische Azalee. Mit kräftigen rosafarbenen Blüten verpasste sie dem Grundstück mehr südländisches Flair. Voller Stolz hatte sie, als Liem das letzte Mal zu Hause war, die Azalee präsentiert. Lange und breit darüber erzählt.

Die Zeit verging langsam. Auch sich in die Arbeit zu stürzen, half nicht. Liem wurde von Tag zu Tag ungeduldiger, zu sehr vermisste er Armin, den er das letzte Mal Mitte März gesehen hatte, als er ihn für ein Wochenende in Schottland besucht hatte. Seit drei Monaten war er ausgehungert wie ein griechischer Straßenköter, doch selbst der erhielt mehr Streicheleinheiten.

Der Regen prasselte unaufhaltsam gegen die Fensterbank. Liem drehte sich um, gähnte und ließ sich wieder auf die Couch plumpsen. Meks schlief unbeirrt weiter.

Den Vorsatz vom letzten Jahr, keine weiteren Ausstellungen mit Alfred zu organisieren, hatte er im Frühjahr gebrochen. Eines Tages im Februar, es war kalt und nebelig gewesen, hatte der Wikinger ihn aus heiterem Himmel angerufen, ohne ein Anzeichen beleidigt zu sein. »Darling, Konrad ist von deinen Bildern so begeistert, dass er eine

Ausstellung auf die Beine stellen möchte. Du musst diese Chance ergreifen!«

Als sie sich schließlich zu dritt in einem Café trafen, um alles zu bereden, erkannte Liem in Konrad den siebzigjährigen Glatzkopf, der bei der ersten Vernissage viel über Schwänze gelabert und anschließend zwei Bilder gekauft hatte. Gern erinnerte sich Liem an die extra Hunderter pro Bild zurück. Konrad, der erneut einen Kaschmirpullover trug, dieses Mal nicht in Rot, sondern in Blau, hinkte zum Tisch, an dem Liem und Alfred bereits warteten. Er war sichtlich gealtert. Seine linke Hand, weiterhin jungaussehend, umfasste den Griff eines silbrig glänzenden Stockes.

»Mon cher«, begrüßte er die beiden mit lüsternem Blick. Dann küsste er Alfred auf den Mund. Liem grauste davor und entspannte sich, als Konrad lediglich die rechte Hand entgegenstreckte.

Homo-Erotik im Alltag – das geplante Motto der Vernissage, hier in diesem Café. Auf diesen Deal ließ sich Liem ein, denn es würde sich hier wohl keine weitere ausufernde Sex- und Drogenorgie wie letztes Jahr im Loft von Ivo wiederholen. Bis zur Ausstellung Anfang April hatte Liem einige Wochen Zeit, um sein Repertoire an neuen Kohlebildern zu erweitern. Er zeichnete jede freie Minute. Hatte er einmal keine Idee, rief er Alfred an, um erotische Vorschläge aus ihm herauszukitzeln. Trotz absurder Anregungen setzte Liem diese dann doch um. Und malte. Am amüsantesten fand er schließlich den Verkäufer eines Obststandes, der zwei küssenden Männern eine Banane anbot. Und genau dieses Bild verkaufte Liem als Erstes bei der Vernissage, die erneut erfolgreich war. Insgesamt verscherbelte er vierzehn Kohlezeichnungen, die mehr als dreitausend Euro einbrachten. Der nächste Jubel in seiner jungen Karriere als Künstler. Das ältere Publikum war gehoben, sie wirkten nicht nur nach außen hin gesittet, sondern verhielten sich auch dementsprechend so. Keine sexuellen Orgien, kein Drogenkonsum, keine skurrilen Situationen. Konrad wich kaum von Liems Seite, sprach dieses Mal weniger über Schwänze, nahm dafür umso öfter »Mon cher« in seinen Mund, worüber Liem jedes Mal schmunzeln musste. Es gab nur einen kurzen Schreckmoment, als Konrad mit seinem silbrig glänzenden Stock auf Liems Hintern schlug – mehr sanft als brutal – da Liem keine Rede halten wollte. »Mon cher, du musst mehr ins Rampenlicht rücken, um auch ein Star in Paris und New York zu werden.«

Zwei Stunden später, nachdem sich Liem von der Couch aufgerafft hatte, traf er Sarah im Club *Mimosa.* Kräftige Kastanienbäume umgaben die Outdoor-Tanzfläche, auf die sich bereits vier Frauen gewagt hatten. Die Regenwolken hatten sich verzogen, es war schwül, warm genug, um draußen zu sein. Von einem Stehtisch aus beobachteten die beiden die vier tanzenden Frauen, die sich mit einem Dauergrinsen zum Achtziger-Sound bewegten. *Always the Sun.*

»Endlich Ferien!«, stellte Sarah fest. Sie strahlte dabei wie ihr goldenes Glitzerkleid.

»Du Glückliche!«, erwiderte Liem, der mit einem Strohhalm im Getränk herumrührte. Ein Aperol Spritz mit einer schwimmenden Zitronenscheibe darin. »Ich muss noch vier Wochen warten, bis Armin nach Hause kommt«, jammerte er und zog einen Schmollmund.

Sarah ballte ihre linke Hand zu einer Faust. »Mein Lieber, das schaffst du. Halte durch!«

Liem knurrte.

»Ich will in den Ferien endlich mit meinem Kinderbuch vorankommen.«

»Hast du denn schon damit begonnen?«, fragte Liem und dachte sich, dass sie mittlerweile schon sehr lange von der Idee sprach. Er nahm einen Schluck von seinem Getränk.

»Na ja, nur grob skizziert. Aber ich habe noch ein paar Wochen Zeit, bis Armin zurückkommt und er mich dann hoffentlich mit brandneuen Infos zu den Papageitauchern versorgen wird.«

Ein Kellner streifte bei ihnen vorbei und stellte eine kleine Schüssel mit Erdnüssen auf den Stehtisch. Sarah beäugte das Knabberzeug skeptisch. Als Liem sich ein paar Nüsse in den Mund stopfte, schüttelte sie sachte ihren Kopf. Keine Nuss würde sie anfassen, ohne das Ablaufdatum zu wissen.

»Ich bin schon sehr auf dein Buch gespannt«, sagte Liem, obwohl er an einer Veröffentlichung zweifelte. »Was sagst du eigentlich dazu, dass Niko seit zwei Wochen wieder in Europa ist? Glaubst du, er kommt auch nach Österreich?« Seine Finger fuhren in die Schüssel wie eine Greifzange eines Baggers und schaufelten mehr Erdnüsse heraus. Er schmatzte.

»Ich hoffe es so sehr«, wimmerte Sarah, die ihre Hände zusammenfaltete und sie gen Himmel richtete, »aber jedes Mal, wenn ich ihn frage, hält er sich bedeckt. Was vielleicht damit zusammenhängt, dass er sich in eine Portugiesin verknallt hat.« Sie kicherte.

»Oder er will uns überraschen?« Liems Augen begannen zu funkeln.

»Wer weiß? Falls nicht, dann überraschen wir ihn und fliegen nach Portugal«, schlug Sarah vor und grinste so breit, dass ihre Zähne zum Vorschein kamen. Mehr und mehr Menschen betraten die Tanzfläche und begannen zu tanzen. *Rock Me Amadeus.*

»Hoffentlich ist die Portugiesin eine Gute und verletzt ihn nicht.« Liems Stirn bildete Falten. Er warf einen Blick in die Schüssel und zählte nur noch fünf Erdnüsse, die er hastig in seinen Mund schob. Anschließend schleckte er sich die salzigen, fettigen Finger ab.

»Ja, hoffen wir es. Und nachdem es keine Hochzeit in Kroatien gab, feiern wir hoffentlich eine in Portugal«, spekulierte Sarah und rieb sich dabei ihre Hände, die weder salzig noch fettig waren, nur geschmeidig von der Handcreme, die sie, bevor sie die Wohnung verlassen hatte, aufgetragen hatte.

Liem beobachtete Sarah, die sich an den Mann schmiegte, der sie vor zehn Minuten zum Tanzen aufgefordert hatte. Brani, so hatte er sich vorgestellt, gefiel es, dass seine weibliche Auswahl keine Scheu zeigte. Er trug ein weißes Hemd und eine schwarze Hose. Sein braun gewelltes Haar war mit Pomade nach hinten gestrichen. Sarah glitzerte daneben mit ihrem Kleid wie eine Discokugel in Gold. Gegensätze ziehen sich wohl an, dachte sich Liem. Als Brani seine Lippen, auf die von Sarah legte, biss sich Liem versehentlich in seine Zunge, denn mit diesem Tempo hatte er nicht gerechnet. Brani – ein Draufgänger! Hoffentlich war er Single, denn so ein Desaster wie letztes Jahr mit

Adrijan wünschte Liem seiner besten Freundin kein weiters Mal. Überall tanzten Liebespärchen. Ein Jammer. Aber in vier Wochen würde sich Liem endlich wieder austoben können – mit Armin. Der Blick auf das Handy verriet, dass es kurz vor Mitternacht war. Eine Kellnerin platzierte, ohne Liem anzusehen, eine neue Schüssel mit Erdnüssen auf den Stehtisch. Mit ein paar Griffen katapultierte er den kompletten Inhalt in seinen Magen und schleckte erneut seine fettigen, salzigen Finger ab.

Should I Stay Or Should I Go.

Diese Situationskomik brachte Liem zum Lachen, denn tatsächlich hatte er sich soeben dieselbe Frage gestellt, die aus den Boxen klang. Sarah würde bestimmt noch hierbleiben im Club *Mimosa* und erst später nach Hause gehen – mit ihrem Verehrer. Und so schminkte sich Liem Sarahs Gesellschaft heute definitiv ab, denn zu fest hielt Brani ihre Pobacken und zu fest krallte sie sich an Branis muskulöse Oberarme. Kein Loslassen. Trotzdem beschloss Liem, zu bleiben und auch zu tanzen. Er quetschte sich durch die Menschenmenge, dabei verlor er Sarah und Brani aus den Augen. ABBA lösten The Clash ab, wie immer mit ihrem Klassiker kurz nach Mitternacht. *Gimme, gimme, gimme a man after midnight.* Beim Refrain tobte die Menge, selbst Liem grölte mit. Plötzlich blieb ihm fast das Herz stehen.

Fabian.

»Hi Liem!« Nein, es war nicht Fabian. Es war Flo. Schon wieder verwechselt. Er grinste Liem an und gab ihm einen Kuss auf die linke Wange. Liem lächelte zurück, sagte aber nichts, denn Worte gingen in der lauten Musik sowieso unter. Dieser Duft – holzig-orientalisch. Unverkennbar,

Flos Parfum. In einem solchen Moment wünschte sich Liem, Single zu sein. Es würde vieles vereinfachen – den Moment genießen und die Gelegenheiten beim Schopf packen. Verdammt! Warum musste er so triebgesteuert sein? Er benahm sich wie eine rollige Katze. Während sie zu *Take On Me* tanzten, legte Flo ungeniert seine Hände auf Liems Pobacken und drückte ihn zu sich. Seine silbrige Kette mit dem Kreuzanhänger war wie geschaffen für Flos Hals. Zum Anbeißen. Liems Scham sickerte durch den Tanzboden, auch er fasste Flos Pobacken an und war über deren Festigkeit überrascht. Ein Kuss schwebte in der Luft, ihre Lippen nur mehr wenige Zentimeter voneinander entfernt. Armin würde nichts davon erfahren. Kein Drama. Nur ein Kuss. Liem konnte einfach nicht widerstehen, denn zu lange hatte der hungrige Straßenköter nichts zu fressen gehabt. Und Flos Parfum war gemein, lullte ihn gekonnt ein.

Doch dann klopfte ihm jemand auf die rechte Schulter. Liem zuckte zusammen, löste sich von Flo und drehte sich um.

»Mach keinen Blödsinn, hörst du? Denk an … Armin!« Die Vernunft, die Liem in den letzten Minuten so gut verdrängt hatte, war mit Sarahs Stimme zurückgekehrt. Mit Absicht hatte sie extra laut gesprochen, damit auch Flo ihre Worte hören konnte. »Ich gehe mit Brani nach Hause. Ciao!«, verabschiedete sie sich leiser und küsste Liem auf die Wange.

»Mach du auch keinen Blödsinn, okay?« Liem schürzte seine Lippen, die – ohne Sarahs Einmischung – jetzt an Flos Mund kleben würden.

Sarah verdrehte ihre Augen und schnappte sich Branis

linke Hand. Seine andere winkte Liem und Flo zum Abschied. Wirklich ein guter Fang, dachte sich Liem, während er feststellte, dass seine Geilheit verflogen war. Verdammt!

»Sorry für die Unterbrechung«, nuschelte Liem in Flos linkes Ohr. Flo zog seine Augenbrauen nach oben und fuhr sich mit einer Hand durch sein Haar. Auch Flos Geilheit schien überall zu sein, nur nicht mehr in seiner Hose.

»Armin heißt der Glückliche also. Das ist der im Boot, oder?«, fragte Flo.

»Was?«

»Das Boot … auf dem Bild, das ich bei der Vernissage gekauft habe.«

»Ach so … ja.«

»Schade.« Flo zuckte mit den Schultern. »Mach's gut, Liem!«

»Ahm … aber …«

Doch Flo hatte sich schon umgedreht und war in der Menge verschwunden, die holzig-orientalische Duftwolke verblasste. Liem ärgerte sich furchtbar über Sarah und ihre zerstörerische Einmischung. *Love Is In The Air.* John Paul Young sang voller Überzeugung aus den Musikboxen. Falsches Lied zum falschen Zeitpunkt. Aber der richtige Zeitpunkt nach Hause zu gehen. *Everywhere I Look Around.*

Am nächsten Tag bedankte sich Liem innerlich bei Sarah mit ihrem goldenen Glitzerkleid. Ihr Dazwischenfunken hatte ihn vor Schlimmerem bewahrt.

45

Eine Woche später, als Liem an einem Nachmittag vor dem neuen Gemüsebeet stand, um das Wachstum von Erbsen, Kohlrabi und Salat zu kontrollieren, läutete sein Handy. Armin hatte endlich Zeit gefunden, um zu telefonieren.

»Hi Süßer! Weißt du, ich liebe Papageitaucher, aber dich liebe ich viel mehr und kann es kaum erwarten, bis die drei Wochen vorbei sind!«

»Ich halte es auch nicht mehr aus. Ich liebe dich, Schatz«, entgegnete Liem, der sich zufrieden vom Gemüsebeet abwandte und sich Richtung Gartenlaube bewegte.

»Übrigens, mein Chef hat mir mitgeteilt, dass ich diesen Herbst in Wien erneut die *Danube Clean-Up Days* organisieren darf. Sozusagen als Wiedergutmachung für meine Abstinenz im Frühjahr«, schwärmte Armin.

»Gratuliere, Schatz!« Liem begutachtete die Mitschurinski-Trauben. Keine Reblaus darauf, wie die Jahre davor.

»Was gibt es sonst Neues in der Heimat?«, fragte Armin.

Nach dem Telefonat bewegte sich Liem zum Kräuterbeet und brach ein paar Zweige Rosmarin und Thymian ab. Er roch daran und sog den würzigen Duft ein, als sein Handy erneut läutete. Unbekannte Nummer. Liem zögerte. Wahrscheinlich ein Verlag, der eine Gratiszeitung für vier Wochen anbot oder ein Umfrageinstitut, das nervige Fragen zur politischen Situation stellte. Trotz unbekannter Nummer nahm er den Anruf entgegen.

»Hallo, hier spricht Liem!«

»Kleiner!«

»Oh mein Gott! Nikoooo!«, schrie Liem, während er vor Freude die Rosmarin- und Thymianzweige fallenließ. Es war Nikos erster Anruf seit zwei Jahren.

»Jaa, ich habe mir gedacht, es ist Zeit für ein Telefonat. Wie geht's dir?« Seine Stimme klang wie immer, tief und sie hatte etwas Schelmisches.

»Jetzt wunderbar! Ich freue mich sehr.« Liem hob die Rosmarin- und Thymianzweige vom Boden auf, ging in die Wohnung und legte die Gewürze auf der Küchenplatte ab. Dann setzte er sich auf einen Hocker und erzählte von sich, wie herausfordernd die Zeit ohne Armin momentan war und wie mühsam sich die Arbeit entwickelt hatte.

»Und gibt's auch etwas Positives zu berichten?«, bohrte Niko neugierig nach.

»Klar! Über meine ersten Vernissagen habe ich dir bereits geschrieben. Aber ich kann es noch immer nicht glauben, dass ich so viele von meinen Bildern verkauft habe.«

»Das ist leiwand! Gratuliere!«

»Aber genug von mir. Was tut sich bei dir? Wann kommst du zurück? Ich vermisse dich!«, gestand Liem, der zu aufgeregt war, um stillzusitzen. Er erhob sich und lief in der Küche auf und ab.

»Kleiner, ich vermisse dich auch und freue mich, wenn wir uns wieder sehen, aber ich muss dich leider enttäuschen.« Niko schwieg für einen Moment. »Das hat zwei gute Gründe. Ich arbeite seit einer Woche hier.«

»Echt? Wo denn?«

»In einem kleinen, urigen Kaffeehaus. Es macht mir Spaß.«

»Dann muss ich dich wohl besuchen kommen und einen

leckeren Kaffee und ein portugiesisches Dessert bei dir bestellen. Habt ihr auch gesalzene Karamelltorte?«

»Hahaha! Diese Torte verkaufen wir leider nicht. Aber du bist jederzeit willkommen bei uns.«

»Bei uns? Heißt das …?« Liem blieb vor der Arbeitsplatte stehen, nahm einen Thymianzweig und schnupperte erneut daran.

»Ja, wir haben uns Hals über Kopf verliebt. Luana ist der zweite Grund. Sie ist eine unglaubliche Frau, die du unbedingt kennenlernen musst«, schwärmte Niko.

»Wow! Das sind geniale Neuigkeiten. Ich freue mich sehr für dich!«

Nach dem Gespräch fühlte sich Liem beflügelt. Der längste Freundschaftsbruch zwischen ihnen war mit diesem Telefonat endgültig beseitigt. Endlich! Eine unsichtbare Last fiel von seinen Schultern ab. Im Kopf plante Liem bereits einen Urlaub mit Armin in Portugal. Gut gelaunt bereitete er anschließend einen gemischten Salat mit dem herrlich duftendem Thymian und Rosmarin zu.

Eine weitere Woche später, es war bereits Mitte Juli und nur noch zwei Wochen bis zu Armins Rückkehr, brachte Liem seine Malsachen zur Gartenlaube und begann ein neues Bild anzufertigen, obwohl es bereits finster war. Die Lichter, die rund um die Gartenlaube festgemacht waren, genügten Liem beim Zeichnen und Verwischen der Striche, er wechselte sich mit Estompe, Tüchern und seinen Fingern ab.

Meks, der sein Herrchen nach draußen begleitet hatte, wirkte unruhiger als sonst. Er strolchte im Garten umher, legte sich ins Gras, um kurz darauf wieder aufzustehen und erneut herumzustreunen. Diesen Vorgang wiederholte er mehrmals, bis er sich schließlich direkt auf Liems Füßen fallen ließ. Dann läutete es an der Tür. Liem schrak hoch, sodass seine Hand eine nicht gewollte Bewegung vollführte. Ein langer zackiger Strich, der nicht ins Bild passte. Meks bellte und lief schnurstracks in die Wohnung rein. Wer klingelte um diese Zeit?

Als Liem die Türe öffnete, stockte ihm der Atem. Flo mit dem holzig-orientalischen Parfum stand vor ihm. Wie konnte er wissen, wo Liem wohnte? Nein, es war nicht Flo.

Es war Fabian. Schon wieder hatte er die beiden verwechselt.

Fabian Giovannini.

Liem fühlte sich, als ob jemand mit einem Hammer auf seinen Schädel eindrosch. Ihm wurde schummrig. Meks bellte ununterbrochen. »Ssschh!«, zischte Liem, dessen Körper langsam erstarrte.

»Ciao amico!« Fabian strahlte und öffnete seine Arme für eine Umarmung.

Liem begriff nicht, dass seine Jugendliebe vor ihm stand und betrachtete Fabian, als ob er eine Fata Morgana wäre. Ihr letztes Wiedersehen hatte zufällig am Flughafen stattgefunden, mittlerweile waren fast zwei Jahre vergangen. Nachdem Liem nicht in seinen Armen landete, trat Fabian einen Schritt nach vorne.

»Darf ich reinkommen, amico?«

»Ahm …«

Drei weitere Schritte und Fabian betrat ohne Liems Zustimmung die Wohnung. Er schloss die Türe und strahlte weiterhin wie eine frischerblühte Rose.

Meks schnupperte aufgeregt an Fabians linkem Hosenbein.

»Gut siehst du aus, amico!«

»W-wie ha-«, stammelte Liem, dessen Körper nun komplett versteinert war.

»Koko hat mir deine Adresse verraten«, erklärte Fabian, der Liems Frage erahnt hatte. Dann legte er eine Hand auf Liems rechte Schulter und sah ihm tief in die Augen. »Ich habe dich vermisst, amico!«

Fabian Giovannini! Seine Jugendliebe stand wahrhaftig vor ihm. Liems Schockstarre löste sich erst, als er Fabians Lippen auf seinem Mund spürte.

Damals IV

Sommer 2003

46

Liems Finger umklammerten das Grünzeug. Sie zogen daran. Die Karotte schlüpfte aus der Erde – ein paar Bröckchen davon hingen an der zarten Wurzel und pendelten hin und her. Ohne die frische Möhre vor die Nase zu halten, schaffte es ihr Duft bis hin zu Liems Riechorgan. »Mmhh!«

Frau Jungwirth, die am Rande des Beets stand, klatschte. Ihre Fingernägel waren mit rosa Lack angestrichen. »Schön sieht die aus. Hol noch eine raus!«

Bevor Liem eine weitere Karotte aus der Erde herausfischte, überreichte er seiner Mutter das bereits geerntete Stück. Anschließend latschten sie zum Wasserhahn, der an der pistaziengrünen Hausmauer befestigt war und säuberten die Möhren unter dem fließenden Wasser. Befreiten sie von der Erde, bis sie nur noch orange leuchtete.

Mutter und Sohn setzten sich auf die Bank und knabberten wie Hasen an ihrer Karotte. Seit Liem seinen Vater mit Margot in der Bäckerei beim Geschlechtsverkehr erwischt hatte, versuchte er so gut wie möglich, seinem Erzeuger aus dem Weg zu gehen. Zu wütend war er auf den Familienverräter. Der Schock saß nach wie vor tief. Er verzichtete sogar schon tagelang auf gesalzene Karamelltorten, mied die Bäckerei, um auch dem Weibsbild nicht zu begegnen. Hatte sie Herrn Jungwirth betört? Oder hatte der alte Lustmolch Margot umgarnt? So gern würde Liem den Betrug seines Vaters rausschreien, denn diese unerträglichen Bilder, als Margot sich stöhnend auf seinem Vater auf und ab bewegte, waren eine Bürde, die er nicht mehr allein tragen wollte. Eine schwere Last, wie der Baumstamm einer alten Buche.

Und für seine Mutter empfand er Mitleid, deshalb verbrachte er möglichst viel Zeit mit ihr, auch wenn sie sich kaum etwas zu sagen hatten. Aber hatte Frau Jungwirth nicht das Recht, die Wahrheit zu wissen? Die Wahrheit, was ihr Mann tatsächlich in der Backstube trieb. Dass seine mehligen Finger die Brüste seiner Mitarbeiterin anfassten.

Doch Liem schwieg. Denn diese Informationen könnten seine Mutter in den Abgrund stürzen. Es würde ihr Herz brechen, und das wiederum würde Liems Herz spalten, wie eine Axt es mit einem Holzscheit tat. So behielt er die Schandtat seines Vaters weiterhin für sich und blieb Geheimnisträger zum Schutze seiner Mutter.

Der Druck plagte ihn. Als ob er mit zwei Baumstämmen jonglieren würde, in der einen Hand den der alten Buche und in der anderen den einer Linde. So torkelte Liem von morgens bis abends durch den Tag, sein Gleichgewicht komplett zerstört. Wie ein stämmiger Teilnehmer eines Highland Games in Schottland wollte er sich von dieser lästigen Last befreien, die Baumstämme weit wegwerfen

… doch er schaffte es nicht. Seit Tagen drückten diese Ungetüme auf seine Hände, Schultern und sein Gemüt. Und seit Tagen blockte er die Versuche seines Vaters ab, ein Gespräch zu führen; dabei reagierte er schnell und überzeugt.

»Mmmhhh«, schwärmte Frau Jungwirth, nachdem sie ihre Karotte verspeist hatte und damit Liem aus seinen Gedanken herausriss. Sie legte das übriggebliebene Grünzeug auf den Tisch vor sich hin. Der rosa Lack auf ihren Fingernägeln war ungewohnt. Liem fand, dass dieser nicht zu seiner Mutter passte. Wirkte unauthentisch. Vielleicht ahnte sie, dass sie betrogen wurde, und befand sich in einer Art Midlife-Crisis? Kompensierten ihre rosa Fingernägel etwas Zerbrochenes in ihrem Inneren?

»Hast du Lust auf ein Tiramisu in der Pizzeria Giovannini?«, fragte sie, während sie das Grünzeug befingerte.

Liem, der soeben den letzten Bissen von der Karotte runtergeschluckt hatte, nickte. »Ja, gerne!«

Eine halbe Stunde später nahmen sie zusammen mit Koko im Gastgarten Platz. Liem warf es sofort zu den Ereignissen der Eröffnung zurück: Nachdem er zum falschen Zeitpunkt am falschen Ort gewesen war und seinen Vater in der Backstube in flagranti erwischt hatte, zerrte Fabian ihn aus der Bäckerei ins Auto, mit dem Ergebnis, dass sie mit leeren Händen ins Restaurant zurückkamen. Die Enttäuschung des Herrn Giovannini kannte keine Grenzen, verstärkte sich noch als Fabian die Schuld auf sich lud und log, dass sie zweimal der Polizei begegnet waren und deshalb umdrehen mussten. »Sei un buono a nulla!«, schimpfte er seinen Sohn, während Liems Mutter sich bestätigt fühlte. Nie wieder würde sie zulassen, dass jemand ein Auto ohne Führerschein lenkte. Süßspeisen hin oder her, die Pizzeria Giovannini feierte schlussendlich einen großen Eröffnungserfolg. Am Ende entschuldigte sich sogar der Vater bei seinem Sohn für die harschen Worte.

Nach einer Weile eilte Herr Giovannini herbei, begrüßte Liems Mutter mit einem Handkuss und nahm lächelnd die Bestellung von drei Stück Tiramisu entgegen. Liem schaute sich um, doch Fabian war nicht zugegen. Seit dem Vorfall in der Bäckerei, fünf Tage waren seither vergangen, hatten sich die beiden nicht mehr getroffen. Kein Schwimmen. Kein Maniac Manson. Kein Radfahren. Kein Mastermind. Kein Fummeln. Immerhin riss ihr Kontakt via SMS nicht ab. Zweimal hatte sich Fabian über Liems Wohlbefinden erkundigt. Mit *Va bene* hatte Liem geantwortet. Sechs Buchstaben, die das italienische Wörterbuch seiner Schwester ausgespuckt hatte. Liem war es nach wie vor furchtbar peinlich, dass Fabian seinen Vater auf so erbärmliche Weise gesehen hatte. Unter keinen Umständen wollte er mit der Person, in die er verknallt war, darüber sprechen. Während Liem sinnierte, unterhielten sich Mutter und Tochter über Kokos Zukunft. Keine Aussicht auf eine berufliche Gelegenheit, die Koko beim Schopf packen konnte.

Eine junge Kellnerin – Liem konnte sich nicht daran erinnern, ob sie bei der Eröffnung serviert hatte – schoss mit einem Tablett voller Getränke aus der Pizzeria heraus. Sie wirkte gestresst. Ein zusammengebundener Zopf ihrer braunen Haare, der bis zu ihren Hüften hing, ließ sie strenger wirken, als sie wahrscheinlich tatsächlich war.

Kurz darauf tänzelte Fabian mit drei Stück Tiramisu

daher und stellte sie auf den Tisch der Jungwirths. »Ciao a tutti!«, sagte er und grinste vor allem Liem an.

Liem räusperte sich.

In Kokos Tiramisu steckte eine Kerze. »Mein Vater erklärt es gleich«, sagte Fabian, huschte davon, als auch schon Herr Giovannini angerannt kam. Sein Lächeln erinnerte an einen Breitmaulfrosch. Mit einem Feuerzeug entzündete er die geheimnisumwobene Kerze, die Funken versprühte. Andere Gäste guckten neugierig zu ihnen herüber. »Ich habe wunderbare Neuigkeiten! Du hast doch bei der Eröffnung geklagt, dass du keinen Job in der Tourismusbranche findest«, äußerte sich Fabians Vater und wandte seinen Blick an Koko. Jetzt kam bestimmt der Vorschlag, in der Pizzeria zu kellnern.

»Du hast einen Job! In Bologna!«

Koko riss ihre Augen auf. Wurde sie veräppelt? Ein Quietschen von Frau Jungwirth, ob aus Schreck oder Freude war schwer festzustellen. Das Quietschen und die rosa Fingernägel passten jedenfalls zusammen. Und Liem? Er erstarrte vor Bestürzung. Nachdem er die wahre Fratze seines Vaters erst ein paar Tage kannte, würde Koko ihn nun allein zurücklassen.

Italien. Bologna. Wie weit war das entfernt? Zu weit!

»Wirklich?« Endlich stolperte ein Wort zwischen Kokos Lippen raus. Sie schlug ihre Hände zusammen und führte sie vor den Mund hin. Danach quietschte sie wie vorhin ihre Mutter, nur länger und lauter. So laut, dass weitere Gäste ihre Köpfe zu ihr hindrehten, um ja nichts zu verpassen.

»Si! Ich habe dort meine Kontakte im Tourist-Office spielen lassen«, sagte Herr Giovannini. Dabei plusterte er sich wie ein stolzer Gockel auf, was ihn noch größer wirken ließ, als er sowieso schon war.

»Was muss ich tun?«, fragte Koko, die mit Händen und Füßen unkontrolliert herumzappelte.

»Nächste Woche nach Bologna fahren, Herrn Russo kennenlernen, den Vertrag unterschreiben und dann kannst du im September zu arbeiten beginnen. Deutsch und Englisch beherrschst du ja.« Fabians Vater hielt beide Daumen nach oben.

»Ich kann sogar ein bisschen Italienisch sprechen«, teilte sie grinsend mit.

»Darauf müssen wir mit Ihnen anstoßen! Bringen Sie uns bitte viermal Sekt?«, bat Frau Jungwirth, der es nichts auszumachen schien, dass sich ein fremdes Land ihre Tochter krallen würde.

Liem spitzte seine Lippen. Ihm war nicht nach Sekt. Er wollte weinen, schluckte aber die Tränen runter.

47

Am nächsten Tag schaffte es Liem nicht mehr, seinem Vater auszuweichen. Die wöchentliche Auslieferung stand auf dem Programm. Wie schön wäre es, ihm beide Stinkefinger vor die Nase zu halten, stattdessen stieg Liem widerwillig in den Lieferwagen ein. Er musste es tun, denn sonst würde seine Mutter skeptisch werden, ihn mit Fragen löchern, um zu verstehen, warum er so leichtfertig auf zusätzliches Taschengeld verzichtete. Die brennende Zündschnur würde sich dabei unaufhaltsam dem brandgefährlichen Dynamitblock nähern. Eine Explosion wollte Liem unter keinen Umständen riskieren, diese galt es mit allen Mitteln zu verhindern. Und so geißelte er sich selbst und assistierte erneut seinem Vater.

Totenstille!

Bis zum ersten Stopp tauschten Vater und Sohn kein Wort miteinander aus. Dafür balzte Herr Jungwirth mit Frau Auer, die ein Roggenbrot bestellte und sich wie ein jungfräuliches Wesen benahm. Ob er sich mit der alten Schachtel auch heimlich in der Backstube traf, um statt Teig an ihren Brüsten zu kneten? Am liebsten wollte Liem in die Tüte, in die er das Roggenbrot für Frau Auer stopfte, reinspucken. Sein Frust hatte sich in den letzten Tagen vergrößert wie ein Ballon, der mit jedem Reinpusten an Volumen zunahm. Hoffentlich platzte Liem nicht bald der Kopf. Ein Ventil musste her, um aus dieser negativen Spirale rauszukommen. Fabian! Er wusste genau, wie an Liems Ventil zu schrauben war, falls er sich nicht mit Antonia beschäftigte.

»Bis zum nächsten Mal, Herr Jungwirth«, verabschiedete sich Frau Auer mit piepsender Stimme. Wahrscheinlich frustrierte sie das Leben genauso wie momentan Liem, und einmal in der Woche mit dem Bäcker zu flirten, war ihr einziger und letzter Strohhalm, an den sie sich klammerte.

»Küss die Hand gnä' Frau!«

Diese Schmeichelei – zum Kotzen. Und die Auslieferung hatte erst begonnen. Bis zum nächsten Stopp, drei Kreuzungen weiter, blieb Liem seiner Linie treu, also stumm. Und sein Vater bemühte sich auch nicht, ein Gespräch zu beginnen, nur einmal räusperte er sich.

»Du siehst deinem Vater sehr ähnlich!«, stellte eine Frau fest, die Liem noch nie gesehen hatte. Eine Phrase, die

Liem nur zu oft hörte. Auf fünfzig Jahre schätzte er die neue Kundin, die sich mit dem Namen Kowalczyk vorstellte. Wahrscheinlich stammte sie aus Tschechien, der Slowakei oder aus Polen. Liem streckte ihr die Papiertasche mit vier Topfentaschen entgegen.

»Danke, da werden sich meine Enkelkinder freuen«, äußerte sie sich und hielt ihm eine zusätzliche Münze vor die Nase. Dankend schnappte er sich die Münze und ließ sie in die linke Hosentasche gleiten.

Vater und Sohn klapperten die weiteren Stationen in der bewährten Route ab. Frau Baumgartner, Frau Steinmüller und Frau Moser kicherten wie gewöhnlich außergewöhnlich, als Herr Jungwirth seinen Charme spielen ließ und ihre Hände sanft berührte. Jede Woche dasselbe Spiel. Liem betrachtete nun vieles aus einem anderen Blickwinkel und fand dieses kokettierende Verhalten seines Vaters erschreckend eindeutig. Wie hatte er nur so blind sein können? Vielleicht war die Backstube in Wirklichkeit ein Lusthaus und seine Mutter wusste davon. War das der Grund für ihre ständigen Streitigkeiten in den letzten Wochen? Aber ergötzte sich sein Vater wirklich an diesen Damen?

Herr Jungwirth zündete sich eine Zigarette an und blies einen Schwall Rauch aus dem geöffneten Fenster. Ihre Tour war beendet. Endlich.

»Liem, ich habe lange nachgedacht, über das, was geschehen ist. Wie soll ich dir das jetzt am besten sagen? … Also, pass auf! Du wirst bestimmt im Laufe des Lebens die Erfahrung machen, dass Menschen Fehler begehen, nicht perfekt sind«, redete sein Vater plötzlich um den heißen Brei herum, »aber … du musst wissen, es ist nicht immer alles so, wie es aussieht.«

Liem verkrampfte sich, erschreckt und verschreckt über das Gefasel, und richtete seinen Blick geradeaus, ohne sprachlich zu reagieren.

»Es war ein großer Fehler. Nicht, dass du glaubst, dass Margot und ich … also, dass wir das öfters tun oder getan haben. Es war einmalig. Wir standen beide unter Stress und sowas wird nie wieder vorkommen«, versprach ihm sein Vater, aus dessen Nase und Mund langsam ein Rauchschwaden schwebte, als ob es in seinem Inneren brennen würde.

»Ahm …« Liem wusste nicht, wie er auf dieses Palaver reagieren sollte. Nur nicht wie mein Vater werden, dachte er sich und nahm sich vor, nie seinen Freund zu betrügen. Das Lieferauto fühlte sich wie ein Gefängnis an, aus dem er nicht ausbrechen konnte – im Gegensatz zum Inhalt seines Magens, der rauswollte. »Bitte bleib stehen!«

Als der Lieferwagen anhielt, sprang Liem hinaus und kotzte auf den Gehsteig. Was zu viel war, war einfach zu viel.

»Ist alles in Ordnung?«, ertönte die besorgte Stimme seines Vaters.

Würgereiz. Eine weitere Flut von seinem Mittagessen platschte auf den Asphalt. Zum Glück blieb ihm die Schmach von neugierigen Blicken erspart, da keine Menschenseele herumstrolchte. Nachdem sich sein Magen beruhigt hatte, wollte Liem seinen Mund säubern, doch seine Hosentaschen waren leer. Kein Taschentuch griffbereit. So wischte er mit einer Hand über seine Lippen, ehe er sich wieder in den Lieferwagen setzte und sich anschnallte. Sofort kehrte das einengende Gefühl der Gitterstäbe zurück.

»Geht's dir wieder gut?«, brummte sein Vater.

»Mm-hmm«, erwiderte Liem.

Kurz nachdem Herr Jungwirth losgefahren war, knüpfte er nahtlos an das Gespräch von vorhin an. »Erzähl' deiner Mutter bitte nichts davon, okay?« Eine weitere Rauchfahne verpestete trotz offenem Fenster die Luft im Lieferwagen.

Liem hustete. Obwohl er saß, hatte er das Gefühl zu taumeln. Immerhin blieb ihm ein weiterer Würgereiz erspart.

»Okay, Sohn?«, hakte Herr Jungwirth mit gereizter Stimme nach. Geduld zählte nicht zu seinen Stärken.

Liem murrte. Er sah, dass sein Vater den Kopf zu ihm drehte. Die Gitterstäbe des Gefängnisses ließen kaum mehr als eine Schnappatmung zu.

»Schau mich an, und sag mir, dass du deiner Mutter nichts erzählen wirst«, forderte Herr Jungwirth ein. Kalt und streng.

Liem erkannte darin die pure Verzweiflung. Widerwillig drehte er seinen Kopf und versprach stotternd, dass er sich raushalten würde.

Ein grausames Lachen, furchterregender als das eines barbarischen Gefängniswärters, schleuderte Liem entgegen. Die Gitterstäbe rund um seinen Körper hatten ihn fest im Griff. Die schnappende Atmung beförderte zu wenig Sauerstoff in seine Lungen. Er brauchte Fabian dringlicher denn je. Liems Vater, der sich nun in Sicherheit wog, begann zu summen und an einem weiteren Glimmstängel zu paffen.

Fabian!

Liems Flehen hatte gewirkt. Giovannini Junior stand auf dem Gehsteig und winkte ihnen zu. Herr Jungwirth parkte den Lieferwagen und stieg aus. Verdutzt erkannte Liem, dass sie vor der Pizzeria Giovannini standen. Was machten sie hier? Er öffnete die Türe und hüpfte raus. Die Gitterstäbe ließen locker, wie rankender Efeu, dem der Wasserhahn abgedreht wurde.

»Ciao amico! Come stai?«

Liem, der mittlerweile die wichtigsten Begrüßungsworte auf Italienisch verstand, antwortete mit einem »Sto bene!«

»Komm, gehen wir zu mir nach Hause in den Pool«, forderte Fabian ihn auf. Wie gewohnt kaute er an einem Kaugummi.

Liem blickte sich nach seinem Vater um, ehe er antwortete: »Ich weiß nicht. Ehrlich gesagt habe ich keine Ahnung, warum wir -«

»Unsere Alten müssen etwas Berufliches besprechen«, unterbrach ihn Fabian. »Vieni!«, sagte er und deutete mit einer Hand, dass Liem mitkommen sollte. Nachdem sie sich von ihren Vätern verabschiedet hatten, spazierten sie zum Haus der Giovanninis und landeten im Swimmingpool. Das ganze Chaos rund um seinen Vater verdrängte Liem geschickt, auch Fabian erkundigte sich diesbezüglich nicht. Zu Liems Enttäuschung blieben während des Plantschens erotische Szenen aus. Fabian begrapschte ihn nicht. Auch als sie auf der Wiese zum Trocknen lagen, behielt Fabian seine Hände bei sich. So unartig artig! Jetzt fehlte nur noch, dass Antonia plötzlich und unerwartet auftauchte.

»Hast du Lust Kirschen zu stehlen?«, fragte Fabian mit einem schelmischen Blick.

»Kirschen? Gibt es noch welche? Und wo willst du die

stehlen?« Liem setzte sich auf und betrachtete Fabian, vor allem sein Muttermal oberhalb des Kinns. Es war eine Augenweide, die seine Sanftmütigkeit verstärkte.

»Si! Saftige Spätkirschen! Sie hängen auf einem Baum drei Häuser von hier entfernt«, informierte Fabian seinen Freund.

»Von einem Nachbarn?«

»Si! Aber ich habe dort noch nie jemanden gesehen. Wir bilden eine Art Geheimmission«, Fabian zwinkerte, »und schleichen uns lautlos den Baum rauf wie Katzen.« Mit seinen Händen versuchte er Tatzen zu imitieren, die an einem unsichtbaren Stamm nach oben wanderten. »Dann werden uns weder die Grundstückbesitzer noch die Nachbarn entdecken, okay?« Erwartungsvoll sah er Liem an, nachdem auch er sich aufgesetzt hatte. Sein Kaugummi, an dem er nach wie vor kaute, musste nach nichts mehr schmecken, und trotzdem hatte Liem Lust, dass Fabian ihm dieses Teil, verbunden mit einem langen leidenschaftlichen Kuss, in den Mund schob. Mit Wehmut erinnerte sich Liem daran zurück, als Fabian ihm heimlich im Zelt einen zarten Kuss geschenkt hatte. Wie ein verpuffter Traum kam es ihm mittlerweile vor.

»Okay, lass es uns versuchen!«, bestätigte Liem die Geheimmission. Niemals könnte er einen Wunsch von Fabian ausschlagen.

Sie schlüpften in ihre T-Shirts, Hosen und Sneakers, bevor sie sich auf den Weg zum Kirschbaum machten. Innerhalb von ein paar Minuten standen sie vor dem verwilderten Grundstück. Hohe Hecken versperrten ihnen und den umliegenden Nachbarn die Sicht auf dieses verlassene Terrain.

»Andiamo!«, befahl Fabian und hüpfte über den Zaun, ehe er zwischen Thujen verschwand.

Besorgt schaute Liem in alle Richtungen. Da er niemanden entdeckte und auch keine verdächtigen Bewegungen wahrnahm, folgte er Fabian über den Zaun und durch die Thujen. Das Gras stand hoch, hatte dieses Jahr bestimmt noch keinen Rasenmäher gespürt. Bienen und Hummeln flogen von einer Blume zur nächsten. Eine wilde Wiese – das reinste Paradies für Insekten. Auch das Haus vermittelte den Eindruck, als ob sich tatsächlich keine Seele um dieses Revier kümmerte. Eine Kletterpflanze rankte unkontrolliert die Mauern nach oben. Zwei Fensterscheiben waren eingeschlagen. Und ein paar Dachziegel fehlten. Fabian, der bereits vor dem Kirschbaum stand, drehte sich zu Liem um und machte ein Handzeichen, dass er sich beeilen sollte. »Los, holen wir uns die saftigen Kirschen«, kommandierte er, umklammerte dabei den untersten Ast mit seinen Händen und schwang sich elegant wie ein Affe hinauf.

Liem schaute sich erneut um, ob sie auch wirklich niemand sehen konnte. Außer einer Hummel, die vor seinem Gesicht herumschwirrte, ließ sich keine Seele blicken. Dann versuchte er Fabians eleganten Schwung nachzuahmen, doch er rutschte mit einem Fuß ab wie ein tollpatschiges junges Äffchen, bei seinem ersten Versuch in der Natur. Der zweite Anlauf funktionierte.

»Mmmmhh! Delizioso!«, schwärmte Fabian, der sich bereits bis in die Baumkrone hochgehievt hatte und die erste Kirsche genüsslich verspeiste. Er streckte seine rechte Hand aus, um eine weitere zu pflücken, dabei spuckte er den ersten Kirschkern in weitem Bogen aus.

Als Liem sich fast auf gleicher Höhe wie sein Freund befand, ergötzte er sich am roten Meer der Steinfrüchte. Eine sah köstlicher aus als die andere. Er pflückte die erstbeste Kirsche, die ihn anlachte und biss herzhaft hinein. Der süße Geschmack haute Liem fast vom Baum. Gierig griff er nach einer Zweiten und einer Dritten. Und so grasten die beiden wie eine gefräßige Vogelschar den Baum ab. Sie schmatzten ... bis zu dem Zeitpunkt, als sie plötzlich Gelächter hörten, von dort, wo sie gekommen waren. Fabian legte seinen Zeigefinger auf den Mund. Pssst! Doch das Gelächter und die Stimmen weckten in Liem einen Fluchtinstinkt. Ohne nachzudenken, kletterte er nach unten, rannte – ohne sein Gehirn einzuschalten – in die Richtung des verlassenen Hauses. Nach ein paar Metern riss Fabian ihn von hinten nieder. Beide fielen hin. Es umgab sie eine blühende Sommerwiese, die mehr als einen Meter hoch war. Gelbe, rote, hellblaue und weiße Blumen. Ein geeignetes Versteck. Fabian legte ein weiteres Mal seinen Zeigefinger auf den Mund. Pssst! Die Stimmen und das Gekicher wurden lauter. Die Eindringlinge hatten nun das Grundstück betreten, sich durch die Thujen durchgekämpft und steuerten den Kirschbaum an, um ihn abzulausen. Liem und Fabian blieb nichts anderes übrig, als in der Wiese versteckt zu bleiben. »Die sind so laut, es wohnt definitiv niemand hier«, flüsterte Fabian.

»Mhm!« Nur keine unnötige Aufmerksamkeit auf uns ziehen, dachte sich Liem, der beinahe schrie, als plötzlich Fabians Hand in seinen Schritt griff. Was war bloß in ihn gefahren? Brauchte Fabian den Nervenkitzel, leichtfertig beim Fummeln erwischt zu werden? Schnell stellte Liem fest, dass ihn diese Situation selbst antörnte. Und so gewährte er Fabian seine Hosenknöpfe zu öffnen, was dazu führte, dass sich sein Penis schnell erhärtete. Wie immer wirkte es so, als ob Fabian nicht bei der Sache wäre und kein Interesse an Liem hätte. Er schaute an Liem vorbei, in den Boden hinein. Ein irritierendes Verhalten. Eine verrückte Situation. Niemand würde Liem dieses Abenteuer glauben, abgesehen davon, dass er auch keine Person kannte, der er davon erzählen konnte.

Mittlerweile ragte sein Penis durch den Hosenschlitz in die Höhe, kerzengerade wie ein Kirchturm. Rhythmisch schob Fabian die Vorhaut nach unten und oben, so als ob es sein Handwerk wäre, mit dem er sein tägliches Brot verdiente. Wie gern würde auch Liem Fabians Vorhaut berühren und bewegen, doch er musste sich weiterhin in Geduld üben, auch eine Kirsche warf man sich erst in den Rachen, wenn sie ausgereift war. Hab' Geduld, ermahnte er sich, während sein Samenerguss keimte. Plötzlich überrumpelte ihn ein Gefühl von Vorsicht. Irgendetwas hatte sich verändert, doch er konnte die Ursache nicht ausfindig machen, denn der Großteil seines Blutes pulsierte nicht mehr im Gehirn, sondern in seiner Kirchenspitze.

Ein Schatten. Obwohl keine Wolken den Himmel verdeckten. Und wie aus dem Nichts blickten vier Gesichter auf Liem und Fabian herab. Gekicher! Auch Fabian hatte die trügerische Stille und das Heranpirschen der Clique nicht registriert. Und so erschraken beide gleichzeitig und fuhren hoch. Liem bedeckte seine hochragende Scham mit seinen Händen.

»Erwischt, Schwuli!« Die Stimme von Klaus verwandelte sich in hämisches Gelächter. Liems Albtraum war zur Realität geworden. Auf frischer Tat ertappt von seinem boshaften Schulkollegen, der diese Situation schamlos ausnutzen und alle Details brühwarm nächstes Schuljahr in der Klasse herumerzählen würde. Was machte dieser Idiot hier? Er wohnte doch im Nachbardorf.

»Los, verschwinden wir!«, kommandierte Klaus seinen drei Freunden, die sofort die Thujen ansteuerten. Bevor Klaus jedoch weglief, warf er einen bedrohlichen Blick auf beide und spuckte Liem ins Gesicht.

Nach dieser Erniedrigung fehlten sowohl Liem als auch Fabian die Worte. Beide konnten sich nicht in die Augen sehen. Liems Penis war zusammengefallen wie ein Schlauchboot, dem die Luft ausgegangen war. Schnell verfrachtete Liem ihn zurück in seine Hose, richtete sich auf und sah Fabian erwartungsvoll an. Was er sich von ihm erwartete, wusste er nicht, obwohl das Blut wieder störungsfrei ins Gehirn floss.

Fabian wirkte komplett daneben, war noch schockierter als Liem. »Scusa, devo andarmene da qui«, sprach er wie in Trance. Dann rauschte er davon und ließ Liem im fremden Garten stehen. Liem starrte ihm hinterher, ohne etwas nachzurufen. Als die Thujen Fabian Giovannini geschluckt hatten, wanderte Liems Blick zum Kirschbaum. Rot und verlockend blitzten die Früchte herab. Verbotene Früchte mit verderbenden Nachwirkungen. Erst jetzt wischte er sich die Spucke von Klaus aus seinem Gesicht.

48

Drei Tage später reiste Koko nach Bologna, um sich bei ihrem zukünftigen Chef des Tourist-Offices, Herrn Russo, vorzustellen. Es war reine Formsache, denn laut Herrn Giovannini hatte sie den Job fix in der Tasche. »Dai, non preoccuparti. Mein Freund Alessandro nimmt dich hundertprozentig«, hatte er mehrmals versichert. Mutter und Tochter verabschiedeten sich am Bahngleis drei. Hysterisch. Obwohl Koko in einer Woche wieder zurück sein würde, da sie ihren Job erst im September antrat, wechselten sie zwischen Abschiedstränen und euphorischem Lachen, das den Geräuschen von Hyänen ähnelte, mehrmals hin und her. Die Männer der Familie Jungwirth zeigten keine Emotionen, standen starr wie Statuen aus Marmor da. Seit dem Vorfall auf dem verlassenen Grundstück war Liem abgestumpft, und dass Fabian sich seitdem nicht mehr bei ihm gemeldet hatte, schmerzte zu sehr, als dass er Gefühle an sich ranließ.

Zu Hause angekommen, setzte Liem sich an seinen Schreibtisch. Vor ihm lag ein leeres Blatt Papier, das ein Schmuckstück für die Ewigkeit werden sollte. Doch Liems künstlerische Freiheit war blockiert, seine Gehirnwindungen verknotet, und so lümmelte er nur herum. Die Gegenwart hatte nichts Erfreuliches zu bieten, die Prophezeiungen für seine Zukunft sahen düster und mies aus, und für diese Prognose musste er nicht einmal einen Astrologen konsultieren.

Fabian, der ein Problem mit seinen eigenen homosexuellen Gelüsten zu haben schien, hatte sich seit dem Auftauchen von Klaus und seiner Clique beim Kirschenstehlen komplett zurückgezogen. Vielleicht verbannte er nun Liem aus seinem Leben. Die Gedanken an das kommende Schuljahr ließen Böses erahnen. Klaus würde ihn mit noch mieserer Taktik malträtieren. Und als ob das nicht genug wäre, kam noch der Zank der Eltern dazu. Sie stritten sich ständig, und das Versprechen seines Vaters, dass er seine Finger von Margot lassen würde, bezweifelte Liem stark. Nebenbei würde Koko für immer ausziehen. An positiven Aussichten mangelte es.

Ein Türknallen! Der Streit zwischen seinen Eltern flammte wie von einem Windhauch angestacheltes Feuer wieder auf. Sie brüllten sich an. Normalerweise kühlten sich die erhitzten Gemüter nach einem Türknallen ab, heute schien ihre Fehde in einen Flächenbrand auszuarten. Etwas klirrte. Liem fühlte sich unbehaglich, so erhob er sich und verließ sein Zimmer.

»Du Schwein!«, schrie Frau Jungwirth so laut, dass es Liem vorkam, dass das ganze Haus davon gellte. Er hastete die Treppen hinunter, wollte so schnell wie möglich diesem Inferno entkommen. Könnte er doch nur wie Koko ein neues Leben in Bologna beginnen, aber dieser Gedanke war unrealistisch. Schnell schlüpfte er in seine Sneakers und rauschte aus dem Haus, während er noch brummige Laute seines Vaters hörte. Vielleicht hatte er seinen Seitensprung gestanden.

Liem lief. Er lief, ohne nachzudenken. Lief, als ob eine brandgefährliche Feuerbrunst ihn verfolgen würde. Wohin er lief, wusste er nicht. Hauptsache er lief. Dass es zu regnen begann, nahm er kaum wahr. Schlussendlich landete Liem, ohne richtig überrascht zu sein, vor dem Haus der Giovanninis. Seine braunen Haare waren triefend nass. Wassertropfen rannen wie Tränen über sein Gesicht. Als Liem das Gartentor öffnete, quietschte es, was ihm zum ersten Mal auffiel. Er zottelte bis zur Eingangstüre und drückte auf die Klingel. Keine Ahnung, ob Fabian zu

Hause war oder er mit seinen Eltern in der Pizzeria arbeitete. Doch er hörte ein Trampeln von drinnen. Das stammte eindeutig von Fabian, denn weder Frau noch Herr Giovannini würden eine solche Energie aufbringen, nur um einen unerwarteten Besucher zu begrüßen. Weitere Wassertropfen beschlagnahmten Liems Gesicht. Die Türe öffnete sich. Fabian guckte erschreckt. »Du?«

Kein »Ciao amico!«

Den Stich im Herzen ignorierte Liem. Er war hierhergekommen, um alles zu riskieren. Keine Zeit mehr für Spiele und Irritationen. Die waren vorbei. Endgültig! Zum ersten Mal in seinem Leben brachte er richtigen Mut auf und nuschelte: »Ich liebe dich!« Er beugte sich vor, um Fabian zu küssen.

»Schatz, wer ist denn da?«, rief Antonia von drinnen.

»Sei pazzo?«, zischte Fabian, der Liem wegschubste, sodass dieser nach hinten torkelte. Rückwärts stolperte Liem über die zwei Stufen nach unten und landete mit seinem Allerwertesten auf dem Boden. Ein harter Aufprall, der schmerzte.

»Ein Paket für meine Eltern, Schatz«, plärrte Fabian zurück. Er warf einen giftigen Blick zu Liem, bevor er die Tür zuknallte.

Kapitel 5

Sommer 2013

Teil Zwei

49

Eine jahrelange Sehnsucht erfüllte sich. Fabian drückte mit einer Hand Liems Kopf fester zu sich. Küsste zärtlich die Oberlippe, dann die Unterlippe. Seine Zunge wollte in Liems Mund vordringen, doch sie wurde abgeschmettert, denn Liems Schockstarre hatte sich gelöst. Ein Schubser. Fabian torkelte nach hinten.

»Was soll das?«, fragte Liem in gereiztem Ton. Verärgert, dass dieser heiß ersehnte Kuss ihn um Jahre zu spät traf.

Fabians Schuhe, weiße Sneakers mit grünen Streifen, erweckten Meks Interesse. Er schnupperte daran.

»Amico!« Fabian kratzte sich am linken Ohr. Mitleidig winselte er: »Ich dachte, dir würde ein Kuss mit mir gefallen.«

Liem schwieg, obwohl er zwei Antworten parat hatte. Ein *Ja verdammt*, und ein *Verdammt nein*! Ja verdammt, ihm würde ein Kuss mit ihm gefallen. Sehr sogar. Und verdammt nein, nicht jetzt. Warum ausgerechnet jetzt und nicht damals? Vor zehn Jahren wäre der ideale Zeitpunkt gewesen, um einen ganzen Sommer lang herumzuknutschen. Und den ganzen Herbst. Und viele Jahreszeiten mehr.

»Nicht?« Ein weiteres Winseln von Fabian. Armselig.

Liem knickte dadurch ein Stück ein. Mit sanfter (statt mit anklagender) Stimme warf er Fabian vergangene Tatsachen vor die Füße: »Ahm … Fabian, du wolltest mich doch nie kü-küssen. Du hast mich die Treppen runtergestoßen, als ich dir meine Liebe gestand. Jetzt … jetzt bin ich in einer Beziehung.« Liem verschränkte seine Arme und setzte einen trotzigen Blick auf.

Schweigen.

Meks hatte genug von Fabians Sneakers und auch von diesem angespannten Gespräch, er zog sich auf sein Schaffell zurück. Länger als gewohnt rang Fabian um eine Antwort. »Amico«, flehte er schließlich, »ich habe dich nicht runtergestoßen, und es waren nur zwei Stufen.« Fabians rechte Hand schnappte sich Liems linkes Handgelenk, damit er ihm nicht entgleiten konnte. »Lass uns darüber reden, per favore!«

Liem stand wie eine bockige Ziege da. Er wollte nicht reden.

»Bitte, amico!« Fabians Griff wurde fester, sein Blick intensiver.

Diese dunklen Augen. Verdammt! Und dazu das Muttermal oberhalb seines Kinns. Der Schönheitsfleck, der Liem schon früher dominiert hatte. Liem war verdammt dazu, mehr einzuknicken. Ganz einzuknicken, bis seine

Knie auf dem Boden aufkrachen würden. »Pffff«, stieß er aus. Die Welt war ungerecht. Liebend gern wollte Liem sich mit Fabian im Bett herumwälzen, aber Armin … er konnte ihm das nicht antun. Er musste seine Beine zusammendrücken und die unerfüllten Sehnsüchte seines sechzehnjährigen Selbst unterbinden. Wenn nur der Jugendliche, der nach wie vor in ihm hauste, aufgestachelt durch den *giftigen Schatz*, sich nicht so dominant brüsten würde; er rebellierte gegen jeden Gedanken der Vernunft, wollte am liebsten alle moralischen Standpunkte zertrampeln, um endlich mit Fabian Giovannini zu schlafen – völlig egal, mit welchen Konsequenzen der erwachsene Teil von Liem anschließend zu kämpfen hatte.

Fabians Augen. Seine Waffen … sie hypnotisierten Liem, der versuchte gegen ihre einlullende Wirkung anzukämpfen. Um Schlimmeres zu verhindern, sollte er Fabian sofort aus der Wohnung rausschmeißen, doch der revoltierende Jugendliche hatte das Kommando. Liems Hand hob sich wie ferngesteuert und deutete Fabian, dass er ins Wohnzimmer eintreten sollte.

Von Freude überwältigt, umarmte Fabian ihn. Dieser Duft. Liem hatte Fabians olfaktorischen Reiz noch nie genau beschreiben können. Er war einzigartig. Löste jedes Mal eine Sanftmut und tiefe Geborgenheit in ihm aus, wie bei niemand anderen. Der letzte Hauch von Vernunft verpuffte in dieser verführerischen und zugleich toxischen Duftwolke, die Liem anspornte, Fabian zu gehorchen, egal welchen Wunsch er aussprach. Doch Fabian trat einen Schritt zurück. Liem lächelte ihn aus Verlegenheit an, irgendwie fuchste es ihn, sich so schwach ihm gegenüber zu fühlen. Als Fabian auch noch einen Daumen zärtlich über sein Kinn strich, entkam Liem ein stöhnender Laut. Um dieser Peinlichkeit zu entgehen, drehte er sich um und führte Fabian zügig in die Gartenlaube. Vorher blieb er beim Kühlschrank stehen und fischte zwei Bierflaschen heraus.

Mittlerweile war es dunkel geworden. Die vier solarbetriebenen Lampions, die am Weinstock befestigt waren, leuchteten in einem matten Gelb, das die Mitschurinski-Trauben ins Licht rückte. Das Zirpen mehrerer Grillen durchbrach die Stille. Es ist zu romantisch, dachte sich Liem. Er stapelte die Zeichenutensilien zu einem Haufen und legte sie auf die Bank, auf die er sich hinsetzte.

»Ein Traumgarten, amico!«, schwärmte Fabian, der vis-à-vis von Liem Platz nahm.

»Ja«, krächzte Liem. Sämtliche Muskelpartien verspannten sich. Eine unauffällige Yoga- oder Atemübung von Sarah wäre jetzt ideal. Unbedingt musste er bei ihrer nächsten Vorführung Augen und Ohren offenlassen.

»Salute amico«, sagte Fabian und nahm einen großen Schluck von seinem Bier.

Liem betrachtete den stark ausgeprägten Adamsapfel, der sich mit jedem Schluck nach oben bewegte.

»Trinkst du nicht?«, fragte Fabian und stellte seine Flasche auf den Tisch.

»Doch.« Liem griff nach vorne und warf in der hastigen Bewegung die Bierflasche um. Die Hopfen-Malz-Flüssigkeit verteilte sich wie eine Flutwelle über die Tischplatte und schwappte zu Fabian vorwärts, der rechtzeitig aufsprang, damit er nicht nass wurde. »Ach, verdammt«, fluchte Liem, »ich bin gleich wieder zurück.«

In der Küche überlegte er sich, ob er die Notbremse ziehen und Fabian auf die Straße bugsieren sollte. Doch sein Pimmel juckte und der Reiz war zu groß, die verpassten Schandtaten seiner Jugend nachzuholen. Vielleicht konnte er dann endlich das Thema Fabian begraben, wenn er seine ungelebten Träume stillte. Denn waren Fantasien, die im Kopf herumschwirrten, nicht immer erfüllender als in die Tat umgesetzte?

Als er in den Garten zurückkehrte, knotzte Fabian auf einem Liegestuhl und pfiff einen italienischen Song, an dessen Melodie sich Liem erinnern konnte, aber nicht an den Titel. »Komm her, amico! Hier ist es gemütlicher.«

Liem setzte sich auf den zweiten Liegestuhl und schaute auf Fabians muskulöse Brust, die sein türkises Hemd nur noch halb bedeckte. Mindestens ein Knopf war mehr geöffnet als noch kurz davor. Drei offene Knöpfe. Fabian spielte mit seinen Reizen, die Liem minütlich in mehr Hilflosigkeit trieben und … in hilflose Geilheit.

»Salute!« Das Bier schmeckte Liem nicht, trotzdem trank er die Hälfte der Flasche leer. »Warum bist du hier? Warum ausgerechnet jetzt?«, platzte es dann aus ihm raus. Er entleerte die gesamte Flasche, in der Hoffnung, besser entspannen zu können.

»Du bist aber durstig«, stellte Fabian fest und lachte laut auf. Dann schaute er ernster und wollte zu sprechen beginnen.

»Warte! Ich hole uns noch ein Bier«, sagte Liem und hüpfte von seinem Liegestuhl hoch.

»Si, amico!«

Eine Minute später, als beide eine kühle Bierflasche in der Hand hielten, startete Fabian mit Entschuldigungen. Dafür, dass er damals nicht bereit war, Liems Kuss und seine Liebe zu erwidern. Dafür, dass er mit Liem und seinen Gefühlen gespielt hatte. Und dafür, dass er ihn von sich weggestoßen hatte und dadurch die Stufen hinuntergefallen war.

Liem lauschte. Die Worte waren mehr, als er sich erwartet hatte. Er versuchte das Gehörte einzuordnen und zu verarbeiten, als Fabian weitersprach: »Amico, ich hätte dich so gern geküsst und mit dir geschlafen, jedes Mal, wenn wir uns getroffen haben. Aber du kennst ja meinen Vater. Italiener! Und streng katholisch. Ich war verdammt dazu, sein Restaurant zu übernehmen. Mein Outing hätte ihn umgebracht und der Pizzeria einen schlechten Ruf gebracht.«

Nachdem Liem sich gesammelt hatte, merkte er an, dass von einem Outing doch nie die Rede gewesen war.

»Si, amico! Das eine hätte aber zum anderen geführt. Capisci?« Fabian setzte sich auf und durchbohrte Liem mit seinen braunen Augen.

Liem schwieg und biss am Nagel seines linken Ringfingers herum.

Fabian schüttelte den Kopf. »No!« Er schnappte Liems Handgelenk, zog es zu seinem Mund hin und küsste den Ringfinger. »Kannst du mir verzeihen?«, fragte er, ein weiteres Mal mit mitleidiger Mimik.

»Aber … aber warum hast du dich nie gemeldet? All die Jahre. Nur kurze SMS. Auf meine Reaktionen hast du nie geantwortet. Warum?« Liem sprach lauter als ihm lieb war. Das Letzte, was er jetzt gebrauchen konnte, war, die Aufmerksamkeit der Nachbarn auf das Gespräch in den Garten zu lenken.

»Allora!« Fabian ließ Liems Handgelenk los und legte

seine Hand auf sein Knie. Dabei rückte der Ärmel seines T-Shirts nach oben. Ein Anker. Sein Tattoo. Seit dem unvorhergesehenen Treffen am Flughafen vor zwei Jahren hatte Liem öfters überlegt, welches Motiv wohl auf Fabians Oberarm tätowiert war. Mit dem Anker hatte das Rätseln nun ein Ende gefunden.

»Es war kompliziert. Ich war kompliziert. Ich hatte eine Freundin.« Fabian drückte seine Hand fester zu, umklammerte Liems Knie.

»Hatte?« Liem, dem bereits das Bier in den Kopf gestiegen war, genoss die Wärme auf seinem Knie.

»È finita!« Fabian runzelte die Stirn, lächelte aber gleichzeitig Liem verschmitzt an. »Hast du noch ein Bier für mich?«

Meks musste anscheinend nicht mehr Gassi gehen. Er hob nur für einen kurzen Moment sein linkes Lid, als Liem den Kühlschrank öffnete und rollte sich enger zusammen, als ob er sich von den Unsitten seines Herrchens schützen wollte. Ein Blick auf sein Handy verriet Liem, dass niemand angerufen oder geschrieben hatte. Armin schien nur die Papageitaucher im Kopf zu haben, was wiederum Liems schlechtes Gewissen etwas besänftigte.

Draußen angekommen, fand Liem eine leere Gartenlaube vor. Auch der Liegestuhl war leer. »Fabian?« Er stellte die zwei Bierflaschen auf den Tisch. »Fabian?«, rief Liem erneut, während er sich umschaute. Keine Antwort.

Er war weg.

Enttäuschung und gleichzeitig Erleichterung. Trotzdem wollte Liem fluchen, Fabian verfluchen, just in dem Moment sprang er ohne Ankündigung vom Kirschbaum herunter. »Amico, erinnerst du dich daran, als wir Kirschen gestohlen haben?« Fabian blieb vor dem Baum stehen und befühlte dabei vorsichtig die Rinde, als ob es ein zerbrechliches Meisterwerk wäre.

Liem nickte. Wie sollte er sich an diesen schicksalhaften Tag nicht erinnern können? Hatte er doch eine gewaltige Narbe in Liems Seele eingebrannt. Ein aufgezwungenes Tattoo. Fabian düste zur Gartenlaube und ergriff die beiden Bierflaschen. Als er zum Kirschbaum zurückkam, setzte er sich hin und lehnte sich am Stamm an. »Komm her!«, forderte er Liem auf. Skeptisch sah Liem zu Fabian hinab, wusste nicht, wo er Platz nehmen sollte, doch Fabian rückte ein Stück zur Seite und machte ein Zeichen, sich neben ihn zu gesellen. In der Nachbarwohnung, in der ein älteres Ehepaar wohnte, ging Licht an. Trotz ihres geschwächten Gehörs hatte Frau Sagmeister durch das offene Fenster anscheinend die Stimmen im Garten gehört. Neugierde siegte immer. Herr Sagmeister konnte es nicht sein, denn er war täglich um zwanzig Uhr im Bett, um Hörspielen zu lauschen, die ihn in den Schlaf wogen. Liem nahm sich vor, die alte Sagmeisterin, die auch unter Sehschwäche litt, zu ignorieren und pflanzte sich neben Fabian hin. Das Licht ging wieder aus. Manche Dinge erledigten sich automatisch, ohne sich große Sorgen zu machen.

»Qui é bellissimo«, stellte Fabian fest, hielt Liem die Bierflasche hin und atmete tief in seinen Bauch ein. Liem nahm die Flasche entgegen und trank einen Schluck davon. Er war eindeutig beschwipst. »Und schau da oben … la luna!« Mit Begeisterung sah Fabian zum Himmel rauf.

Liem entschied sich, statt des Mondes Fabians Gesicht

zu betrachten. Trotz der Finsternis erkannte er, dass Fabians Augen wie die Sterne am Himmel blitzten. Wie sehr habe ich dich geliebt, Fabian Giovannini.

»Amico, weißt du, dass der Mond uns immer dieselbe Seite zeigt?«

»Klar«, erwiderte Liem, der seinen Kopf nun doch gen Himmel richtete. Es war Vollmond.

Fabian grinste. »Der Mond scheut sich, seinen Rücken zu präsentieren. Was hat er wohl zu verbergen, dieser Schuft!«

Was für ein merkwürdiges Gesprächsthema. Und irrelevant, ob der Mond seine Rückseite zeigte oder nicht. Liem kippte den letzten Schluck aus der Bierflasche in sich hinein. Und wie ich dich geliebt habe, Fabian Giovannini. Trotz deiner unschönen Seiten, die du im Gegensatz zum Mond ungeniert präsentiert hattest.

»Kannst du mir verzeihen, amico?« Fabian starrte weiterhin den Mond an, presste dabei seine Lippen zusammen. Ein Nein von Liem würde er nur schwer verkraften können. Einstecken war nicht sein Ding, im Austeilen zeigte er sich geschickter.

Liem räusperte sich. »Okay, ich verzeihe dir!« Liebe ich ihn noch immer?

»Grazie, amico.« Fabian stieß einen Seufzer aus, der ihn schon länger geplagt haben musste.

»Aber … du weißt, ich habe einen Freund und wir sind glücklich miteinander«, informierte Liem ihn erneut, während er die leere Bierflasche in die Wiese stellte.

Fabian lächelte. »Aber amico, ich weiß auch, dass du … mich willst.« Er drehte seinen Kopf zu Liem hin.

»W-was? Fab-«

Fabian legte seinen Mund auf Liems Lippen. Sein zweiter Versuch an diesem Abend. Raum und Zeit veränderten sich. Die Zeit drehte sich zurück. Um Jahre. Als Liem und Fabian jünger, andere Menschen gewesen waren und sich erst einige Wochen gekannt hatten. Sie lagen vor dem Kirschbaum des unbewohnten Grundstücks. Hohes Gras umgab sie. Sie konnten sich richtig fallen lassen, denn kein böswilliger Klaus würde sie überraschen. Der lebte auf einer anderen Zeitlinie, die ihre nicht mehr kreuzte. Fabians Duftwolke umhüllte Liem, ließ ihn schwach werden für Fabians Zunge, die es endlich in Liems Mund geschafft hatte. Der Geschmack erinnerte Liem an Pfirsiche, die in Honig eingetunkt waren. Fabians zweiter Versuch war ein Volltreffer. Langersehntes Begehren, das beide über Jahre gequält hatte, wurde jetzt erfüllt. Liem riss drei weitere Knöpfe von Fabians Hemd auf und leckte an den Brustwarzen. Fabian stöhnte. Kurz flackerte die Gewissheit auf, dass sie keine siebzehn mehr waren, in einem anderen Garten sowie viele Jahre zwischen damals und heute lagen. Doch Zeit war unwichtig, spielte keine Rolle. Auch Armin und die Folgen dieses Abends blendete Liem komplett aus. Waren weit weg wie der Mond von der Erde. Fabian setzte sich auf Liem, damit dieser leichter an seine Brustwarzen rankam. Ihre Erregung steigerte sich, sie stöhnten lauter. Falls das Hörspiel des Herrn Sagmeister bereits ein Ende gefunden hatte, würden die Lustgeräusche den alten Nachbarn hoffentlich nicht aus dem Schlaf reißen. Und Frau Sagmeister – ihr Fernseher war laut aufgedreht.

Kein Licht ging an. Kein Störfaktor.

Fabian fuhr mit seinen Händen unter Liems T-Shirt, legte sie um die Lenden und strich dann sanft den Leib hoch; das T-Shirt rutschte mit nach oben, sodass Liem leichter rausschlüpfen konnte. Liems Brustwarzen. Daran blieb Fabian hängen. Umkreiste sie mit den Daumen, dann leckte er daran. Eine saftige Revanche. Derweil er verwöhnt wurde, streichelte Liem zärtlich das Tattoo, obwohl er in der Dunkelheit den Anker nicht in allen Details erkennen konnte.

Liebkosungen, die ihre Wunden heilten.

Jeder Kuss, jede Berührung linderte ihren unsichtbaren Schmerz, den sie jahrelang mit sich herumgeschleppt hatten.

»Amico! Ich will dich ... ganz!« Fabian glitt mit seinem Kopf nach oben. Zu den Lippen. Der nächste Kuss. Dauerte eine gefühlte Ewigkeit.

»Fabian«, stöhnte Liem, der bereit für alles war. Er wollte seine Jugendliebe tief in sich spüren. Als ihm Armin kurz in den Sinn kam, schob er ihn gedanklich beiseite. Das ging nur ihn etwas an. Diese Heilkur war rein eine Sache zwischen Fabian und Liem. Eine alte Sache, die verstaubt im Regal gewartet hatte, endlich zum Einsatz zu kommen. Solange bis alle Wunden verheilt waren.

»Warte amico!« Fabian stand auf und holte seinen Rucksack, der neben dem Tisch in der Gartenlaube lag. Als er zurückkam, bat er Liem, seine Augen zu schließen. Liem folgte devot den Anweisungen. »Hände lockerlassen«, befahl Fabian als Nächstes. Beim Geräusch des Reißverschlusses zuckten Liems Augen kurz. Dann fischte Fabian aus dem Rucksack ein dünnes Seil heraus, schnappte sich Liems Hände, legte sie nach hinten um den Stamm und band sie zusammen. Liem fühlte sich bestätigt, denn immer hatte er geahnt, dass sexuelle Abenteuer mit Fabian mehr als aufregend sein würden. Sein Herz pulsierte. Voller Spannung wartete er auf die nächsten Schritte. Gestik konnte er keine mehr vollführen, doch dass seine Hände bewegungsunfähig waren, törnte Liem umso mehr an.

Noch ein Reißverschlussgeräusch. Aber leiser als zuvor. Fabians Jeanshose. Er zog sie aus und schlüpfte auch aus seinen Boxershorts. Sein Glied war steif. Langsam bewegte er sich auf Liem zu. Dann stützte er sich mit seinen Händen am Baumstamm ab und stieß seine Hüfte langsam nach vorne, bis sein Schwanz Liems Gesicht berührte. Liem, der seine Augen geschlossen hielt, öffnete seinen Mund, aber nicht um Worte auszusprechen. Er drehte seinen Kopf eine Spur nach links und begann Fabians bestes Stück zu verwöhnen.

Es dauerte nicht lange, bis sich Fabian über Liems Hals ergoss. Dabei quiekte er wie ein Ferkel. Selbst dieses Geräusch fand Liem geil. Trotz der Kürze hatte sich der Blowjob wie Stunden angefühlt. Ein erfüllendes Spiel, das nach mehr verlangte. Der innere Hunger tobte weiterhin. Mit Taschentüchern aus dem Rucksack wischte Fabian Liems Hals sauber. »Amico, mach die Augen auf!«, hauchte er und küsste anschließend Liem, während er das Seil entknotete. Der Kuss dauerte länger als der Blowjob.

»Fabian!«, wimmerte Liem und schlang bedürftig seine befreiten Arme um seinen Hals. »Ich liebe dich«, gestand er im Rausche des Begehrens. Daraufhin gab Fabian ihm einen sanften Kuss auf die Stirn, stand auf und trug ihn, ohne das Liebesgeständnis zu erwidern, ins Schlafzimmer. Dort warf er Liem aufs Bett und legte sich auf ihn.

Seine braunen Augen. Sein Muttermal. Das Anker-Tattoo. Seine Muskeln. Sein Schwanz. Ein ideales Gesamtpaket. »Fick mich!«, bat Liem und spreizte etwas seine Beine, an denen nun Fabians Finger zärtlich nach oben glitten. Liems Glied war steifer als zuvor, hart wie ein Diamant. Fabian grinste, ehe er Liem mit einem Blowjob beglückte. Liem wälzte sich dabei im Bett hin und her und stöhnte, als ob er unter starken Schmerzen leiden würde. In Wirklichkeit verheilte eine weitere Wunde.

Die Nacht war stürmisch. Böen fegten mit neunzig Kilometern pro Stunde über Wien hinweg. Böen, die heulten und morsche Äste zu Boden rissen. Die kräftigen Zweige des Kirschbaumes im Garten blieben verschont. Auch zwischen Liem und Fabian tobte es. Sie konnten ihre Finger, Zungen und andere Körperteile nicht voneinander lassen. Eine Stunde, nachdem sie sich ins Schlafzimmer zurückgezogen hatten, drang Fabian in Liem ein. Sie fickten. Verschmolzen miteinander. Zwanzig Minuten später entluden sich beide. Dieses Mal gemeinsam. Zwei Stunden später drehten sie den Spieß um und Liem übernahm die aktive Rolle. Sie holten alles nach, was sie in ihrer Jugend versäumt hatten. Sie hetzten von einem Samenerguss zum nächsten, als ob sie Eintagsfliegen wären, denen die Luft zum Leben auszugehen drohte. Die Luft ging allerdings irgendwann dem *giftigen Schatz* aus. Die Aktivitäten in dieser Nacht erlösten ihn. Er schlief friedlich ein. Für immer.

Als die beiden Liebenden schließlich mit ihren Kräften am Ende waren und ihren Hunger voneinander gestillt hatten, blieben sie noch lange wach. Eng zusammengekuschelt streichelten sie sich, schwiegen und lächelten sich von Zeit zu Zeit an. Irgendwann schlief Liem ein. Fabian strich ihm übers Gesicht und flüsterte zu ihm: »Ti amo ancora di più.«

50

Als Liem erwachte, sah Meks ihn freudig an und hechelte. Mit gähnender Leere zeigte sich die andere Betthälfte. War Fabian in der Küche, Frühstück zubereiten oder sich duschen? Meks winselte. Seine Blase musste jeden Moment platzen. »Jaja! Ich komm schon.« Liem setzte sich an den Bettrand, dabei sah er mehrere Kondome auf dem Boden liegen. Verdammt! Das Gewissen boxte gegen seinen Kopf. Ein brummender Schädel. Wäre doch die Nacht nur nicht so animalisch gewesen. Ein weiteres Winseln von Meks. Liem stand auf, bekleidete sich mit Jeans und einem beigen T-Shirt. »Los, gehen wir!« Meks flitzte davon. Als Liem ihm folgte, stellte er enttäuscht fest, dass nichts von Fabian übriggeblieben war – außer die Ruhigstellung seiner sexuellen Gelüste.

»Dieser Arsch, ist schon wieder abgehauen«, nuschelte Liem, während er in seine Flip-Flops schlüpfte. Die Wanduhr zeigte zehn Uhr an. Er hatte weniger als fünf Stunden geschlafen, Meks mehr als zwölf Stunden nicht uriniert. Kaum hatte Liem die Wohnungstür geöffnet, preschte der Kokoni nach draußen. Ein sanfter Windstoß, der durch den Türspalt reinblies, ließ von der Kommode einen Zettel zu Boden fallen. Liem bückte sich, hob ihn auf und las.

Amico, ich melde mich!
F.

Ein Mischmasch an Gefühlen und Gedanken galoppierten durch Liems Körper. *Amico, ich melde mich!* Zugegeben stärkten diese paar Wortfetzen sein Ego. Allerdings hinterließ Fabians heimliches Verschwinden Unmut, denn zu sehr erinnerte ihn dieses Verhalten an früher. An die unerfüllte Zeit in der Jugend. Mit Fabians missverständlichen Spielen. Hatte Liem nun mit dieser Tändelei die Beziehung mit Armin zerstört? War ihre Liebe vom Aussterben bedroht? Flackerte die Liebe zu Fabian erst jetzt richtig auf? Keine Antwort flatterte daher. Sein Körper schmerzte. Muskelkater. So oft Sex und so erfüllend … in einer Nacht … das hatte er noch nie erlebt.

Nach dem Spaziergang schüttete Liem Hundefutter in Meks Fressnapf. Gierig schlang der Kokoni das Trockenfutter hinunter. Keinen Hunger verspürte Liem, ihm war der Appetit vergangen. Das Schlafzimmer sah wie ein Schlachtfeld aus. Fünf Kondome lagen auf dem Boden. Nicht alle waren mit Sperma gefüllt. Der letzte Versuch, Fabian zu ficken, war misslungen, da Liem mit Erektionsschwierigkeiten zu kämpfen hatte. Doch sein Stehvermögen glänzte danach erneut, als Fabian ihn oral befriedigte.

Fünf Kondome!

Liem legte eines nach dem anderen in seine linke Hand. Er verspürte dabei keinen Ekel. Im Gegenteil, er trug sie anschließend wie kostbare Münzen mit unvorstellbarem Wert in die Küche und musste seufzen, als er sie in den Mülleimer warf. Im Badezimmer wusch er gründlich seine Hände, um dann das Bett mit einem grauen Leintuch und leuchtend gelber Bettwäsche neu zu überziehen. Auch den Garten, der Nebenschauplatz des Schlachtfeldes, räumte

Liem auf. Die Flaschen entsorgte er in den entsprechenden Containern und sein Zeichenblock, der durch den Regen aufgeweicht und somit nutzlos geworden war, landete im Papiermüll. Ein Utensil des gestrigen Abends lag noch vor dem Kirschbaum und erinnerte ihn an die Eskapade: das Seil.

Liem hob es vom Boden auf und strich sanft darüber, wie er es gestern mit Fabians Penis getan hatte. Wegwerfen wollte er dieses Spielzeug nicht. Nach kurzer Überlegung verstaute er das Seil ganz hinten im Schrank des Schlafzimmers.

Als Liem alle Hinweise seines Seitensprungs beseitigt und auch sein schlechtes Gewissen so gut wie möglich aufgeräumt hatte, bereitete er sich einen Kaffee zu. Er trank ihn schwarz, dazu ein Glas Wasser. Der Ton seines Handys ließ ihn hochschrecken. Eine Nachricht von Sarah, die sich auf später freute. Mist! Liem hatte ganz vergessen, dass Sarah und Brani ihn am Nachmittag besuchen wollten. Seit dem Discobesuch vor zwei Wochen hatte er beide nicht mehr zu Gesicht bekommen. Wahrscheinlich gaben sie sich mittlerweile offiziell als Paar aus.

»Was ist los mit dir?«, fragte Sarah ihn ein paar Stunden später.

»Ahm … warum?«

»Du bist so außer dir, durch den Wind.« Sie beäugte Liem skeptisch und nahm einen Bissen von der Sachertorte, die sie von ihrer Lieblingsbäckerei mitgebracht hatte. Brani, der Sarahs freie Hand zärtlich streichelte, guckte neugierig im Garten umher; vor allem der Feigenbaum, an dem die Früchte reiften, faszinierte ihn.

»Mir geht's sehr gut. Ich habe nur schlecht geschlafen«, rechtfertigte sich Liem und gähnte laut, obwohl er nicht musste. Sein Blick streifte an Brani vorbei. Er fand ihn nach wie vor sexy. Sarah hatte eine gute Wahl getroffen. »Und bei euch so? Seid ihr nun fix zusammen?«, fragte Liem im dreisten Ton und zog eine Augenbraue hoch. Die perfekte Frage, um von sich abzulenken. Auf keinen Fall durfte sein Betrug an Armin auffliegen. Zu groß wäre die Gefahr, dass sich Sarah irgendwann vor Armin verplappern würde. Und schlussendlich waren die fünf Kondome seine Bürde, damit musste er allein fertig werden.

»Liem!« Sarahs Stimme klang mahnend. Sie weitete ihre Augen, während Brani grinste. Die Frage schien sie regelrecht aus der Bahn zu werfen, ihr Gesicht verfärbte sich rot wie ihr freizügiges Top, das sie trug. Liem musste husten, da ein Krümel der Sachertorte in seinem Hals kratzte. Das wäre mit der gesalzenen Karamelltorte seiner Mutter nicht passiert. Ein Schluck Wasser half. Schließlich antwortete Brani: »Es entwickelt sich sehr gut, aber schauen wir mal.« Verliebt guckte er Sarah an.

Sie kicherte. »Ja, ich sehe das genauso«, bestätigte sie und gab Brani einen Kuss, »und wir haben keine Eile.« Während die beiden unverschämt ihre Verliebtheit vor Liems Augen offenbarten, gähnte Liem.

Das Handypiepsen erschreckte alle drei. Es war eine Nachricht von Fabian. *Heute Abend? Wieder bei dir?* Herzpochen. Liem hatte das Gefühl zu wenig Sauerstoff einzuatmen, schnappte mehrmals gierig nach Luft und schrieb dann *Ja, passt!* zurück.

»Du benimmst dich heute äußerst merkwürdig«, stellte Sarah erneut fest. Dass sie ihn damit vor Brani, einem fremden Menschen, bloßstellte, ihn in die Ecke drängte, schien sie nicht zu merken. »Hat Armin geschrieben?«

»Ja, er vermisst mich«, log Liem. Er fand die Unterhaltung mit Sarah und Brani äußerst zäh und das Geknutsche der beiden machte es nicht besser. Am liebsten wollte er allein sein. So gähnte er erneut künstlich.

Sarah wiederum nervte diese Gähnerei. Schließlich klatschte sie nach einer Stunde in die Hände und fragte Brani, ob er Lust auf einen Besuch im Tiergarten Schönbrunn habe. Brani nickte und strahlte. In ihrer derzeitigen Verliebtheit schlugen sie sich gegenseitig keinen Wunsch aus. Liem entschuldigte sich mehrmals für seine Müdigkeit, doch mit einer saloppen Handbewegung schob Sarah die Entschuldigung beiseite. »Wir sehen uns bald wieder. Schlaf dich aus!«, riet sie ihm, ehe sie mit ihrem neuen Schwarm davonrauschte.

Mit gemischten Gefühlen begrüßte Liem Fabian am Abend. Die Zerrissenheit schubste ihn hin und her. Zerrissen zwischen der Erlaubnis, die Geilheit von gestern zu wiederholen und den Schuldgefühlen gegenüber Armin.

Armin. Vier Tage hatte er sich nicht gemeldet. Mittlerweile verspürte Liem Eifersucht auf die Papageitaucher. Konnte keine positive Assoziation zu den Meerclowns mehr finden. Und so fackelte er nun doch nicht lange rum und küsste Fabian, der zuvor seinen Kaugummi auf die Küchenplatte gelegt hatte. Schnell landeten sie entblößt auf der leuchtend gelben Bettwäsche. Sie bewarfen sich mit Küssen und verteilten gegenseitig Streicheleinheiten.

Meks, mit dem Liem zuvor Gassi gewesen war, hatte sich erneut zurückgezogen. Weiterhin wollte er kein

Zeuge des Betrugs sein und schleckte seine Pfoten sauber. Dreckig ging es derweil im Schlafzimmer zu. Liem und Fabian seufzten und stöhnten. Die Vertrautheit zwischen ihnen war für beide beängstigend und gleichzeitig wunderschön, als ob sie schon jahrelang miteinander intim gewesen wären. Sie löschten ihren Schwall an Erregung, als Fabian in Liem eindrang und ihn zärtlicher fickte als gestern – mit mehr Gefühl und weniger Mechanik. Das führte dazu, dass beide schnell kamen. Liem wollte die Länge seines Orgasmus zählen, doch als er bei drei angelangt war, röhrte Fabian: »Siiiiii … Aaahhh … Amore mio, ti amo!« Und ergoss sich in Liem.

Ti amo! Ein Liebesgeständnis, wie es gestern Liem rausgerutscht war. Doch heute erschreckten Liem diese Worte, sie lösten den Liebeszauber blitzartig auf. Er verkrampfte sich und drückte Fabian von sich, sodass sein Schwanz aus ihm rausschlüpfte. Hatte Fabian tatsächlich *Ich liebe dich* gesagt? Liem musste tief durchatmen. Fabian zog den Gummi ab und warf ihn auf den Boden. Nummer sechs innerhalb weniger Stunden. Dann ließ er seinen Kopf auf Liems Brust sinken und saugte mit geschlossenen Augen den Duft seines Schweißes ein. Liem schwieg. Er fühlte plötzlich keine Verbindung mehr zu Fabian. Keine Faszination mehr. Waren alle Wunden geheilt? Oder sämtliches Karma mit ihm aufgelöst? Was es auch war, er konnte anscheinend seine Jugendliebe loslassen. Er wollte sogar loslassen. Er musste unbedingt loslassen. Armin zuliebe. Dass Fabian auf ihm lag, war falsch. Dass sie sechsmal gefickt hatten, war falsch. Dass er ihm gestern seine Liebe gestanden hatte, war falsch. Alles fühlte sich falsch an. Im entzauberten Zustand bereute er seine Taten der letzten Stunden. Was hatte er sich dabei bloß gedacht? Nichts!

Fabian war eingeschlafen. Langgezogene Atemzüge.

Im Wohnzimmer klingelte sein Handy. Liem schubste Fabian sanft von sich, der unbeirrt weiterschlief und eilte in den Nebenraum. Es war Armin. Für einen kurzen Moment blieb Liems Herz stehen. Ein Telefonat mit ihm zu führen, war schier unmöglich. Nicht, wenn Fabian im Schlafzimmer pennte. Armin würde sofort an Liems Verhalten merken, dass etwas nicht stimmte, ihm viele Fragen stellen und unangenehm nachbohren wie ein perfektionistischer Zahnarzt. Liems Herz setzte ein weiteres Mal für einen kurzen Augenblick aus. Was, wenn Armins Expedition früher geendet hatte und er sich bereits am Flughafen befand?

Überraschung, Süßer!

Schweißperlen bildeten sich auf Liems Stirn. Er biss an seinen Fingernägeln herum, während er sich überlegte, wie er Fabian loswerden konnte. Fabians Handy lag gleich neben seinem. Liem tippte darauf. *Antonia* stand auf dem Display. Sie hatte eine Nachricht gesendet.

Antonia!

Sie hatten also noch Kontakt? War sie die mysteriöse Freundin bis zuletzt? Obwohl der Liebeszauber entschwunden war, verzettelte sich Liem in panikartige Zustände. Schnappatmung. Herzrasen. Verkrampfungen. Paranoide Gedanken. Unbedacht trampelte er ins Schlafzimmer und warf Fabians Handy aufs Bett. »Du hast eine Nachricht erhalten.«

Fabian erschrak, war sofort hellwach. »Amore mio!« Er schnappte sein Handy und las die Nachricht. Ein Stöhnen.

Dann ließ er sich ins Bett zurückfallen. »Ich muss gehen!«

Die Eifersucht trat erbarmungslos in Liems Bauch, obwohl er Minuten davor noch gedacht hatte, dass alles falsch war und er Fabian loslassen musste. »Was verschweigst du mir?«, fragte er und setzte sich an den Bettrand. Dass Armin bereits auf dem Weg nach Hause sein könnte, daran dachte Liem nicht mehr.

»È complicato! Ich erzähle es dir ein anderes Mal, okay?« Fabian stand auf, gab Liem einen Kuss und zog sich an.

»Bist du noch immer mit Antonia zusammen?«, fragte Liem und ballte seine Hände zu Fäusten.

»Amore, es ist egal. Du bist in einer glücklichen Beziehung. Ich melde mich wieder bei dir, okay?« Fabian schnallte den Gürtel zu und schlüpfte in sein blaues T-Shirt. Der Anker verschwand. Nachdem sich Fabian zu Liem hinuntergebeugt hatte, gab er ihm einen zärtlichen Kuss und verabschiedete sich. »Ci vediamo!«

Liem kam wieder zu sich, als die Tür zufiel. Fabian war weg. Führte eine Beziehung mit Antonia, hundertprozentig. Die Eifersucht loderte weiter. Aber warum? Was wollte Liem eigentlich von Fabian Giovannini? Und was von Armin? Dass beide nach seiner Pfeife tanzten? Sein Ego befriedigten? Er watschelte in die Küche. Statt zu heulen, rief er Armin zurück, um sein schlechtes Gewissen zu beruhigen.

»Hi Süßer! Ich habe nicht viel Zeit, dafür aber gute News.«

»Ja?« Liem nagte an seinem Daumen herum.

»Ich komme schon nächstes Wochenende nach Hause.

Ich freue mich sehr auf dich«, jubelte Armin.

»Jaaa? Wie genial! Ich kann es kaum erwarten, Schatz!«, erwiderte Liem, bemüht euphorisch zu klingen.

»Ich muss wieder los! Bis Samstag, Süßer!«

Liem fühlte sich schmutzig. Er duschte sich mehr als eine halbe Stunde, wollte die Geschehnisse der letzten zwei Tage von seinem Körper waschen, doch es half nichts, das verschmutzte Gewissen klebte hartnäckig an seiner Seele. Armins lebensfrohe Stimme zu hören, hatte ihn in die Realität zurückgebracht. Wie hatte er ihn nur betrügen können? Liem heulte unter der Dusche. Dass Fabian vielleicht noch mit Antonia in einer Beziehung war, scherte ihn plötzlich einen Dreck. Auch die heilsame Intimität mit ihm hatte keine Relevanz mehr. Liems Stimmungen schwankten hin und her, auf und ab wie ein Schiff bei stürmischem Wetter auf hoher See. Suchend nach einem sicheren Hafen, der Ruhe bot.

Nach der Dusche überzog Liem das Bett. Zweimal neue Bettwäsche innerhalb von zwölf Stunden war rekordverdächtig. Ein erbärmlicher Rekord. Dieses Mal entschied er sich für ein weinrotes Leintuch und efeugrünen Bettüberzug.

Das Kondom – um vier weniger als gestern – warf er in den Müllbeutel, den er anschließend in die Tonne vor dem Haus versenkte. Dann putzte er die ganze Wohnung, wischte die Böden auf, reinigte sogar die Fenster. Anschließend stellte er sich noch einmal unter die Dusche. Das heiße Wasser prasselte auf seine Haut. Schwemmte den angeklebten Schweiß weg. Doch das miese Gefühl blieb. Ein schäbiges Gefühl. Schäbig, dass er Armin betrogen hatte und schäbig, dass es ihm so gefallen hatte. So blieb er lange unter der Dusche stehen, ohne Klarheit zu erlangen, wie sein persönlicher, sicherer Hafen aussehen könnte.

51

In der Ankunftshalle staute sich die Luft. Mit einem Fächer in der Hand wedelte Sarah vor ihrem Gesicht herum. Jeden Moment musste Armin erscheinen. Liem blickte gehetzt von der einen zur anderen Schiebetür. Auf. Zu. Auf. Zu. Sein Geheimnis mit Fabian hatte er nach wie vor niemandem anvertraut, schon gar nicht Sarah, denn frisch verliebt arteten ihre wichtigen Werte Moral und Treue noch intensiver als üblich aus. Wie mehrfach durch den Fleischwolf gedreht, fühlte man sich nach einer Moralpredigt von ihr, vollbeladen mit neuen Vorsätzen, die auf Treue schworen. Außerdem spürte Liem sowieso keine Lust mehr auf Fabian, und dieser hatte offensichtlich auch das Interesse verloren. Kein Lebenszeichen mehr von ihm.

Amore mio, ti amo!

Ein schwachsinniges Geständnis, das Fabian, während er ejakulierte, in Liems Ohr gepflanzt hatte. Mit derselben Phrase wusch er bestimmt auch Antonias Gehirn, wenn er in ihr kam. Wie damals, so auch heute war Liem auf Fabians Spiel reingefallen und hatte sich im Labyrinth seiner doofen Regeln verirrt. Gescheitert auch an der eigenen Naivität und Unklarheit. Immerhin war Liem jetzt klar, was er wollte: Armin, der keinen Verdacht schöpfen durfte. Daher musste er besser heute als morgen diese verflixte Affäre begraben, viel Erde drauf schütten und ein paar verwelkte Rosen reinschmuggeln als Ausdruck der Würdigung ihrer gemeinsamen Zeit. Wenn das Ganze nur nicht so an Liems Ego kratzen würde. Es verbitterte ihn. Ein Hin und Her.

»Letztes Wochenende warst du eigenartig. Hast du etwa den Typen getroffen? Der, mit dem du seeehr eng getanzt hast, als ich Brani kennengelernt habe? Ich wollte dich letztens schon fragen, aber hatte die Befürchtung, dass ich dich vor Brani bloßstellen könnte.« Sarahs Augen funkelten wie ihre herzförmigen Ohrstecker. Vermutlich ein Geschenk von Brani. Sie erwartete bestimmt ein JA auf ihre Frage und dachte bereits über Worte der Belehrung nach. Liem hatte keine Lust auf Predigten, deswegen konzentrierte er sich auf die auf- und zugehenden Schiebetüren. Auf. Zu. Auf. Zu. »Nein, ich hatte wirklich nur schlecht geschlafen und stand daher neben der Spur.« Auf. Zu. Auf. Zu. Ihn überraschte es stets, dass Sarah trotz ihrer Feinfühligkeit manchmal so unreflektiert war. Wie hatte sie nicht merken können, dass sie ihn trotzdem, auch ohne diese Frage gestellt zu haben, vor Brani bloßgestellt hatte? Auf. Zu. Auf.

»Da ist er!«, rief Sarah und winkte ihm zu.

Liem strahlte übers ganze Gesicht, als er Armin sah. Sein blonder Wuschelkopf hatte mehr Volumen als noch im März und er trug überraschenderweise einen Dreitagebart, der ihm gutstand. Frisch verliebt. So fühlte sich Liem ruckartig. Als Armin ihn küsste, schämte er sich zutiefst, dass er ihn betrogen hatte.

»Ich liebe dich!«

»Ich dich auch!«

Im roten Opel Corsa C von Sarah durchlöcherten beide

den Rückkehrer mit vielen Fragen. Armin, der von der Reise keine Spur von Müdigkeit aufwies, schoss eine Antwort nach der anderen heraus. Er erzählte davon, dass sie in den Nestern der Papageitaucher Kameras installiert hatten, um die Vögel besser studieren zu können. Ansonsten wäre ein Einblick in ihre kleinen Höhlen schwierig gewesen. Zwischendurch war er auch mit einer anderen Expeditions-Crew mehrere Wochen auf einem Schiff gewesen, um Fische, Schildkröten und Vögel für Forschungsberichte zu beobachten.

»Wow! So abwechslungsreich«, stellte Sarah fest, während sie ihr Auto lenkte.

»Ja, und auch bei *Fishing for Litter* habe ich einige Tage mitgeholfen, an allen möglichen Stationen«, berichtete Armin, und streichelte dabei Liems Hand. Zusammengekuschelt saßen sie auf dem Rücksitz.

»Ich lass' euch dann allein«, sagte Sarah, als sie in die Gasse, in der sich Liems und Armins Wohnung befand, einbog. »Ihr habt bestimmt viel nachzuholen!« Durch den Rückspiegel zwinkerte sie Liem zu.

Sie holten vieles nach. Berauscht küssten und streichelten sie sich. Stundenlang. Das war der Vorteil monatelanger Abstinenz ihrer Zweisamkeit. Sie entluden ihre aufgestauten Gefühle. Leidenschaftlich. Armin fickte Liem zweimal, dabei erreichte er schneller den Höhepunkt als gewohnt. Das war der Nachteil monatelanger Abstinenz ihrer Zweisamkeit. Während des sexuellen Aktes fühlte sich Liem schuldig. Immer wieder blitzten Bilder auf, als er vor einer Woche im selben Bett mit Fabian geschlafen hatte. Er verglich sie beide, ständig.

Fabian war leidenschaftlicher!

Vollkommener Bullshit!, ermahnte sich Liem. Fabian war toxisch, sonst nichts.

Fabian fickte länger und härter!

Bullshit! Fabian war gefühlloser als Armin. Diese Vergleiche beunruhigten Liem. Er versuchte sich stärker auf Armin zu konzentrieren und fuhr ihm über seinen neuen Dreitagebart. Sah ihm in die Augen. Hellblaue Lichter. Ohne Zweifel war Liem verliebt. Sehr sogar. Doch den Fakt, dass er mit Fabian …, dass er … diesen Akt konnte er nicht mehr aus seinem Lebenslauf streichen.

»Ich habe dich sehr vermisst«, flüsterte Liem in Armins Ohr.

»Ich dich auch, Süßer«, erwiderte Armin und sprang auf. »Ich habe Hunger. Magst du auch was essen?«

»Ja voll gerne. Bestellen wir uns eine Pizza?«

Verrückte Herrchen! Meks hatte sie die ganze Zeit vom Schlafzimmerboden aus beobachtet. Anscheinend hatte er die Wiedervereinigung von Liem und Armin genossen.

Während sie die Pizza aßen, flammte die Geschichte der Papageitaucher erneut auf. »Es ist wirklich schrecklich. Seit 1950 gibt es einen Rückgang von bis zu achtzig Prozent.« Armin schnitt ein Dreieck von der Pizza ab.

»Arg! Wie viele Papageitaucher gibt es denn noch?«, wollte Liem wissen, während er von einer Pfefferoni abbiss.

»Geschätzt um die acht Millionen weltweit. Davon leben ungefähr sechzig Prozent in der Nähe von Island. Wenn das so weitergeht, sind sie vom Aussterben bedroht.«

Aussterben. Liem zuckte zusammen, denn zu oft hatte er während Fabians Präsenz seine Liebe zu Armin infrage gestellt. Doch jetzt, da er mit seinem blonden Wuschelkopf wieder vereint war, konnte von Aussterben keine Rede mehr sein.

»Ich hoffe, dass ihnen dieses Schicksal, wie jenes der Wandertaube, erspart bleibt.« Armins Blick erhielt eine traurige Note.

»Iiieh! Tauben. Die können ruhig aussterben«, sagte Liem, während er seine Pizza mampfte.

»Du Rüpel! Das sind auch Tiere«, konterte Armin, der Liem in die Wange kniff. »Und überhaupt waren Wandertauben wirklich sehr schöne Vögel.«

»Du weißt, ich liebe Tiere. Aber Tauben? Das sind ekelhafte Flugratten.«

Armin bewegte sich zum Laptop und tippte etwas ein. »Komm her, Süßer!«

Liem legte sein Pizzastück auf den Teller und trottete zum Laptop hin. Ein Bild einer Wandertaube war auf dem Bildschirm zu sehen. Das Aussehen überraschte Liem. »Stimmt, viel schöner als unsere Stadttauben hier. Der rötlich-graue Körper erinnert mich an einen Kleiber. Und die Wandertauben sind also … ausgestorben?«, fragte Liem, während er sich wieder seinem Teller näherte, um sein angeknabbertes Pizza-Eck zu vertilgen.

»Ja, leider. Im Jahr 1900 tötete ein Junge aus Ohio das letzte offiziell bestätigte Wildtier mit einem Luftgewehr. Man kann es ausgestopft als Trophäe in einem Museum in Columbia betrachten«, erzählte Armin.

»Interessant«, erwiderte Liem und kaute weiter an seiner Pizza herum.

»Und vierzehn Jahre später, im Jahre 1914, starb dann auch tatsächlich die allerletzte Wandertaube. Sie war im Zoo. In Cincinnati. Und verendete dort einsam. Sie hieß Martha und wurde neunundzwanzig Jahre alt.«

»Schatz, was du alles weißt.« Mit einer weißen Serviette, auf der ein Ananas-Symbol gezeichnet war, wischte sich Liem seinen Mund und seine Finger ab.

»Ja, das hat mir alles ein Kollege in Schottland erzählt. Das wusste ich vorher selbst nicht. Martha hatte ihren Namen von Martha Washington, der ersten US-First-Lady. Die Wandertaube hockte nur langweilig auf einer Holzstange im Käfig. Das enttäuschte die Besucher. Sie wollten, dass Martha sich bewegte, ein Kunststück vollbrachte, aber sie klammerte ihre Krallen nur an dem Holzteil fest. Und saß unspektakulär da. Die Leute warfen Sand in ihren Käfig, damit sie sich bewegte. Doch sie zeigte kaum Reaktionen. Und irgendwann wurde es Martha wohl zu blöd und beschloss, die Stange loszulassen. Sie fiel, um nie mehr mit ihren Flügeln zu schlagen«, Armin zuckte mit seinen Schultern, »und seitdem ist die Wandertaube ausgestorben.«

»Das ist wirklich traurig«, kommentierte Liem die Geschichte, »ich hatte noch nie von Wandertauben gehört.«

»Und weißt du, was krass ist?« Armin wartete Liems Reaktion nicht ab und erzählte weiter. »Anfang des neunzehnten Jahrhunderts war die Wandertaube der am häufigsten vorkommende Vogel auf der Erde. Es gab bis zu fünf Milliarden Vögel. Stell dir das mal vor, *fünf Milliarden*! Und ein Jahrhundert später komplett ausgestorben.« Rote Farbe stieg in Armins Gesicht, da ihn die Geschichte aufwühlte.

»Bestimmt war der Mensch schuld, oder?« Liem konnte nicht abwarten, bis Armin sein Pizzastück verzehrt hatte und öffnete die Plastikbox, in dem sich ein Tiramisu befand.

Scharf blickte Armin auf das Plastik. »Ja, aber du musst dir vorstellen, dass so ein Schwarm Wandertauben, der aus rund hundert Millionen Tieren bestand, eine hunderte Kilometer lange Strecke zog. Sie verfinsterten anscheinend den Himmel, sodass es einer Sonnenfinsternis ähnelte.«

»Was?« Liem reagierte mit einem Kopfschütteln und fuhr mit einem Löffel ins Tiramisu.

Armin nickte. »Und diese Schwärme brauchten natürlich Futter. Sie verzehrten Nüsse, Samen, Bucheckern, Eicheln, Kastanien, Beeren …, wenn ich mich richtig erinnere, um die dreihunderttausend Kubikmeter. Unvorstellbar! Wälder litten furchtbar unter den Schwärmen Wandertauben, vor allem unter der Exkrementenflut. Und durch ihr Gewicht brachen große Äste ab und es stürzten sogar Bäume um. Leute bezeichneten sie als Sturm oder Waldbrand.«

»Echt jetzt? Oder verarschst du mich?« Während das Tiramisu auf der Zunge zerging, kratzte sich Liem mit der linken Hand am Kinn.

»Ich habe es auch nicht glauben können und musste im Internet nachlesen. Die Einheimischen konkurrierten mit den Vögeln um die Beeren und Samen und begannen die Wandertauben zu jagen. Damit begann auch die industrielle Verwertung der Tiere. Sie wurden zur Delikatesse, obwohl das Fleisch billig verkauft wurde.« Nun hatte auch Armin seine Pizza verdrückt, er schleckte seine Finger ab.

»Igitt! Furchtbar, die Vorstellung, eine Taube zu essen.« Liem verzog sein Gesicht.

»Ja, das kann ich mir auch nicht vorstellen. Es fand eine regelrechte Hetzjagd auf die armen Viecher statt. Sie wurden millionenfach abgeschossen. Und die Jäger waren kreativ dabei. Sie lockten die Vögel mit alkoholgetränkten Saaten an, um sie dann zu fangen. Unter Nistplätzen zündeten sie Gras an, um die Tiere zu benebeln und die Küken aus den Nestern zu treiben. Und das allerschlimmste, finde ich, war, dass sie ganze Bäume, in denen sich hunderte Nester befanden, fällten. Denn dann konnten sie die Jungvögel bequem einsammeln und sie wieder verscherbeln.« Mit erhobenem Zeigefinger stand Armin auf, holte aus dem Regal einen Teller und legte das Tiramisu darauf. Die Plastikbox ließ er schnell in den Mülleimer verschwinden.

»Wirklich traurig, was die Menschheit alles anrichtet. Das wäre Stoff für ein weiteres Kinderbuch von Sarah.« Liem schnappte sich Armins rechte Hand und streichelte sie zärtlich.

»Ja, da hast du recht. Erwähnenswert ist noch, dass zu dieser Zeit die Wälder stark geschrumpft sind. Durch Landwirtschaft, Industrie und wachsende Städte ging zusätzlich viel Raum für die Wandertaube verloren.« Das Tiramisu schien Armin zu schmecken, er ließ für einen Augenblick seine Augen geschlossen, als er das erste Stück kostete. »Mmhhh!«

»Mit deiner Hilfe wird Sarah eine erfolgreiche Kinderbuchautorin.«

»Hoffentlich!«

»Glaubst du, dass es in hundert Jahren noch Papageitaucher gibt?«, fragte Liem, der zur Schlafzimmertür schaute, da Meks langsam herauswatschelte.

»Ich hoffe, aber sagen kann man das nie. Und wenn man bedenkt, dass seit dem Jahr 1500 über hundertdreiunddreißig Vogelarten ausgestorben sind, ist es gut möglich. Wenn nicht der Papageitaucher, dann ein anderer Vogel.« Seine Augen versprühten Kummer.

»Ich denke, er muss mal.« Liem strich über den Kopf des Kokoni.

52

Drei Wochen später. Liem saß in der Gartenlaube und verfeinerte das Seil, ein Teil seiner neuen Kohlezeichnung, das an einem kräftigen Kirschzweig hing. Am Stamm lehnte sich sitzend ein Mann an. In der Schlinge des Seils hing das Wort *Liebe*, obwohl dort eigentlich *Jugendliebe* oder *Erste Liebe* baumeln sollte. Aber dieser verräterische Zusatz könnte zu viele Fragen aufwerfen, Armins Skepsis aktivieren. Liem behielt sein Geheimnis lieber für sich, denn in der Partnerschaft lief es hervorragend. Warum also sollte er seine Beziehung leichtfertig in Turbulenzen bringen? Für etwas, das der Vergangenheit angehörte? Für einen Mann, der verschollen und mit seinem labilen Verhalten unberechenbar war? Sicher nicht! Dieses Bild war ein Hilfsmittel, um die letzten Gefühle für Fabian Giovannini zu beerdigen.

Das Handy klingelte.

Es war Alfred. Schon wieder hatten sie seit Monaten nichts voneinander gehört. »Darling, wieso meldest du dich denn nie?«, begrüßte der Wikinger Liem.

»Hallo Alfred!«

»Hi Darling, ich hoffe, dir geht's gut? Ist deine Schnitte schon aus Schottland zurück?«

Liem verdrehte seine Augen. Immer diese übertriebenen Ausdrücke! »Mir geht's ganz gut. Und ja, Armin ist wieder zurück. Wie geht's dir?« Liem biss an seinem Daumen herum, neugierig, was Alfred von ihm wollte.

»Très bien! Ich sitze mit Konrad in einem Café und er würde gerne eine neue Vernissage mit dir planen. Hast du Lust, Darling?«

»Ja. Wann denn?«, erkundigte sich Liem.

»Mmhh, jetzt haben wir bald Mitte August. Sagen wir … in einem Monat, Mitte September?«

»Okay, das schaffe ich. Wieder im selben Café?«

»Ja, Darling. Gleiches Café, gleiches Motto, andere Zeichnungen! Und ähm … Konrad hätte dieses Mal gerne fünfzehn Prozent der Einnahmen, wenn das für dich passt.«

Gleich nach dem Gespräch begann Liem sich Motive für die Vernissage zu überlegen. Das Bild vor ihm taugte definitiv dazu, ausgestellt zu werden, denn der Mann, am Kirschbaum sitzend angelehnt, protzte mit einem muskulösen Oberkörper. Auf ihn würde bestimmt Liems erster Käufer mit der Knollennase abfahren. Fünfzehn Prozent. Liem war sich sicher, dass nicht Konrad bei den Einnahmen mitschnabulieren wollte, sondern Alfred. Eine reine Trotzreaktion, weil Liem sich bisher weder mit einem Kuss noch mit einem Blowjob bei ihm erkenntlich gezeigt hatte. Dann sollten eben fünfzehn Prozent in den Hosentaschen des Wikingers landen.

»Hey Süßer, wir sind wieder da!«, kündigte sich Armin

durch die offene Terrassentür an. Meks, der zum Supermarkt mitgezottelt war, steuerte auf Liem zu.

»Hi Schatz«, rief Liem zurück und fuhr mit einer Hand mehrmals über den Kopf des Kokoni.

Nachdem Armin den Einkauf in den Regalen und im Kühlschrank verstaut hatte, setzte er sich zu Liem in die Weinlaube. In der Hand hielt er eine Tasse Kaffee und schlürfte daraus. »Ich habe eine Idee!«

»Ja? Ich auch. Welche hast du?«, fragte Liem, während er sein Zeichenequipment zusammensammelte und das neue Bild in seine grüne Mappe legte. Armin konnte noch einen kurzen Blick darauf erhaschen. Da es ihm aber zu düster war, stellte er keine Fragen dazu.

»Wir gehen Fallschirm springen!«

»WAS?« Liem stand der Schreck ins Gesicht geschrieben.

»Hahaha … das war nur ein Scherz. Ich weiß, dass deine Höhenangst dich nicht springen lässt. Leider!«

»Du Schuft!« Liem ließ seinen Kopf nach hinten hängen und seufzte.

»Scherz beiseite. Ich habe Lust auf ein Gartenfest. Was hältst du davon?«

»Spitzen Idee. Wen laden wir ein?«

»Mmhh! Wie wäre es, wenn jeder von uns fünf Personen einlädt, aber wir verraten bis zum Fest nicht, welche fünf. Wir lassen uns einfach überraschen.«

»Ja, das klingt lustig«, erwiderte Liem, obwohl er für einen kurzen Moment befürchtete, dass Kiran sich unter die Gäste mischen könnte.

»Und deine Idee?« Armin führte die Kaffeetasse zu seinem Mund.

»Wir fliegen im September oder Oktober nach Portugal, um Niko und Luana, seine neue Flamme, zu besuchen.«

»Wie genial! Juhuuuuu!«, jubelte Armin, der aufstand, um Liem abzuknutschen. »Aber es muss entweder vor oder nach meinem *Danube Clean-Up Day* sein!«

»Ja und erst nach dem 15. September. Denn an dem Tag habe ich eine Vernissage. Alfred und Konrad haben darum gebettelt.«

Die Arbeitswoche forderte Liem heraus, besser gesagt, seine Chefin, die seit kurzem wieder im Topf der Unerträglichkeit badete. Frau Hartl zeigte seit ihrer Rückkehr aus Palermo ihre spitzen Zähne und spuckte Gift. Vielleicht hatte ein Petermännchen sie gestochen oder die sizilianischen Miesmuscheln nicht vertragen? Wohl eher ein Streit mit ihrer Liaison. Nichts konnte Liem ihr recht machen, auch seine Kollegin Mona behandelte die Blutsaugerin wie einen Haufen Dreck. Jeden kreativen Vorschlag schleuderte sie mit geringschätzigen Bemerkungen zurück, begrub ihn damit emotionslos. Ihr Gesicht wirkte käsig wie früher, bevor sie verliebt war, vor über einem Jahr. Liem hatte den Verdacht, dass sie vielleicht an einer schweren Krankheit litt, denn schon lange hatte sie nichts mehr von Vorsorgeuntersuchungen bei ihrer Ärztin erzählt.

»Mona, was machst du am Samstag? Hast du Lust auf ein Gartenfest? Dann können wir richtig über *sie* lästern.« Beide grinsten.

Sie war die Erste, die sich auf dem Fest blicken ließ. Grinsend streckte Mona eine Packung Wasserbomben zu Liem hin, als dieser die Türe öffnete. »Oh! Das wird aber ein nasser Spaß werden.«

Kurz darauf trudelten alle weiteren Gäste von Liem ein: Sarah, Brani und zu Armins Verwunderung auch Alfred und Konrad. Mit dem gewohnten *Darling* begrüßte der Wikinger die beiden Gastgeber und drückte einen feuchten Schmatz auf ihre Wangen. Sein gestutzter Bart, orange wie Gulasch, kratzte. Bildete sich das Liem nur ein oder hatte Alfred tatsächlich weniger Sommersprossen? Vielleicht steckte ein chirurgischer Eingriff dahinter. Geduldig wartete Konrad, bis Alfred sein Begrüßungstätscheln beendete. Als es so weit war, machte der Greis eine Verbeugung und sagte: »Danke für die Einladung, mon cher!« Dann streckte er mit seiner linken Hand eine Champagnerflasche entgegen. In seiner rechten Hand hielt er wie schon bei ihrem letzten Treffen einen Stock, damit er das Gleichgewicht nicht verlor. Kaschmirwolle schien bei Konrad nie aus der Mode zu kommen – auch nicht im Sommer, wenn es mehr als dreißig Grad hatte. Dieses Mal in hellblauer Farbe.

Armin sorgte mit seinen fünf eingeladenen Gästen für wenig Überraschung, vor allem als Paula und Luis mit einem Lächeln bei der Tür hereinschneiten. Sarah zog eine Schnute, als sie Paula erblickte. Bis jetzt hatte sie ihr nicht verzeihen können, dass sie, nachdem sie Niko damals vor dem Traualtar stehen hatte lassen, mit seinem Bruder Luis durchgebrannt war. Nach einem knappen »Hallo«, bei dem Sarah ihre Nase rümpfte, drehte sie sich schnell von den beiden Neuankömmlingen weg und unterhielt sich flüsternd mit Brani. Es lag nahe, dass sie ihm die ganze Geschichte in aller Dramatik erzählte. Liem nahm Sarahs

Verhalten besorgt wahr und hoffte auf ihre Vernunft. Das Gartenfest sollte in keinem Desaster enden.

Zwei weitere Gäste von Armin waren Arbeitskollegen. Ali und Tom. Letzterer brachte seine Freundin Mami mit. Sie war Japanerin und überreichte Armin und Liem eine Kokeshi-Puppe. »Ein Geschenk aus meiner Heimat«, sprach Mami mit leichtem Akzent und lächelte über beide Ohren. Die kleine Holzpuppe war von oben bis unten mit verschiedenen Farben angemalt. Rabenschwarzes Haar. Zwei dunkle Querstriche und ein roter Punkt im Gesicht deuteten Augen und Nase an. Mund wies die Kokeshi-Puppe keinen auf. Ein gelb-rotes Blumenmuster stellte ihr Kleid dar.

Armin nahm das Geschenk entgegen, betrachtete die Puppe neugierig von allen Seiten und bedankte sich. »Die ist wunderschön! Sie wird einen besonderen Platz in unserer Wohnung finden.«

Sicherlich nicht, dachte sich Liem, der den strengen Blick der Kokeshi-Puppe unheimlich fand. So überlegte er sich bereits, an wen er diese seltsame Figur weiterschenken konnte. Perfekt würde dieses Ding in die Gruft von Frau Hartl passen. Später am Abend erfuhr Liem, dass der Name Mami *wahre Schönheit* bedeutete. Mamis Gesicht sah im Vergleich zur Holzpuppe zart aus. Aus ihren Augen, die trotz des östlichen Einschlages rundlich waren, schimmerte eine angenehme Wärme durch.

Wie Fürsten schlemmten sie. Blutige Rindersteaks. Saftige Hühnerspieße. Würzige Lammköfte. Melanzani, Zucchini. Gemüselaibchen. Und Halloumi. Dazu aßen sie Salate, Knoblauch- sowie Schnittlauchsauce. Die Gäste lobten die Grillkünste der Gastgeber, vor allem Konrad sagte mehrmals laut schmatzend: »Délicieux, mon cher!« Anschließend schlürfte er aus seinem Glas. Das Gold des Champagners floss in seine Kehle. Es gab reichlich davon. Dom Pérignon! Lumpen ließ er sich nicht. Zu kostbar und unpassend zu einer primitiven Grillerei, fand Liem, doch er schwieg. Sarah und Brani saßen von Paula und Luis so weit wie möglich entfernt, die am anderen Ende des Tisches ihre Mahlzeit zu sich nahmen. Armin unterhielt sich mit Sarah über ihr geplantes Buch. Endlich ging es damit voran. Liem und Brani lauschten, nickten zwischendurch, um nicht als unhöflich abgestempelt zu werden. Sie konzentrierten sich auf das Hühnerfleisch, das sie von den Spießen abnagten. Als Alfred und Konrad über die geplante Vernissage zu sprechen begannen, stellten sie Liem mindestens jede Minute eine Frage dazu. Vorbei war das ruhige Abnagen. Zur selben Zeit lernten Paula und Luis das andere Paar am Tisch näher kennen. Tom und Mami. Sie waren entzückt vom Akzent der Japanerin und schlossen die Asiatin innerhalb kurzer Zeit in ihr Herz ein. Sie führten Small-Talk über ihre Herkunft und die Unterschiede ihrer Kultur.

Ali, ein Perser, der sein ganzes Leben in Österreich gelebt hatte, versuchte, mit Mona ins Gespräch zu kommen, doch er war schüchtern. Mona, die ihm gegenübersaß, warf ihm interessierte Blicke zu. Auch sie bemühte sich, einen passenden Eisbrecher zu finden. Vergeblich.

Liem beobachtete zufrieden das Geschehen. Seine Augen wanderten von Person zu Person. Mit ihm verweilten zwölf Personen am Tisch. Dreizehn, wenn er Meks dazuzählte, der abseits von ihnen faul auf der Wiese lag. Der

Sicherheitsabstand zwischen Sarah und Paula entschärfte das Potenzial einer Eskalation. Das beruhigte Liem. Er nahm einen Schluck vom zu kostbaren Dom Pérignon, nichts ahnend, dass sich bald ein Gemüt ungemütlich erhitzen würde.

Eine Stunde nach dem Essen verabschiedete sich bereits Tom mit Mami, seiner *wahren Schönheit*, da sie zu einem weiteren Fest eingeladen waren. Sie bedauerten mehrfach, schon gehen zu müssen. Armin zeigte Nachsicht und bedankte sich erneut für die reizende Kokeshi-Puppe. Mit Unbehagen erinnerte sich Liem an das Holzteil.

Mona nutzte den Moment des Abschieds, stand auf und zückte ihre Wasserbomben. Der Champagner, von dem sie bereits drei Gläser intus hatte, unterstützte sie, in den Mittelpunkt zu treten. »Habt ihr Lust auf ein Wasserbomben-Spiel?«, fragte sie grinsend. Ihr kurzes, braunes Haar ließ sie burschikos aussehen. Der Grinser verlieh ihr zusätzlich etwas Spitzbübisches. Die Gespräche verstummten. Alle nickten und lauschten gespannt, als Mona das Spiel erklärte. Luis schlüpfte sofort aus seinem T-Shirt und fragte nach den Wurfgeräten. Brani zeigte ebenfalls keine Scheu, riss sich das Hemd vom Leib und öffnete seine Hände, bereit, die Wasserbomben zu empfangen und sie mit Wasser zu füllen.

Monas Spiel erforderte vor allem Geschick und Feingefühl. Es war keine klassische Wasserbomben-Schlacht. Zu fad, fand sie, wenn sich alle nur ziellos damit bewarfen. Auf Monas Anweisung hin, bildeten die Spieler zwei Reihen zu je fünf Personen, die sich gegenüberstanden. Mit vier Metern Abstand. Liems Gegenüber war Konrad, der mit voller Montur teilnahm. Ein zweiter Kaschmirpullover zum Umziehen lag auf dem Rücksitz im Auto. Jederzeit griffbereit. Liem hatte großen Respekt für Konrads Entscheidung, bei diesem Spaß mitzumachen, auch wenn er dessen Erfolgschancen gering einschätzte. Nur eine Hand hatte er zum Fangen, die andere umklammerte seinen Stock. Bis auf Konrad waren alle mit Unterwäsche oder Badesachen bekleidet und warteten gespannt auf Monas weitere Anweisung. »Meine Reihe beginnt zuerst.« Sie deutete mit einer geraden Handbewegung zu den vier Personen, die neben ihr aufgereiht waren. »Jeder wirft eine Wasserbombe seinem Gegenüber zu. Eure Aufgabe ist es«, nun sprach sie mit den fünf Personen der gegenüberliegenden Reihe, »die Wasserbombe zu fangen. Zerplatzt sie dabei, bekommt ihr einen Minuspunkt. Ebenso, wenn ihr sie nicht fangt. Landet allerdings die Wasserbombe auf dem Boden, weil sie schlecht geworfen wurde, dann wird der Minuspunkt auf das Konto der Werfer addiert. Bei fünf Minuspunkten scheidet man aus. Alles klar?«

Alle nickten.

Nach der ersten Runde hagelte es erste Minuspunkte – für fast alle. Konrad warf seine rote Wasserbombe in perfekt hohem Bogen zu Liem hin. Doch Liem drückte beim Fangen zu fest zusammen, sodass ein Wasserschwall über seinen Bauch rann. Der Einzige mit Glück (und einer Portion Können) war Armin. Geschickt fing er Paulas blaue Wasserbombe, ohne nass zu werden.

In der zweiten Runde war Liem mit Werfen dran. Unangenehm erinnerte er sich an die Schulzeit zurück, als er mit Tollpatschigkeit jedes Mal aufs Neue sein Basketball-Team enttäuschte. Eine grüne Wasserbombe schwappte in seiner linken Hand. Er warf sie zu Konrad. Ungeschickt! Sie landete einen Meter vor Konrad auf der Wiese und zerplatzte. Das Wasser verteilte sich über das Gras. Bereits der zweite Minuspunkt für Liem.

»Und nun geht meine Reihe einen großen Schritt nach links weiter«, erklärte Mona, die in der zweiten Runde gefühlvoll die gelbe Wasserbombe von Sarah aufgefangen hatte, ohne dass diese einen Kratzer davon abbekommen hatte. »Somit bekommt jeder ein neues Gegenüber!« Nur sie selbst nicht. Sie bildete die linke Außenflanke und musste nun auf die rechte Seite wechseln, um ein neues Gegenüber zu erhalten. Ali.

Brani stand jetzt in Boxershorts vor Liem. Ein scharfer Anblick. Sarah hingegen zerplatzte fast vor Wut. Ihr Konto wies bereits zwei Minuspunkte auf und jetzt grinste Paula sie hämisch an. Sarah sendete giftige Signale zurück, sie wusste, dass ein weiterer Minuspunkt sehr wahrscheinlich war, denn sie musste zuerst fangen. Paula ließ sich von Sarahs missgünstigen Blicken nicht aus der Ruhe bringen.

»Alle bereit? Meine Reihe startet wieder«, bestimmte Mona, die sich siegessicher fühlte.

Paula warf ihre violette Wasserbombe extra hoch und hoffte, dass Sarah daran scheitern würde. Doch ein Scheitern durfte sich Sarah nicht erlauben, sie ging etwas in die Knie, als die violette Wasserbombe in ihrer Hand landete und … zerplatzte.

Das Wasser spritzte ihr ins Gesicht. »Verflucht«, schimpfte Sarah. Sie bückte sich, ihre Hände schnappten vom Boden jeweils eine Wasserbombe, die sie in Paulas Richtung hinüberschoss. »Das hast du verdient, du dumme Kuh!« Beide waren ein Volltreffer! Paula war klitschnass.

Plötzlich war es mucksmäuschenstill. Keiner wagte es, ein Wort zu sagen. Mona, die vom Champagner beschwipst war, versuchte die Stimmung zu retten und durchbrach die Stille.

»Und du Arschloch, hast es auch verdient, nass zu werden!« Sie pfefferte zwei Wasserbomben zu Ali hin und hoffte, dass er ihr das Wort *Arschloch* nicht übelnahm. Aber sie musste die Gefahr bannen, nicht dass ihre Idee in einer Katastrophe mündete. Liem sprang sofort auf die gelegte Rutsche auf und knallte zwei Wasserbomben in Branis Richtung und beschimpfte ihn: »Du Drecksack, du Verdammter!«

Alfred gluckste, fand sofort Gefallen an der Wendung des Spiels und schleuderte Luis ein paar Schimpfwörter hin, die er ansonsten nur beim Geschlechtsverkehr in den Mund nahm. Dabei vergaß er auf das Werfen der Wasserbomben, er merkte es erst, als Luis ihn damit bombardierte. »Arschloch!«

Nach kurzer Zeit war der Haufen aus zehn Personen ein Chaos. Bunt durcheinander gewürfelt bewarfen sie sich, die Schimpfwörter wurden weniger. Paula revanchierte sich selbstverständlich bei Sarah, feuerte einige Wasserbomben auf sie ab und beschimpfte sie. *Arrogante Göre.* Schließlich mussten alle lachen – auch Sarah und Paula. Mona und Ali küssten sich. *Arschloch* war der perfekte Eisbrecher gewesen, denn der Perser hatte einen heimlichen Fetisch für Beschimpfungen. Sarah und Paula begruben ihr Kriegsbeil. Sie versöhnten sich. Allerdings wussten beide, dass für beste Freundinnen der Zug abgefahren war.

Alfred landete in Konrads Armen, der vor den Wasserbomben in die Weinlaube geflüchtet war, um mit Dom Pérignon seine Zunge zu beträufeln. Liebevoll strich er über des Wikingers Haar. »Ein großartiger Abend. Merci, mon cher!« bedankte er sich bei Liem. »Ich habe mich schon lange nicht mehr so jung gefühlt.«

Liem berührten Konrads Worte. Ab diesem Moment konnte er den Kaschmir-Liebhaber richtig gut leiden und Sympathien für ihn aufbringen.

Nach dem Fest ließen Liem und Armin den Abend Revue passieren, während sie den Saustall im Garten aufräumten und nebenbei die Reste des Dom Pérignon leertranken. Es dauerte auch nicht lange, bis sie auf Sarahs Fauxpas zu sprechen kamen. »Wie taktlos war das denn bitte?« Armin schüttelte seinen Kopf.

»Du weißt, ich halte Sarah normalerweise die Stange, aber hier hat sie sich echt völlig danebenbenommen«, bestätigte Liem, während er die leeren Gläser auf ein Tablett stellte. »Zum Glück hat Mona schnell und richtig reagiert.«

»Haha, ja.« Armin leerte sein Glas. »Hätte Paula früher mit offenen Karten gespielt, wäre vielen vieles erspart geblieben.« Er musste hicksen.

»Du sagst es«, erwiderte Liem, den Schuldgefühle unangenehm piksten wie lästige Mücken. Wie Paula behielt er eine wesentliche Karte für sich. Die Karte mit Fabian. Der Alkohol, den er intus hatte, flüsterte ihm zu, dass ihm nichts anderes übrigblieb, als sie offen auszuspielen, denn früher oder später gelangten alle Geheimnisse ans Tageslicht. Immer. Und dann würde es schlimm werden.

»Über was denkst du nach?«, fragte Armin, der nach wie vor mit Schluckauf zu kämpfen hatte.

»Ahm …« Liem kippte den Rest seines Champagners hinunter. Mithilfe des Dom Pérignon fühlte er sich nun verpflichtet, Klarheit zu schaffen, auch wenn die Karte mit Fabian eventuell ihre Beziehung ruinieren würde. Sie musste das aushalten. Ihre Beziehung.

»Schatz, ich bin bereit …«

»Ja? Schon wieder?« Armin grinste, bevor ihm erneut ein lästiges Hicksen auskam.

»… mich mit dir zu verloben. Ich will dich!« Verdammt! Was hatte seine Zunge angestellt? Statt reinen Wein einzuschenken, theaterte sie ihn in einen tieferen Schlamassel hinein.

Armin sprang hoch, wollte sofort über Liem herfallen, doch er wurde mit einem Handzeichen abgeblockt.

»Aber … es gibt da noch etwas, das ich dir sagen muss.« Mit einem Schlag fühlte sich Liem komplett ausgenüchtert. Jetzt gab es kein Zurück mehr.

»Oh, das klingt beängstigend«, stellte Armin fest, während er sich wieder auf die Bank hinsetzte. Kein Mucks mehr von seinem Schluckauf.

»Ich … ich habe …«, begann Liem und bereute es bereits, die Karte auf den Tisch zu legen, »Fabian getroffen, während du in Schottland warst. Wir haben miteinander geschlafen. Aber jetzt ist es vorbei. Ich finde, das solltest du wissen, bevor wir eine Stufe tiefer gehen und uns verloben.« Die Karte auszuspielen, entfesselte einen unglaublichen Druck auf Liems Schultern, gleichzeitig kämpfte er mit Zukunftsängsten, die ihm den Magen zuschnürten.

Für einen kurzen Augenblick sahen sie sich an. Liem

blickte in verletzte und enttäuschte Augen. »Es wird keine Verlobung geben«, konterte Armin. Er stand auf und bewegte sich Richtung Wohnung. Mit einem Hicksen.

»Es tut mir leid. Ehrlich. Ich will nur dich!« Liems Magen schrumpfte weiter zusammen, sodass nur mehr ein Tropfen Dom Pérignon darin Platz hatte. Den Rest kotzte er raus, als Armin die Terrassentür zuknallte und sie versperrte. Die Kotze verteilte sich auf den Steinplatten der Gartenlaube, direkt unter den gut gedeihenden Mitschurinski-Trauben, die sich bereits blau färbten.

Hellblaue Augen. Verletzt und enttäuscht.

Es wird keine Verlobung geben!

Der Preis, dass Liem mit offenen Karten gespielt hatte. Ihre Liebe war noch nie so ernsthaft vom Aussterben bedroht gewesen wie heute.

53

Als Liem im Liegestuhl erwachte, sah er schwarz. Seine Gelenke schmerzten. Er drehte sich auf die andere Seite. Nach dem missglückten Ausgang des Gartenfestes musste er tatsächlich eingeschlafen sein. Eine Grille zirpte und ein Vogel trällerte. Wahrscheinlich eine putzmuntere Nachtigall. Trotz der neunzehn Grad zitterte Liems Körper. Mit seinen müden Knochen erhob er sich und wartete einen Moment, bis sich die Augen an die Dunkelheit gewöhnt hatten. Dann holte er eine Wolldecke von der Gartenlaube, dabei fiel sein Blick auf die Terrassentür. Sie stand offen. Sofort war er hellwach. Das war eindeutig ein Signal, dass Armin reden wollte. Liem rieb sich den Schlaf aus den Augen und wandelte ins Wohnzimmer hinein. Meks lautes Atmen ließ erahnen, dass er im Tiefschlaf war. Ein schlechter Wachhund. Mit pochendem Herzen erreichte Liem die Schlafzimmertür, öffnete sie und drückte auf den Lichtschalter. Das Bett war leer. Frisch gemacht, so wie er es am Morgen verlassen hatte. Eine offene Schranktür stach Liem ins Auge. Er registrierte sofort, dass Armins Reisetasche sowie einige seiner Klamotten fehlten. Mit einem Seufzen setzte sich Liem auf den Bettrand. Ein unangenehmes Rumoren begann im Bauch sein Unwesen zu treiben. Diese Scheiße hatte er sich selbst zuzuschreiben. Innerhalb kurzer Zeit biss er all seine Fingernägel ab. Als er nichts mehr zu beißen hatte, blickte er voller Abscheu auf seine lädierten Finger hinab. Zurück im Wohnzimmer schnappte er sich sein Handy und versuchte Armin zu erreichen. Es antwortete die Mailbox-Ansage. Liem tippte eine SMS. Er flehte um eine Antwort und verfluchte gleichzeitig seine Taten mit Fabian. Mittlerweile war Meks erwacht, er schwänzelte nervös um die Beine seines Herrchens herum.

Vier Uhr morgens. Bald müsste die Dämmerung beginnen. Obwohl Liem an Schlaf nicht denken konnte, versuchte er es trotzdem und legte sich auf die Wohnzimmercouch. Er drehte sich hin und her, gefühlt alle fünf Minuten, und seufzte bei jeder Drehung. Schließlich platzte ihm um sieben Uhr früh der Kragen und er stand auf. Der Kaffee, den er sich zubereitete, schmeckte nach nichts. Sein Handy warf eine neue Nachricht von Sarah aus.

Liem, das Gartenfest war hervorragend. Und wer hätte gedacht, dass ich mit Paula noch Frieden schließen kann? Danke euch für alles! Bussi, Sarah.

Gesendet um 6:30 Uhr. So früh. Normalerweise war sie während der Ferien Langschläferin. Da konnten nur Brani und seine Morgenlatte dahinterstecken. Liem spürte Neid. Er schlürfte an einer weiteren Tasse Kaffee, der wieder nach nichts schmeckte, und verbrannte sich die Lippen dabei. »Scheiße!«, fauchte er wie eine angriffslustige Katze. Dann kullerten Tränen über seine Wangen. Liem tat sich selbst furchtbar leid und machte sich ernsthafte Sorgen um die Beziehung mit Armin. Eine halbe Stunde verweilte er in diesem bemitleidenswerten Zustand, danach fühlte er sich einsam und leer. »Alles nur wegen diesem Arschloch.« In seinem Grant wusste sich Liem nicht anders zu helfen, als Fabian eine Nachricht zu schreiben. Er schimpfte ihn ein Arschloch. Zur Sicherheit fügte er auch das italienische Wort hinzu, das er vorher im Internet gesucht hatte. Stronzo!

Amore mio, ti amo! Wie hatte er nur auf diesen Schwachsinn an verlogenen Worten reinfallen können?

Stronzo! Stronzo! Stronzo! Am liebsten wollte Liem es hundertmal verschicken. Noch besser wäre, wenn er das Wort direkt in Fabians Gesicht schmettern könnte. Aber das würde nichts an seiner Situation ändern. Immerhin hatte er seinen Zorn an Fabian adressiert, wo es schon längst hingehörte. Er lief im Wohnzimmer auf und ab und trank einen weiteren Kaffee, bei dem seine Lippen verschont blieben. Diese Ungewissheit war nicht zum Aushalten, so schickte er zwei weitere SMS an Armin. Nichts kam zurück.

Um neun Uhr morgens fasste Liem den Entschluss, Sarah seine Schandtaten zu beichten. Sarah, ausgerechnet ihr.

Ihre Moralpredigten, kalt, hart und eisig wie fette Hagelkörner auf nackter Haut, hatte er schlicht und einfach verdient. Ansonsten nichts!

54

Zwei Wochen später wusste Liem, dass Armin vorübergehend bei Paula und Luis wohnte. Reden wollte er noch immer nicht. Dafür gab es regen Mailverkehr mit Niko, der Liem vorschlug, eine Woche nach Portugal zu kommen, um den Kopf durchzulüften. Liem lehnte ab, da er in dieser verkorksten Situation keinen Urlaub genießen könnte, obwohl ein Wiedersehen mit seinem besten Freund wunderbar wäre.

Sarahs Moralpredigten waren überraschenderweise mild ausgefallen. Vordergründig unterstützte sie Liem, hörte zu und versuchte möglichst viel Optimismus zu verbreiten. Sie verabredeten sich öfter als üblich. Manchmal morgens vor der Arbeit zu einem nahrhaften Frühstück. Hin und wieder aßen sie einen schnellen Snack in der Mittagspause. Doch meistens trafen sie sich abends und tranken Cocktails in Lokalen.

Sarah schlug sogar einmal vor, eine Nacht im KARMA durchzutanzen, doch Liem hatte abgelehnt. Szenelokale mied er momentan, denn vielleicht war Armin dort, um seine Enttäuschung in Alkohol und Flirts zu ertränken oder schlimmer noch, um mit dem Sri-Lanker in einer finsteren Ecke herumzumachen. Nein, diese Schmach wollte sich Liem ersparen – falls Armin überhaupt aus Rache fremdgehen würde. Vielleicht aber wollte er sogar ihr Beziehungsband komplett kappen, um mit dem Sri-Lanker richtig durchstarten zu können. In diesem Falle hatte Liem mit Fabian als Anker gerechnet, aber wie erwartet hatte dieser nicht auf die SMS mit dem Stronzo-Inhalt geantwortet. Typisch Arschloch. Durch dieses feige Verhalten verlor die Faszination ihres gemeinsamen Erlebten den allerletzten Glanz. Mehrmals am Tag malte sich Liem aus, wie es wäre, beide zu verlieren. Es war schlicht und einfach undenkbar. Um diese ganze Situation besser zu verkraften, stürzte er sich in die Arbeit. Mona erzählte ihm jeden Tag, wie heiß Ali war, und wie gut es zwischen ihnen lief. Erfreuliche Liebesgeschichten – davon gab es genug: Sarah und Brani … Niko und Luana … Mona und Ali … Paula und Luis. Nur Liem selbst dümpelte im Ungewissen. In die Falle getappt. Alles nur wegen einer tückischen Verlockung, die ihn jahrelang gerufen hatte.

Das friedliche Ambiente unter der Gartenlaube trug nicht zur Beruhigung seiner Gedanken bei, im Gegenteil, sein Unmut über Armin steigerte sich. Was bildete er sich bloß ein, ihn so lange hängen zu lassen? Ja, er hatte Mist gebaut, aber er war auch nur ein Mensch mit Fehlern und Macken. Entschlossen verfasste Liem eine SMS.

Ich kann diese Ungewissheit nicht mehr ertragen. Willst du die Beziehung weiterführen? Dann melde dich! Ansonsten weiß ich Bescheid. Trotzdem sollten wir alles wegen der Wohnung regeln. Ich liebe dich!

Auch darauf kam keine Antwort.

55

In diesen zwei Wochen musste Armin vieles in seinem Leben überdenken. Seine Cousine Paula unterstützte ihn dabei, um die Dinge besser reflektieren zu können. Luis hörte meist schweigend zu und dachte sich seinen Teil, während er ein Bier nach der Arbeit trank. Seine Wortmeldungen behielt er lieber für sich.

Der Kalender zeigte den letzten August an. Sie saßen zu dritt auf der Terrasse, die mit Blumen und Kräutern begrünt war. Der Wetterfrosch prognostizierte einen weiteren lauen Abend und eine Tropennacht. Aber mit den Morgenstunden sollte eine Kaltfront eintreffen, die dem Sommer in der Stadt den Garaus machen würde.

Paula versuchte, wie schon die Tage und ein Jahr davor, Armin zu ermutigen, zu seinen Wünschen und Gefühlen zu stehen. Luis stand auf und schnappte sich sein Bier. »Ich lass' euch lieber allein.«

Paula nutzte die Chance, dass sich Luis zurückgezogen hatte, und nannte ihre gescheiterte Beziehung mit Niko als Beispiel. Obwohl Luis kein Problem hatte, wenn Paula darüber sprach, fühlte sie sich noch immer nicht ganz frei, wenn sie neben ihrem Mann über das Thema sprach.

»Mino, wahrscheinlich wiederhole ich mich. Ich habe damals schon länger gewusst, dass ich für Luis mehr empfinde, doch ich wollte Niko nicht verletzen und habe gehofft, dass meine Gefühle für ihn durch die Hochzeit wieder aufflammen werden. Doch die Flammen ließen mich im Stich. Damals wusste ich es nicht besser, aber heute … ich weiß, heute würde ich anders handeln. Mehr auf meine innere Stimme hören und direkt kommunizieren.«

»Das verstehe ich alles, Paula. Aber du kannst sicher verstehen, dass ich seit zwei Wochen so verletzt bin, dass ich keine Ahnung habe, wie ich Liem je wieder vertrauen soll. Ich liebe ihn, aber ist das genug? Und … und …«

»Ja, Mino?«

»Kiran macht es mir nicht einfach. Er hat etwas Anziehendes und ich denke mir ständig, vielleicht ist doch er der Richtige … vielleicht ist genau jetzt unsere Zeit gekommen.« Armin war nicht untätig gewesen in den letzten beiden Wochen. In einem angeheiterten Moment hatte er Kiran geschrieben. Der Sri-Lanker hatte sich mit seiner Rückmeldung Zeit gelassen, doch zwei Tage später schrieb er eine knappe Antwort, die der Start eines Wasserfalls von Komplimenten und prickelnden Nachrichten war. Kiran entschuldigte sich sogar für sein ruppiges Benehmen bei ihrer letzten Begegnung, als er Armin aus der Wohnung rausgeworfen hatte. Größtes Verständnis zeigte Armin und bat um Verzeihung für sein Zickzack-Verhalten. Schwamm drüber. Sie verziehen sich gegenseitig. Nun stand seit Tagen ein Wiedersehen im Raum. Eine Zwickmühle, die Armin zu einer Entscheidung drängte. Doch wie entscheiden, wenn er nicht wusste, was klug war.

Kiran oder Liem?

Dieselbe Leier. Eine Wiederholung vom letzten Jahr. Nur mit einer eklatanten Veränderung, dass Liem in der Zwischenzeit mit seiner ersten Liebe in die Kiste gesprungen war. Was, wenn das Schicksal zwischen Liem und Fabian sowieso besiegelt war? Dann konnte sich Armin bei einem Zögern nur die Finger bei Kiran verbrennen.

»Mino, falls du dich für einen Neustart entscheiden

solltest, dann kläre es zuerst mit Liem, bevor du Kiran triffst«, riet Paula und setzte dabei eine ernste Miene auf. Sie griff zu ihrem Glas mit Holunder-Limonade und nahm einen Schluck davon.

Eine Stunde später hatten sich Paula und Luis ins Schlafzimmer zurückgezogen. Armin verweilte allein auf der Terrasse. Er grübelte weiter. Die Wettervorhersage hatte recht behalten, die laue Luft kitzelte angenehm sein Gesicht. Liems SMS, der Auslöser für das soeben geführte Gespräch mit Paula, klang nach einem Ultimatum.

Willst du die Beziehung weiterführen? Dann melde dich! Ansonsten weiß ich Bescheid.

Paula hatte in den meisten Punkten recht gehabt. Es sprach alles dafür, dass Armin zuerst die Situation mit Liem klären sollte, bevor er sich mit Kiran traf. An einem Gespräch mit Liem führte kein Weg vorbei, obwohl sich sein Körper dagegen wehrte, er verspannte sich seit drei Stunden. Ein Ultimatum! Wie sollte Armin auf Druck einen klaren Kopf bekommen? Sein Trotz brüstete sich und sorgte dafür, Liem weiterhin nicht zu antworten.

Er dachte an Kiran. Kurbelte damit die Produktion seiner Sexualhormone an. Es kribbelte, nicht nur im Schritt, sondern im ganzen Körper. Eine Wohltat zu der Verspannung von vorhin. Vielleicht sollte er endlich mit Kiran schlafen. Armin schnappte sein Handy und antwortete ihm. *Kiran, ich komme jetzt zu dir. Okay?* Vorher auszutesten, welches Potenzial im möglich Neuen schlummerte, bevor er sich komplett im alten Mühsamen aufrieb – ein geschickter Weg! Anders als Paula geraten, trotzdem clever. Nachdem Kiran einen Kuss-Smiley und *Ich freue mich!*

retourniert hatte, hüpfte Armin auf und verließ beschwingt die Wohnung von Paula und Luis.

56

Liem tobte innerlich. Keine Antwort auf seine letzte Nachricht. Armins Ignoranz machte ihn fuchsteufelswild. Eine feige Art zu vermitteln, dass die Beziehung zu Ende war. Tot. Ausgestorben. »I need to know now … knooow now … can you love me again…«, dröhnte es aus den Boxen. Liem grölte mit. Stück für Stück baute sich seine Wut wie Erz in einem Bergwerk ab. Gleichzeitig schwappten Wellen von Traurigkeit über ihn. Kopfschüttelnd und mit dem linken Fuß wippend, finalisierte Liem eine neue Kohlezeichnung. Beobachter, die Liem nicht kannten, würden ihm nervöse Zuckungen zuschreiben. Ihre Diagnose würde vermutlich anders ausfallen, wenn ihre neugierigen Augen einen Blick auf das Bild erhaschen könnten: Zwei Männer küssten sich eng umschlungen in einem Sarg. Daraus floss eine Flüssigkeit (vielleicht Blut), während ein Geist – über ihnen schwebend – seine krallenartigen Finger ausfuhr. Spitze Zähne wie die Eisen-Fortsätze eines Rechens ragten aus dem breiten Maul. Unheimlich wirkten auch die Augen des Geistes. Zwei große schwarze Punkte.

Mit der Zeichnung versuchte Liem Armins Entscheidung zu verarbeiten. »I need to know know … know n-« Plötzlich verstummten die Boxen. Schreckhaft drehte sich Liem um. Meks bellte … vor Freude.

Armin, dessen Finger den Lautstärken-Regler der Musikanlage hielten, stand im Wohnzimmer. Unerwartet wie ein Totgeglaubter. Sein Blick strahlte Kälte aus. Seine blauen Augen, die normalerweise Wärme versprühten, erinnerten an Eiswürfel. Hart und eisig. Meks erschnüffelte den Frost zwischen seinen Herrchen, blieb aber demonstrativ an Liems Seite stehen.

»Hallo!«, eröffnete Armin händeverschränkt die Konversation. »Wir müssen reden!«

»J-ja«, stotterte Liem. Totgesagte lebten länger. Auch ihre Beziehung?

Dreißig Minuten davor war Armin in einer anderen Situation gesteckt. Fest entschlossen hatte er Kiran wiedersehen wollen. Sein rechter Zeigefinger berührte bereits die Klingel, doch als ein Schauer der Vernunft ihn ereilte, drehte er dem Wohnhaus den Rücken zu und lief, ohne angeläutet zu haben, davon. Weder der Sri-Lanker noch beleidigende Rufe verfolgten ihn.

Nun stand er steif wie ein Offizier der päpstlichen Schweizergarde vor Liem. Er zweifelte daran, ob er die richtige Entscheidung getroffen hatte, da er in verschreckte Augen blickte. Am liebsten wollte sich Armin auf Liem stürzen, ihn umarmen und küssen, doch so einfach durfte er es Liem und sich selbst nicht machen. Sie mussten vorher definitiv einiges klären, das hoffentlich seine Eiswürfel zum Schmelzen bringen würde.

Liem hatte nichts mehr zu verlieren. Es gab für ihn kein Richtig oder Falsch mehr. So folgte er dem Weg seines Herzens. Mit all seinem Mut bewegte er sich auf Armin zu und umarmte ihn. Endlich!

Doch Armin reagierte nicht. Keine Regung. Sein Körper

blieb steif, sein Blick kalt wie der der Kokeshi-Puppe, die immer noch ihren Eingangsbereich verunstaltete. Liem war nun von zwei Exemplaren umgeben, nur dass das Holz der Puppe mehr Wärme abstrahlte.

»Ich habe dich vermisst, Armin!«

Stille.

Liem kämpfte mit Tränen, doch da er diese nicht als Manipulation einsetzen wollte, unterdrückte er sie.

»Lass uns reden!«, schlug Armin schließlich vor.

Als sie auf der Wohnzimmercouch saßen, übernahm Liem das Wort und stellte sofort seine Sicht der Dinge klar. Denn wenn Ehrlichkeit vonnöten war, dann jetzt. Armin lauschte. Unverändert blitzten Eiswürfel aus seinen Augenhöhlen.

»Weißt du, die Sehnsucht, mit Fabian zu schlafen, hat mich immer verfolgt – mal mehr und mal weniger. Ich habe davon nichts preisgegeben, da ich Angst um unsere Beziehung hatte. Wegen einem Hirngespinst, das nie real werden würde, wollte ich keinen Bruch zwischen uns riskieren. Als Fabian dann tatsächlich vor der Tür stand, hat er mich überrumpelt.« Liem legte eine Pause ein und nahm einen Schluck Wasser zu sich. Dabei versuchte er, Armins Gedanken zu entschlüsseln, blieb aber erfolglos. »Diese zehnjährige Sehnsucht nach Fabian … ich wusste nicht, ob ich sie stillen und dabei die Beziehung mit dir aufs Spiel setzen sollte. Fabian abzuweisen, barg die Gefahr, die Sehnsucht weiterzuschleppen und damit unsere Beziehung schleichend zu vergiften. Und … ich bin jetzt sehr ehrlich. Ja, der Sex mit Fabian hat mir gefallen. Es war anders mit ihm. Aber«, Liem erhob seinen linken

Zeigefinger, »ich möchte aus vielen Gründen keine Beziehung mit Fabian. Darüber bin ich mir klar geworden.«

Armin räusperte sich. »Aber weil es so *anders* war, hättest du gerne weiterhin Sex mit ihm?«, fragte er und hob dabei seine Augenbrauen.

»Nein, ich will nicht mehr mit ihm schlafen. Ich habe abgeschlossen mit ihm.«

»War der Sex geiler als mit mir?«, hakte Armin nach.

»Schatz, mit dir ist es natürlich auch geil. Vielleicht sollten wir einfach … ahm … mehr experimentieren?«, schlug Liem vorsichtig vor. Er zog dabei seine Schultern nach oben, sah aus wie eine Schildkröte, wenn sie ihren Kopf in den Panzer einzog.

Armin, der sich dank dieser Aussage etwas erleichtert fühlte, nickte. »Ich bin offen dafür. Warum nicht?« Die Eiswürfel schmolzen, sie wurden kleiner.

»Heißt das, du verzeihst mir?« Liem entspannte etwas seine Schultern, beugte sich nach vorne, sodass sich der Abstand zu Armin verringerte.

»Moment! Ich habe auch noch etwas zu erzählen.« Armin nahm seine Brille ab und rieb sich seine Augen. Rubbelte er den letzten Rest des Eises ab?

Liem zuckte zusammen und ahnte, dass jetzt eine Geschichte über den Sri-Lanker kommen würde.

»Also, ich habe die letzten Tage sehr viel mit Kiran geschrieben«, gestand Armin, während er seine Brille wieder aufsetzte.

Tatsächlich! Liem musste sich beherrschen, dass er nicht seine Augen überdrehte. Auf Kiran reagierte er allergisch.

»Wir haben uns nie getroffen, aber er wollte, dass ich ihn heute besuche. Ich habe hin und her überlegt und bin schließlich zu ihm gefahren, blieb dann allerdings vor seinem Haus stehen und habe … umgedreht. Und hier bin ich nun.« Armin spielte an seinem Dreitagebart herum und wartete auf eine Reaktion von Liem.

»Okay! Und willst du … also, willst du mehr von ihm?«, fragte Liem mit angespanntem Körper.

»Ich bin mir jetzt klar darüber, was ich will. Unser Gespräch war aufschlussreich.«

»Ja? Und das wäre?«

»Dich. Ich will dich«, äußerte sich Armin, dessen Augen nun sein herkömmliches Strahlen angenommen hatte. Die Eiswürfel waren endlich ganz zerschmolzen.

»Und ich will dich, Schatz!« Liem wollte Armin küssen, doch dieser deutete mit einer Hand, dass er noch nicht so weit war. »Versprich mir, dass du mir ab heute alles erzählst, okay? Keine Lügen und Geheimnisse mehr, versprochen?«

»Versprochen, Schatz!«

»Dasselbe gilt natürlich auch für mich, Süßer!«

Es folgte ein langer, intensiver Kuss. Dabei enthüllten sie mehr und mehr ihre Körper. Ein Kleidungsstück nach dem anderen landete auf dem Boden. Als sie schließlich nackt auf der Couch lagen, fragte Armin, was Liem gerne mit ihm experimentieren möchte.

»Ich habe da eine Idee. Komm mit!«

Die beiden huschten ins Schlafzimmer. Armin sank in die Matratze hinein, während Liem das Seil aus dem Kleiderschrank von ganz hinten hervorzog. Liem grinste Armin an.

»Da schlummert ja ein ganz schönes Früchtchen in dir«, sagte Armin mit großen verwunderten Augen. Kurz darauf waren seine Hände gefesselt und er ließ sich von Liem verwöhnen. Oral.

Es war die letzte laue Nacht für diesen Sommer. Eine perfekte Nacht, um in der Gartenlaube zu sitzen oder im Garten zu übernachten. Armin und Liem verschanzten sich stattdessen im Bett und holten alles nach, was sie sexuell in den letzten beiden Wochen versäumt hatten. Das Seil drängte sich neben ihrer Liebe in den Mittelpunkt, denn auch Armin fand Gefallen daran, Liems Hände zu fesseln und ihn zu blasen. Das Seil – ein Artefakt von Fabian, schien Armin und Liem auf irgendeine Art neu miteinander zu verbinden. Eine vertraute Verbindung mit neuen Facetten.

»Ich liebe dich«, bekräftigte Armin seine Liebe, während er Liems Hände befreite.

»Ich dich auch!« Liem schüttelte seine Hände durch. Sein Penis war noch steif. Ein passender Zeitpunkt, Armin endlich wieder zu ficken.

Am Morgen wachten beide mit einem sorglosen Lächeln auf. Sie klebten aneinander wie zwei Magneten.

»Guten Morgen im September, Süßer!« Armin küsste Liem, während er ihm zärtlich den Rücken entlang strich. Ihre Morgenlatten waren hart wie Fahnenmasten. Es dauerte keine Minute, als Armin in Liem eindrang. Liem genoss die Stöße, die zu Beginn sanft und langsam waren, dann wild und unkontrolliert wurden. Sie fickten, ohne Seil. Es dauerte nicht lange, bis Armins Stöße Liem einen üppigen Samenerguss bescherten. Kurz darauf ergoss sich auch Armin mit stöhnenden Lauten in Liem. Es folgte ein langer Kuss.

»Was für ein leckeres Frühstück!«, stellte Liem mit einem Grinsen fest.

»Oh ja, ein Hammer-Frühstück! Aber jetzt habe ich wirklich Hunger. Was hältst du davon, wenn ich uns zur Feier des Tages frische Semmeln und Croissants aus der Bäckerei hole?« Armin knabberte an Liems Ohrläppchen, ehe er aus dem Bett kroch.

»Schatz, das wäre genial.« Liem reckte sich und gähnte, musste an die gesalzene Karamelltorte seiner Mutter denken. Auf die hätte er jetzt einen Gusto.

Meks, der ihnen beim Sex zugeschaut hatte, war putzmunter und wedelte mit seinem Schwanz. »Nein, du kommst nicht mit. Ich fahre mit dem Rad.« Als Entschädigung kraulte Armin ihm den Bauch.

»Dann muss wohl ich mit ihm Gassi gehen.« Liem sprang mit Schwung aus dem Bett.

Als Armin sich Jogginghose und T-Shirt angezogen hatte, verabschiedete er sich von Liem mit einem Kuss und schnappte seine Geldbörse von der Kommode. Zehn Minuten später prallte er auf dem harten Asphaltboden auf, der eine angenehme Wärme abstrahlte. Es war der erste September 2013. Genau an diesem Tag vor neunundneunzig Jahren hatte Martha, die letzte Wandertaube, ihre Krallen von der Vogelstange lockergelassen und war auf dem Sandboden in ihrem Käfig aufgekracht.

Armin lag mit dem Rücken auf dem warmen Asphalt. Er sah den Himmel. Die Wolken verdichteten sich. Die prognostizierte Kaltfront war im Anmarsch. Rund um seinen blonden Wuschelkopf breitete sich eine Blutlache aus.

Was passierte mit ihm? Er verstand es nicht. Bilder aus

seinem Leben flitzten kreuz und quer durch seinen Kopf. Gesichter blitzten auf. Waren sie tatsächlich da oder bildete er sich das nur ein? Seine Eltern und Großeltern. Tanten und Onkel. Seine Cousine Paula. Und auch Liem.

Liem!

Er war da! Und lehnte sich zu ihm herab. Armin spürte einen Kuss auf seiner Stirn. Der zärtlichste Kuss, den er je erhalten hatte. Eine Dankbarkeit erfüllte ihn. Mit Mühe zog er seine Mundwinkeln nach oben. Er lächelte. Dann verabschiedete sich das Leben, das siebenundzwanzig Jahre in ihm getobt hatte, aus seinem Körper.

Damals V

Sommer 2003

57

Liem weinte. Tränen flossen über sein Gesicht. Draußen goss es bereits seit Stunden in Strömen. Dem Haus der Jungwirths fehlte jede Spur von Leben. Koko war schon eine Woche in Bologna. Ihre Rückkehr hatte sie um ein paar Tage nach hinten verschoben, da sie sich mit der Tochter von Alessandro Russo, ihrem zukünftigen Chef, blendend verstand und jetzt zeigte ihr Laura die Stadt. Die Eltern arbeiteten in der Bäckerei – wie, das wollte sich Liem erst gar nicht vorstellen, denn mittlerweile redeten die beiden kein Wort mehr miteinander. Sein Vater hatte sogar die letzten zwei Nächte auswärts übernachtet. Wahrscheinlich beherbergte ihn Margot, diese rollige Trulla, denn dass Herr Jungwirth in der Backstube kampierte, war undenkbar. Dass Margot noch immer Torten buk und im Café anpackte, ließ vermuten, dass seine Mutter weiterhin keinen Schimmer von der Affäre hatte, oder sie bewies mehr Stärke, als Liem ihr in dieser Situation zutraute. Von Stärke konnte er selbst nur träumen. Liem flennte im Bett wie ein Schwächling und verzichtete erneut auf seine geliebte gesalzene Karamelltorte mit Walnüssen. Das einzig Salzige, das er schmeckte, waren seine Tränen, die bis zu seinen Lippen hinabkullerten.

Das weiche Bett, auf dem Liem saß, war eine Wohltat fürs Steißbein, obwohl es ihm nach dem Sturz vor einer Woche nicht mehr schmerzte. Seit dem Liebesgeständnis hatte sich Fabian weder für seine aggressive Reaktion entschuldigt, noch ließ er einen Mucks von sich hören, obwohl Liem ihn mit SMS zuschüttete. *Armer schwarzer Kater!* Liem erinnerte sich an ein Spiel, das bei keiner Kindergeburtstagsparty gefehlt hatte. Nach kurzem Überlegen konnte er sich sogar den Ablauf ins Gedächtnis rufen: Ein Kind wurde als *Kater* auserwählt und musste sich in die Mitte des Sitzkreises, der von den anderen Kindern gebildet wurde, hinsetzen. Dann tapste der auserwählte *Kater* mit Katzengestik auf ein Kind zu – natürlich auf allen vieren – und maunzte es mit allen möglichen Grimassen an. Das Kind musste den *Kater* streicheln und dreimal *Armer schwarzer Kater* aussprechen. Lachte es dabei, war es zum neuen *Kater* verdammt. Absurd und irgendwie doch lustig.

Fabian strich mit seinen Pfoten bestimmt sanft und erotisch über Antonias Gesicht und hauchte ihr eine zärtliche Liebkosung ins Ohr. Bei Liem hingegen würde er seine Krallen ausfahren, ihm lieblos auf dem Hinterkopf tätscheln und ihn mit einem kratzigen *Armer schwarzer Kater* enttäuschen. Ein Katzenjammer!

Ein Geräusch von unten lenkte Liems Gedanken von diesem verworrenen Spiel ab. Ins Haus der Jungwirths kehrte Leben zurück. Wahrscheinlich seine Mutter. An Regentagen entpuppten sich viele Menschen zu Stubenhockern, verkrochen sich in ihren vier Wänden, als ob der Regen sie nachhaltig schädigen würde. Somit blieb das Kaffeehaus meist leer. Und in einem ausgestorbenen Etablissement genügte eine Bedienung. Margot. Das Luder mit dem rostfarbenen Haar. Die drauf und dran war, gemeinsam mit seinem Vater die Familie zu zerstören.

Regentropfen prasselten uneingeschränkt gegen die Fensterscheibe. Landregen Ende Juli. Liem schwang seinen Körper hoch und schaute aus dem Fenster. Dabei stockte ihm der Atem, denn vor dem Gartenzaun ging Fabian hin und her. Warum schwänzelte er dort herum? Liem eilte zum Schreibtisch und wischte mit einem Taschentuch seine tränenverschmierten Augen trocken. Dann lief er aus seinem Zimmer, die Treppen hinab, als er unerwartet seiner Mutter im Flur begegnete. Sie weinte, wie er vorhin.

»Ist alles okay? Hat es dir Papa gesagt?«, fragte Liem vorsichtig.

»Was gesagt, mein Schatz?«, fragte Frau Jungwirth schluchzend.

Verdammt! Wie ungeschickt! »Ahm … nichts, vergiss es.« Liem kratzte sich am Kopf. Dann fiel ihm doch noch etwas Rettendes ein. »Also, wo er geschlafen hat.«

Nun wurde seine Mutter erst recht stutzig und blickte ihn skeptisch an. »Liem, weißt du mehr als ich?« Sie wischte sich mit einer Hand die Tränen unter ihren Augen weg. Kopfschüttelnd verneinte Liem die Frage, verärgert über seine Dummheit.

»Ist auch egal! Es gibt etwas Wichtigeres im Moment«, kündigte Frau Jungwirth an, »aber es ist nichts Schönes.« Weitere Tränen schossen aus ihren Augen hervor.

Liem befürchtete, dass Koko in Bologna etwas zugestoßen war. Bitte nicht, flehte er innerlich.

»Oma ist im Krankenhaus. Sie hatte einen Schlaganfall und wird es nicht schaffen. Wir müssen hinfahren und uns von ihr verabschieden«, schluchzte Liems Mutter. Ihre Haut war blass.

Liem, weißt du, welcher Tag heute ist?
Der Siebenschläfertag!
So wie heute das Wetter ist, wird es sieben Wochen lang sein.
Zum Glück scheint heute die Sonne.

Liem stand wie eingefroren da, verlor nach einem Moment den Halt und musste sich an der Flurmauer anlehnen, als plötzlich der nächste Schwall an Tränen aus ihm herausbrach. Es war viel, zu viel – alles zusammen! Oma lag im Sterben, Fabians unerwiderte Liebe, Kokos bevorstehender Auszug, Vaters Affäre mit Margot und dann noch das Geheimnis über seine Homosexualität – eine giftige Tränenbrühe überschwemmte sein Gesicht. Liem spürte, wie die Arme seiner Mutter ihn umfassten, eine tiefe lange Umarmung und tröstende Worte. *Armer schwarzer Kater* fehlte. Es tat unheimlich gut, sich in den Armen seiner Mutter fallen zu lassen. Das Gefühl an Geborgenheit saugte er in diesem tristen Moment auf wie ein Schwamm.

Plötzlich klingelte es. Fabian! An ihn hatte Liem nicht mehr gedacht. Mutter und Sohn lösten die Umarmung.

»Öffnest du die Türe? Ich werde Koko informieren, dass sie so schnell wie möglich nach Hause kommen soll, und dann müssen wir ins Krankenhaus fahren«, lamentierte seine Mutter. Dann latschte sie ins Wohnzimmer, während Liem sich mit einem Handrücken die Tränen aus dem Gesicht wischte. Er stand komplett neben sich. Mit verquollenen Augen öffnete er die Türe. Ein T-Shirt flog ihm ins Gesicht. Das Geburtstagsgeschenk, über das sich Fabian Giovannini am fünften Juli so gefreut hatte.

Wow! Das ist so cool, amico! Grazie!

»Schreib mir nicht mehr!«, schleuderte Fabian nach.

Trotz verhärteten Blickes erkannte Liem einen Schimmer von Unsicherheit in Fabians Augen.

»Arrivederci!« Und weg war er, der Halb-Italiener, der einen Schlussstrich gezogen hatte. Unverständlich, warum er das T-Shirt nicht einfach weggeworfen hatte. Liem griff zur Mülltonne. Deckel hoch und das Geburtstagsgeschenk landete auf einem gelben Müllsack. War somit Geschichte. Wie Fabian.

Abschied! Liem verabscheute Abschiede. Und der härteste davon wartete im Krankenhaus auf ihn. Ein ewiger Abschied! Wie sollte er Oma *Auf Wiedersehen* sagen?

58

Liem saß auf einer Besucherbank im Korridor des Krankenhauses. Er blickte ins Leere. Noch erschüttert vom Anblick seiner sterbenden Großmutter, sehnte er sich Kokos Ankunft herbei. Ein Gespräch mit ihr wäre jetzt heilsam, denn Liem begriff nicht, wie ein Mensch nach einem Schlagfanfall so anders aussehen konnte: Die ganze linke Gesichtshälfte nach unten verzerrt, speziell der geöffnete Mund. Ihre Augen, geschlossen. Liem betete im Stillen, dass sie nicht leiden musste und keine Schmerzen verspürte.

Beim Anblick hatte er geschluchzt und geheult, dabei ihre linke Hand gehalten. Trotz Tränen in den Augen strahlte Frau Jungwirth auf der anderen Seite des Bettes eine unheimliche Stärke aus. Sie lächelte zwischendurch, strich ihrer sterbenden Mutter sanft übers Haar, um das sich Friseurin Anita nicht mehr kümmern musste. Woher nahm seine Mutter nur die Kraft in dieser Situation her? Als Liem sich für gemeinsam erlebte Erinnerungen bei seiner Großmutter bedankte, musste sie sich ungeheuerlich anstrengen, um ihre Finger zu bewegen. Ein sanfter Druck – als Dankeschön. Vielleicht ihr letztes Lebenszeichen. Liem krallte sich daran fest und musterte diese wunderschöne Hand, die beeindruckende Falten aufwies. Nie hatte er ihr vorher Beachtung geschenkt.

Im Korridor roch es steril. Cousins, Cousinen, Tanten und Onkel streiften an Liem vorbei. Sie umarmten sich, tauschten Worte aus, die sie sofort wieder vergaßen, und verschwanden im Sterbezimmer. Kamen sie raus, ohne die Todesbotschaft zu überbringen, atmete Liem erleichtert auf. Oma lebte noch, doch vielleicht musste sie in diesem Moment um ihren letzten Atemzug kämpfen. Und sterben.

Warum musste es den Tod überhaupt geben? So viel Leid. Und was passierte überhaupt danach? War dann tatsächlich alles vorbei? Die Türe des Sterbezimmers öffnete sich ein weiteres Mal, lautes Schluchzen einer Tante drang bis zu Liems Ohren. Frau Jungwirth trat heraus. Ihr Erscheinungsbild sprach Bände. Ein von Liebe erfüllter Blick entgegnete Liem, gefolgt von einer langen Umarmung voller Wärme und Fürsorge. Oma lebte nicht mehr.

59

Die Beerdigung fand vier Tage später statt. Liem und Koko, die früher aus Bologna (mit dem Job in der Tasche) zurückgekehrt war, saßen auf der Rückbank des Autos. Ihre Mutter, die zu Liems Beunruhigung ständig aufschluchzte, schnäuzte sich, während Herr Jungwirth das Auto lenkte. Alle schwiegen.

Der Regen prasselte aufs Autodach. Ununterbrochener Niederschlag seit Omas Tod. Im ganzen Land herrschte akute Hochwassergefahr, viele Flüsse schwappten über ihre Ufer wie Milch, die explosionsartig überkocht. Und es sollte schlimmer werden, denn die Wetterfrösche prognostizierten noch mehr Verwüstungen. Der Himmel tobte und weinte um einen besonders lieben Menschen.

Zum Glück scheint heute die Sonne.

Keine Sonne, nur Regen. Kein Verlass auf den Siebenschläfertag. Liem war übel. Es fühlte sich an, als ob sich ein dicker Blutegel durch seine Gedärme schlängelte und seinen Lebenssaft aufsaugte.

Die Beerdigung war schrecklich. Viel Gejammer, viel Weinen, viel Schluchzen – zu viele Emotionen auf einmal. Der Regen hatte den Friedhof in eine Schlammgrube verwandelt. Alle standen – größtenteils schwarz angezogen – um das Grab herum, die frischgeputzten Schuhe sanken in die matschige Erde ein. Als die Sargträger die Holzkiste in das ausgebuddelte Loch hinabließen, erreichten die Trauergeräusche ihren Zenit, auch Liem schloss sich nun den Klagelauten an. Stark zu sein, hatte in einer solchen Situation keinen Zweck.

Cognac! So die Farbe des Sarges, der aus Kiefernholz bestand und auf dem Deckel mit weißen Lilien geziert war. Plötzlich rumpelte es. Der Sarg hing auf einer Seite tiefer als auf der anderen. Die aufrecht gerichteten Sargträger wirkten trotzdem ruhig, fast wie tot, als ob ihnen dieses Missgeschick öfters passieren würde. Vielleicht waren die glitschigen Riemen Schuld daran oder es hatten andere Kräfte ihre Finger im Spiel.

Ein Krachen! Wahrscheinlich lauter als üblich. Eine unsanfte Ankunft in drei Meter Tiefe. Wie Oma wohl aussah in ihrer letzten Ruhestätte aus Kiefernholz mit Cognacfarbe. Schnell versuchte Liem sich ein hoffnungsvolleres Bild vorzustellen und klammerte sich dabei an seine ausgeprägte Fantasie. Mit ihrem schönsten Lächeln würde sie vielleicht über den Trauernden schweben. Als sich Liem vergewissern wollte, schwenkte er seinen Schirm nach hinten, doch nur Regentropfen schleuderten ihm entgegen. Keine schwebende Oma. Jemand klopfte ihm auf seine Schulter. Vor Schreck ließ Liem den Schirm fallen, er drehte sich zur Seite und sah ein Handzeichen von Koko, dass er nach vorne gehen sollte. Liem schluckte. Ohne den Schirm aufzuheben, bewegte er sich zum Grab hin. In der Erde steckte eine Schaufel, daneben ein Korb mit Rosen. Liem ignorierte die Schaufel, denn nie im Leben würde er seine Oma mit Erde zuschütten. Stattdessen ergriff er eine rote Rose und warf sie in die Grube. »Tschüss. Mach's gut«, nuschelte er in die Tiefe, ehe er umdrehte und sich neben seiner Mutter hinstellte, um Beileidswünsche von Wildfremden entgegenzunehmen. Er beharrte darauf, weiterhin keinen Schirm zu verwenden, aus Solidarität seiner geliebten Oma gegenüber.

Beim Leichenschmaus zeichnete sich Liems Vater besonders aus, als er begann, einen Witz über Tote zu erzählen. Liem fand die Idee eines Leichenschmauses schon abartig genug – man begräbt zuerst einen wichtigen Menschen und diniert anschließend feierlich – aber dann auch noch über Witze zu lachen. Das war respektlos gegenüber Oma. Der Großteil der Gäste dachte nicht wie Liem, sie gluckSten und gackerten über die Pointe des Witzes, am lautesten johlte sein Vater. Anscheinend hatten sie alle genug getrauert.

Genug ist genug, dachte sich Liem, stand auf und verließ das Restaurant (Hunger hatte er sowieso keinen) – dieses Mal mit Regenschirm in seiner linken Hand, denn noch einmal wollte er nicht klitschnass werden. Seine Mutter war mit ihm vor dem Leichenschmaus nach Hause gefahren, damit er sich in trockene Schale werfen konnte. Während Liem sich umzog, begutachtete Frau Jungwirth voller Sorge ihre Pflanzen, die unter den Regengüssen der vergangenen Tage litten – sie fürchtete vor allem um ihre Paprika, die faulen könnten.

Draußen angekommen, atmete Liem tief durch, erleichtert die lächelnden Visagen der verräterischen Gäste nicht mehr sehen zu müssen. Niemals könnte er so kurz nach Omas Beerdigung, sowas wie Freude empfinden. Seine Oma! Er verspürte Sehnsucht nach ihr und begann zu laufen. Richtung Friedhof. Warum hatte er sie in den vergangenen Wochen nur so selten besucht? Vor zwei Wochen war er das letzte Mal zu Besuch gewesen. Oma hatte wie immer russischen Apfelkuchen aufgetischt. Einmal in der Woche buk sie diese Mehlspeise. Dass Rum darin enthalten war, störte beide nicht. Sie schmatzten. Nahmen meist noch ein zweites Stück und tranken Kakao dazu. Am Siebenschläfertag führten sie ihr letztes Telefonat. Liem war wegen Fabian abwesend gewesen. Er ärgerte sich jetzt darüber. Lief weiter. Und lief. Am Friedhof angekommen, wurde er mit der Tatsache konfrontiert, dass die Grube bereits zugeschüttet war. Oma mittendrin - vergraben. Ihr Platz für die Ewigkeit.

Zum Glück scheint heute die Sonne.

Es schüttete weiterhin. Das Loch in der Erde hatte sich zu einem Hügel gewandelt, als ob sich die Sargträger, ungeschickt wie sie waren, zu Omas Kiefernkiste miteingebuddelt hätten.

Gestecke und Blumenkränze. Der gatschige Erdhügel war voll davon.

In ewiger Liebe,
Dein Mann Wolfgang

Die Trauerschleife von Opas Blumengesteck stach Liem ins Auge. Violett mit weißer Schrift. Er wusste nicht, wer ihm mehr leidtat: Oma, drei Meter tief in der Erde, umgeben von hässlicher Cognacfarbe oder sein Opa, der nach fünfundvierzig Jahren Ehe seine Seelenpartnerin verloren hatte. Liem versank mit seinen Gedanken in eine Heldentat: Er befreite seine Oma aus diesem modrigen Verlies und flößte ihr einen Zaubertrank ein, der ihre Lebensgeister weckte. Gemeinsam schwebten sie durch die Lüfte, bis schließlich Oma ihren Mann, Liems Großvater, überraschte, der schluchzend seine Frau umarmte. Die Umarmung ging in fließende Bewegungen über, die in einen liebevollen Tanz ausarteten. Unter der Birke in ihrem Garten. Zwischendurch pausierten sie, nippten an einem Glas Rotwein, um danach weiter zu tanzen – endlos.

Doch Liem war kein Held mit Superkräften, sondern ein Verlierer auf allen Ebenen. Fabian hingegen rühmte sich als Gewinner. Er schnappte sich, was er wollte, ohne mit seiner Wimper zu zucken – momentan Antonias üppigen Busen. Stieß sein Plan auf Widerstand, schüttelte er kurz seine zuckersüße Seite aus dem Ärmel, und … schwupp … erreichte er sein erhofftes Ziel. Ein Gewinner eben.

Vielleicht sollte Liem mehr die Mitleidsmasche raushängen lassen. Fabian würde bestimmt darauf anspringen, denn sein italienisches Herz, konnte Liems Verlust nicht kaltlassen. So tippte Liem in seiner Verzweiflung – und aus einem Zwang heraus, den er vielleicht von seinem Vater geerbt hatte – eine SMS.

Fabian schwebte wie ein dunkler Schleier über Liem, so finster wie die Wolken am Himmel, aus denen der Regen herausplatzte. Ohne Fabian, so wusste Liem in dem Moment als er die SMS abschickte, wollte er tot wie seine Oma sein.

Kapitel 6

Winter 2013

60

Armins blonder Wuschelkopf. Er lag in Liems Händen, die blutverschmiert waren. Die Farbe des Blutes war dunkler als in Filmen und Serien. Echtes Blut!

»Schatz, bitte geh nicht! Du darfst mich nicht verlassen! NEIIIN!«, brüllte Liem, der Armins leblosen Kopf hin und her bewegte. Plötzlich wurde Liem von hinten angefasst und jemand schüttelte ihn durch. In dem Moment, als er sich dagegen wehren wollte, öffnete Armin seine Augen. Dann wachte Liem auf. Schweißgebadet.

»Du hast wieder schlecht geträumt, Darling«, sagte Alfred, der neben ihm lag und eine Hand auf Liems Schulter legte. »Komm her!« Alfred wollte ihn trösten und öffnete seine Arme, doch Liem reagierte darauf, als ob er in einen Busch Brennnesseln gefallen wäre. Er setzte sich an den Bettrand und schaltete die Nachttischlampe ein. Die offene Weinflasche stach ins Auge. Er ergriff sie und nahm einen großen Schluck daraus. Rotwein.

»Darling, das Gesöff tut dir nicht gut«, ermahnte Alfred ihn.

Liem zeigte ihm den Mittelfinger und schwankte ins Badezimmer, um zu pinkeln. Sein Kopf tat weh. Zu viel Rotwein.

»Was machst du noch hier? Hau ab!«, forderte er Alfred auf, als er ins Schlafzimmer zurückkam.

»Darling, ich bleibe hier, ob es dir passt oder nicht.«

»Ich will dich aber nicht hier haben, also zisch ab! Ich meine es ernst. Und wenn du noch einmal *Darling* zu mir sagst, vergesse ich mich.« Liems Stimme wurde von Wort zu Wort aggressiver.

»Hast du mich nicht vor zwei Stunden angerufen, damit ich zu dir kommen soll, weil du dich allein gefühlt hast?« Alfred setzte sich im Bett auf.

»Genau! Aber jetzt … jetzt fühle ich mich nicht mehr allein. Verschwinde, du Wixer!« Liem nahm die Weinflasche und deutete an, sie auf ihn zu zielen.

»Darli-«

Die Weinflasche landete mitten auf Alfreds Brust. Für einen Augenblick blieb ihm die Luft weg. Die Rotweinreste, die sich noch darin befanden, spritzen übers Bett sowie über das halbe Schlafzimmer. »Pfffff«, zischte der Wikinger.

»HAU ENDLICH AB!«, schrie Liem.

Alfred, der aus dem Bett gesprungen war, schlüpfte in seine Klamotten. Vor lauter Hast blieb er mit einem Fuß im Hosenbein stecken, verlor das Gleichgewicht und führte Bewegungen eines Seiltänzers aus, um seine Balance wieder zu erlangen. Schließlich schlüpfte der Fuß und anschließend das ganze Bein durch die enge Hosenröhre. Als Alfred im Türrahmen stand, drehte er sich um und riet Liem: »Nimm dir endlich professionelle Hilfe oder akzeptiere es! Armin kommt nicht mehr zurück.« Dann flüchtete er, um sich vor einer weiteren Attacke zu schützen.

Der letzte Satz saß tief. Liem hatte das Gefühl, als ob ein dickes Fleischmesser in seinem Herzen steckte. Er legte sich ins Bett, die Nässe des Rotweines kümmerte ihn nicht, und kauerte sich zusammen, bis er schlief.

Als er am nächsten Tag aufwachte, hörte er Geräusche in der Küche. Es pochte in seinem Kopf. Die Rotweinflecken, die mittlerweile getrocknet waren, erinnerten ihn an seinen Aussetzer vor wenigen Stunden. Träge fühlte er sich. Null Lust aufzustehen. Mit Müh und Not tippte er eine SMS an seine Kollegin Mona – mit drei Fehlern, denn die Autokorrektur hatte er deaktiviert. Er bat sie um Weiterleitung seines Krankenstandes an die Vampirin. Arbeiten wäre heute ein Ding der Unmöglichkeit. Interessanterweise hatte Frau Hartl Verständnis für die vielen Krankenstände der letzten drei Monate gehabt. Ihre noch nie dagewesene mütterliche Art irritierte Liem bis heute, vor allem, wenn er totenblass in der Arbeit aufkreuzte, sie ihm einen Kaffee kredenzte und ihn aufforderte, mehr Pausen zu machen. Die skrupellose Vampirin hatte sich innerhalb weniger Wochen zu Mutter Theresa gewandelt. Ihre scharfen Zähne waren abgewetzt. Es fehlte nur noch, dass sie ihren weichen Busen zum Anschmiegen anbot.

»So, ich habe dir Frühstück gemacht. Ein weichgekochtes Ei, Avocado, Brot, Käse und Mortadella. Und zum Trinken einen Orangensaft.« Sarah erschien lächelnd in der Türe. Also doch nicht Alfred. In ihren Händen hielt sie ein Tablett, mit dem sie hereintänzelte. Die Rotwein-

Sauerei im Bett sowie den dazugehörigen Duft ignorierte sie.

Liem murrte. Wollte nicht, dass Sarah ihn in diesem erbärmlichen Zustand sah. Einen Verlierer, der seinen Partner verloren hatte. Sie war nach wie vor glücklich. Mit Brani. Bei ihnen lief alles wie am Schnürchen.

»Bitte sehr!« Sarah stellte das Tablett auf den Nachttisch. Ihr braunes Kleid, das grüne Streifen an Ärmeln und am Ausschnitt aufwies, ließ sie um ein paar Jahre älter aussehen. Vielleicht, weil ihr braun mehr Strenge verlieh. Das ideale Kleid, um ihre Schüler besser maßregeln zu können.

»Lass es dir schmecken. Ich muss in die Schule fahren!« Sarah deutete mit dem linken Zeigefinger auf ihr rechtes Handgelenk, obwohl sie keine Armbanduhr trug. Während sie sich zur Tür bewegte, winkte sie Liem zu.

»Hat Alfred dich über meinen Koller informiert?«, fragte Liem mit rauer Stimme.

»Ja, hat er. Bis später, Liem!« Sie eilte aus der Tür, denn auf Beschimpfungen hatte sie so früh am Morgen keine Lust.

Er schimpfte nicht. Sah auf die Uhr: 8.30. Seine Müdigkeit täuschte ihm eine frühere Zeit vor. Sarah musste eine Freistunde gehabt haben, ansonsten hätte sie ihm kein Frühstück auftischen können. Liem setzte sich auf und legte das Tablett auf seine Oberschenkel. Bevor er allerdings zu essen begann, griff er zu seinem Handy und schrieb Alfred eine SMS. *Es tut mir leid. Der verdammte Alkohol. Ich hoffe, du verzeihst mir.*

Alfred war seit Armins Tod die Person, mit der er die meiste Zeit verbracht hatte. Der Wikinger bot sich an, wollte helfen und Liem war meistens froh darüber. Konnte dadurch seine Einsamkeit überbrücken. Denn was verstand Sarah schon davon, wie es um seine Gefühlslage bestellt war? Täglich versprühten ihre Augen vierundzwanzig Stunden lang rosarote Herzen, und mindestens die Hälfte davon verbrachte sie mit Brani wälzend im Bett. Ihr Liebesstern glänzte wie kein anderer. Deshalb wollte Liem so wenig Leid wie möglich mit ihr teilen, obwohl sich Sarah einfühlsam und tröstend zeigte. Selbst bei Niko verhielt sich Liem so, da die Beziehung mit Luana ernster wurde. Seit mehreren Wochen dachte das verliebte Paar sogar über eine gemeinsame Wohnung nach. Ein Grund zur Freude, doch auf Liem rollte eine Enttäuschung mehr zu, da Niko wohl nicht mehr nach Österreich zurückkehren würde.

Von Nikos letztem Besuch, dem langersehnten Wiedersehen, hatte Liem nicht viel mitbekommen. Wegen Armins Beerdigung. Ein Ausnahmezustand. Ein abscheulicher Albtraum. Wie hätte er sich richtig auf Niko konzentrieren oder freuen können, wo sich doch der Schock so tief in seinen Knochen festgesetzt hatte? Am schlimmsten waren die Nächte. Anfangs durfte auch Sarah bei ihm übernachten. Doch Liem wies ihre Angebote immer öfter ab und versuchte ihr verständlich zu machen, ohne ihre Unterstützung zurechtzukommen. Sie respektierte seinen Wunsch, aber nur weil sie wusste, dass stattdessen Alfred öfter bei Liem schlief.

Alfred. Dauer-Single. Klar verstand er am besten, was es hieß, allein zu sein. Was es allerdings bedeutete, einen Partner an den Tod zu verlieren, davon hatte der Wikinger keine Ahnung. Trotzdem hatte Liem ihm die Erlaubnis gegeben, sein Bett zu teilen – vorausgesetzt, es passte

Liem in den Kram, was in letzter Zeit seltener der Fall war.

In den vielen Nächten hatte es auch Annäherungen zwischen ihnen gegeben. Viermal. Dreimal hatten sie sich gegenseitig einen runtergeholt und einmal hatte sich Liem im Suff von ihm einen blasen lassen. Der Wikinger wäre jederzeit bereit für mehr, auch offen für eine Beziehung, doch davon war Liem meilenweit entfernt.

Als Liem das Frühstück verschlungen hatte, warf er einen Blick auf sein Handy. Drei Nachrichten blinkten auf. Von Sarah, Alfred und Niko. Letzterer schrieb ihm seit dem tragischen Unfall von Armin auch SMS, obwohl er von Portugal aus tief in seine Geldbörse greifen musste. Mit Schwung pfefferte Liem sein Handy auf Armins ehemalige Betthälfte, die mit Rotweinflecken besudelt war. Dann zog er sich die Bettdecke über den Kopf und schlief kurz darauf wieder ein.

61

Sarah telefonierte mit Alfred. Beide befanden sich auf dem Weg zu Liem und tüftelten an einer Strategie, die für Liem verlockend genug sein würde, um sein zerstörerisches Verhalten aufzugeben. Sarah fuhr mit ihrem roten Opel Corsa C die Straße entlang. Vorsichtig. Es schneite. Alfred hatte sich entschieden, den Bus zu nehmen. Beide befürchteten, dass kein einfacher Abend auf sie zukommen würde, denn Liems Verhalten ihnen gegenüber war schwer einzuschätzen. Ihr Tüfteln brachte kein Ergebnis.

»Vielleicht ist Liem heute streichelweich und öffnet sein

Herz uns gegenüber«, träumte Sarah laut vor sich hin, während die Scheibenwischer ihres Autos die herabfallenden Schneeflocken beiseiteschoben.

»Darling, du bist sehr optimistisch, oder vielleicht zu naiv«, erwiderte Alfred.

Als sie sich vor Liems Haus trafen, begrüßten sie sich mit einem Kuss auf ihren Wangen. Sarah drückte anschließend den Knopf der Klingel. In neunzig Prozent der Fälle, in denen sie unangemeldet auftauchten, öffnete Liem die Türe nicht. So auch dieses Mal. Doch damit hatten sie gerechnet.

Plan B. Aus ihrer schwarzen Daunenjacke fischte Sarah den Ersatz-Wohnungsschlüssel heraus. In silberner Farbe. Als sie diesen im Schlüsselloch drehen wollte, stieß sie auf Widerstand. Die Türe ließ sich nicht öffnen.

»Merkwürdig!« Mit weit geöffneten Augen sah sie Alfred an.

»Das ist neu, dass er uns nicht reinlässt«, stellte der Wikinger fest, der sich an seinem ungepflegten Bart kratzte.

Sarah nickte. Sie deutete ihm, mit ihr nach draußen zu kommen. Dort stelzte sie von Fenster zu Fenster, um in die Wohnung hineinzuschauen. Alfred watschelte ihr hinterher. Doch die heruntergelassenen Jalousien gewährten keinen Blick nach innen.

»Ich mach' mir Sorgen«, sagte Sarah mehr zu sich selbst als zu Alfred. Sie klopfte mehrmals stark an die Fensterscheibe.

Tock! Tock!

»Liem!«, rief sie mit lauter Stimme.

Keine Reaktion.

Tock! Tock!

Liem vergrub sich in Fabians Arme und verdrehte seine Augen, als er Sarahs Rufe hörte. Beide lagen nackt auf der Wohnzimmercouch. Rangen nach Atem, da sie soeben miteinander geschlafen hatten. Dieses Mal ohne Seil. Normaler Sex. Ohne Schnickschnack.

Fabian Giovannini. Vor zwei Stunden hatte er Liem mit seinem Auftauchen überrascht, ihn sofort geküsst und die Wohnung betreten. Ihn regelrecht übermannt. »Es tut mir alles so leid, amore!«

Doch in Liem kochte die Wut hoch. Mit all seiner Kraft wollte er Fabian auf die Straße katapultieren. Ihm sollte dasselbe Schicksal wie Armin blühen: von einem Raser angefahren werden. Totgefahren! Vielleicht würde Armin zu neuem Leben erwachen, wenn er Fabian der Straße opferte. Aber Liem war zu schwach, um Fabian auf die Straße zu schleudern – körperlich und mental. Und die Chance, dass genau in dem Moment ein Raser vorbeifuhr, war äußerst gering. Stattdessen ließ er sich von Fabian auf die Couch schmeißen. Getrieben von seinem Hunger nach körperlicher Nähe. Er krallte sich an seiner Jugendliebe fest wie eine Kletterpflanze an einer Mauer. Der Sex war berauschend gewesen, hatte ihn aber nicht erfüllt.

Tock! Tock!

Die Geräusche an der Fensterscheibe nervten. »Die sollen verschwinden«, zischte Liem.

Fabian unterdrückte seine Worte, die ihm auf der Zunge brannten, stattdessen drückte er Liem fester zu sich. Obwohl ihn diese Geborgenheit auch nicht erfüllte, tat ihm die Wärme an diesem kalten Wintertag unheimlich gut. Dass Fabian sich monatelang nicht gemeldet hatte, rückte in den Hintergrund.

Endlich! Das Klopfen an der Fensterscheibe hatte aufgehört. Liem atmete auf. Im Gegensatz zu ihm, konnte sich Fabian wenig entspannen, er fand keine Ruhe. Dann, wie aus dem Nichts, platzte es aus ihm heraus: »Warum hast du mich verantwortlich gemacht?« Dabei nahm er Bezug auf die vielen SMS, die er vor drei Monaten im September von ihm erhalten hatte:

Du bist schuld an Armins Tod!

Ohne dich würde Armin noch leben!

Stronzo!

Blut klebt an deinen Händen!

Letztere hatte Fabian besonders getroffen. Liem wand sich aus der Umarmung raus. Vorbei war die Geborgenheit. Nackt steuerte er auf den Kühlschrank zu und biss dabei an seinem linken Daumennagel herum.

Währenddessen setzte sich Fabian auf. Als Liem zurückkam, hatte er die Hälfte der Bierflasche, die er in der Hand hielt, ausgetrunken.

»Mutierst du nun zum Alkoholiker? Amore, ich mache mir Sorgen!«

Die nächste Person, die ihn mit seinen Sorgen belastete. Die Bierflasche wanderte zu Liems Mund, blieb dort, bis der Rest der Flüssigkeit in seiner Kehle verschwand. »Willst du nun wissen, ob ich zum Alkoholiker mutiere oder warum du an Armins Tod mitschuldig bist?«, plärrte Liem, als er die Bierflasche auf den Glastisch vor der Couch hinknallte.

Fabian zuckte zusammen. Er kannte diese Seite an Liem nicht. »Das überlasse ich dir, amore!«

Bevor Liem mit seiner Erklärung begann, holte er sich ein zweites Bier aus dem Kühlschrank. Wissend, dass er momentan Liems Trinkverhalten nicht beeinflussen konnte, schaute Fabian unkommentiert zu, so als ob er in die Fernröhre glotzen würde.

»Wärst du damals nicht aufgetaucht … hättest du mich nicht überredet, mit dir zu schlafen, dann … dann … hätte ich es Armin nie erzählen müssen«, tobte Liem. Er vermied den Augenkontakt, stattdessen starrte er auf Fabians Tattoo am linken Oberarm. Der Anker. Auch Fabian brauchte offensichtlich einen sicheren Hafen. »Es hätte nie diesen unsinnigen Streit, diesen Bruch zwischen Armin und mir gegeben und…« Der Anker gab Liem auf unerklärliche Weise Ruhe. Seine Stimme wurde leiser. »… Armin wäre an diesem Morgen nie mit dem Fahrrad zur Bäckerei gefahren und das Auto hätte ihn nie …« Liem schwenkte seinen Kopf nach oben. Er fixierte Fabians Augen. »Klar, dass ich dir die Schuld gebe. Zumindest trägst du einen Teil davon.«

Stille.

Nachdem Fabian keine Reaktion zeigte, nur seine Lippen kräuselte, schaute Liem auf das leere Schaffell. Das Fell von Meks. Seit Armins Tod war der Kokoni bei Paula und Luis, die sich um ihn kümmerten. Liem war dazu nicht in der Lage gewesen. Wie erbärmlich von mir, dachte er sich, Armin ist wegen Fabian und mir tot, für Meks hatte ich keine Nerven, und nun sitze ich neben dem Grundübel.

»Amore, es tut mir wirklich sehr leid, was passiert ist. Aber …« Fabian legte eine bewusste Pause ein, dann setzte er fort: »Ich bin nicht schuld! Ich habe Armin nicht umgebracht.«

Liem hüpfte auf, wie von einer Wespe gestochen. »Du willst es nicht einsehen, dass du mitschuldig bist?«

»Mio caro, du wolltest auch mit mir schlafen! Du ha-«

»Verschwinde!« Liem zeigte mit seiner linken Hand Richtung Tür. »Ich weiß sowieso nicht, warum ich mich auf dich eingelassen habe. Schon wieder. Wie bescheuert muss ich sein! Du erscheinst nach Jahren, dann höre ich monatelang nichts von dir, als ob du eine Fata Morgana gewesen wärst. Doch dann kreuzt du plötzlich wieder auf. Und was ist dann? Wieder Monate Funkstille. Ich bin soooo dämlich. Geh endlich!« Liem flitzte zum Fenster und kippte es.

Kalte Luft strömte ins Wohnzimmer, streifte seine Haut. Er öffnete die Jalousie einen Spalt, damit er einen Blick nach draußen erhaschen konnte. Es schneite. Der Garten war angezuckert.

»Amore, ich habe dir heute schon zweimal gesagt, dass ich noch einiges mit meiner Ex-Freundin zu klären hatte und jetzt … jetzt bin ich endlich frei und bereit für dich. Ich lasse dich jetzt nicht mehr im Stich. Zerstör' das doch nicht, amore!«, flehte Fabian ihn an.

»Und warum hast du mich dann im Dunkeln stehen lassen? Warum kein Wort, dass du mit Antonia einiges zu klären hattest. Kein Mucks!« Normalerweise freute sich Liem, wenn der erste Schnee der Saison herabfiel. Wie ein kleines Kind strahlte er dabei, doch dieses Mal konnte er an der weißen Pampe nichts Positives finden.

»Ich … ich wusste nicht, wie ich das schreiben soll. Wie ich mich dir gegenüber verhalten soll, vor allem, nachdem ich erfahren habe, dass Armin tot ist und du mir die Schuld gegeben hast.« Fabian erhob sich von der Couch, bewegte sich vorsichtig auf Liem zu und fasste ihn an der Schulter an.

»Alles billige Ausreden. Du bist feige! Ich gehe mich duschen, wenn ich fertig bin, bist du hoffentlich weg! Und nenn mich nie mehr *amore*, capici?« Liem stieß sich von Fabians Händen ab und lief ins Badezimmer. Unter der Dusche begann er zu heulen und entschuldigte sich innerlich bei Armin. Dafür, dass er schon wieder mit Fabian geschlafen hatte. Das heiße Wasser prasselte auf seinen Körper ein und wärmte ihn. Er schwor bei allen möglichen Göttern, dass es mit Fabian endgültig vorbei war. Keine Liebe mehr. Zu Fabian oder irgendeinem anderen Mann. Seine Liebe war ausgestorben. Diese Erkenntnis stieg ihm ins Bewusstsein, während sich sein Körper mehr und mehr verlor, im Dampf, der sich durch das heiße Wasser gebildet hatte. Nach zwanzig Minuten stieg Liem aus der Duschkabine, trocknete sich ab und schlüpfte in frische Boxershorts. Das Wohnzimmer war leer. Fabian hatte ihn ernst genommen. Als Liem das Fenster schließen wollte, entdeckte er auf dem Tisch einen Zettel.

Ti amo! Per sempre!
Dein Fabian

Liem rieb an seinem Kopf und musste mehrmals tief ausatmen, dabei entstanden pfeifende Geräusche. Er zweifelte an seiner Entscheidung. Hitze fuhr durch seinen Kopf. Ein heißer Schwall breitete sich im ganzen Körper aus. Er öffnete die Terrassentür und tapste in den Garten hinaus, leise wie eine Katze. Die Kälte erfasste seinen Körper, der Schnee unter seinen Füßen fühlte sich eisig an. Die zarten Schneeflocken, die auf seinem Körper landeten, streichelten ihn zart, ehe sie zerschmolzen. Er schlich für einige

Minuten im Garten umher, ging von der Gartenlaube zum Kirschbaum, weiter zum Feigenbaum, bis hin zum Kräuterbeet. Beim zugeschneiten Gemüsebeet blieb er stehen und blickte zum Himmel empor. Schneeflocken kitzelten sein Gesicht und brachten ihn zum Blinzeln. Plötzlich fiel ihm die Wanderung mit Armin ein, als sie beide im Regen getanzt hatten. Blitzschnell lief Liem in die Wohnung und kam mit seinem Handy und Kopfhörern zurück.

Wir sind am Leben von Rosenstolz.

Liem drückte auf *Play*. Er hörte den Song … das erste Mal seit Armins Tod. »… Hast du alles getan? Wenn nicht fang an!«, sang Liem mit leiser Stimme. Der Text hatte plötzlich eine andere Bedeutung für ihn. Er bewegte sich. Sanfte wellenartige Bewegungen. Dabei schloss er seine Augen und versuchte sich Armin vorzustellen.

»Hallo Süßer!«

Es funktionierte. Armin war erschienen, vor ihm, um gemeinsam im Schnee zu tanzen. Falls die Nachbarn aus ihren Fenstern glotzten, scherte das Liem nicht. Sie wussten ohnehin, dass er einen schmerzlichen Verlust erlitten hatte. Mehr als eine Portion Mitleid hatten sie sowieso nicht anzubieten. Niemand kam auf die Idee, ihm seine Lieblingssüßspeise – eine tröstende Malakofftorte vor die Nase zu stellen, nicht mal seine eigene Mutter. Mit einer gesalzenen Karamelltorte mit Walnüssen hatte sie ihn verköstigt, als er das letzte Mal zu Hause auf Besuch war. Die war wie immer lecker gewesen, aber zu gewöhnlich.

»Du bist am Leben. Du bist am Leben«, sang Armin. Liem sah ihn in seiner ganzen Gestalt vor sich. Deutlich. Und lächelte ihn an. Armin grinste zurück und nahm ihn in seine Arme. Während der Umarmung tanzten sie innig weiter. Obwohl es schneite und Minusgrade hatte, stieg ein warmer Schauer durch Liems Körper. Er fühlte sich wohl, wie schon lange nicht mehr.

Sie tanzten. Sie sangen. Sie umarmten sich. Sie sanken zu Boden, als das Lied zu Ende war. In dem Moment, in dem Liem mit seinen Knien die hauchzarte Schneedecke berührte, war es mit seiner Fantasie vorbei. Armins Gestalt löste sich auf, war nur noch schemenhaft zu sehen. Sie zerschmolz im Schnee, bis sie ganz verschwunden war.

»Komm zurück, Schatz! Ich brauche dich! Bitte!«, flehte Liem ins Leere. Schluchzend tastete er die Schneedecke ab, verwischte den Schnee. Die Realität hatte ihn eingeholt, kein Armin weit und breit. Liem zitterte. Sein Körper abgekühlt. Unterkühlt.

Eine innere Stimme forderte ihn auf, sich in den Schnee zu legen, um einzuschlafen. Nur dann könnte er dorthin gelangen, wo Armin jetzt war. Doch Liems Lebenswille bäumte sich dagegen auf. Er erhob sich und watschelte ins Badezimmer. Unter die Dusche. Heißes Wasser und warme Tränen vermischten sich in seinem Gesicht.

62

Liems Tiefpunkt. So tief, wie die Sonne am Tag der Wintersonnenwende sank. Der Heilige Abend stand vor der Tür, aber Liem schob den Riegel vor und lehnte alle Einladungen ab. Sarah, bei Branis Familie eingeladen, bettelte Liem vergeblich an, mitzukommen. Alfred feierte mit Freunden in einem Lokal, das extra für einsame Seelen die Pforten öffnete. »Konrad und ich freuen uns auf dich. Komm doch vorbei, Darling«, bat der Wikinger. Doch selbst seiner Schwester Koko, die extra wegen des Weihnachtsfestes von Bologna anreiste, sagte er ab. Seit der Trennung ihrer Eltern gestaltete sich jedes Weihnachten mühsam und umständlich.

Liems Ignoranz wehte allen entgegen. Jede Zuwendung, die Liem erhielt – meistens Sorgen und Mitleid –, hatte mehr Ablehnung zur Folge. Vor allem Sarah und Alfred spürten diese Distanz. Ganz stark, seit dem Rotwein-Eklat.

Alfred, der Liem oft genug im KARMA stockbesoffen antraf, stachelte Sarahs Sorgen an. Mit haarsträubenden Typen verschwand Liem – entweder in deren Betten oder im LAV-U, einer Diskothek in der Innenstadt. Auch dort streunte Alfred oft herum und hoffte auf Begegnungen und Küsse. Kreuzten sich ihre Wege, wandte sich Liem mit einer hektischen Bewegung von ihm ab, ehe Alfred ihn grüßen konnte. Dann schnappte Liem den Erstbesten, der vor ihm stand, und steckte ihm seine Zunge in den Hals. *Siehst du? Mir geht's gut*, wollte er damit Alfred klarmachen. *Schmerzbetäubung*, nannte Alfred dieses Verhalten, wenn er sich darüber mit Sarah unterhielt.

Mit wie vielen Männern Liem auch schlief, die innere Leere, die Armins Tod in ihm verursacht hatte, saß hartnäckig wie ein ungebetener Gast in seinem Herzen. Niemand konnte Armin ersetzen, denn Liem ließ keine Liebe mehr zu. Weder für sich noch für andere. Es war ohnehin zu früh dafür. Doch trotzdem versuchte er krampfhaft so viele Männer wie möglich ins Bett zu zerren, in der Hoffnung, dass sich einer davon als Retter entpuppen würde. Einer, der wie Armin war und seine innere Leere auf unerklärliche Weise wegzauberte. Doch die Welt geizte mit Rettern. Eine ungerechte Welt. Die meisten Typen zeigten mindestens genauso viel Bedürftigkeit wie er selbst, wenn nicht sogar mehr. Jemand anderes innere Leere stopfen? Liem dachte nicht im Traum daran. Stattdessen kehrte Fabian öfter in seine Gedanken zurück.

Jetzt bin ich endlich frei und bereit für dich. Ich lasse dich jetzt nicht mehr im Stich. Zerstör' das doch nicht, amore!

Was, wenn Fabian dazu auserkoren war, Liem zu retten? Fabian Giovannini. Il Salvatore. Dann war die Entscheidung, ihn aus dem Leben verbannt zu haben, falsch.

Ti amo! Per sempre!
Dein Fabian

Drei Tage vor dem Heiligen Abend tanzte Liem wie so oft in den letzten Wochen im LAV-U. Dass die Wintersonnenwende gefeiert wurde und er mit Armin jedes Jahr ein Feuer an diesem Tag entzündet hatte, entging ihm. Vergessen. Oder eher verdrängt.

Um mit mehr Mut die Diskothek zu betreten, hatte er bereits zu Hause drei Flaschen Bier getrunken. An der Bar orderte er sich einen Wodka-Orange, als eine Hand seine linke Pobacke krallte und sie zusammendrückte. Liem erschrak und drehte sich um. Ein breiter Mund mit weißen Zähnen lächelte ihn an. »Hi! Ich bin Frank!«

Doch Frank war nicht Liems Typ. Zu pausbackig. Und um auf Liems Radar zu erscheinen, müsste er um mindestens zehn Jahre jünger sein. Ein kurzes, aufgesetztes Lächeln, dann schnappte Liem sein Getränk, trank es am anderen Ende der Bar aus und steuerte schließlich die

Tanzfläche an. Ließ sich von der Menge verschlucken.

Er tanzte. Und tanzte.

Zwischendurch holte er sich ein neues Glas, gefüllt mit Wodka-Orange. Und tanzte weiter.

Er flirtete. Und flirtete.

Bestellte noch einen Wodka-Orange. Dann küsste er endlich. Er war so betrunken, dass es ihm egal war, wer ihm seine Zunge in den Rachen steckte. Seine Sinne waren benebelt. Berauscht küsste er, bis er um vier Uhr nachts in einem fremden Bett landete.

Als er am nächsten Morgen erwachte, stach es in seinem Kopf. Sein Mund fühlte sich pelzig an. Ein bunt geschmückter Weihnachtsbaum stand neben dem Bett. Amerikanischer Stil. Blau, gelb, rot, grün, orange und pink leuchteten die Christbaumkugeln. Liem versuchte sie erst gar nicht zu zählen, zu viele hingen darauf.

Ein Brummen.

Liem drehte seinen Kopf zur anderen Betthälfte hin und vernahm voller Schreck, dass Frank, dessen Augen noch geschlossen waren, neben ihm lag. Solche roten Pausbacken! Liem huschte aus dem Bett. Er klaubte seine verstreuten Kleidungsstücke zusammen. So schnell wie möglich wollte er diesen Ort hinter sich lassen. Alles bis auf seine Socken konnte er finden. Frank lag nach wie vor regungslos im Bett. Er schnarchte.

Liem tapste aus dem Schlafzimmer. Still, ohne ein Geräusch zu verursachen. Er suchte und fand den Ausgang, vor dem seine Schuhe standen. Zaghaft schlüpfte er mit seinen nackten Füßen hinein. Ein ungewohntes, komisches Gefühl. Dann schnappte er seine Jacke, die an der Garderobe hing.

Klirrende Kälte schlug ihm ins Gesicht, als er im Freien war. Minus vier Grad. Der beißende Wind ließ die Temperatur kälter erscheinen. Schnee gab es keinen mehr, der Himmel geizte mit neuen Flocken. Liem rannte zum ersten Strauch und übergab sich über die blattlosen Zweige.

Am Sonntag, zwei Tage vor Heiligabend, faulenzte Liem den ganzen Tag auf der Couch. Die vergangene Nacht verdrängte er, wie so vieles in seinem Leben. Sinnloser Mist im Fernsehen unterstützte ihn dabei. Als es zu dämmern begann, spürte Liem eine innere Unruhe. Mit Bier versuchte er diese niederzudrücken. Nach der zweiten Flasche erinnerte er sich an Fabians Frage, ob er jetzt zum Alkoholiker mutierte. Würde Liem ehrlich zu sich selbst sein, müsste er die Frage wohl mit einem *Ja* beantworten. Doch anstatt sich näher mit solchen Gedanken zu beschäftigen, beschloss er erneut fortzugehen, heute wollte er dem KARMA einen Besuch abstatten. Morgen hatte das Büro sowieso geschlossen. Betriebsurlaub. Somit war keine Krankmeldung notwendig. Ein besonderes und vor allem überraschendes Weihnachtskeks von Frau Hartl. Ein Urlaubstag zusätzlich. Preisgegeben im Rahmen ihres Verlobungs-Outings. Selbst die Vampirin hatte Liebesglück.

Das KARMA war gefüllt mit gierigen Männern, Liem mittendrin. Es dauerte nicht lange, als plötzlich Frank ihn ansprach. Durch das Gedränge von hinten wurde Liem an Franks Körper gedrückt. Dieser ergriff sofort seine Chance und krallte sich Liems Pobacken. »Lass das!«, zischte Liem. Er fand, dass Franks Pausbacken heute noch größer aussahen als bei ihrer letzten Begegnung.

»Komm schon! Gestern warst du auch nicht so verklemmt, vor allem nicht im Bett.« Frank grinste scheußlich. Liem hatte keine Antwort parat, wollte weg, aber in der Menge eingezwängt. »Warum hast du dich, ohne zu verabschieden, aus der Wohnung rausgeschlichen?«

»Ahm …« Nein, keine Rechtfertigung! Liem drehte sich um und quetschte sich zwischen zwei Männern, deren Oberkörper aufgepumpt waren, hindurch. Endlich an der Theke angekommen, bestellte er einen Wodka-Orange. Als er bezahlen wollte, kam ihm ein Senior, der sich auf dem Barhocker daneben rekelte, zuvor. »Lass stecken!« Mit seinen kleinen Schweinchenaugen zwinkerte er Liem zu. Trotz der stickigen Luft in der Bar verschönerte ein Seidenschal den faltigen Hals des alten Lüstlings. Zaghaft bedankte sich Liem, ehe er sich aus dem Staub machte. Irgendwo musste es in diesem gottverdammten Lokal doch einen Fleck geben, wo ein anziehender Typ auf ihn warten würde. Und den fand er auch – den Fleck und den Typen (arabisch aussehend), nachdem er seinen Körper minutenlang durch die Menge vorwärts gepresst hatte wie ein Stück Schweinebauch im Fleischwolf. Die Hälfte seines Getränkes hatte er dabei verschüttet. Aber es dauerte nicht lange, da küsste der Araber Liem. Ein arabischer Hengst. Vielleicht sein Retter!

Als er am nächsten Morgen die Augen aufschlug, war er fassungslos. Die bunten Christbaumkugeln schimmerten ihn an. Eindeutig amerikanischer Stil! Besonders das Pink löste pochende Kopfschmerzen aus. Als ob er auf Reisnägeln liegen würde, hüpfte Liem auf. Die verursachten Geräusche weckten Frank. »Willst du schon wieder lautlos verschwinden?«, brummte er und fuhr mit seiner rechten Hand zu seinem Glied hin. Ein abscheulicher Anblick. Wie auch die Bettwäsche, auf der ein furchterregender Clown abgebildet war. »Bleib doch und lutsch mich noch einmal!« Sein Glied schwoll an. Liems Blut stockte in den Adern. Er hatte Frank einen geblasen? Erneut kämpfte er mit Ekel. Was war los mit ihm? Wieso konnte er sich an nichts mehr erinnern, außer an den arabischen Hengst?

Ein Filmriss. Einerseits war er froh darüber, nicht zu wissen, was letzte Nacht unter der Clown-Fratze geschah, andererseits ängstigten ihn diese Erinnerungslücken. Noch schneller als gestern verließ er die Wohnung, dieses Mal mit Socken an seinen Füßen.

Auf dem Weg nach Hause biss sich die klirrende Kälte an Liems Wangen fest, fraß sich bis in sein Herz rein. Nach wie vor verspürte er keine Vorfreude auf Weihnachten, und das am Tag vor Heiligabend. Ihm fiel das Märchen der Schneekönigin ein. Dabei trafen zwei Splitter eines Zauberspiegels den jungen Kay. Einer bohrte sich in dessen Herz, das sich daraufhin zu einem Eisklumpen verwandelte, der andere Splitter landete in seinem Auge, was zur Folge hatte, dass er in schönen Dingen nur noch Hässlichkeit erkennen konnte. Wie Kay fühlte sich Liem, nur dass er sich dachte, mehrere Splitter dieses verdammten Zauberspiegels abbekommen zu haben. Würde plötzlich die Schneekönigin mit ihrer Kutsche vor ihm erscheinen und ihm einen tödlichen Kuss verpassen wollen, würde er sich der eisigen Kreatur wehrlos ergeben.

Eine SMS riss ihn aus seinen Gedanken. *Darling, was war los mit dir gestern? Ich mach mir echte Sorgen um dich.*

Liem verstand nicht. Was sollte er gemacht haben? Dass er mit dem Araber geküsst oder bei Frank geschlafen hatte (bereits zum zweiten Mal, dafür fehlten ihm selbst die Worte). Für diese Erinnerung brauchte er den Wikinger nicht, ebenso wenig, um von seinem Mitleid zugeschüttet zu werden.

Ich mach mir echte Sorgen um dich.

Das ging Liem mächtig auf den Keks. Er löschte die SMS, ohne zu antworten.

Ein Anruf. Es war Koko. Er hob nicht ab. Wahrscheinlich nur ein weiterer Versuch, ihn zu überreden, Weihnachten zu Hause zu feiern. Ihre Worte würde sie geschickt einsetzen, nämlich so, dass er im Endeffekt auch noch mit Schuldgefühlen zu kämpfen hatte und dann doch zustimmen würde. Auch das ging ihm mächtig auf den Keks.

Zu Hause angekommen, verkroch er sich unter die Bettdecke. Nach einer halben Stunde riss ihn ein weiterer SMS-Ton aus dem Schlummermodus heraus.

Es war Sarah. *Bitte Liem, lass uns heute treffen! Es ist DER 23. Dezember!* Seit sie sich kannten, hatten sie sich traditionellerweise am 23. Dezember mit Niko zum Wichteln getroffen. Wenn Armin Zeit gehabt hatte, hatte er sich dazugesellt.

Nein. Tut mir leid! antwortete Liem, danach drehte er sein Handy ab. Bald darauf versank er in einen tiefen Schlaf.

Sechs Stunden später, als Liem erwachte, war es bereits finster. Sein Magen knurrte. Da im Kühlschrank gähnende Leere herrschte, rief er ein italienisches Restaurant an und orderte eine Pizza Margherita. Nachdem er sie verputzt hatte, duschte er sich und stand um Punkt neun Uhr abends vor dem Eingang der Bar KARMA – mit zwei Vorsätzen: Erstens, weniger zu trinken und zweitens, in einem anderen Bett als dem von Frank zu landen.

Doch Liem erlebte eine unerwartete Überraschung, als er die Türe öffnete. Der Besitzer schnellte herbei, fasste kräftig Liems Oberarm an und zerrte ihn aus der Bar. Hausverbot! Liem fehlten die Worte, war schockiert, als auch schon Frank von drinnen herauseilte.

Ausgerechnet DER! »Du hast Nerven, dich hier blicken zu lassen!«

»Warum?«, fragte Liem, der nach dem Schreck ganz trockene Lippen hatte. Kurz befeuchtete er sie mit seiner Zunge.

»Sag bloß, du erinnerst dich nicht mehr daran, dass du gestern deinen Wodka-Orange nach einem Typen geworfen hast? Du hast getobt. Den Typen angebrüllt. Wikinger oder so was. Ich habe dich aus der Situation gerettet und mit zu mir nach Hause genommen. Den Rest weißt du bereits.« Frank grinste wie der Teufel.

Minderwertig fühlte sich Liem. Eine ungerechte Welt, die Frank als Retter schickte. Da könnte sich auch gleich der Asphalt unter Liem öffnen und ihn schlucken. Doch alles, was sich öffnete, war sein Mund vor Entsetzen. »Ich so-soll getobt haben? Aber …« Liem schüttelte den Kopf. »Ich verstehe nicht.«

»Süßer, glaub mir! Aber sei froh, dass ich dich vor Schlimmerem bewahrt habe.« Frank sah Liem selbstgefällig an. Er wirkte arrogant wie ein Schwan. »Gehen wir sofort zu mir oder erst wieder um vier Uhr nachts, wenn du mich anbettelst?« Franks teuflisches Grinsen nahm kein Ende. Mit seinen zweiundvierzig Jahren war er ohne Frage attraktiv, abgesehen von den roten Pausbacken, doch die fast zwanzig Jahre Altersunterschied waren ein absolutes No-Go. Sein Friseur hatte ihm einen modischen Kurzhaarschnitt verpasst, der ihn ein paar Jahre jünger aussehen ließ. Die Krähenfüße um seine Augen brachten eine leise Ahnung seines wahren Alters zum Vorschein. Wie hatte Liem nur mit einem über Vierzigjährigen im Bett landen können? Vielleicht hatte ihm jemand K.O.-Tropfen ins Getränk gemischt. Aber K.O. war er nicht gewesen, dann hätte er Frank nicht oral befriedigen können. Falls er das tatsächlich gemacht hatte.

»Lass mich bitte in Ruhe! Ich will nichts von dir.«

»Aber! Aber! Das hat die letzten beiden Nächte ganz anders ausgesehen, Süßer! Du warst verrückt nach meinem...« Frank beugte sich zu Liems linkem Ohr hin und flüsterte: »...Schwanz!«

»Verschwinde!«

Nachdem Frank wie eine Statue stehen blieb, lief Liem davon und irrte in der Stadt umher. Er sah überall fröhliche Menschen, die sich mit Glühwein und Punsch auf Christkindlmärkten amüsierten. Heimelig sahen die vielen Weihnachtsbeleuchtungen aus, trotzdem wurde die Kälte von Minute zu Minute unausstehlicher, kratzte erbarmungslos an Liems Gesicht. Als es endlich zweiundzwanzig Uhr war, betrat er als einer der ersten Besucher des Abends das LUV-U. Am Eingang begrüßten ihn zwei muskulöse Männer, die lediglich eine rote Zipfelmütze auf dem Kopf und einen roten Lendenschurz um die Hüfte trugen. Dahinter hing ein Plakat an der Wand. Ein nackter

Mann posierte darauf, sein bestes Teil verdeckte er mit den Händen. Auf seinem trainierten Oberkörper war das Motto des Abends tätowiert: »HO! HO! HOmo!« Mit seinen Zähnen biss er in den Griff einer Lederpeitsche, dabei gelang es ihm, trotzdem zu lächeln und heiß auszusehen.

Eine Peitsche am Tag vor Weihnachten. Wie unangebracht!

Auch wenn Liem momentan eine mühsame Zeit verbrachte, hoffte er einem echten Peitschenhieb heute entgehen zu können. Vielleicht hatte er es aber nicht anders verdient, ausgepeitscht zu werden. Das würde ihm gerade noch fehlen, wenn er in die Klauen eines Sadomaso-Liebhabers gelangen würde. Die Schläge im Gesicht, als er in Franks Bett erwacht war, waren definitiv genug gewesen. Frank musste ihn derart eingelullt haben, anders konnte Liem es sich nicht erklären, dass er mit einem Daddy … zweimal hintereinander! Ein Daddy, der den Christbaum amerikanisch schmückte und eine Clown-Fratzen-Bettwäsche besaß. Wie geschmacklos von Liem, sich mit einem Typen, der so wenig Geschmack hatte, einzulassen.

Süß! So schmeckte der Begrüßungsshot, den einer der beiden Weihnachtsmänner vor Liems Nase hingehalten hatte. Sein welliges, blondes Haar stach unter der Zipfelmütze hervor. Blond und wellig, ähnlich wie Armins Haar, das nur mehr Locken gehabt hatte.

»Magst du noch einen?«, fragte der blonde Weihnachtsmann und zwinkerte Liem zu. Liem bildete sich nichts Besonderes darauf ein, er wusste, dass es der Job der beiden Begrüßenden verlangte, alle Gäste anzuzwinkern, um ihnen ein gutes Gefühl für die kommenden Stunden zu vermitteln.

»Ja, gerne!« Als Liem den leeren Becher zurückgab und stattdessen einen Vollen zurückbekam, erhielt er ein weiteres Zwinkern und stellte fest, dass nicht nur der Shot süß war. Doch einen Moment später rückte Liem aus dem Fokus des Weihnachtsmannes, da die nächsten Gäste von hinten drängten. Die Männer warteten gierig auf den gratis Shot und … auf ein Zwinkern. Ein Zwinkern, das sie nicht nur in ihrer Schönheit, sondern in ihrer ganzen Persönlichkeit, bestätigte. Ein Zwinkern, das sie hoffnungsvoll in die Partynacht stürzen ließ. Vielleicht würde die große Liebe dabei sein (pünktlich zu Weihnachten) oder zumindest ein prickelnder One-Night-Stand (mit dem einen oder anderen Peitschenhieb), damit die Bescherung am Heiligen Abend mit der Familie entspannt und ohne Druck stattfinden konnte.

Liem bestellte an der Bar einen Wodka-Orange und setzte sich in eine Ecke, in der noch niemand saß. Im Gegensatz zu vielen anderen Partygästen hoffte er nicht darauf, heute der großen Liebe zu begegnen, denn die lag unter der Erde. In einem Sarg. Tot. Da gab es nichts zu beschönigen und zu hoffen. Armin war seine große Liebe gewesen und jetzt nicht mehr am Leben. Ihre Liebe war ausgestorben.

Ob Fabian seine große Liebe des Lebens sein könnte, darüber hatte er jahrelang spekuliert, doch von dieser Illusion hatte er sich in den letzten Monaten befreit. Seit Fabian den Zettel mit der Botschaft *Ti amo. Per sempre!* auf dem Tisch liegen gelassen hatte, hatte er – wie nicht anders zu erwarten – kein Sterbenswörtchen mehr von sich gegeben. Das war keine große Liebe. Nur ein reines Hirngespinst aus seiner Vergangenheit.

Für heute würde Liem ein heißer Typ genügen, der es schaffte, seine Schmerzen zumindest für ein paar Stunden zu lindern. Jemand wie der Weihnachtsmann mit den welligen blonden Haaren, den Liem weiterhin von der Ecke aus beobachtete. Dieser begrüßte nach wie vor einen Gast nach dem anderen, verteilte Shots, zwinkerte und küsste auch einige Wangen. Eine Flirtmaschine. Talentiert.

Liems Vorhaben, weniger zu trinken, funktionierte. Nach einer halben Stunde hatte er an seinem Wodka-Orange, der vor ihm neben einem leuchtenden Weihnachtsstern aus Plastik auf dem Tisch stand, nur einmal genuckelt. Keiner interessierte sich für ihn. Niemand setzte sich zu ihm. Dreißig Minuten noch, dann öffnete endlich der Dancefloor im ersten Stock.

Alfred!

Er bekam vom süßen Weihnachtsmann einen Kuss auf die Lippen, was Liem zum Schäumen brachte. Hinter Alfred war Konrad in die Warteschlange eingereiht. Er bekam keinen Kuss, auch bei den Shots ging er leer aus. Alles aufgebraucht. Konrad erhielt nur ein Schulterzucken. Dass beide Weihnachtsmänner ihm kein Präsent überreichten, schien Konrad kaltzulassen. Er stolzierte mit seinem dunkelgrünen Pullover aus Kaschmirwolle und seinem Stock in der linken Hand bis zur Bar weiter. Sowohl Alfred als auch Konrad hatten Liem noch nicht erspäht. Es sollte auch so bleiben, denn zwischen Bar und der Ecke, in der Liem saß, quetschten sich genug Männer zusammen, die es genossen, von vorbeigehenden Gleichgesinnten auf charmante Art und Weise berührt zu werden. Diese Berührungen waren nach dem Zwinkern der zweite Garant, dass die Nacht nur ein Erfolg werden konnte.

»Ist hier noch Platz?«

Liem, der den beleuchteten Weihnachtsstern aus Plastik befingerte, stieß diesen vor lauter Schreck fast um. Er guckte nach links und sah in die blauen Augen des Weihnachtsmannes, der vor ihm stand. Sie waren Liem vorhin nicht aufgefallen. Blaue Augen. Noch eine Gemeinsamkeit mit Armin.

»Ist hier Platz für Hannah und mich?«

»Ja, k-klar«, antwortete Liem und deutete mit seiner linken Hand auf die freien Plätze.

»Hi, ich bin Hannah und du?« Sie kaute an einem Kaugummi herum, wie es Fabian immer tat. Ihr Haar war pechschwarz, mit blauen Strähnen versehen, sie trug grünen Lidschatten, rosa Lippenstift und ihre Wangen waren rot gepudert. Ein Paradiesvogel.

»Liem!«

»Cool! Wie Liam Hemsworth!« Hannah formte eine Kaugummiblase.

»Freut mich, ich bin Johannes«. Ein weiteres Zwinkern, dann setzte sich der Weihnachtsmann daneben hin. Rechts von Liem platzierte sich Hannah, die mit ihrer Zunge die Kaugummiblase zerplatzen ließ.

»Wer?«, fragte Liem bei Hannah nach.

Sie kicherte. »Du kennst Liam Hemsworth nicht?«

Liem schüttelte den Kopf, während Johannes sein rechtes Bein aufdringlich gegen Liems linkes drückte. Er fand es erregend und irritierend zugleich.

»Gale von *Die Tribute von Panem*. Kennst du, oder?«

»Nein, ich habe den Film noch nie angeschaut. Übrigens, meinen Namen schreibt man mit E, nicht so wie die meisten mit einem A.«

Hannah kicherte erneut. »Was bedeutet der Name?«

»Der Ehrliche. Der Aufrichtige. Liem kommt aus dem Indischen.« Ehrlich und aufrichtig – was für ein Witz!

»Und was für ein Sternzeichen bist du?«

Johannes hustete. Gab Hannah damit ein Zeichen, dass sie ihren Schnabel halten sollte.

»Zwilling«, antwortete Liem.

»Aaah, dann hast du zwei Gesich-«

Lautes Husten unterbrach Hannah. »Liem mit E, was machst du so im Leben?« Johannes legte seine rechte Hand auf Liems linken Oberschenkel.

»Ahm … ich bin Grafikdesigner und ich male.« Seit Armins Tod hatte er kein einziges Mal seine Zeichenutensilien angefasst, keine Ruhe und Muse gefunden, um ein neues Bild zu kreieren.

»Wow, ein Künstler!«, rief Johannes aus, während er seinen Daumen auf Liems Oberschenkel kreisen ließ.

Hannah kicherte, obwohl sie sich aus der Unterhaltung verabschiedet hatte, sie spielte an ihrem Handy herum.

»Na ja, kein richtiger Künstler. Und w-was machst du? Und ist dir nicht kalt?« Liem fröstelte beim Anblick von Johannes.

»Ne, mir ist nicht kalt, schließlich wärmst du mich.« Johannes zwinkerte Liem an, es wirkte fast so, als ob er einen Tick hätte. »Ich studiere Gesundheits- und Krankenpflege und verdiene mein Geld mit Promotionjobs.«

Die Nacht begann vielversprechend. Liem genoss Johannes' Hand auf seinem Oberschenkel und ließ sich auf den Flirt ein. In seinen Gedanken sah er den Weihnachtsmann schon in seinem Bett liegen – nackt. Ohne Zipfelmütze. Ohne Lendenschurz.

»Schatz, da bist du ja!«

Johannes zog ruckartig seine Hand zurück und erhielt vom zweiten Weihnachtsmann, unter dessen Weihnachtsmütze keine Haare hervorstachen, einen Kuss auf die Lippen. »Die Party hat begonnen, wir müssen rauf gehen. Komm!« Ohne sich vorzustellen, rauschte er wieder ab. Johannes sprang auf, verabschiedete sich mit einem »Bis dann!« und zwinkerte Liem als Entschädigung noch einmal zu. Es war definitiv ein Tick. Der Paradiesvogel trottete den beiden hinterher. Kichernd.

Ausgenutzt fühlte sich Liem. Und zurückgelassen. Nur der Weihnachtsstern vor ihm blieb als Kompagnon über. Liem kratzte am Plastik herum, ehe er aufstand und beschloss, auch hinauf tanzen zu gehen. Auf dem Weg zur Bar kippte er den Wodka-Orange hinunter sowie den Vorsatz, weniger Alkohol zu trinken, und bestellte ein Bier. Kurz darauf stand er im ersten Stock und tanzte, so wie die beiden Weihnachtsmänner, die sich auf unterschiedlichen Plateau-Erhöhungen bewegten. Johannes strich sich über seine Brustwarzen, während er sich mit seiner Zunge über die Lippen leckte. Sein Freund wackelte energievoll mit seinem Hintern, ohne Ende. Go-Go-Dancing! Damit finanzierte er sich also sein Studium für Gesundheits- und Krankenpflege. Mit einem Schlag verlor Johannes an Attraktivität. Was wollte Liem denn von diesem Typen, der jeden Mann anlächelte, anzwinkerte und betatschte. Liem scannte den gesamten oberen Stock ab, zu seiner Erleichterung konnte er weder Alfred noch Konrad entdecken. Hoffentlich blieben sie unten oder vielleicht waren sie sogar schon abgehauen. Trotzdem gelang es Liem nicht, sich beim Tanzen fallen zu lassen. Innerhalb von zehn Minuten trank er die Bierflasche leer und holte sich an der Bar eine neue, die ihn freier und entspannter fühlen ließ. Nach einem weiteren Bier war Liem bereit zu küssen. Er wollte jemanden spüren, um seine innere Leere zu vergessen. Doch es war wie verhext. Nichts ergab sich. Stundenlang. Als Liem schon mit einer Ladung Frust nach Hause gehen wollte, stand plötzlich Johannes vor ihm. Es war kurz vor zwei Uhr.

»Liem, ich habe Feierabend. Kommst du mit?«

»Wohin?« Seine Gedanken von vorhin, dass Johannes unattraktiv war, konnte er nicht mehr nachvollziehen. Mussten aus einem Trotz heraus entstanden sein.

»Lass dich überraschen!« Johannes nahm Liem bei der Hand und zog ihn hinter sich her. Sie gingen nach unten. Verschwanden hinter einer Tür, die sich neben der Bar befand. Der Personalraum. Niemand war drinnen. Johannes öffnete eine Tasche, die auf der Garderobe hing, und holte ein Fläschchen Poppers raus. Dann steuerte er auf die Couch zu, die in der hinteren linken Ecke stand. Er setzte sich darauf, lehnte sich zurück. »Ich bin auch Zwilling! Zeigen wir uns gegenseitig unser zweites Gesicht? Unsere dreckige Seite?«

»Ahm …«

»Komm her und lutsch mich!«

Irgendwie törnte Liem diese Situation und vor allem Johannes' Wandlung ab. Zu vulgär. Trotzdem näherte er sich zaghaft. Fühlte sich eigenartig verpflichtet, ihn zu befriedigen.

»Komm! Ich bin rattenscharf!« Während Johannes sich das Fläschchen Poppers unter die Nase hielt und aufzog, hob er mit seiner freien Hand den Lendenschurz.

Liem fühlte sich wie in Trance. Der Phallus vor ihm sah zu schön aus, um sich diese Chance entgehen zu lassen. Er kniete sich vor die Couch und begann ihn zu blasen. Salziger Geschmack. Johannes zog ein weiteres Mal an seinem Fläschchen mit Poppers und drückte Liems Kopf gegen seinen Penis. »Jaaa! Tiefer!«

Liem musste würgen und wollte kurz pausieren, doch Johannes drückte Liems Kopf fester gegen sein erigiertes Teil. Liems Würgreize wurden intensiver, doch er schaffte es nicht, seinen Kopf aus den Klauen von Johannes zu befreien. In diesem Augenblick fiel Liem das Plakat mit dem Weihnachtsmann, der die Peitsche mit seinen Zähnen hielt, wieder ein. HO! HO! HOmo! Johannes schien auch eine Vorliebe für Brutalität zu haben. Sein zweites Gesicht stand wahrscheinlich auf *Gagging*. Nun zog er auch an Liems Haaren, während er seinen Penis immer tiefer und fester in Liems Mund drückte.

Liem übergab sich.

»Igitt! Spinnst du? Was für eine Sauerei!« Johannes stieß Liem von sich, der rücklings zu Boden fiel und sich dort weiter übergab. Die warme, braunfarbige Kotze klebte an Johannes' Beinen und rann über seinen schlaff werdenden Penis. Mit verzogenem Gesicht erhob er sich. »Verschwinde!«, zischte er und eilte durch eine Tür neben der Couch, die Liem noch gar nicht aufgefallen war.

Gedemütigt, so fühlte sich Liem, und das nicht zum ersten Mal in dieser Nacht. Er richtete sich auf, hörte vom Nebenraum Wasser laufen. Wasser brauchte er auch. Zum Glück gab es gleich beim Ausgang ein Waschbecken. Liem säuberte seinen Mund. Um die Kotze auf dem Boden sollte sich doch der reizende Weihnachtsmann kümmern.

Dann öffnete er die Türe, trat ins Getümmel und bewegte sich ins erste Stockwerk hinauf, als plötzlich Frank vor ihm stand.

»Hi Süßer! Da bist du ja. Gehen wir?«

Kein Wort mehr an ihn verschwenden, dachte Liem, und drehte sich von ihm weg.

»Wetten, dass du mich bald anwinseln wirst?«, rief Frank laut hinterher, egal, ob ihn die umstehenden Männer mit großen Augen ansahen.

Als Liem oben ankam, mischte er sich sofort in die Menschenmenge, versuchte das Desaster mit Johannes zu vergessen. Eine Hand fasste ihn von hinten an der Schulter an. Liem drehte sich um und sah …

Niko!

»Hi Kleiner! Endlich habe ich dich gefunden!«

»Niko … aber wie …« Mehr konnte Liem nicht mehr sagen, er brach in Tränen aus und klammerte sich um den Hals seines besten Freundes. Niko drückte Liem fest zu sich und versicherte ihm, dass alles gut werden würde.

Nach ein paar Minuten löste Liem die Umarmung auf. Seine Augen leuchteten. »Es ist großartig, dich zu sehen. Aber ich verstehe das alles nicht. Du hast mir doch geschrieben, dass du mit Luana in Portugal Weihnachten feierst!« Liem wischte mit seinen Händen die Tränen aus seinem Gesicht weg.

»Mein Besuch sollte eine Überraschung werden. Ich weiß von Sarah, dass es dir nicht so gut geht. Nun kümmere ich mich ein paar Tage um dich.«

»Du bist verrückt!«, sagte Liem mit zittriger Stimme.

»Leider hatte mein Flug Verspätung, ansonsten wäre ich schon früher hier gewesen.«

»Aber woher wusstest du, dass ich hier bin?«

»Alfred! Sarah hat ihn als Späher eingeteilt.« Niko grinste.

Liem schüttelte den Kopf. Wie hatte er Sarah und Alfred nur so mies behandeln können? Er musste sich unbedingt bei ihnen für sein Verhalten entschuldigen. Falls eine Entschuldigung dafür ausreichte.

Als Liem seinen besten Freund von Kopf bis Fuß musterte, stellte er fest, dass er sich in den letzten zwei Jahren kaum verändert hatte. Bei Armins Begräbnis im September hatte er dafür kein Auge gehabt. »Gut siehst du aus, Niko!«

»Danke! Ich wünschte, das könnte ich von dir auch behaupten. Aber …« Niko hob seinen rechten Zeigefinger und sprach weiter: »… bis zu meiner Abreise wirst du wieder ein anderer Mensch sein.«

Liem schämte sich, er guckte zum Boden hinab.

»Komm Kleiner, gehen wir!«

Als sie das LUV-U verließen, schneite es. Federleicht. »Wow!«, staunte Liem, der das weiße Paradies rundherum betrachtete. Die Straße. Der Gehsteig. Die Autos. Die Bäume. Überall lag eine Schneedecke von einigen Zentimetern. Es war still und roch nach Schnee. Niko bückte sich und formte einen Schneeball. Da Liem es nicht sofort registrierte, knallte dieser auf seine linke Schulter. Es folgte eine Schneeballschlacht, an der sich sogar drei weitere Männer, die aus dem LUV-U rauskamen, beteiligten. Liem hatte lange nicht mehr so viel Spaß gehabt wie in diesem Moment, er genoss es aus tiefstem Herzen zu lachen, Schneebälle zu formen und zu werfen. Ein Ball traf Nikos Kopf. Er schrie auf, schüttelte seinen Kopf, um den

Schnee loszuwerden. Während Liem jubelte, stopfte ein Schneeball seinen Mund. Einer der drei Männer hatte Liem eiskalt erwischt, er entschuldigte sich sofort bei ihm für die Härte des Wurfes. Doch Liem lachte, während er den Schnee von seinem Mund wegwischte. Seine Finger, kalt wie Eiszapfen, fuhren ein weiteres Mal in den Schnee, um sich mit dem nächsten Wurf zu revanchieren. Das Blut pulsierte in seinem Körper, der sich lebendig wie schon lange nicht mehr anfühlte.

Leben!

Vielleicht hatte ihm das Universum doch einen Retter geschickt. In Gestalt von Niko.

63

Heiligabend! Als Liem seine Augen öffnete, atmete er erleichtert auf, dass ihn weder bunte Christbaumkugeln blendeten noch eine Clown-Fratze erschreckte. Auch der Anblick von Frank blieb ihm erspart. Gelbe Wand. Grauer Schrank. Eine Grünpflanze. Und eine Kohlezeichnung. Alles Merkmale des eigenen Schlafzimmers. Erleichtert darüber, kroch Liem aus den Federn und ging auf Zehenspitzen den Gang entlang. Behutsam öffnete er die Türe zum Arbeitszimmer. Niko schlief auf der Couch. Tatsächlich hatte ihn das Christkind aus Portugal hergeflogen. Als Liems Magen knurrte, schloss er zufrieden die Türe und schlich leise wie ein junges Kätzchen in die Küche. Beschwingt kochte er Kaffee, schnitt Brot auf und legte sorgfältig Schinken und Käse auf einen Teller, der mit einem Blumenmuster versehen war. Ein Glas Essiggurken und Silberzwiebel platzierte er in die Mitte der

Tischplatte. Zwischendurch musste er überprüfen, ob er nicht träumte. Mit Zwicken. Am Ohrläppchen. Sogar in die empfindsamen Brustwarzen zwickte er sich, um auf Nummer Sicher zu gehen. Er wachte nicht auf. Der Zauber war Realität.

»Guten Morgen!«, brummte Niko, der im Türrahmen stand, sich die Augen rieb und den Kaffeeduft tief einsog. »Mmmhhh!«

»Morgen Niko! Voilà!« Liem lächelte und zeigte auf die vollgefüllte Tischplatte, die jetzt um Honig, Marmelade, Müsli und Joghurt reicher war. »Lass es dir schmecken!«

Klärung, so lautete das Motto ihres Frühstücks. Liem entschuldigte sich für die Teilnahme an der Hochzeit von Luis und Paula; und Niko für seine anschließende Distanz und Ignoranz. Klar, sie hatten dies schon alles vor Monaten erledigt, per E-Mail und per Telefon, aber die Worte von Angesicht zu Angesicht auszusprechen, machte einen Unterschied, und das schuldeten sie sich gegenseitig. Sie verziehen sich erneut, während Niko in eine Semmel mit Schinken biss und Liem sein Müsli mampfte.

»Kleiner, was hältst du davon, wenn wir heute bei dir ein kleines Weihnachtsfest feiern?«, schlug Niko vor, als er das Glas Honig zu sich nahm, um eine Semmel damit zu beschmieren. »Sarah, Brani, Alfred und Konrad hätten Zeit. Und du musst nichts vorbereiten. Ich besorge den Weihnachtsbaum, ums Essen kümmern sich Sarah und Brani, und die Getränke bringen Alfred und Konrad mit.«

»Wenn ich es richtig verstehe, ist bereits alles fixiert?« Liem roch an seinem Kaffee, bevor er die Tasse zu seinem Mund führte.

»Richtig! Aber wenn du ni-«

»Doch! Das ist das Mindeste, was ich tun kann, nachdem ich mich in letzter Zeit nicht mit Ruhm bekleckert habe, vor allem bei Sarah und Alfred.«

»Heiligabend mit uns wird dir guttun«, erwiderte Niko, der herzhaft in seine Honigsemmel biss.

»Aber eine Sache gibt es noch …« Liem rutschte unruhig auf seinem Stuhl hin und her und begann an seiner Unterlippe zu beißen.

»Ja?«, fragte Niko, während er schmatzte.

»Ich … du … also …« Liem atmete tief ein, dann aus. »Kannst du mir heute helfen?«

Niko nickte.

»Ich war seit dem Begräbnis nicht bei Armin, bei seinem Grab. Ich habe es allein nie geschafft. Und Sarah und Alfred waren in den letzten Monaten nicht die richtigen Personen dafür.«

»Sicher begleite ich dich, Kleiner. Das ist doch selbstverständlich.«

»Danke! Ich denke, dann kann ich entspannter Weihnachten mit euch feiern.«

»Soll ich mitgehen oder im Auto warten?«, fragte Niko, der sich für den Urlaub einen blauen Suzuki Swift gemietet hatte. Er schaute zu Liem hinüber, während er seine Hände rieb. Das kalte Lenkrad hatte seine Finger erbarmungslos abgekühlt.

»Mmmhh, ich glaube, ich schaffe es allein.« Liems Versuch, an seinen Fingernägeln zu beißen, schlug fehl. Die Handschuhe, die er trug, verhinderten eine weitere Dezimierung seiner bereits abgeschliffenen Krallen.

»Kein Problem! Ich warte hier und wenn du mich brauchst, gib mir ein Zeichen.« Niko wedelte mit seinem Handy, trotz der Bewegung kehrte keine Wärme in seine Finger zurück.

Eisige Luft schnalzte Liem wie ein Peitschenhieb ins Gesicht. Nach ein paar Schritten öffnete er das alte Gittertor, die Schwelle zum Friedhof. Es quietschte. Das Geräusch ähnelte dem einer Hexe, die sich auf dem Totenbett plagte. Liem stapfte durch den Schnee. Es hatte die ganze Nacht durchgeschneit, mehr als zwanzig Zentimeter des weißen Pulvers bedeckten den Boden. Weiße Weihnachten – darüber hätte Armin gejubelt.

In der Zwischenzeit wälzte Niko seinen Hintern auf dem kalten Autositz hin und her. Nicht nur die frostige Temperatur verursachte ein unruhiges Gefühl in ihm, sondern auch der Umstand, dass Liem ohne Begleitung auf Armins Grab zusteuerte. So beschloss er, aus dem Auto auszusteigen und den Friedhof zu betreten, möglichst unbeobachtet, damit er Liem von der Ferne bespitzeln und ihm zu Hilfe eilen konnte, falls es notwendig sein sollte. Blöderweise hatte er gestern keine Handschuhe gekauft, seine Hände zahlten nun den Preis dafür. Er rieb sie und hauchte hinein. Ein Versuch, der umsonst war, so als wollte man Feuer mit feuchtem Holz entfachen.

Liem hangelte sich Schritt für Schritt nach vorne. Langsam und schleichend. Es wirkte, als würde ihn eine unsichtbare Kraft zurückhalten.

Knirschen.

Liem freute sich normalerweise über das Geräusch unter seinen Schuhen, jetzt hatte es etwas Unheimliches. Die Gräber, an denen er vorbeiging, waren weiß eingehüllt.

Nur wenige Laternen, die meisten waren zugeschneit, schimmerten. Sie spiegelten einen Hauch von Leben wider. Leben unter den vielen Leichen. Leichen im Schnee. Einzelne Zweige von Grabgestecken ragten durch die Schneedecke, sahen aus wie eingefrorene Pratzen von Baumgeistern in Miniaturformat.

Armins Grab näherte sich. Mit jedem Schritt atmete Liem tiefer ein. Ein Versuch, ruhiger zu werden, doch es half nichts. Im Gegenteil: Herzpochen, Kopfschmerzen, ein trockener Mund, ein Ziehen im Bauch sowie ein leichtes Schwindelgefühl quälten Liem.

Totenstille. Kein Mucks entfleuchte dem Friedhof. Umso lauter und unangenehmer tobte es in Liems Körper, als ob ein polternder Gnom in ihm hausen würde.

Armins Grab. Da war es. Jemand hatte dem Verstorbenen bereits einen Besuch abgestattet, denn die Grablaterne war vom Schnee freigeschaufelt. Die Kerze darin schimmerte friedlich. Ein Licht für Armin. Wahrscheinlich von seinen Eltern entzündet.

Der Gedanke, dass Armins Körper ein paar Meter unter Liem in einem Sarg eingebettet war, schmerzte. Details des Sarges konnte er nicht abrufen. Wollte er auch nicht. Außerdem wusste er die Einzelheiten auch gar nicht mehr. Kiefernholz und Cognacfarbe – Feinheiten des Sarges seiner Oma. Sie kehrten ohne Anstrengung mit einem Fingerschnippen in sein Gedächtnis zurück.

Schnee! Mehr gab es derzeit nicht zu sehen, abgesehen von der freigebuddelten Grablaterne und dem Holzkreuz, das sich durch die Schneedecke kämpfte. Verzweifelt ragte es empor. Darunter versteckte sich der Erdhaufen. Ein kalter Erdhaufen! Das musste bedeuten, dass der Sarg dem

Druck von oben noch standhielt. Vielleicht war Armins letzte Ruhestätte aus dem Holz eines Olivenbaumes oder einer Eiche? Qualitativ und robust. Liem fokussierte sich auf das Kreuz. Der daran haftende Schnee verdeckte Armins Namen komplett. Aber darunter zeigte sich (abgesehen von wenigen Eisspuren) deutlich das Geburts- und Sterbedatum.

Geboren am 2. Mai 1986
Gestorben am 1. September 2013

27 Jahre! Viel zu früh wurde Armin aus dem Leben gerissen. Dass es komischerweise in Liems Körper ruhiger wurde, konnte er sich nicht erklären. Sein Herz schlug langsamer, seine Kopfschmerzen hatten aufgehört, auch das Ziehen in seinem Bauch und das Schwindelgefühl waren verschwunden. Der polternde Gnom in ihm hatte sich anscheinend zur Ruhe begeben. Nur der trockene Mund war übriggeblieben, vielleicht lag das aber an der Kälte.

Krah! Krah! Eine Krähe zerstörte die Stille. Sie saß auf einer Birke, links von Armins Grab. Neugierig drehte der Vogel seinen Kopf zu Liem hin. Lebte Armin vielleicht im Körper einer Krähe weiter? Ein verrückter Gedanke. Aber glaubten Buddhisten und Hinduisten nicht an solche Hirngespinste? Reinkarnation – die Wiedergeburt! Die Vorstellung, dass Armins Geist in einem Vogel weiterlebte, fühlte sich erleichternd an, auch wenn Liem nicht so ganz daran glauben wollte. Trotzdem klammerte er sich an diesen Gedanken wie die eisige Kälte an seinen Wangen. Die Krähe hüpfte auf einen anderen Ast und flog schließlich davon.

Mit jedem Atemzug, den Liem ausstieß, entstand ein Wölkchen in der klirrenden Kälte. Bestimmt fror und zitterte Armin da unten. Auch wenn Liems Verstand wusste, dass sein verstorbener Partner weder frieren noch zittern konnte, machte ihn das Bild des bibbernden Armins unendlich traurig. Selbst die Vermutung, dass seine körperlichen Überreste von qualitativem Oliven- oder Eichenholz eingerahmt waren, beruhigte Liem nicht. Armin darbte da unten. Allein! Ohne Gesellschaft! Selbst sein blonder Wuschelkopf hatte wahrscheinlich dem Kopf *Adieu* gesagt. Ein furchtbarer Gedanke, der jede Hoffnung erlosch wie der Windhauch, der dem Kerzenschimmer zwei Gräber weiter hinter der Birke ein Ende bereitete. Die Gedanken an Reinkarnation waren futsch wie die Krähe, von der kein Laut mehr zu hören war. Liem verspürte das Bedürfnis, sich niederzulegen. Auf die Schneedecke des Grabes, um näher bei Armin zu sein. Er wollte frieren wie sein Schatz. War das verrückt? Wahrscheinlich! Doch der Verstand war chancenlos. Liem zog es zu dem schneebedeckten Erdhaufen hin und überlegte, ob er sich nicht einfach nach vorne fallen lassen sollte. Eine gute Idee. Und so ließ er jegliche Muskelanspannung los, um zu fallen, doch in dem Moment hielt ihn Niko von hinten fest.

»Ich bin bei dir!«

Liem spürte um seinen Oberkörper Arme. Eine Umarmung von hinten wie von einem Engel, der schützend seine Flügel um ein leidgeprüftes Menschenkind legte.

»Armin?«, fragte Liem in leisem Tonfall.

»Ich bin bei dir und halte dich.«

Ein weiteres Loslassen – nun auch innerlich. Liem ließ

sich widerstandslos von den Armen, die sich von hinten um ihn schlangen, halten und begann zu schluchzen. »I-ich ve-vermisse dich so sehr! Mein Schatz!«

»Alles wird gut, Kleiner!« Plötzlich spürte Liem einen Kuss auf seinem Nacken, genau an der nackten Stelle zwischen Wollmütze und Jacke. Tränen flossen über Liems Wangen wie junges sprudelndes Wasser aus einer frischen Bergquelle. »Es tut mir so leid. Alles ist meine Schuld, da ich nicht aufrichtig und ehrlich war.«

»Nein, es ist nicht deine Schuld.«

Liem greinte und heulte unaufhaltsam weiter. »Lass mich bitte nicht los!« Der Griff von hinten verstärkte sich. »Bitte verzeih mir, Schatz!«, flehte Liem.

»Ich verzeihe dir!«

Durch die ausgesprochene Vergebung konnte Liem noch mehr inneren Schmerz loslassen. Er maunzte, plärrte und lamentierte wie ein griechisches Klageweib. Die Befreiung eines unsäglichen Schmerzes. Und es half. Irgendwann, ohne zu wissen, wie lange er in diesem heilenden Prozess verharrte, stellte sich Ruhe in seinem Körper ein. Das griechische Klageweib verstummte und übergab Liem die Oberhand seines Körpers zurück, der wusste, dass von Beginn an Nikos Arme ihn umschlungen hatten. Keine Engelsflügel. Keine sanften Berührungen seines Schatzes. Egal, allein die Vorstellung hatte geholfen. Ohne Worte standen beide eine Weile vor Armins Grab. Die Kälte fraß sich durch ihre Kleidung, gierig wie eine ausgehungerte Motte. Nikos Befürchtung, dass seine Finger abgefroren waren, bestätigte sich nicht, denn als Liem die Umarmung löste, konnte er noch seine Finger bewegen. Wenn auch nur minimal.

Liem bedankte sich bei seinem besten Freund.

»Gerne, Kleiner!« Niko tätschelte mit seinen starren Fingern Liems rechte Schulter. »Bist du nun bereit, mit mir einen schönen Weihnachtsbaum zu kaufen?«

»Mmhh … Ich muss unbedingt noch etwas erledigen … allein!«

Niko räusperte sich. Er unterdrückte die Frage, ob er sich Sorgen machen musste, da er Liem das nötige Vertrauen entgegenbringen wollte.

»Ich bin um circa vier Uhr zu Hause und dann schmücken wir zusammen den Baum, okay?« Liem lächelte. Sein erstes Lachen seit mehreren Stunden.

»Perfekt! Wir freuen uns auf dich!«

Zusammen stapften sie aus dem Friedhof. Niko rieb seine Hände, bevor er ins Auto einstieg und davonfuhr. Zur gleichen Zeit marschierte Liem in die entgegengesetzte Richtung. Mit weniger Ballast auf seinen Schultern als noch vor einer Stunde.

64

Es quietschte erneut, als Liem das alte Gittertor, die Schwelle zum Friedhof, öffnete. Das Geräusch erinnerte ihn erneut an einen qualvollen Laut einer Hexe, die sich mit dem Tod herumquälte.

Fünf gefüllte Stoffsäcke hingen um Liems Schultern. Im Gegensatz zu vorhin eilte er nun zu Armins Grab. Keine unsichtbare Energie, die ihn zurückhielt.

Im Friedhof herrschte mehr Trubel. Personen, mit Schal und Mützen vermummt, um ihr Gesicht vor Erfrierungen zu schützen, schlichen wie Geister an Liem vorbei. Einige

Hinterbliebene standen stumm wie Säulen vor den Gräbern ihrer Liebsten. Jeder Schritt war einer zu viel. Geduld, mein Schatz! Ich bin gleich bei dir, kommunizierte Liem im Stillen mit Armin. Als er endlich sein Ziel erreicht hatte, stellte er die fünf Stofftaschen auf dem Boden ab. Dann drückte er den Schnee rund ums Grab platt und kramte aus der ersten Tasche eine Grabkerze hervor. Mit einem Feuerzeug zündete er den Docht an. Es war orange und funktionierte einwandfrei. Ein Schnäppchen aus dem Supermarkt, auf das Liem beinahe vergessen hätte. Gerade rechtzeitig, als er schon an der Kasse angestellt war, erspähte er das orangene Ding im letzten Moment. Er positionierte die brennende Grabkerze links neben der Laterne. Anschließend fuhr seine Hand in die Stofftasche und fischte eine weitere Grabkerze heraus. Auch von dieser zündete er den Docht an, um sie daraufhin neben das Holzkreuz hinzustellen. Der plattgedrückte Schnee bot ihr einen stabilen Untergrund. Es folgten die Kerzen drei, vier und fünf – direkt vor dem Holzkreuz.

Alles, was rundherum um Liem passierte, nahm er nicht wahr. Interessierte ihn auch nicht. Er setzte seine Aktion mit Ehrgeiz fort und verlor dabei das Zeitgefühl. Lange Blicke aus neugierigen Augen der Friedhofsbesucher starrten Liem und die Kerzen an. Welche Operation führte der junge Mann durch? War er ein Satanist oder bloß ein Häufchen Elend, der um jemanden trauerte?

Mittlerweile dämmerte es. Das Lichtermeer, das auf Armins Grab erstrahlte, stach wie der Nordstern hervor. Als nur noch eine letzte Kerze übrig war, blickte er auf die Uhr. Halb vier. Er sollte jetzt aufbrechen, um keine Panik bei Niko zu entfachen. Doch Liem war noch nicht fertig.

Mit der letzten Grabkerze vervollständigte er das Meer an Lichtern. Nun brannten alle Kerzen. Obwohl Liem wusste, wie viel Stück er im Supermarkt gekauft hatte, zählte er nach.

Einundfünfzig Kerzen – mit ihnen musste Armin warm werden. Er durfte an Heiligabend nicht frieren. Liem setzte sich vor das Grab in den Schnee und betrachtete sein Werk. Er war zufrieden damit und lächelte vor sich hin. Keine der umstehenden Personen, die alle Sicherheitsabstand einhielten, brachte den Mut auf, Liem anzusprechen. Zu groß war ihre Angst, dass es sich um einen Spinner handelte.

Liem befand sich ohnehin in einer eigenen Blase, nahm die Anderen gar nicht wahr. Er griff zu seinem Handy, steckte die Kopfhörer an und suchte ein Lied, das er seit kurzem kannte. *Saturn* von Sleeping at Last.

Als er es in seiner Playlist gefunden hatte, drückte er auf *Play*. Es begann Instrumentalmusik, die ersten beiden Minuten nur Chello und Piano. Jedes Mal, wenn Liem diesem Song lauschte, breitete sich über seinen ganzen Körper Gänsehaut aus. Auch jetzt. Nach zwei Minuten setzte die hohe Stimme des Sängers, dessen Name Liem nicht kannte, ein. Die Gänsehaut intensivierte sich. Die Tränendrüse erleichterte sich.

Liem heulte aus Dankbarkeit. Dankbar, Armin gekannt und mit ihm eine unvergessliche Zeit erlebt zu haben. Ihn geliebt zu haben. Und selbstverständlich liebte er ihn noch immer – aus tiefstem Herzen! Diesen wunderbaren Menschen würde er immer lieben … und immer vermissen.

Liem musste *Saturn* erneut anhören. Das Licht der Kerzen schimmerte und leuchtete. Doch Liems Gedanken an

Armin überstrahlten alles. Ihm wurde heiß ums Herz und er wusste, dass Armin in seinem Herzen weiterleben würde. Seine Liebe zu Armin würde weder aussterben noch vom Aussterben bedroht sein. Ewige Liebe! Armin war ein wunderschöner Mensch gewesen. Einzigartig. Und zu Armins Ehren musste Liem so lange wie möglich leben, um ihre Liebe aufrechtzuerhalten. Ein Ansporn, Verantwortung für sein Wohlergehen zu übernehmen. Und so versprach Liem sich selbst, sich ab sofort gut um sich selbst zu kümmern. Einundfünfzig Kerzen bezeugten dieses Versprechen.

Auch wenn Liems Herz glühte, sein Hintern fror. Zeit, nach Hause zu gehen. Niko würde bestimmt auf Nadeln, hoffentlich keine vom Weihnachtsbaum gefallenen, sitzen. Flink erhob sich Liem, klopfte den Schnee von der Hose ab und verabschiedete sich von Armin, indem er einen Kuss zu seinem Grab hauchte. Ein letzter zufriedener Blick auf das Lichtermeer, dann eilte er zum Ausgang. Drückte die Klinke des alten Gittertors nach unten. Es quietschte, wie immer. Aber Liem nahm die Sterbenslaute der Hexe dieses Mal nicht wahr.

Der Weihnachtsbaum besaß noch alle Nadeln und Niko war sichtlich erleichtert, als Liem die Wohnung betrat. »Endlich bist du da! Wo hast du nur gesteckt?«, fragte er, während er Reste eines Kuchenteiges von seinem rechten Zeigefinger abschleckte, den er zuvor in die Schüssel eingetaucht hatte. Russischer Apfelkuchen! Der Rest des Teiges litt unter der Hitze des Ofens. So stark, dass er beinahe über den Rand der Kuchenform quoll.

Liem ignorierte Nikos Frage, stattdessen wollte er

wissen, was denn hier so herrlich duftete, während er aus seinen Schuhen schlüpfte.

»Russischer Apfelkuchen. Nach dem Rezept deiner Oma.«

»Wow!« Liem war gerührt. Er hängte die Jacke auf einen freien Haken der Garderobe.

»Ich wasche mir nur meine Hände, dann können wir mit dem Schmücken unseres Weihnachtsbaumes loslegen.«

Eine Stunde später glänzte der Baum wie das Kleid einer Diva auf dem Opernball. Glanz strahlte auch aus Liems und Nikos Augen, als sie ihr Kunstwerk betrachteten. Niko schlang dabei einen Arm und Liems Schulter.

»Versprich mir Kleiner, dass, wenn ich wieder in Portugal bin, du nicht mehr abstürzt, okay?«

»Versprochen!« Liem drehte sich zu Niko, dem zweiundfünfzigsten Zeugen seines Vorhabens. »Und ich werde wieder malen, denn ich habe viele neue Ideen.«

»Das will ich hoffen«, bekräftigte ihn Niko, der sich zum Weihnachtsbaum bewegte, um eine Kerze zurechtzurücken, »denn ich brauch' dich im Sommer … in Portugal.«

»Ja? Warum?«, fragte Liem und kratzte sich am Kinn.

Niko drehte dem Baum den Rücken zu und grinste Liem an. »Luana und ich werden heiraten. Dieses Mal hoffentlich richtig, mit einem Ja-Wort. Und wer könnte ein besserer Trauzeuge sein als du?«

In diesem Moment erkannte Liem, dass er Niko noch nie so glücklich erlebt hatte. Und er verspürte keinen Anflug von Neid. »Ja? Ja! Ja natürlich. Ist doch selbstverständlich. Mann, Niko! Warum hast du mir das nicht schon früher gesagt?« Liem stürmte auf Niko zu und umarmte ihn.

»Um auf diesen Moment zu warten«, antwortete Niko.

»Ich freu' mich sehr für dich!«

An die Tatsache, dass Niko damit endgültig seinen Wohnort in Portugal einrichten würde, dachte Liem erst am nächsten Tag.

Eine halbe Stunde später trudelten die Gäste ein. Alle gleichzeitig. Als Liem in Sarahs und Alfreds Augen blickte, erreichte sein schlechtes Gewissen ihnen gegenüber einen neuen Höhepunkt. Die Begrüßungsgesten begannen zaghaft, schüchternes Lächeln und zurückhaltender Händedruck wie beim unliebsamen und aufgezwungenen Friede-sei-mit-dir-Händeschütteln in der Kirche. Ein heilsamer Schub durchfuhr Liems Körper, als sie sich schlussendlich doch innig umarmten. Mehrmals entschuldigte sich Liem für sein egoistisches Benehmen der letzten Wochen, doch Sarah und Alfred tätschelten abwechselnd und liebevoll seinen Rücken. Schnee von gestern. Friede sei mit uns!

Brani hielt voller Stolz zwei voll beladene Taschen in seinen Händen. Gefüllt mit Fonduegeschirr und den notwendigen Zutaten: Hühnchen, Rinderfilet, Lachs, Kartoffeln, Brokkoli, Champignons, Zucchini, Zwiebeln, Baguette, Schweizer Fondue Käse und Öl. Alles genauestens überprüft – auf die Haltbarkeit. Lediglich eine Käsepackung hatte Sarah skeptisch beäugt, da nur bis zum 26. verwendbar, doch Brani hatte sie dann doch überzeugt, die Packung mitzunehmen. Ihr violettes Kleid musste neu sein, es war so enganliegend wie kein anderes ihrer Garderobe. Kurvenbetont. Dazu trug sie glitzernde Ohrringe. Christbaumkugeln, die smaragdgrün flimmerten und die

Größe von Heidelbeeren hatten. Alfred bestaunte sie von allen Seiten und fingerte daran herum. »Darling, wo hast du denn die her?«

Mit seinem Gehstock humpelte Konrad zur Tür herein. In der freien Hand protzte er mit einer Champagnerflasche – Dom Pérignon, was sonst! – und strahlte dabei wie ein kleiner Junge. Beim Herausschlüpfen aus seinem Mantel half ihm Liem, der das graue Kleidungsstück an der Garderobe aufhing. Konrad steckte in einem roten Kaschmirpullover, wie auch Alfred, der sein neues Oberteil mit einer Modelpose präsentierte. »Voilà! Konrads Weihnachtsgeschenk!« Mit lasziven Handbewegungen strich der Wikinger über die Brust. Gelächter brach aus, als auch anschließend Konrad versuchte, seinen Kaschmirpullover wie auf einem Laufsteg zu präsentieren. Er genoss das Rampenlicht, auch wenn er nur vor fünf Menschen den Gang des Flures vorwärts stolzierte.

Während des Fondues überraschte Niko die Gäste mit seiner Neuigkeit und lud alle zur Hochzeit nach Portugal ein. Ein Jubeln. Klatschen. Der Champagner floss in ihre Kehlen. Standesgemäß ließen sie den zukünftigen Bräutigam hochleben. Wurde ein Glas leergetrunken, verteilte Konrad weiteres flüssiges Gold und meinte, dass er wohl zu alt sei, um sich noch einmal in ein Flugzeug zu setzen. Ein Raunen ging durch die Runde. Aber wie hätte Konrad zu diesem Zeitpunkt wissen können, dass er im November nächsten Jahres nicht mehr unter ihnen verweilen würde? Eine irreparable Kopfverletzung, ausgelöst durch eine tückische Eisplatte, an der er ausrutschen würde. *Sem casamento* im Sommer! Stattdessen *um funeral* im Winter! Bestimmt hätte er zu Nikos Ehren seinen teuersten Pullover aus seinem Kaschmir-Potpourri ausgegraben. Und Dom Pérignon mitgebracht.

Nun zelebrierte Konrad unwissend seinen letzten Heiligen Abend. Vielleicht ahnte er davon, denn fragte sich nicht jeder Mensch ab einem gewissen Alter, ob das soeben erlebte Weihnachtsfest das letzte war? Doch Konrad gab Gedanken solcher Art wenig Futter, lieber füllte er seinen aufgeblähten Bauch mit Champagner. Er genoss den Augenblick und die Gesellschaft mit Alfred, Liem, Niko, Sarah und Brani.

Als Liem sich ein Stück Huhn auf seine Fonduegabel steckte, piepste sein Handy. Eine SMS. Er tunkte das Fleisch ins Öl. Es brutzelte. Ein Blick aufs Display verriet den Absender. Fabian. Fast kullerten Liem die Augen heraus. Um möglichst wenig Aufmerksamkeit zu erzeugen, schob er unaufgeregt sein Handy in die Hosentasche zurück, ohne sich die Nachricht anzusehen. Den Heiligen Abend wollte er sich durch das sprunghafte Verhalten des Fabian Giovannini sicherlich nicht verderben lassen.

Köstlich schmeckte der russische Apfelkuchen, den Niko nach dem Fondue servierte. Sarah verzichtete darauf, schließlich wollte sie ihr kurvenbetontes Kleid nicht zum Platzen bringen. Stattdessen verschlang Alfred zwei Stück davon, und Konrad spülte den Kuchen mit einem weiteren Glas Champagner hinunter. Kaum hatte Brani den letzten Bissen hinuntergeschluckt, erhob sich Niko, steuerte auf den Weihnachtsbaum zu und zündete die honigfarbenen Kerzen an. Dann läutete er mit einem Glöckchen.

»Zeit für die Bescherung!«

Liem erschrak. Erst jetzt wurde ihm bewusst, dass er

keine Geschenke hatte. Alfred hüpfte von seinem Stuhl auf und gesellte sich zu Niko. Liem, Sarah und Brani warteten, bis Konrad sich endlich von seinem Champagnerglas losreißen konnte und sich den Mund mit einer Serviette abgewischt hatte. Dann versammelten auch sie sich vor dem Baum.

»Weihnachtsmusik fehlt«, stellte Alfred fest.

»Kleiner, magst du dich darum kümmern?«, bat Niko seinen besten Freund.

Liem trottete zu seinem Laptop. Nachdem er ein Lied ausgewählt hatte, ertönte Orgelmusik. Dann drückte er auf den Lichtschalter daneben, sodass nur mehr die Kerzen auf dem Weihnachtsbaum leuchteten. Sanft und beruhigend.

Vierzehn Kerzen.

Die Orgelklänge wurden leiser. Ein Chor setzte ein. »Stille Nacht, Heilige Nacht.« Sarah, Konrad und Alfred sangen mit. Letzterer mit unverkennbarer Begeisterung. Niko und Brani summten, während Liem keinen Mucks von sich gab. Leise rollten Tränen über seine Wangen. Er weinte. Vermisste Armin. Niko drückte ihn fest zu sich, was das Volumen seines Summens nicht schmälerte. Für Liem war es ein angenehmes Brummen, das ihn beruhigte.

Beim nächsten Stück, das der Chor zu seinem Besten gab, handelte es sich um Liems Lieblingslied zur Weihnachtszeit: *Es ist ein Ros entsprungen.* Seine Stimme kehrte zurück, und er merkte dabei nicht, dass er als Einziger den Chor begleitete. Drei Strophen. In- und auswendig kannte er die Zeilen. Er sang sie für Armin. Brani zwinkerte Sarah zu, als er sah, dass sie dieser magische Moment zu Tränen rührte. Nach dem zweiten Weihnachtslied glühte Liems

Herz. Ein Zeichen, dass Armin bei ihnen war.

»Geschenke!«, rief plötzlich Alfred hysterisch, als ob er mit nackten Füßen auf Christbaumkugeln getreten wäre.

Sarah, die über dieses unsensible Verhalten genauso verärgert wie alle anderen war, blickte Alfred an. Gefährlich. Doch dieser wühlte bereits die Geschenke unter dem Baum durcheinander, bis er seine mitgebrachten Gaben gefunden hatte. Mit einem Grinsen verteilte er sie.

Liem brachte seine Peinlichkeit, dass er für niemanden ein Geschenk hatte, zum Ausdruck. Doch den Reaktionen zufolge hatte sich keiner Präsente von ihm erwartet. Verständnis von allen Seiten. Und Alfred schien es sowieso wichtiger zu sein, dass die Gespräche sich um seine mitgebrachten Geschenke handelten. Komplimente hamstern fürs Ego.

Liem zerriss das Geschenkpapier, auf dem Rentiere mit roten Nasen abgebildet waren. Es passte zu Alfred. Auch der Inhalt: Ein Parfum. Bevor Liem sich bedanken konnte, ballerte Alfred ihn mit Infos zu. Pure Maskulinität. Holzig-Animalisch. Wohlriechend. Zeitlos. Der letzte Schrei aller Düfte. Nur in ausgewählten Parfümerien erhältlich. Alfred nahm Liem das Parfum aus seinen Händen und sprühte erst sich und dann Liem damit an. Er roch und schwärmte davon. »Mmmmhhh! Was für ein Duft! Aaahh!«

Gleichzeitig, um keine Möglichkeit eines Kommentars zu seinen ausgewählten Geschenken zu versäumen, schnellten Alfreds Augen hin und her, bis er sein nächstes Opfer fand: Sarah. Sie wickelte ihr Geschenk aus, auf dem Papier ebenfalls Rentiere mit roten Nasen.

Ohne Beeinflussung des Wikingers wollte Liem sich

nun selbst ein Bild des Geruches machen. Animalisch sollte es sein. Oder wie war das nochmals? Maskulin roch es, ohne Zweifel. Aber auch aufdringlich, fand Liem. Zu aufdringlich. Doch seine Meinung behielt er besser für sich. Er legte das Parfum zur Seite und widmete sich nun Konrads Paket. Ohne Schnickschnack war das Geschenk in grünes Papier eingewickelt.

»Ein Kaschmirpullover! Endlich habe ich auch einen.« Liem drückte das blaue Oberteil an seine Wangen und bedankte sich bei Konrad, der ihn angrinste. Alfreds Augen blitzten neidisch auf.

»Für die nächste Vernissage«, schlug Konrad vor.

»Gute Idee!«, erwiderte Liem, der sich entschied, als nächstes das Paket von Niko zu öffnen. Ein Album mit den besten Schnappschüssen ihrer Freundschaft. Langsam blätterte er durch die Fotostrecke, die mittlerweile zehn Jahre enthielt. Er spürte eine tiefe Dankbarkeit, Niko zu kennen. Bei einigen Fotos mussten beide laut auflachen. Bei manchen Bildern sehnte sich Liem zurück. Zurück in eine Zeit, die scheinbar unbeschwerter war. Nachdem Liem das Album durchgeblättert hatte, umarmte er Niko und bedankte sich. Diese Gelegenheit nutzte Alfred, er krallte sich das Fotoalbum, um es sich gemeinsam mit Konrad anzusehen.

Sarah drückte Branis Hand fest zusammen, als Liem nach der Umarmung ihr Geschenk auspackte. Niko, der bereits wusste, was sich darin befand, zwinkerte ihr zu.

Kurz darauf hielt Liem voller Staunen ein Muster ihres Kinderbuches in seinen Händen.

Armin, der Papageitaucher. So der Titel.

Liem war wie schon mehrmals an diesem Tag zu Tränen

gerührt. Nachdem er sich gefasst hatte, fand er Worte: »Sarah! Ich … ich wusste nicht, dass du schon fertig damit bist. Das Bild und … der Titel! Einfach … wunderbar!«

»Ja, ich war die letzten Monate fleißig und falls der Name«, Sarah kicherte verlegen, »für dich nicht passend ist, ändere ich ihn natürlich. Ich dachte nur, da-«

»Nein, nein, nein!«, unterbrach Liem sie. »Es ist perfekt!« Er bewunderte weiterhin das Bild, auf dem ein Papageitaucher über ein Meer flog. Plastikteile schwammen an der Wasseroberfläche. »Armin wäre sehr stolz auf dich!« Liem blätterte das Buch durch und staunte über die Illustrationen. »Ich bin baff. Aber ich brauche Ruhe, um es konzentriert lesen zu können.«

»Klar! Lass dir die nächsten Tage Zeit. Und ich bitte um ehrliches Feedback. Erst dann werde ich es veröffentlichen.«

»Self-Publishing! Eine gute Idee. Dabei unterstütze ich dich.« Konrad, den Sarahs Plan begeisterte, verblüffte die anderen mit dem englischen Begriff. »Ich wollte auch einmal Autor werden«, gestand Konrad.

»Wirklich? Erzähl uns doch davon!«, bat Sarah darum.

»Ich habe eine Idee«, funkte Liem dazwischen. »Also, eigentlich ist es ein Wunsch.«

»Und der wäre, Darling?«, fragte Alfred, der noch immer das Fotoalbum in seinen Händen hielt und viele Fotos neidisch betrachtet hatte.

»Ich wünsche mir, dass wir alle gemeinsam zu Armin fahren, um ihm ein paar Weihnachtslieder vorzusingen, bevor wir zu müde sind. Und wenn wir zurückkommen, spitzen wir unsere Ohren für Konrads Geschichte.«

Kein Widerstand! Somit brachen sie auf. Auf dem

Friedhof angekommen, bestaunten alle das Lichtermeer, das Liem Stunden zuvor auf Armins Grab errichtet hatte. Jede einzelne Kerze brannte noch. Liem spürte eine Genugtuung. Und Freude. Und Liebe.

Sarah begann »Stille Nacht, Heilige Nacht« anzustimmen. Dieses Mal sangen alle mit. Niko drückte Liems Oberarm, Sarah seine linke Hand. Tränen kullerten aus den Augen. Aus allen. Keine Wange blieb trocken. Selbst die von Brani nicht, obwohl er Armin nie persönlich kennengelernt hatte.

Liems Herz glühte wie die Kerzen vor ihm. Ein Segen – dieser Moment und diese Menschen, die ihn umgaben. Nach fünf Liedern bedankte sich Liem bei allen und schlug vor, in die warme Wohnung zurückzufahren. Vorher kniete er sich vors Grab hin. »Ich liebe dich«, flüsterte er zu Armin. Seine Hände zeichneten ein Herz in den Schnee, ehe er aufstand und sich auf die restlichen Stunden des Weihnachtsabends freute. Vor allem auf Konrads Autorengeschichte.

65

»Kleiner, bau keinen Mist! Wenn es dir schlecht geht, melde dich, okay?«

»Ich verspreche es.« Beschämt blickte Liem zu Boden.

Sie befanden sich auf dem Flughafengelände und verabschiedeten sich.

»Komm her und lass dich drücken!«, forderte Niko eine Umarmung ein. »Wir sehen uns spätestens im Sommer bei meiner Hochzeit.«

Trotz Abschiedsschmerzen im Bauch, als Niko hinter

dem Drehkreuz verschwunden war, konnte Liem voller Zuversicht das Gelände des Flughafens verlassen. Nikos Erscheinen hatte ihn vor einer wahrscheinlich länger andauernden Misere bewahrt. Die Lust auf Kohlezeichnen brodelte in ihm. Sobald er zu Hause ankommen würde, wollte er mit einem neuen Bild beginnen. Ein Bild für Niko und Luana. Sein Hochzeitsgeschenk für das glückliche Brautpaar.

Eine Frau, in Pelz eingepackt, stand vor seiner Haustüre. Irgendwie kam sie Liem bekannt vor, konnte aber nicht einordnen, woher er sie kannte. Eine Traurigkeit umhüllte sie.

»Grüß dich, Liem! Lange nicht gesehen.« Ihre Stimme klang geplagt. Trotz ihrer dunklen Wollmütze konnte man ihre schwarzgefärbten Haare hervorstechen sehen.

»Ahm … ja?« Liem war die Situation äußerst unangenehm. Sollte er sie kennen? Mit geweiteten Augen sah er die traurige Gestalt an und versuchte mit einem Lächeln diesen peinlichen Moment zu kaschieren.

»Ach so, du weißt nicht, wer ich bin.« Sie verzog ihren Mund, machte keinen Hehl daraus, dass sie Liem nicht leiden konnte. »Antonia! Wir sind in dieselbe Klasse gegangen.«

»Aaah ja. Genau. Tut mir leid, dass ich dich nicht sofort erkannt habe.« Antonia. Oh mein Gott!

»Macht nichts.«

Liem konnte förmlich den Unmut riechen, den sie versprühte. Was wollte sie hier, ihn vergiften? Ihre starke Abneigung ihm gegenüber könnte darauf hindeuten. Verübeln konnte Liem es ihr nicht, auch er fand keine

Sympathie für die Gestalt vor ihm. Das letzte Mal hatte er sie tatsächlich in der Schulzeit gesehen, als Fabian ihrem weiblichen Charme und ihrem üppigen Busen verfallen war.

»Wie du ja weißt, war ich bis zuletzt mit Fabian verheiratet.«

Liem riss seine Augen auf. Verheiratet? Erst vor kurzem erfuhr er von Fabian, dass dieser überhaupt eine Beziehung mit Antonia geführt hatte. Und jetzt kam sie dahergelaufen und nahm das Wort *verheiratet* in ihren Mund.

War verheiratet.

Nicht *bin verheiratet.*

Hatten sie sich scheiden lassen? Liem wurde schmerzhaft klar, dass Fabian immer ein Mysterium für ihn bleiben würde. Er hatte ihn angelogen. Immer! Eine Schlange an Lügen, die kein Ende nahm. Liems Mund wurde trocken wie ein Salzsee, dem die Flüssigkeit abhandenkam. Wahrscheinlich war Antonia dahintergekommen, dass Fabian sie betrogen hatte. Mit ihm im Bett gelandet war. Jetzt war Zahltag und sie wollte mit ihm abrechnen. Liem fürchtete sich, als Antonia ansetzte, um weiterzureden.

»Jetzt nicht mehr!« Sie blickte nach oben. Ein Nebelschloss. »Er hat sich zu Weihnachten umgebracht!« Tränen rollten über ihre Wangen.

»WAS?«

Liem erstarrte. Zweifelte an der Funktionsfähigkeit seiner Ohren.

»Wirklich?«

Antonia nickte.

Dann war wohl Fabians SMS zu Weihnachten ein Hilfeschrei gewesen, den Liem nicht erkannt hatte. Er stammelte und würgte, bis er sich schließlich neben einer Hecke übergab. Als er fertig war und sich umdrehte, stand Antonia noch immer da. Ihr Anblick erinnerte Liem an die Schneekönigin. Kalt und herzlos. Das einzig Weiche an ihr: der Pelzmantel.

»Ich weiß alles über euch.«

Ihr durchdringender Blick zwang Liem beinahe in die Knie. Du bist an allem schuld, las Liem aus ihren Augen heraus. Ein neuerlicher Würgereiz. Doch sein Magen transportierte nichts mehr durch seine Speiseröhre.

»Erspar dir Worte! Hier ist ein Brief, den Fabian für dich hinterlassen hat. Ich habe lange überlegt, ob ich ihn dir geben soll. Glaub ja nicht, dass ich dir jemals verzeihen könnte. Und wage es nicht, sein Grab zu besuchen.« Antonia hielt ihm den Brief hin. Ohne zu zögern, schnappte ihn Liem, bevor sie auf die Idee kam, ihre Entscheidung zu ändern. Ihre Tränen waren mittlerweile versiegt, der verschmierte Lidschatten unter ihren Augen auf der weißen Haut getrocknet. Ein Bleichgesicht, wie seine Chefin, die Vampirin. Ein letzter giftiger Blick von Antonia, dann drehte sie sich um und verschwand im Nebeldunst.

So viele Fragen wollte er von Antonia beantwortet wissen, doch nachlaufen würde er ihr sicherlich nicht. So schwankte er in die Wohnung. Als er Schuhe und Jacke ausgezogen hatte, setzte er sich auf die Couch. Mit dem Briefumschlag in der Hand. Ein Teil von ihm hoffte Antworten darin zu finden, ein anderer Teil hatte Angst vor dem Geschriebenen. Fabian Giovannini war tot. Selbstmord!

Liem legte sich auf die Couch und starrte nach oben zur weißen Decke. Ihm gingen zahlreiche Szenarien durch den

Kopf. War Fabian gesprungen – von einer Brücke oder vor einen Zug? Hatte er sich die Pulsadern aufgeschnitten? Oder eine Überdosis an Medikamenten genommen? Aufgehängt? Sofort dachte Liem an das Seil von Fabian, das noch immer ganz hinten im Schlafzimmerschrank lag.

Erneut ein Würgereiz. Liem lief ins Badezimmer und übergab sich noch einmal. Alles, was rauskam, war Wasser. Auch aus seinen Augen – Tränen.

Selbstmord.

Liem konnte nicht fassen, dass Fabian so verzweifelt gewesen war, um seinem Leben ein Ende zu setzen. Trug er eine Mitschuld? Hätte er ihm doch nur am Heiligen Abend geantwortet, dann würde Fabian noch leben. Liem erhob sich, drückte die Klospülung, wackelte in die Küche und holte aus dem Kühlschrank eine Dose Bier. Nach einem kräftigen Schluck torkelte er ins Schlafzimmer und holte aus dem Schrank ganz hinten das Seil hervor. Das Seil, mit dem Fabian ihn am Kirschbaum gefesselt hatte. In der Nacht, als sie zum ersten Mal miteinander geschlafen hatten. Liem grub weiter im Schrank herum, bis er eine kleine Box in seinen Händen hielt. Langsam hob er den Deckel auf, zog einen Zettel heraus und entfaltete ihn.

Ti amo! Per sempre!
Dein Fabian

Das Seil. Der Kirschbaum. Die Liebeserklärung. Das alles lag erst ein paar Monate zurück. War das der Ursprung des ganzen Dramas oder hatte es schon früher begonnen, als sich Liem in seiner Jugend Hals über Kopf in Fabian Giovannini verliebt hatte? An dem Tag, als dieser gemeinsam mit seiner Mutter die Bäckerei aufgesucht hatte.

Es war nicht mehr relevant. Fabian war tot, Armin war tot – beide nicht mehr am Leben. Liems Zähne klapperten. Er warf das Seil auf das Bett und ging mit zittrigen Beinen zurück ins Wohnzimmer. Die Liebeserklärung hielt er fest in seinen Händen.

Bevor er bereit war, den Briefumschlag zu öffnen, musste er die Dose Bier leertrinken. Die erhoffte Wirkung trat leider nicht ein. Kein berauschtes Gefühl, dass das Öffnen des Briefumschlages erleichtert hätte. Stattdessen musste Liem aufstoßen. Sauer.

Mit viel Überwindung öffnete er schließlich den Briefumschlag und fischte ein zusammengefaltetes Blatt Papier heraus. Er entfaltete es und begann zu lesen:

Tesoro mio,
das ist meine letzte Nachricht an dich. Es tut mir so unendlich leid! Du musst wissen, ich habe dich immer geliebt. Damals schon, als ich dich das erste Mal in der Bäckerei gesehen habe. Es war Liebe auf den ersten Blick. Ich habe mich gesehnt nach dir, wollte dir meine Liebe zeigen, es allen zeigen, wie sehr ich dich mag. Doch ich hatte Angst. Angst vor meinem Vater. Angst vor der Gesellschaft. Angst vor mir selbst.
Und dann kam Antonia. Sie war ideal, um mich meiner Seite, vor der ich mich so gefürchtet hab, nicht stellen zu müssen. Ich bin in ihre Arme geflüchtet. Merda! Es bricht mir noch immer das Herz, dass ich dich damals verletzt habe. Dich über die Stufen gestoßen habe. Unverzeihbar.

Jeden verdammten Tag habe ich an dich gedacht. Gerätselt, wie ich alles bei dir gutmachen könnte. Doch dann wurde Antonia schwanger und Frederik kam. Mio figlio! Ja Liem, ich bin Vater. Im Briefumschlag findest du ein Foto von meinem Sohn und mir.

Liem legte den Brief auf den Couchtisch und fuhr mit seinen Fingern in den Briefumschlag hinein. Tatsächlich ertastete er etwas. Das angepriesene Foto. Fabian mit seinem Sohn. Die Ähnlichkeit war verblüffend. Frederik war eine Miniversion von Fabian, nur dass ihm das Muttermal oberhalb seines Kinns fehlte. Beide hockten in der Wiese und grinsten in die Kamera, als ob das Leben nur aus Zuckerwatte bestehen würde. Süß! Daran gab es keinen Zweifel. Wie konnte Fabian seinen Sohn so verletzen? Mit Selbstmord! Fabians Verhalten würde ein Rätsel bleiben. Er legte den Schnappschuss auf den Couchtisch, nahm den Brief wieder zu sich und las weiter:

Vielleicht verstehst du jetzt besser, warum ich mich so gut wie nie bei dir gemeldet habe. Ich hatte Pflichten als Vater und Ehemann. Gleichzeitig wollte ich dich vergessen, um ein »normales« Leben führen zu können. Doch es ist mir nicht gelungen. Wie vorhin schon geschrieben, habe ich jeden Tag an dich gedacht. Hab mir den Alltag mit dir ausgemalt, doch ich konnte nicht den Mut aufbringen, mit dir in Kontakt zu gehen. So habe ich in allen Belangen versagt. Als Vater, als Ehemann und als Partner für dich.

Nachdem ich Antonia nicht das geben konnte, was sie so

sehr von mir wollte, trennte sie sich schließlich von mir und hat mir anschließend das Herz gebrochen, wie ich dir damals – doch aus anderen Gründen. Denn sie tat alles Mögliche, damit ich Frederik, meinen Sohn, nicht mehr zu Gesicht bekam. In meiner Verzweiflung flüchtete ich zu dir, wollte alles nachholen, was wir versäumt hatten. Amore, ich habe mich unglaublich wohl bei dir gefühlt – wie nie zuvor in meinem Leben. Deine Nähe. Unser Sex. Unbeschreiblich. Endlich konnte ich dir meine Gefühle schenken.

Jedoch schaffte ich es nicht, dir zu sagen, in welcher verzweifelten Lage ich mich befand und dass ich einen Sohn habe. Ich fühlte mich innerlich noch nicht bereit dazu und befürchtete, dass dich das erneut verletzen könnte und du mich abstoßen würdest.

Meine Hoffnung war, mit dir gemeinsam durch diese Zeit zu gehen – mit oder ohne Frederik. Als ich mich endlich dazu entschlossen hatte, mich dir zu öffnen, waren deine Türen bereits geschlossen. Chiuso! Ich verstehe dich und mach dir keine Vorwürfe deswegen. Ich hätte von Anfang an ehrlich zu dir sein müssen, aber leider habe ich alles vermasselt. Daher sehe ich keinen anderen Ausweg mehr. Ich kann nicht mehr. Ich spüre keine Freude mehr. Bitte verzeih mir, amore mio!

Ti amo! Per sempre!

Dein Fabian

PS: Bitte erfüll' mir einen letzten Wunsch: Gib Frederik das Foto, wenn er volljährig ist und sag ihm, dass ich ihn immer geliebt habe und immer lieben werde! Grazie!

Liems Hände zitterten. Der Brief war schlimmer, als er befürchtet hatte. Er las ihn sich ein zweites Mal und ein drittes Mal durch, weinend und schluchzend. Die Worte hatten eine Wucht wie eine Lawine. Endlich verstand er Fabian besser. Aber zu spät. Am liebsten wollte Liem alles rückgängig machen. Alles besser machen. Jede Handlung mit Fabian und Armin. Sein Verlangen, mit Niko zu sprechen, war riesengroß, doch der befand sich noch in der Luft im Flugzeug. Da er auf keinen Fall einen erneuten Absturz riskieren wollte, griff er zum Handy und schrieb sowohl Sarah als auch Alfred. SOS.

Beide hatten sich nach Nikos Abreise gewappnet, für den Fall, dass Liem ihre Unterstützung brauchte. Innerhalb einer Stunde trafen sie bei ihm ein und hörten seine ganze Geschichte an. Das erste Mal erzählte Liem alle Details über Fabian, auch über die Affäre mit ihm. Dabei fühlte er sich besonders schäbig. Wie eine hängende Schallplatte gab er sich mehrmals wiederholend an allem die Schuld. Alfred und Sarah spitzten die Ohren. Lange. Sie widersprachen Liem nicht. Sie lauschten. Liem erzählte. Bis es nichts mehr zu sagen gab.

Beim Abendessen (Alfred hatte eine Gemüsesuppe zubereitet) erwähnte Liem, zu Sarahs und Alfreds Erleichterung, dass er bereit sei, eine Lebensberatung zu starten, um die vergangenen Monate aufzuarbeiten, denn schließlich wollte er bei Nikos Hochzeit ein neuer Mensch sein. Ein Mensch mit innerer Stärke und einem befreiten Lächeln im Gesicht. Plötzlich schoss Liem ein Gedanke durch den Kopf. Er legte den Suppenlöffel auf den Tisch und sprang auf. Zurück kam er mit der Kokeshi-Puppe, dem Sommerfest-Geschenk der Japanerin Mami.

»Die strahlt innere Stärke aus.« Liem lächelte. »Und sie sieht gar nicht mehr so beängstigend aus. Das Material. Festes Holz! Diese Puppe wird mein Vorbild.« Er tauchte den Löffel in die Suppe ein und begann zu essen.

66

Am nächsten Tag kontaktierte Liem einen psychosozialen Berater. Sie fixierten einen Termin. Für übermorgen. Während des Telefonats musste Liem ständig auf das Foto schielen. Fabian und Frederik in der Sommerwiese. Wann würde Frederik volljährig werden? Und wie sollte er ihn zu gegebener Zeit ausfindig machen, ohne dabei Antonia in die Quere zu kommen? Er wusste nicht einmal, wo die beiden jetzt wohnten. Fabians Eltern konnte er nicht einschalten, seit seinem Umzug in die Stadt hatte er keinen Schritt mehr in die Pizzeria Giovannini gesetzt. Auch Antonias Verhalten war Liem schleierhaft. Obwohl sie von Fabian schon eine Zeitlang getrennt war, gab sie sich als die untröstliche Witwe aus. Eigenartig.

Kreisende Gedanken. Liem brauchte eine Ablenkung.

Eine Stunde später traf er an der Stelle ein, wo Armin ihn einst komplett verzückt hatte. Die Sandbucht, die von Büschen und Bäumen umsäumt war. Das grünangestrichene Boot, ein Stück weiter nördlich, war nicht mehr da. Liem erinnerte sich zurück, als sie flussaufwärts fuhren, in den Seitenarm des Flusses einbogen und dort ihre erste gemeinsame sexuelle Erfahrung genossen. Der Mond, ihr Zeuge. Liem seufzte. Er sehnte sich zurück.

Ohne es zu bemerken, schlich sich Fabian mehr in die

Gedanken ein. Und dessen Sohn Frederik. Hieß er auch Giovannini oder Baumann wie seine Mutter? Wann war der Kleine geboren? Antonias kalter Blick warnte ihn.

Wage es nicht, sein Grab zu besuchen.

Ihre unverschämten Worte wurmten Liem. Von dem Bleichgesicht ließ er sich nicht verbieten, Fabians Grab aufzusuchen.

Es war Zeit, aufzuräumen … in seinem Kopf und in der Umgebung. Liem öffnete seinen Rucksack, fischte einen Müllsack und Handschuhe heraus und schlüpfte hinein. Gummihandschuhe mit violetter Farbe. Er begann das zu erledigen, was er bereits im Oktober gemeinsam mit Armin tun wollte. Müll zusammenklauben.

Ein *Danube Clean-Up Day* – nur für sich.

Ein Taschentuch. Liem bückte sich, warf es in den Müllsack und ging weiter am Ufer entlang. Eine zusammengedrückte Bierdose. Auch diese landete im Müllsack.

Der Schnee, der zu den Weihnachtstagen die Landschaft verzaubert hatte, war mittlerweile komplett geschmolzen. Es herrschte Kälte, die den Boden gefrieren ließ. Eine blaue Wollmütze deckte Liems Haar ab und schützte seine Ohren. Aus Büschen fischte Liem mehrere Plastikverpackungen raus. Zigarettenstummel lagen verstreut auf dem Boden wie Gänseblümchen auf einer Frühlingswiese. Stück für Stück sammelte er ein. Auch zwischen Steinen eingezwickte Zigarettenschachteln befreite Liem und verschönerte damit die Landschaft. Alufolie, Papier, Glas und auch Kondome kamen in Kontakt mit den violetten Handschuhen. Bald war der erste Müllsack gefüllt. Am meisten verschmutzte Plastik das Areal.

Menschen, die ihm begegneten, sahen ihn mit großen

Augen an. Drehten sich, nachdem sie an ihm vorbeigegangen waren, mehrmals um. Guckten ihn an, als ob er nicht ganz bei Trost war. Die Natur vom Dreck säubern. Komischer Typ!

Mit jedem Fleck, den Liem entmüllte, fühlte er sich wohler. Nicht nur die Natur, sondern auch sein Geist klärte sich dabei. Stolz auf sich, einen sinnvollen Beitrag zu leisten. Plötzlich schoss ihm eine Erkenntnis ein, eine langverdrängte und doch so offensichtliche.

Liem ließ beide Müllsäcke zu Boden fallen.

»Ich habe beide geliebt«, nuschelte er in sich hinein. »Ich habe tatsächlich beide geliebt und konnte es mir nicht eingestehen.«

Wie unfair gegenüber Armin! Und natürlich auch Fabian gegenüber! Ich bin ein Arschloch, dachte er sich. Im Bauch grummelte es, wie wenn sich am Himmel ein Gewitter zusammenbraute. Sein Mund wurde trocken. Schnell schnappte er die Müllsäcke und marschierte flussaufwärts weiter. Er musste noch viel Müll aufklauben, um innerliche Ruhe zu finden, selbst wenn er dafür jede Bodenritze durchstöbern musste.

Ein wohlwollendes Lächeln flog Liem bei der Begrüßung entgegen. Die braunen Augen strahlten etwas Vertrauenswürdiges aus. Als Liem den dicken Bauch des Beraters sah, überlegte er, ob er vielleicht selbst an eigenen Themen zu knabbern hatte. Diese Mutmaßung erleichterte es Liem, loszuplappern wie ein tosender Wasserfall.

Während der ersten Sitzung kippte Liem seinen Müll in die Ohren des Beraters, in der Hoffnung, dass dieser eine erlösende Zauberformel ausspucken würde. Doch der

Mentor hatte weder einen Zauberstab noch einen Heiltrank in seiner beigen Hosentasche stecken. Trotz des Nichtvorhandenseins magischer Hilfsmittel fühlte sich Liem gut aufgehoben. Er fixierte einen weiteren Termin.

Klarheit hatte er in einer Sache sehr wohl bekommen: Er musste Fabians Grab aufsuchen, selbst wenn Antonia die Polizei gegen ihn aufhetzen sollte. Und so fuhr Liem am Samstag darauf in seine Heimat. Einen Besuch bei seinen getrenntlebenden Eltern ersparte er sich, stattdessen steuerte er zielgerichtet den Friedhof an und hoffte, Fabians Grab zu finden. Die ersten zwanzig Minuten mühte er sich ab, ohne Erfolg. Als er an der hinteren Ecke der Friedhofsmauer ankam, lächelte ein Engel aus Stein von oben herab. Sofort fühlte er sich um Jahre zurückversetzt. Gegen alle Sitten kletterte er die Mauer hoch und setzte sich – wie schon damals – auf die eiskalten Füße der Steinfigur. Sie waren stark und hielten seine zweiundsiebzig Kilo aus. Er erinnerte sich zurück: Genau hier, am Engel angelehnt, wollte er sterben.

Damals VI

Winter 2003

67

Liem fühlte sich nicht nur einsam, er war auch allein. Der eiskalte Engel hinter ihm zählte nicht, er war aus Stein. Ohne Gefühle. Doch auch Liem spürte außer der Einsamkeit nichts. Die letzten Monate hatten ihm zugesetzt, sämtliche Lebensfreude aufgesaugt. Seit seine Oma gestorben war, hatte sich alles nur noch negativ entwickelt. Fabian hatte sich tatsächlich nie mehr bei ihm gemeldet. Ihn einfach ignoriert. Passo e chiudo! Ob er sich an Antonias Busen schmiegte, wusste Liem nicht, da sie überraschenderweise am ersten Schultag nicht mehr erschienen war. Auch ihre Freundinnen, Julia, die hochgewachsene Zypresse und Sabine, die kleine Rothaarige, verrieten ihm nichts. Koko freute sich über ihr neues Leben in Bologna, sie meldete sich kaum. War beschäftigt mit Touristen und ihrer neuen besten Freundin Laura. Und seine Eltern? Die veranstalteten einen Rosenkrieg. Wie schlau von Frau Jungwirth, dass sie Kakteen statt Rosen gepflanzt hatte, ansonsten wäre jetzt der Garten kahl wie eine Eisscholle. Sein Vater wohnte mittlerweile bei

Margot, die den Job in der Bäckerei hingeschmissen hatte, nachdem sie die Gehässigkeiten von Liems Mutter nicht mehr ausgehalten hatte. Wie die Zukunft der Bäckerei aussehen sollte, wusste niemand der Beteiligten. So hausten nur mehr Liem und Frau Jungwirth auf dem einst belebten Grundstück. Liem von Einsamkeit geplagt. Seine Mutter, von Eifersucht und Hilflosigkeit getrieben. Und keine Aussicht auf Besserung.

Die Nacht versprach minus zwölf Grad, genug, um im Schlaf zu erfrieren. Der Engel würde ihn trotz seines Steines sanft in den Schlaf wiegen, um nie mehr aufzuwachen. Es war einundzwanzig Uhr. Liem saß erst dreißig Minuten auf den Engelszehen. Ihm war kalt, doch von Frieren, geschweige denn von Erfrieren konnte keine Rede sein. Hoffentlich ging dann alles schnell, wenn es so weit war. Und hoffentlich würde ihm seine Mutter verzeihen. Der Rest der Menschen war ihm egal, denn sie kümmerten sich nicht um ihn.

Eine Stunde später. Er fror und zitterte. Nun war der ideale Zeitpunkt, um die Mütze abzunehmen und die Wollhandschuhe auszuziehen, auch etwas die Jacke zu öffnen, um die Erfrierung voranzutreiben. Gedanken über das Danach, ob er ins Paradies oder in die Hölle kam, vielleicht erst dann das Leben richtig startete, hatte Liem keine. Statt die Jacke nur zu öffnen, wollte er sie ganz loswerden. Beim Ausziehen verlor er jedoch die Balance. Er fiel, als ob ihm der Engel einen Tritt gegeben hätte. »Aua!«, schrie Liem auf, als er auf dem Boden landete. Rechtzeitig hatte er sich noch mit beiden Händen abstützen können, um eine gröbere Verletzung zu verhindern.

Er hörte Stimmen, die näher kamen. »Verdammt, wer

kommt da jetzt daher?«, fluchte Liem in sich hinein, versuchte sich nicht zu bewegen, um unentdeckt zu bleiben. Doch die Stimmen wurden lauter. Bitte lasst mich erfrieren, dachte sich Liem, als plötzlich zwei Gestalten vor ihm standen.

»Was machst du um diese Zeit auf dem Friedhof? Bist du verletzt? Wie heißt du?«

»Ahm … Liem.« Die anderen Fragen ignorierte er. Tatsächlich hatte er die Chance zu sterben verpasst. Ob das ein Grund, sich zu freuen oder zu ärgern war, würde er erst im Laufe seines Lebens erfahren.

»Liem! Geht's dir gut? Du siehst nicht gut aus. Du blutest auch, Kleiner!«

Liem reagierte nicht. Nicht mit Worten. Er hob seinen Kopf und blickte das erste Mal in das Gesicht seines zukünftig besten Freundes.

Kapitel 7

Sommer 2014

68

Das Flugzeug wackelte. Eine Frau hinter Liem schrie auf. Schrill. Liem krallte seine Finger in die Oberschenkel und sehnte die Landung herbei. Wie immer saß er auf einem Gangplatz, um der Versuchung aus dem Fenster zu schauen, widerstehen zu können. Das würde nur seine Höhenangst anstacheln. Sein Berater hatte ihm erst letztens vorgeschlagen, diese Last als Nächstes mit einem Therapeuten zu bearbeiten. Mit der EMDR-Methode. Wieder ein kräftiges Ruckeln. Liems Hände schwitzten. Sie waren nass, als ob er sie in Wasser eingetaucht hätte.

Ein Luftloch!

Schreie von allen Seiten. Auch die Frau hinter Liem bewies erneut, dass sie ein lautes Organ hatte. Laut und schrill wie eine Sirene. Mit jeder Sekunde der Turbulenzen verkrampfte sich Liem mehr. Der kahlköpfige, ältere Herr daneben schlief tief und fest. Vom Schlafen konnte Liem nur träumen. Er beneidete seinen Sitznachbarn.

Wieder ein Luftloch. Ruckeln. Schreie. Liem wollte auf

keinen Fall sterben. Sein Lebenswille war stark wie nie zuvor, wie auch sein Optimismus. Würde sein Lohn der Beratungen einfach so zerschellen, wäre es an Bitterkeit nicht zu überbieten. Jetzt, nach einem monatelangen schmerzhaften Trauerprozess, bei dem das Unvorstellbare eingetreten war:

Die Akzeptanz, sowohl Armin als auch Fabian geliebt zu haben – ohne sich mit schlechtem Gewissen zu quälen. Ohne Selbstkritik. Liem hatte gelernt, einen Großteil seiner Vergangenheit anzunehmen. Jetzt zu sterben, wäre ungerecht. Eine Verhöhnung von Gott oder wer immer dieses Universum regierte. Eine Verarschung sondergleichen.

Ein plötzlich auftauchendes Geräusch. Ein Lautes. Liem zuckte zusammen. Wurden die Räder zur Landung ausgefahren? Hoffentlich! Liem faltete die Hände zusammen und betete. Etwas Unübliches für ihn. Tatsächlich ließen die Turbulenzen nach.

Kurz darauf prallten die Räder auf der Rollbahn auf. Ein lautes Brummen. Jetzt erst erwachte der ältere Herr neben Liem. Er rieb sich die Augen und schaute schlaftrunken umher. Das Flugzeug ruckelte. Auch wenn Liem wusste, dass die meisten Unglücke nach der Landung passierten, machte sich sein neugewonnener Optimismus bezahlt. Der portugiesische Boden würde es schon gut mit ihm meinen. Was für ein Mensch wohl Luana war? Und wie würde sich Niko in den letzten sieben Monaten verändert haben? Liems verkrampfte Finger lockerten sich, seine Oberschenkel atmeten auf.

Das Flugzeug erreichte nun minimale Geschwindigkeit und steuerte zum Andocken das Flughafengebäude an.

»Komm, lass uns nach Hause fahren. Luana hat Feijoada zubereitet«, sagte Niko, nachdem er Liem innig umarmt hatte.

»Fei- was?« Liems Stirnrunzeln zeigte, dass ihm die portugiesische Küche fremd war.

»Feijoada. Ein leckerer Bohneneintopf. Der schmeckt dir bestimmt.«

Liem aß mit Appetit. Zwei Teller verputzte er davon, während Luana ihn mit zufriedenem Lächeln beobachtete. Sie saßen auf der Terrasse. Trotz Markise trieb es ihm die Schweißperlen aus der Stirn. Kein Wunder, bei fünfunddreißig Grad im Schatten. Der Bohneneintopf, scharf und voller Chili, ließ weitere Hitze in Liems Körper aufwallen. Ein ungeeignetes Essen bei diesem Wetter. »Delicious«, sagte er mehrmals an Luana gewandt, um Dankbarkeit auszudrücken. Was *lecker* auf Portugiesisch hieß, wusste er noch nicht. Neben den Dämpfen des Eintopfs stieg der Duft des Meeres in Liems Nase. Die Wohnung befand sich drei Kilometer im Landesinneren, aber die Brise verteilte den salzigen Geruch über die ganze Stadt wie ein beinah unsichtbares Fischernetz im Meer.

»Nach dem Essen zeigen wir dir mehr von dieser entzückenden Stadt. Und dann haben wir eine Überraschung für dich«, kündigte Niko mit breitem Lächeln an.

»Ja? Welche denn?«, fragte Liem, während er einen weiteren Löffel Feijoada schlürfte.

»Kleiner, es ist eine *Überraschung*.« Niko zwinkerte ihm zu.

»Okay, dann übe ich mich in Geduld«, sage Liem und lächelte Luana an.

Luana warf das Lächeln wie einen Bumerang zurück. Ihr

schwarzes langes Haar, das sie offen trug, schimmerte und ihre dunklen Augen glitzerten wie ein See bei Mondschein. Niko hatte eine gute Wahl getroffen. In Anbetracht dessen, dass Liem noch keine Konversation mit Luana geführt hatte, befragte er sie nun auf Englisch über ihren Job, obwohl er bereits von Niko wusste, dass sie Managerin in einem Lokal war. Luana war eine bildhübsche Frau. Ihr Gesicht strahlte etwas Mystisches aus, sie musste eine Nachfahrin der Mayas sein.

Der Höflichkeit halber informierte sie sich bei Liem über seine berufliche Tätigkeit, obwohl sie das klarerweise auch schon wusste.

»Ich hoffe, du hast die versprochenen neuen Werke für mich mitgenommen?« Niko, der von einem Teller Feijoada satt war, strich mit seinen Fingern über die Tischplatte, obwohl diese nicht schmutzig war. Einmal. Zweimal. Langsam.

»Klar! Ich habe dreißig Zeichnungen dabei. Sie sind in meinem Koffer. Für was brauchst du sie nun?«

»Du wirst es schon sehen.«

Nach zwei Tellern Feijoada griff Liem auf seinen Bauch und stöhnte. Mit einem »Muito obrigado«, von Niko aufgeschnappt, bedankte er sich bei der Köchin, die ihm erneut ein Lächeln schenkte. Ihre weißen Zähne ragten hervor, sie erinnerten Liem an einen Gletscher.

»Ich habe Durst. Setzen wir uns in ein Lokal?«, fragte Liem. Sein trockener Mund klebte zusammen, ließ sich nur noch schwer öffnen. Die letzten Stunden waren sie durch die Stadt geschlendert. Für Liem mehr ein Hetzen als Schlendern. Da er nicht sofort am ersten Tag als unangenehm bei Luana abgestempelt werden wollte, beschwerte er sich nicht über das Tempo.

Ein eindrucksvoller Platz da, ein idyllischer Fleck dort, daneben noch ein imposantes Gebäude und dazwischen sagenhafte Monumente. Nichts durfte vergessen werden, das ließ Luanas Perfektionismus nicht zu. Aber die eigentliche Sehenswürdigkeit waren die schicken Straßen und bezaubernden Gässchen, die sich wie bunte Wollfäden durch die Stadt zogen. Unter keinen Umständen durfte Liem diese am ersten Tag versäumen. Luanas und Nikos Bemühungen zahlten sich aus. Liem verliebte sich auf Anhieb in den Charme der Stadt.

Achtundzwanzig Grad. Trotzdem schwitzte Liem. Seine Kräfte ließen nach. Die Luftlöcher, die ihn strapaziert hatten, zeigten erst jetzt ihre Wirkung. Erschöpft vom Gehen, sehnte er sich nach einer Erfrischung und hoffte, dass sein Wunsch auf Resonanz stieß.

»Gleich! Ein paar Minuten noch«, antwortete Niko, der seine zukünftige Ehefrau verschmitzt anlächelte.

Wie versprochen, wurden Niko und Luana nach ein paar Minuten langsamer, bis sie schließlich vor einem Lokal stehen blieben. »Das ist die Überraschung, Kleiner! Das *Mino* – unser Lokal!«

»Was?« Liem schüttelte den Kopf und schaute verdutzt.

»Unser Lokal! Wir haben es vor ein paar Monaten gekauft und renoviert«, klärte Niko seinen Freund auf.

»Ihr verarscht mich jetzt, oder?«

Luana teilte ihm auf Englisch mit, dass sie vor ein paar Wochen das Lokal eröffnet hatten. Ihr Strahlen überragte das der Stunden davor.

»Wahnsinn! Das ist ... mir fehlen die Worte.« Liem drehte seinen Kopf zwischen dem Lokal und ihren Besitzern hin und her, als ob er dem Ballwechsel eines Tennismatches folgen würde. Das Gebäude. Blau-weiß-gelber Anstrich. Efeu rankte über einen Teil der Steinmauer hinauf. Ein Mantel aus Weinblättern umgab den Garten.

»Gehen wir rein!«, schlug Niko vor.

Und so betraten sie das *Mino.*

»Willkommen«, schallte es Liem entgegen wie von einem Chor ohne Disziplin. Sarah, Brani und Alfred grinsten Liem an. Nach der Reihe umarmten und küssten ihn alle. Besonders feucht war der Kuss von Alfred und wenig überraschend seine Begrüßung: »Hi Darling!«

Liem stammelte einige zusammenhangslose Wörter vor sich her. Sie sollten doch erst in zwei Tagen ankommen. Angelogen hatten sie ihn, um ihn zu überraschen. Als Liem langsam das Geschehen realisierte, entdeckte er seine Bilder, die die Wände schmückten. Die Bilder, die er Niko und Luana vor der Hetzjagd durch die Stadt gezeigt hatte. »Wie kommen die hierher?«, frage er, während er sich auf einen Stuhl sinken ließ.

»Sobald ihr aus der Wohnung draußen wart, haben Alfred, Brani und ich deine Bilder geholt und damit das *Mino* ausgestattet«, erklärte Sarah stolz. Ihr fliederfarbenes Sommerkleid flatterte dabei, da sie mit ihrem ganzen Körper sprach.

»Darauf trinken wir!«, schlug Niko vor und klatschte seine Hände zusammen. Luana eilte hinter die Theke, um Sektflasche und Gläser zu holen. Derweil setzten sich die anderen an den Tisch.

»Ihr seid verrückt!« Liems Kopfschütteln nahm kein

Ende, als ob eine Sprungfeder in seinem Hals steckte.

»Kleiner, deine Bilder werden hier ganzjährig ausgestellt und verkauft. Den Preis bestimmst du. Vorausgesetzt du bist einverstanden. Und wir hoffen auf Nachschub.«

»Ihr seid wirklich wahnsinnig«, erwiderte Liem, noch immer baff von der gelungenen Überraschung.

»Wahnsinnig, aber clever«, ergänzte Sarah, die in die Runde zwinkerte.

Luana kam mit einem vollen Tablett zurück. Jeder schnappte sich ein Glas. Niko griff nach der Sektflasche, doch bevor er begann, die Gläser zu füllen, sagte er: »Ach ja, es gibt noch etwas zu feiern!«

»Noch was?«, fragte Liem. Seine Augen weiteten sich wie die Tore eines prachtvollen Schlosses.

»Ja genau«, sagte Sarah und ballte vor lauter Freude ihre Hände zu Fäusten. »Mein Buch ist fertig!« Sie zog zwei Exemplare aus ihrer Tasche und hielt sie Liem hin. »Eines in deutscher Sprache und eines auf Portugiesisch. Luana und Niko haben mir bei der Übersetzung geholfen.«

»Aber …« Durch Liems Körper rumpelte ein Erdbeben. »…wie habt ihr das alles vor mir geheim halten können?« Mit zittrigen Händen strich er über die Vorderseite der beiden Bücher. »Das ist unglaublich.«

»Lasst uns doch auf all diese wunderbaren Ereignisse anstoßen«, schlug Niko vor.

Die Sektgläser klirrten. Nach der Erfrischung wollte Liem mehr über das Lokal und Sarahs Buch wissen.

»Das *Mino* ist ein Treffpunkt für Jung und Alt. Die Leute können auch Spiele spielen.« Niko deutete neben dem Eingang auf ein Regal, das Liem bis jetzt noch nicht aufgefallen war. Brettspiele und dazwischen Sarahs Buch auf Augenhöhe.

»*Armin, der Papageitaucher* kann natürlich auch gekauft werden.«

Luana, die aufmerksam beobachtet hatte, dass die Sektflasche fast leer getrunken war, holte eine neue hinter der Theke.

»Niko, du hast dir deinen Traum verwirklicht. Genial.« Liem schaute sich im Raum um, auf der Suche nach mehr Details. »Und das in Kombination mit diesem urigen Lokal. Ich bin hin und weg.«

Als Luana zurückkam, schnappte sich Niko die Flasche und füllte die Gläser erneut auf. Niemand erhob Einspruch. »Ja, leiwand. Und der Name *Mino* ist angelehnt an …« Niko schluckte und atmete tief ein.

»… an Armin. Ich weiß«, übernahm Liem das Wort. »Paula hat ihn immer so genannt.«

Als Niko nickte, wurde Liems Blick weich wie das Federkleid eines Kükens. »Wunderbar … diese Geste. Armin würde sich bestimmt freuen.« Nun musste Liem einen tiefen Atemzug nehmen. Die Luft des *Mino* roch und schmeckte nach Erfolg. Für einige Sekunden herrschte Stille. Doch niemand empfand diesen Moment als unangenehm.

»Auf Armin! Der uns allen sehr fehlt!« Niko sprach mit sanfter Stimme und erhob sein Glas, das mit den anderen zusammenstieß.

Liem, der mit Tränen kämpfte, hielt sein Glas weiterhin in der Luft. »Und ein Hoch auf Sarahs Buch, das bestimmt ein Bestseller wird.«

Die Gläser klirrten erneut. Nun war Sarah diejenige, die gerührt war. Sie wartete ab, bis jeder vom Sekt getrunken hatte, dann übernahm sie das Wort: »Und auf das *Mino*! Ein zauberhaftes Lokal. Mögen euch die Leute diese Bude einrennen!« Den letzten Satz sprach sie mit selbstbewusster Stimme wie die einer Motivationsrednerin.

»Wuuhuuu! Jaaaa!«, schrie Alfred, der sofort auf die Motivationswelle aufsprang. Er klopfte mit seiner freien Hand fest auf den Tisch. Als Zugabe stampfte er mit seinen Füßen, als ob sich Weintrauben unter ihnen befinden würden und er den Saft daraus pressen wollte. Nun gab es für Liem keinen Zweifel mehr, Alfred stammte von den Wikingern ab. Er müsste nur das zierliche Sektglas gegen einen Bierhumpen oder einen Weinkrug austauschen.

Luana und Niko küssten sich, ehe sie vom Sekt nippten und sich mit Freude in ihrem Lokal umsahen.

»Und …« Auch Brani, der einen Arm um Sarah geschlungen hatte, meldete sich zu Wort. »… auf Niko und Luana und ihre Hochzeit.«

»Nur mehr vier Tageee«, grölte Alfred.

Nun stampften alle mit ihren Füßen gegen den Boden. Notiz von dem jungen Portugiesen, der soeben bei der Türe hereingeschneit kam, nahmen sie erst, als er sie mit einem energischen »Olà« begrüßte. Dann klatschte und stampfte er mit ihnen mit.

»Olàaaa«, entfuhr es Alfred, der den schlaksigen Portugiesen anstarrte. Vor allem sein frecher Blick zog Alfred magisch an. Anziehende, braune Augen. Für Liem strahlte er dieselbe Maya-Mystik wie Luana aus.

»Das ist Raúl. Einer unserer Kellner. Wir öffnen gleich«, informierte Niko alle.

Im Gegensatz zu Alfred gefiel Liem der Kellner nicht. Zu dürr und vor allem fand er die markanten Kieferknochen merkwürdig. Und selbst wenn Raúl sein Typ wäre, beschäftigten ihn seine Gedanken zu sehr. Drehten sich um Armin, der so vieles bewirkt hatte. Vieles, das er leider nicht mehr erleben durfte. Ein portugiesisches Lokal mit seinem Spitznamen. Sarahs Buch, in dem sein Geist steckte. Auch dass Liems Kohlezeichnungen im *Mino* zum Verkauf standen, hatte er Armin zu verdanken, da er Liem damals euphorisch bestärkt hatte, seine Bilder auszustellen. Armin hinterließ eine lange Spur der Freude.

Plötzlich schnippte Sarah mit ihren Fingern vor Liems Gesicht und holte ihn aus seiner Traumwelt zurück. »Komm, gehen wir in den Garten! Die anderen sind schon draußen.«

Alfred unterhielt sich mit Niko, versuchte rauszufinden, ob Raúl schwul war, als Liem und Sarah sich zu ihnen dazugesellten. Der idyllische Gastgarten, der eine Oase in der Stadt war, beeindruckte Liem. Von allen vier Seiten ragten am Rand Weinranken in die Höhe. Sie schlängelten sich an gespannten Drahtseilen, die sich über den gesamten Garten zogen, entlang. Die Weinblätter bildeten ein Dach, das untertags Schatten spendete. Ein Schatten, nach dem jeder Gast lechzte, wenn die Sonne erbarmungslos ihre Hitze auf die Stadt knallte. In der Mitte war ein Springbrunnen. Das beruhigende Wasserplätschern sorgte für Erfrischung – es genügte, wenn man hinsah oder hinhörte. Sarahs Ohren sogen die Geräusche auf wie die meditative Musik bei ihrem Yoga-Kurs, den sie nach wie vor einmal wöchentlich besuchte.

Liems Augen klebten am bunten Blumenbeet, das den Springbrunnen umrahmte. Dabei musste er an seine Mutter und ihren Garten denken. Er zählte acht violette Blumen. Noch drei weitere in grellem Pink. Und sieben Blüten in roter Farbe.

Alfred bohrte hartnäckig bei Niko nach, doch aus seinem Mund sprudelte es nicht so heraus wie beim Springbrunnen daneben. Mit verschränkten Armen lehnte sich Alfred in seinen Stuhl zurück und rümpfte die Nase. »Dann muss ich es wohl selbst herausfinden, ob Raúl auf Männer und vor allem auf mich steht«, sagte er mit schnippischer Stimme.

Liem musste ein Lachen unterdrücken.

»Erzähl uns doch mehr vom Ablauf der Hochzeit, Niko«, bat Sarah und versuchte somit das Gespräch von Alfreds Spinnereien abzulenken.

Wie sehr ich diese Personen liebe, dachte sich Liem. Wie schön es doch wäre, wenn wir alle gemeinsam wieder an einem Ort wohnen würden. Vielleicht sogar hier in Portugal. Dieser Blitzgedanke löste ein aufregendes Prickeln in seinem Bauch aus, doch sprühte er auch von Naivität. Und so konzentrierte er sich auf Nikos Worte.

69

Knapp vier Jahre nach der traumatischen Erfahrung vor dem Traualtar, saß Niko im Auto, nur noch wenige Minuten von der Kirche entfernt. Er versuchte sein Glück erneut. Doch dieses Mal hatte er sich für eine andere Braut und ein anderes Land entschieden. Die Bilder von damals drängten sich immer wieder in seinen Kopf. Er wälzte sich auf dem Rücksitz hin und her, während Liem neben ihm saß und aus dem Fenster schaute.

»Noch einmal wird mir dieses Schicksal vor dem Traualtar wohl nicht passieren, oder?«, fragte Niko mit zittriger Stimme. Sein verhärteter Blick ließ ihn um ein paar Jahre älter aussehen, als er tatsächlich war.

Liem drehte seinen Kopf zu seinem Freund hin und sah, unter welcher Anspannung er litt. Schweißperlen standen ihm auf der Stirn. Kurz vor der Hochzeit sollte das Gesicht eines Bräutigams anders aussehen. »Nein! Heute wird dein schönster Tag im Leben werden«, versicherte Liem ihm und reichte Niko ein Taschentuch. Die Chance, dass ein Mensch zweimal vor dem Traualtar eine Abfuhr bekam, war gleich null. Diese Tatsache half Liem, überzeugend zu klingen.

»Danke, dass du hier bist, Kleiner! Ich werde immer für dich da sein. Das verspreche ich dir!« Obwohl das Taschentuch all die Schweißperlen aufgesaugt hatte, tupfte Niko damit weiter an seiner Stirn herum.

»Und ich werde immer für dich da sein! Versprochen!«

Das Auto hielt abrupt an. Eine rote Ampel. Niko warf einen Blick auf seine Armbanduhr. In fünfzehn Minuten war die Trauung angesetzt. Noch zwei Kurven, bis sie die Kirche erreichen würden.

»Weißt du, was ich schade finde?« Niko wartete Liems Reaktion nicht ab, sondern redete weiter. »Du hältst mich jetzt vielleicht für verrückt. Aber ich finde es traurig, dass Luis nicht da ist. Wir hätten längst unseren Zwist begraben sollen.« Niko drehte seinen Kopf von Liem weg. Nun war er es, der aus dem Fenster rausschaute. Zu unangenehm war ihm dieses Thema.

Die Ampel schaltete auf Grün. Der Fahrer stieg aufs Gas und bog rechts ab.

»Heute wäre ein guter Tag gewesen, um mit meinem Bruder neu zu starten. Ihm würde Luana gefallen. Aber nicht so, dass er mit ihr durchbrennt.« Er musste schmunzeln.

»Nós estamos lá«, meldete sich der Taxifahrer zu Wort.

Liem sah Niko mit hochgezogenen Augenbrauen und zusammengepressten Lippen an, da er nichts verstand.

»Wir sind da!« Niko hastete aus dem Auto, als ob er vor dem Gespräch über seinen Bruder flüchten wollte. Liem steckte dem Taxifahrer einen Zehn-Euroschein zu, stieg aus und ging Niko hinterher. Die Hochzeitsschar hatte sich bereits vor der Kirche versammelt. Sarah, Brani und Alfred winkten Liem und Niko, die zur Kirche hinsteuerten, von der Ferne zu.

»Niko! Warte!«, rief Liem.

Der Bräutigam blieb stehen, drehte sich um und biss sich auf die Unterlippe.

»Wegen Luis …«, begann Liem zu reden.

»Ist schon okay. Ich verkrafte es. Jetzt wird geheiratet.« Niko klopfte seinem Trauzeugen auf die Schulter.

»Er ist hier!«

»Waaas?«, entfuhr es Niko und sah Liem mit großen Augen an.

»Es ist meine Überraschung für dich. Aus unseren Telefonaten war dein Wunsch nicht zu überhören. Wenn du aber Lu-«

»Er ist tatsächlich hier?«

»Er steht ums Eck.«

»Du bist verrückt. Los, holen wir ihn!«

Die Gäste waren irritiert und warfen sich fragende Blicke zu, als der Bräutigam mit seinem Trauzeugen statt geradeaus in die Kirche, links abbog und hinter dem Gotteshaus verschwand.

Das Wiedersehen der Brüder artete in einer langen, festen Umarmung aus. Worte brauchte es keine. Nur eine Frage hatte Niko: »Ist Paula auch hier?«

Luis nickte.

»Dann hol sie her!«

»Okay, Bruder!« Luis lief los, um Paula, die im Auto wartete, zu holen.

»Danke, Kleiner! Damit hast du mir eine Riesenfreude gemacht. Jetzt muss nur noch Luana zum Traualtar kommen und mir ihr Ja-Wort geben, dann bin ich wirklich der glücklichste Mensch.«

»Das wird sie bestimmt tun!«, bekräftigte ihn Liem.

Kurz darauf standen beide vor dem Traualtar und warteten. Die Hochzeitsgäste, die dem Bräutigam und seinem Trauzeugen hinterher gewatschelt waren, hatten sich nun auch in der Kirche eingefunden. Sie tuschelten. Mittendrin waren Sarah, Brani, Alfred sowie Nikos Bruder Luis und seine Frau Paula. Alfred hielt mit weit geöffneten Augen Ausschau nach Raúl, wurde aber enttäuscht wie die Tage davor. Hoffentlich versteckte er sich nicht vor ihm.

Der Pfarrer grinste über beide Ohren hinter dem Traualtar hervor. Seine Haut war olivfarben, die Statur groß und sein Haarwuchs prächtig wie der eines Teenagers. In seinen Fingern hielt er ein Buch.

Niko blickte auf seine Armbanduhr. Luana sollte seit einer Minute in der Kirche sein. Er kaschierte seine Nervosität, indem er mit seinen Händen über sein faltenfreies Sakko strich. Einmal. Zweimal. Langsam.

Liem linste zu Niko und litt mit ihm. Luana musste kommen. Sie musste! Ansonsten wäre es eine Katastrophe ungeahnten Ausmaßes. Mit Unbehagen fühlte sich Liem um vier Jahre zurückversetzt. Dieses Warten vor dem Traualtar. Eine Qual. Dann fiel sein Blick auf die erste Bankreihe.

Vor vier Jahren war dort Armin gesessen. Neben der Brautmutter. Er hatte Liem um ein Taschentuch für seine Tante gebeten. Ein blonder Wuschelkopf. Hellblaue Augen. Hellblau, wie sein Anzug. *Ja, das ist es wirklich*, waren Armins erste Worte gewesen, an die sich Liem so gut erinnern konnte, als ob er sie erst gestern gehört hätte.

Ein quietschendes Geräusch. Liem kam mit seinen Gedanken ins Jetzt zurück. Armins Gestalt verpuffte.

Das Kirchentor öffnete sich. Zwei Minuten später als geplant. Aber das Wichtigste: Es öffnete sich und brachte eine zauberhafte Braut zum Vorschein.

Niko atmete auf. Liem auch.

Langsamen Schrittes bewegten sich die Braut und ihr Vater nach vorne. Der stolze Vater, ein bekennender Patriot, ließ sich seine Wehmut nicht ansehen, obwohl er in wenigen Momenten seine kleine Lu an Niko übergeben musste. Ein symbolischer Akt, der die Tochter in eine erwachsene Frau verwandeln würde.

Feierliche Orgelmusik trieb die beiden voran.

Die Brautmutter, Befürworterin des Globalismus, was ihren Mann rasend machte, war zumindest jetzt mit dem Patrioten auf einer Wellenlänge: zwischen Stolz und Wehmut hin- und hergerissen. Sie schluchzte. Das

Tuscheln der Hochzeitsgäste hatte aufgehört, stattdessen ein leises Staunen. Staunen über die Braut und ihr Aussehen. Das Kleid war cremefarben und schlicht gehalten. Tailliert. Ein Schleier sowie ein Kranz aus weißen Rosen waren im Haar von Luana befestigt. Schwarzes Haar, kunstvoll aufgesteckt. Lediglich zwei Strähnen schlängelten sich entlang ihrer Ohren herab wie frisch geschlüpfte Seidenraupen.

Nikos verhärtete Gesichtszüge wurden von Sekunde zu Sekunde weicher. Schließlich lächelte er so, wie es sich für einen Bräutigam gehörte. Endlich! Luana machte ihn zum glücklichsten Menschen auf Erden.

Fünf Stunden später feierten sie ein rauschendes Fest im *Mino*. Ein Großteil der Gäste tanzte oder führte Gespräche im Gastgarten unter der Weinlaube, die mit weißen und goldenen Bändern geschmückt war. Eine festliche Deko. Sarah und Brani rotierten auf der Tanzfläche, während sich Liem mit Alfred unterhielt. Der Wikinger schwärmte erneut von Raúl und setzte sich als Ziel, endlich sein Interesse zu wecken.

»Du bist ja sonst nicht auf den Mund gefallen. Mach es einfach wie bei Armin und mir, als wir uns auf Luis' und Paulas Hochzeit kennengelernt haben«, schlug Liem vor, der Sarah und Brani beobachtete. Alfred suhlte sich in Liems Worten, als Raúl aus dem Lokal sauste, um Prosecco zu verteilen. Nebenbei sammelte er hastig leere Gläser ein und stellte sie aufs Tablett, ehe er im Lokal verschwand. Schließlich beschloss Alfred, an die Bar zu gehen, um bei Raúl ein Getränk zu bestellen. »Kommst du mit?«

»Nein, ich bleibe hier«, antwortete Liem. Seine Augen fixierten weiterhin Sarah und Brani. Sie tanzten wie Akrobaten. Zu Tangomusik. Auch das Brautpaar schwang dazu ihre Beine.

Plötzlich fegte Armin über die Tanzfläche und forderte Liem auf, mit ihm zu tanzen. Natürlich handelte es sich um einen Streich seiner Gedanken. Ein wohltuender Streich, der Liem abdriften ließ. Der erste Spaziergang mit Armin blitzte auf. Flanieren an der Promenade, bis sie den Felsen auf dem Hügel erreicht hatten. Armins Wunsch hinabzusegeln. Liems Höhenangst. Ein Graus. Armin wich nicht von seiner Seite. Sie kamen sich näher. Schwebten im siebten Himmel.

Schweben.

Plötzlich hatte Liem eine Eingebung. Eine Idee, die er, solange er in Portugal war, umsetzen wollte. Mit Sarah und Niko.

»Darling!« Alfred zerstörte Liems Luftschlösser und klopfte ihm auf die Schulter. »Raúl hat angebissen.«

Endlich! »Perfekt! Dann lass ihn nicht mehr aus dem Netz!«

»Wie könnte ich nur?«, erwiderte Alfred, der sofort zur Bar zurückwatschelte. Anscheinend hatte er seine draufgängerische Art wieder gefunden.

Liem spürte keinen Anflug von Neid. Im Gegenteil, er gönnte Alfred sein Glück wie auch den zufriedenen Pärchen, die vor seiner Nase vorbei tanzten. Keinen Groll mehr gegen Pärchen. Liems Vertrauen war zurückgekehrt. Er wusste, dass auch er wieder Glück in der Liebe haben würde. Irgendwann. Eines Tages. Und bis dahin galt es, jeden Moment auszukosten. Er bewegte sich auf

Sarah und Brani zu und forderte seine beste Freundin zum Tanz auf. »Darf ich bitten?«

Nach fünf Minuten unterbrach der DJ ihren Tanz. Zeit für das Brautstraußwerfen. Alfred juchzte, dass selbst der Barhocker erschrak. Er versprach Raúl, dass er gleich zurückkommen würde und eilte hinaus, um das Brautbukett zu ergattern.

Weitere Gäste, die das Glück oder Pech hatten, keinen Ehering zu tragen, bildeten drei Reihen hinter der Braut. Nachdem Niko sah, dass Liem sich in keine der Reihen eingegliedert hatte, forderte er ihn auf, mitzumachen. »Kleiner, du musst auch dazu! Los!«

Liem war das furchtbar peinlich. Als rund um ihn auch noch einige Gäste kicherten, lief er rot an.

»Komm zu mir, Darling«, rief Alfred aus der ersten Reihe und winkte ihm zu.

Liem latschte zu Alfred hin und zwängte sich zwischen ihn und eine Portugiesin, die er noch nie gesehen hatte.

Luana warf mit ihrer heißblütigen Energie den Strauß nach hinten. Das Bukett flog durch die Luft. Alle Augen verfolgten die fliegenden roten Rosen. Alfred erkannte, dass der Brautstrauß zu hoch in der Luft herumwirbelte, um in seine Arme fallen zu können. So sprang er in die Höhe, um mit seinen Händen das Bukett zu krallen und sich die nächste Hochzeit zu sichern. Denn so sah es schließlich der Brauch vor. Aber Alfreds Gier führte zu Tollpatschigkeit. Er bremste zwar mit seinen gierigen Fingern den fliegenden Brautstrauß, doch entglitt er ihm wie eine schmierige Seife. Stattdessen landete das begehrte Teil in Liems Händen. Rote Rosen.

Liem starrte sie an und musste schmunzeln. Warum bekam er immer die Brautsträuße? Er wollte sie doch nicht. Die zerfledderten weißen Rosen – damals in Kroatien – hatte Liem vom Boden aufgeklaubt, da Niko sie zuvor auf die Pflastersteine geknallt hatte. Und jetzt kam er durch ein Missgeschick von Alfred wieder zu einem Brautstrauß. Rote Rosen. Fast alle beklatschten ihn wie damals als Kind und Jugendlicher, wenn er alle Kerzen seiner Geburtstagstorte ausgeblasen hatte. Alfred rümpfte seine Nase und ging schnurstracks zu Raúl an die Bar, um seine Niederlage besser verschmerzen zu können.

Der DJ kündigte den nächsten Song an, womit sich rasch die Tanzfläche füllte. *Puerto Presente* von Macaco. Unter portugiesischem Himmel tanzte Liem die ganze Nacht mit seinen Liebsten. Immer wieder musste er zum Himmel raufschauen. Dabei entlockte es ihm jedes Mal ein Grinsen. Denn es war Vollmond. Und Vollmond erinnerte Liem an Armin und Fabian. An seine Liebe zu ihnen. Eine besondere Liebe, die mit ihrem Tod vermeintlich ausgestorben war. Doch das stimmte nicht. Liems Liebe zu Armin und Fabian würde immer einen speziellen Platz in seinem Herzen haben. Und dort nie aussterben.

Platz für eine neue Liebe gab es genug. Eine Liebe, die Liem noch nicht kannte, aber erscheinen würde. Ganz sicher. Er tanzte und grinste. So lange, bis die Sonne den östlichen Horizont rot einfärbte.

70

Zwei Tage später trafen Liem, Niko und Sarah mit dem Auto am Flughafen ein. Nicht um sich zu verabschieden, sondern um Liems Wunsch zu erfüllen.

»Und du bist dir ganz sicher, Kleiner?« fragte Niko.

»Ja«, bestätigte Liem mit einem Lächeln.

»Wirklich?«, wollte sich auch Sarah vergewissern.

»Ja! Und jetzt verlieren wir keine Zeit mehr, sondern lasst es uns einfach tun.« Liem öffnete die Autotür, um auszusteigen.

Sarah und Niko waren nach wie vor überrascht und konnten Liems Mut nicht begreifen. Mit zittrigen Beinen zottelten sie hinter ihm her. Alfred war nicht dabei. Er hatte die Chance genutzt und Raúl geschnappt, um sich mit ihm am Strand zu vergnügen.

Genaugenommen war es kein Flughafen, wo sie sich befanden, sondern ein Flugplatz. Oder ein Sprungplatz für Fallschirmspringen.

Liems Wunsch war, Armins Traum zu erfüllen.

Mehrmals hatte Armin versucht, Liem dazu zu überreden, doch jedes Mal hatte Liem ihn dabei abblitzen lassen. Aus gutem Grund. Mit Höhenangst war nicht zu spaßen. Doch jetzt pfiff Liem auf diese einschränkende Angst. Er wollte sich nicht mehr länger von ihr leiten lassen. Sollte er beim Flug oder später beim Fall sterben, dann war es wohl Bestimmung. Ich werde es für Armin tun, dachte er sich. Fliegen wie ein Papageitaucher. Schweben wie eine Wandertaube.

Das Flugzeug ruckelte. Mit jeder Minute gewann es an Höhe. Links neben Liem saß Niko, rechts Ruben. Sein Tandemmaster. Er ließ Liems Herz höherschlagen. Ruben gefiel ihm. Definitiv. Vor allem dessen geheimnisvoller Blick, der aus seinen dunklen Augen strahlte. Wahrscheinlich auch ein Maya-Nachfahre. Aber nur nicht reinsteigern, ermahnte sich Liem, denn es gab drei Gründe: Erstens würde er in ein paar Tagen Portugal wieder verlassen. Zweitens war es zu früh, um sein Herz von einem neuen Mann berühren zu lassen. Und drittens wollte er sich auf den Fallschirmsprung konzentrieren. Gute Gründe. Aber benutzte man nicht oft Gründe als Vorwand?

»Hast du wirklich alles verstanden?«, fragte Niko, der sich an seinem Sicherheitsgurt anklammerte. Die ausführliche Erklärung zum Ablauf des Fallschirmsprungs hatte auf Portugiesisch und Englisch stattgefunden. Auf sicherem Boden in einer Halle. Niko verstand beide Sprachen, war sich aber unsicher, ob Sarah und Liem auch alles richtig verstanden hatten, obwohl sie es ihm mittlerweile mehrmals versichert hatten.

»Ja«, antwortete Liem kurz und knapp. Die Lockerheit, die er unten am Flugplatz noch gespürt hatte, war so gut wie verschwunden. Weggeflogen. Nervosität rumorte in seinem Körper. Als Liem seinen Kopf zu seinem Tandemmaster drehte, warf dieser ihm ein Lächeln zu. Und zwinkerte. Diese Geste machte Liem noch nervöser.

Wieder ein Ruckeln. Liem krallte seine Finger in die Oberschenkel.

»Tudo bem?«, fragte Ruben, dessen schwarzer Wuschelkopf Liem völlig irritierte, da er, abgesehen von der Farbe, eine starke Ähnlichkeit mit dem von Armin hatte.

Liem pendelte mit seinem Kopf hin und her, wusste nicht recht, was er darauf antworten sollte. Doch der Tandemmaster erkannte Liems Nervosität, legte eine Hand auf die von Liem und schenkte ihm erneut ein Lächeln.

Liem atmete tief ein. Die Hand von Ruben war angenehm warm. Fühlte sich gut an.

Plötzlich meldete sich der Pilot. Er sprach Portugiesisch.

»Nur mehr zwei Minuten«, gab Niko die Information an Sarah und Liem weiter.

Das war das Zeichen, dass sich alle ihre Sprungbrillen, Kappen und Handschuhe anziehen mussten. Alle drei Tandemmaster begannen zusätzlich, ihre Schützlinge mehrmals mit dem Sicherheitsgurt abzusichern.

Liem fand es erregend, als Ruben sich mit ihm verband. Der Tandemmaster zwinkerte ihm ein letztes Mal zu, ehe er sich hinter Liem stellte und weitere Absicherungen vornahm.

Plötzlich sah er Armin und Fabian. Sie saßen gegenüber und drückten ihm die Daumen. Ein weiterer Streich seiner Gedanken. Im Angesicht seiner beiden großen Lieben schämte er sich, dass er Gefallen an Ruben gefunden hatte.

Der Pilot meldete sich wieder zu Wort.

»Nur mehr eine Minute!« Nikos Stimme zitterte und klang leiser.

Diese Information vom Piloten war auch ohne portugiesische Sprachkenntnisse zu verstehen gewesen. Aber weder Sarah noch Liem machten darauf aufmerksam, sie nickten nur.

»Es wird ein Wahnsinn werden. Habt viel Spaß! Wir sehen uns dann unten!« Sarah würde mit ihrem Tandemmaster als Erste den Sprung wagen.

»Ihr auch, ihr Verrückten!«, erwiderte Niko.

Liem hatte sich entschieden, als Letzter zu springen. »Viel Spaß euch auch«, wünschte er seinen beiden wichtigsten Menschen im Leben. Armin und Fabian saßen noch immer auf der Bank gegenüber. Sie strahlten eine stärkende und wohlwollende Energie aus.

Der Tandemmaster von Sarah gab ihr ein Zeichen, dann bewegten sie sich zum Ausgang hin.

»Exit«, rief der Pilot.

Der Ausgang öffnete sich. Liem verkrampfte sich. Ruben ergriff von hinten Liems Hände. Seine Worte, die Liem nicht verstand, klangen beruhigend.

Kurz darauf sprang Sarah mit ihrem Tandemmaster. Sie schrie. Währenddessen steuerte Niko mit seinem Tandemmaster zum Ausgang hin. Er fackelte nicht lange herum und war einige Momente später nicht mehr im Flugzeug. Im Gegensatz zu Sarah konnte Liem kein Geräusch von Niko hören.

Liem wusste, dass nun er an der Reihe war. Sein Herz pochte, seine Nervosität erreichte einen neuen Höhepunkt, doch er wollte auf alle Fälle diesen Sprung wagen.

Bevor er sich gemeinsam mit Ruben, der hinter ihm klebte, zum Ausgang bewegte, sah er noch einmal zu Armin und Fabian hin. Sie sahen glücklich aus.

»Amico, du schaffst es! Viva!«, rief Fabian ihm zu und hielt beide Daumen nach oben.

»Wir passen auf dich auf, mein Süßer!« Armin hob eine Hand und warf Liem einen Kuss zu.

Die Versuchung, sich zwischen die beiden hinzusetzen, um sich in ihren Armen zu vergraben, war verlockend, doch Ruben holte ihn ins Jetzt zurück. »Everything okay?«

Mit Wehmut drehte Liem seinen Kopf von Armin und Fabian weg. »I feel good, yes«, antwortete er.

Ruben stupste Liem von hinten an. So näherten sie sich dem Ausgang. Als sie dort angekommen waren, nahm Liem all seinen Mut zusammen und sah aus dem Flugzeug raus. Kein Schwindel. Der Ausblick war unfassbar. Wunderschön. Gleich würde er wissen, wie sich ein Vogel in der Luft fühlte. Wie sich die ausgestorbene Wandertaube gefühlt hatte.

»Ready?« Ruben hielt seine Worte kurz. Kurz, aber einfach zu verstehen.

Liem fühlte sich bereit. Bereit für einen neuen Lebensabschnitt. »I'm ready!« Dann ließ er sich zusammen mit Ruben fallen.

Zum Glück scheint heute die Sonne!

ENDE

Epilog

Herbst 2068

Der Junge starrte in die Luft. Voller Spannung wartete er auf das bevorstehende Ereignis. Eine kühle Brise wehte durch sein schwarzes Haar. Hinter ihm stand sein Großvater. Der legte eine Hand auf die linke Schulter des Jungen.

»Wann kommen endlich die Vögel?«, fragte der Junge mit aufgeregter Stimme.

»Jeden Moment«, antwortete sein Großvater, ein ruhiger und gelassener Mann.

Auf der Hügelkuppe befanden sich weitere Personen, alle Zeugen des kommenden Spektakels. Die Wiese glänzte saftig grün, trotz dieser Jahreszeit. Dann war es so weit. Einige Entfernung weiter öffneten zwei Frauen einen Käfig. Sekunden später flatterten zwölf Vögel heraus. Hinauf Richtung Himmel. Rein in die kühle Brise.

Der Junge staunte. Sein Großvater auch. Alle Umherstehenden schauten mit offenen Mündern den Vögeln nach, die den nächsten Baum ansteuerten, um sich dort abzusetzen.

»Und die Tauben waren wirklich zwei Jahre lang im Käfig?«, fragte der Junge.

»Ja, aber in einem größeren Gehege. Und es sind Wandertauben«, korrigierte ihn sein Großvater.

»Ich weiß, Opa. Die ersten Wandertauben seit Ewigkeiten.«

»Mit Gentechnik von Forscherinnen zurückgebracht, mein Junge.« Der Großvater klopfte seinem Enkelkind auf die Schulter.

Die Wandertauben hüpften von Ast zu Ast. In neugewonnener Freiheit.

»Aber traurig, dass die alten Wandertauben ausgestorben sind.«

»Mhm, obwohl ich die Geschichte schon lange kenne, macht sie mich noch immer traurig.«

»Wirklich?« Der Junge richtete seinen Blick zu seinem Großvater und sah ihn mit großen Augen an.

»Ja, als ein Freund meines Vaters sie mir erzählt hat, war ich zwanzig Jahre alt. Und das ist nun schon sehr lange her.« Der Großvater griff in seine Jackentasche und zog ein Foto hervor. »Schau mein Junge, dieses Foto habe ich dir noch nie gezeigt, denn ich habe auf diesen Augenblick gewartet. Das ist mein Vater gewesen.« Der Großvater deutete mit einem Finger auf das Gesicht von Fabian. »Und das war ich.« Er fuhr mit dem Finger weiter nach unten, bis er damit das Kindergesicht, das sich auf dem Foto befand, berührte.

»Opa Frederik, das bist du? Du schaust aus wie ich.« Die Augen des Jungen strahlten.

»Ja, das tue ich in der Tat.«

»Und der Freund von Uropa. War er auch ein Freund der Familie?«, fragte der Junge, während er sich erneut den ersten – wiederbelebten freilebenden Wandertauben zuwandte, von denen eine Martha hieß.

»Nicht wirklich, aber ich habe mich mit Liem sehr gut verstanden. Von ihm habe ich dieses Foto erhalten«, antwortete Opa Frederik. Behutsam steckte er das Bild in seine Jackentasche zurück.

»Und wo ist Liem jetzt?«

»Wie dein Uropa Fabian … leider schon im Himmel.« Opa Frederik seufzte. »Er war ein guter Mensch.«

Der Junge lächelte. Dann flitzte er los Richtung Linde, um die Wandertauben von der Nähe beobachten zu können. Sein Großvater blieb stehen. Er grummelte zufrieden.

Dankesworte

Dieses Buch zu schreiben, war eine wahre Heldenreise für mich. Jetzt ist der Zeitpunkt gekommen, mich entspannt zurückzulehnen und meinen vielen Helferleins zu danken. Meinen großartigen Mentoren Andrea und Thomas. Sandra, Ralf, Philip, Tina, Jasmin und Christine für eure wertvollen Inputs. Cumali, Mama, Papa und meiner Schwester Melanie für die Liebe und den Rückhalt in der Familie. Und vielen weiteren Personen in meinem Leben, die mich motiviert haben, am Buch dranzubleiben. Ein großes Dankeschön an euch alle! Und im Vorfeld bedanke ich mich bei all meinen Leser*innen. Schön, dass ihr euch für *LIEBE vom Aussterben bedroht* entschieden habt. Ich hoffe, es gefällt euch. Gebt mir gern eine Rückmeldung!
Moment! Habe ich zu Beginn etwas über entspannt zurücklehnen geschrieben? Nix da! Ich habe noch weitere spannende Ideen im Kopf, die ich umsetzen möchte. Und ich kann versprechen, dass in der einen oder anderen Form Liem mit seinen Freunden zurückkehren wird.

Bleibt am Ball und guckt auf meine Website:
www.christoph-seibitz.at

Instagram: @christophseibitz